第七届新浪原创文学大赛杰出作品

剩男宅女

蒋瑾 著

上海文艺出版社

一向自认才貌双全的梁峥，做梦也想不到自己居然会有今天——走上相亲这条道儿。

刚在家过完年回到北京，他就急不可耐地遍地撒网，誓要捕获一条“美人鱼”。他除了向身边的好友悬赏招亲外，还在QQ签名上正大光明地写着：不在征婚的路上，就在相亲的途中。这是自嘲，当然也是一条巧妙的征婚广告。毕竟他的QQ上有403位网友，还不算那十几个陌生人和已经无法回炉重聊的黑名单。

从营销的角度来讲，QQ上的这些男男女女、老老少少、张三李四王麻子的，都是梁峥的潜在客户。“小世界理论”不是说了吗？你和任何一个陌生人之间所间隔的人不会超过六个，或者说最多通过六个人你就能够认识任何一个陌生人。同理，你和任何一个未婚美女之间所间隔的人不会超过六个，或者说最多通过六个人你就能够认识任何一个未婚美女。

这是梁峥的强盗逻辑，现在跑营销的他总是善于举一反三，活学活用。

梁峥是一北漂，28岁了还是单身，俗称剩男，雅称——单身贵族。他现在是一名业务代表，销售视频会议软件。“销售不是人做的”，所以，梁峥做了销售后基本上就不把自己当人看了。这次也一样，虽然他营销的是自己本身，他还是得把自己这个并不优质的产品给糊弄出去。而客户是一个未婚女人，该女人除了漂亮之外，还得知性、可爱、温柔体贴。这样的客户着实难找，但是梁峥却抱着必胜(剩)的决心，宁缺毋滥。

梁峥为什么不去网上征婚呢？

因为他不相信婚恋网，总觉得那里面的人特不靠谱，还有点诡异。他也没那工夫去注册，再填一些自己都不相信的虚假资料。看别人的照片吧，还得交点钱整个 VIP。看人还需要钱吗？又不是明星，这简直就是赤裸裸的讹诈。关键是条件好的漂亮女孩儿谁还去网上相亲呀，现实中都忙不过来呢。

也就是说梁峥认为婚恋网上无美女。有，那也是托儿。梁峥的理性和奸猾，可见一斑。

其实，这一切都源于过年回家时，父母的一席掏心窝子的话。

老头子一身酒气，嗓门也大了好几个分贝："梁峥，你给老子听好了！今年再不弄个媳妇儿回来，你就别回家过年了……连个女人都找不到，我们梁家人丢不起这个脸！都快 30 岁的人了，你是不是觉得你还多年轻，你还可以漂他几年啊!？我当年在你这个年纪，你他妈的都会打酱油了——"

"今年，今年一定超额完成任务！"梁峥满脸堆着笑，站起来给老头子倒酒。

"我和你妈还能活几年啊？半截身子都入土了。只图自己在外面逍遥快活，不管我们老的死活。你这是自私！你这是不孝！"

"你们还年轻着呢，至少还能活个三五十年。放心吧，你们连孙媳妇都能见着。"

"别说话气你爸了，你看看你那些同学，哪个不是小孩都几岁了。我们上年纪了，就想你早点成家，这样心里才踏实。"

梁峥拿出手机看了看："对了，晚上还有个同学聚会，我得出发了！"

"我话还没有说完呢,你去哪儿?没家教的东西……"

身后传来老头子的咆哮声,梁峥心想今年无论如何也得把个人问题解决了,不然这家是真没法回了。

鸟巢,是鸟类建筑的最安全可靠的家。而梁峥面前的这座大型的钢结构建筑物——鸟巢,却是人类建筑的奥运会主体育场。不说安全可靠,只说它已经成为北京的新地标,中国人心灵的寓所。来参观鸟巢的人们,都会想起2008年北京奥运会的盛况。

梁峥也不例外,虽然这已经是他第N次过来。

梁峥这次是来相亲的,那个女人住在亚运村,指定要在这儿见面。他足足等了半个多小时,都怀疑自己是被"放鸽子"了,"水立方"方向才走过来一个穿着黑色羽绒服戴着眼镜的女人。女人的两腿刻意并得紧紧的,走起路来十分轻柔,就像风吹杨柳般诗意。梁峥确定这就是他今天约会的女主角,感觉还真不赖:皮肤白皙,五官精致,尤其是那头飘逸的长发,迎风招展。梁峥扫掉疲惫,挺胸抬头,端正了态度:即使再等半小时,哥们儿这也值了。

"你好!请问你是梁峥吗?"女人一口标准的普通话先声夺人,明眸皓齿的。可仔细一看,额头上都起皱纹折子了,还有厚重的眼袋。很明显,这个女人很黛玉。

"我是!您——是陈老师吧?"第一次相亲的梁峥多少还是有点紧张的,这一紧张话就不利索了。

"你是哪儿的人啊?"

"湖北的,挨着重庆那片儿。"

"难怪口音这么重啊——路上耽搁了一下,实在是不好意思。呵呵,让你久等了。"

"还成吧,都不到一小时……"

梁峥本来是一句玩笑话,想活跃一下气氛,可是对方好像并不买账,而且还有点不高兴了。两人出现了短暂的沉默,慢慢朝前面走去。北京现在气温还很低,细叶没有裁出来,但是二月的春风依旧是把剪刀。所以,即使是鸟巢这样人气高的观光娱乐场所,也显得十分萧条。路上三三两两走过几个人,都紧缩在衣服里,跟鹌鹑似的。

“你冷吗？要不咱找个地儿喝喝咖啡什么的……”梁峥鼻子发痒,他确定自己已经感冒了。

“不冷啊,挺好的。”陈老师拿眼瞄了瞄缩着脖子的梁峥,目光里闪烁着轻视。

梁峥见机行事,继续抬头挺胸,生怕在这个女人面前露了怯,搞坏了印象:“嘿嘿——那就好！陈老师教什么的啊？”

“语文。”

“还真巧,要是回到五年前,咱俩是同行。”

听到梁峥说自己也当过老师,陈老师一下子来了兴趣:“你也当过老师？”

“在咱市里的中学教过一年初三,教的也是语文。”

“那些学生喜欢你吗？”

“说喜欢就太谦虚了！我走的时候全班学生都罢课了,哭得跟泪人儿似的,送了我好几公里。礼物收了几大包不说,还有几封火辣辣的情书……”

“哈哈——好玩儿。你给她们回信了吗？”陈老师第一次笑了,妩媚中透着可爱的孩子气。

这一走一聊的,两人距离一下子拉近了很多。梁峥似乎也没有先前那么冷了,他点上了一支烟:“其实,我很反对师生恋的！学生心智还不成熟,根本不知道爱为何物。作为‘灵魂工程师’的老师就更不能投机取巧了,人民和政府让你浇灌孩子们的心灵,而不是让你去俘获他们的身心……对吧?”

“但是爱情面前人人平等啊,没有年龄和身份限制的!”

“关键是没法平等,爱情是一场战争!一边是嗷嗷待哺的新兵蛋子,一边是久经沙场的魔鬼教官。这感情仗没法打啊……我说句不中听的话,那些玩师生恋的老师就跟诱奸犯似的,是真正的披着羊皮的狼!”

梁峥见陈老师的脸刷地一下就变得惨白起来,像贴上了一层面膜似的,连忙问她是不是不舒服。陈老师木然地点了点头,然后就说要回家休息了。梁峥拦了一辆出租车,坚持要送陈老师去医院,谁知道她死活不让,招呼着司机一溜烟地跑了。

回来的路上,梁峥心里直犯嘀咕,这陈老师该不会是得了什么绝症吧?

当天晚上,梁峥的感冒就加重了。头昏不说,还流鼻涕,一卷纸转眼就没了,比擦屁股还用得快。第二天,朋友打来了电话,说陈老师委婉地拒绝了他。梁峥难免有点失落,而且心有不甘。第一次相亲,就这么投缘,自己表现得也相当好,怎么会夭折呢?肯定是有不可告人的秘密。于是就问朋友,陈老师是不是有什么病啊,看上去病恹恹的?

什么病都没有,顶多是心病。朋友接着解释到,这个陈老师以前在她们县里一所高中教书,和一个学生发生了感情,结果被家长给告了,教育局迫于各方的压力辞退了她。丢掉了工作后的陈老师,也不好意思再在县里待下去,人言可畏嘛。她只身来到了北京,现在在一所私立学校里教语文。她就希望找一个能理解她的人,更希望另一半能同情她的遭遇。

难怪剩下了,也难怪拒绝自己了。梁峥心里好受了许多,至少不是因为自己长相不济,而是一个意识形态不合的问题。心里感叹道:师生恋不仅仅是把双刃剑啊,伤人害己不说,还殃及池鱼。自己的嘴怎么就那么贱呢,一击就击中了她的要害,难怪当场变了脸。祸从口出哦,以后得长点记性。

梁峥住在朝阳区国美家园，两室一厅，东西朝向。他自己住了其中一间大的，小间的吴晓军住着。吴晓军是梁峥以前那个图书公司的同事，也是一北漂。两人臭味相投，年龄相当，地位相等，所以也就蜗居在了一起了。

晚饭后，吴晓军顶了顶鼻梁上的眼镜："传说你相亲失败了？"

"那老师有洁癖，我把她 Pass 掉了！"梁峥面不改色心不跳。

"其实啊，剩男剩女，既然剩下那就一定有剩的原因。"

"什么原因？"梁峥有点好奇。

"多了——感情受过挫、观望等待思想、婚姻爱情理想化、城市的边缘化生活、没有安全归属感、物质基础不过硬等等……这些都是原因啊！"吴晓军一边高谈阔论，一边掰着手指数，俨然一个理论派。

梁峥笑了笑，扔了一支烟给吴晓军，自己也点上了一支："嘿！还真有点儿道理。你丫没少研究这破事儿吧？"

吴晓军抽了一口烟，眉毛一挑，得意地说道："哥们儿我最近在忙着编写一本书，名字就叫《你为什么剩下了？》。"

"早点整出来呗！教化教化你们这帮想结结不了，不想结又不行的剩男宅女们。据说你们都为祸一方了，严重阻碍了社会可持续发展！都贪图自由，没点责任心，社会主义现代化建设还要不要接班人了？"

吴晓军白了梁峥一眼，十分不屑："靠，你不也剩下了吗？"

"就我这过硬的条件，加上内外兼修，只要想结，那还不就是一句话的事儿。"梁峥不服气，拼命夸自己。

"得，可劲的吹吧。就你这种自以为是的家伙，今年还得剩下。你信不信？要不咱俩打个赌？"

"鄙人绝不和老处男打赌，不吉利……"

吴晓军抓着沙发上的抱枕就朝梁峥扔了过去："操，别他妈老拿这个说事儿,有意思吗?”

“哈哈哈哈——”

元宵节这天,梁峥特意在中午给母亲打了一个电话。无非就是问问两个老人家身体好不好啊,元宵节准备吃点什么的。母亲说老头子出去下棋了,这人啊,年纪越大脾气也越怪了,让梁峥千万不要惹他,平时说话也得顺着他。还说年底能带个好女孩儿回来是最好,带不回来也没有关系,一定要找一个自己喜欢的,不要为了结婚而结婚……

挂掉电话后,梁峥暗自决定,今年一定要找到另一半。哪怕就是学小霸王抢亲,也要抢一个回来。

晚上,梁峥和吴晓军做了一桌子好吃的菜,把房间里的灯全部打开了,然后坐在客厅里一边喝酒一边聊天。吴晓军说,只有这样,才有元宵节的气氛。电视里放着元宵晚会,主持人腆着脸憋着劲儿说些讨好的台词儿。屋外是烟花和爆竹的声音,偶尔还伴着汽车刺耳的喇叭声。元宵节就像是一记闷棍,将沉浸在新年里的人们敲醒:春节即将终结,新的一年真正来到了。因此,人们在元宵节这天都是放开了玩,竭力抓住年尾巴,然后剩下的就只有怀念和失落了。

两个人都喝得有点多了,吴晓军拿起手机和他父亲大声说着话,梁峥却黯然地回了自己的房间。他也想给身体越来越差、头发越来越白、脾气越来越大的老头子打个电话,问候问候,然后再表个决心,可是他无法说出口。梁峥打开电脑,放了一首崔京浩的《父亲》:

那是我小时候
常坐在父亲肩头
父亲是儿那登天的梯
父亲是那拉车的牛

忘不了粗茶淡饭将我养大

……

梁峥眼睛湿润了，以前他觉得这歌特土，现在听起来却十分悦耳和亲切。窗外不时有灿烂的烟花闪耀，片刻的喧嚣过后是更长时间的沉寂。坐在床沿上的梁峥有种莫名的失落感，马上就三张的人了，既没成家，也没立业，可谓是一事无成啊，这与自己年少时想象的生活迥然不同。迷惘和困惑从四面八方袭来，冲击着梁峥的内心深处。直到他躺上床、关上灯、闭上眼睛后，那团愁云还久久盘旋着，无法消散……

梁峥并没有因为第一次相亲就夭折而气馁，更不会因为吴晓军的打击就停止前进的步伐。不过，他开始对朋友介绍的女孩进行筛选和甄别。好逸恶劳的不要，娇生惯养的不要，蛮横无理的不要，拜金女不要，有过感情创伤的不要，有过太多故事的不要……本来名额就不多，这一轮淘汰下来，候选佳丽也就所剩无几了。

建外 SOHO 的一家"日本料理店"里，梁峥坐在角落里发呆。他提前来了半小时，因为老黄说对方是个非常有时间概念的"金领"，绝对不能容忍对方迟到。另外，他也想给别人留下好印象。人家是金领，是精英，自己也就是个跑业务的，得端正态度，取长补短。梁峥正恍惚的时候，一阵急促的高跟鞋声传过来，先声夺人啊。接着，一个气质非凡、全身名牌的优雅女人闪亮登场，正居高临下地审视着他。

"你就是梁峥？"气质女问梁峥。

梁峥立即坐直了身子，打起十二分的精神："我是。你是钟小姐吧？请坐！"

"嗯——叫我钟晓慧就可以了！"

钟晓慧优雅地坐了下来，简单地整理了一下衣服后，她又冲门口的服务员招了招手。钟晓慧点菜很快,干净利落,一点不含糊。梁峥让服务员来两份,虽然这种点菜法更简单省事儿,但是却没有个性。就这点来说,梁峥气场上就输了一大截。钟晓慧站起来倒了两杯茶,纤纤手指端着递了过来。梁峥接过茶后,似乎也嗅到了她身上淡淡的香水味。沁人心脾,如坐春风,梁峥的身心瞬间就欢畅起来。

钟晓慧抿了一口茶,见梁峥望着自己发呆,笑道:“你提前来了很久吧?”

“不久,绝不到一个小时。”

“哎,真浪费——”

梁峥也抿了一口茶,然后自我调侃:“的确!不过现在看来浪费得挺值的。我们做销售的有一个原则,那就是宁可我等客户,不可客户等我。”

“那看来我是你的大客户咯?”

“整个一 Vip!”

钟晓慧笑:“你的 Vip 很多吧?”

“就业务上来说,的确不少!”梁峥很巧妙的回答了钟晓慧的问题,既不尴尬,又强调了自己的敬业。可见,相亲不仅是相门户,对眼儿,更是斗智斗勇的一个过程。

“你们经常出差很辛苦吧?”

“No pain, No gain!”这是梁峥记得的为数不多的英语谚语,适时秀一下。

“是啊,这个世界很公平的,你想要得到更多,就得付出更多……”

话题越来越严肃,梁峥觉得这样聊下去,就没有相亲的味道了,立即转移了话题:“过年回家了吗?”

“没有,哪里有时间啊!”

“你们的老板可真够黑的……”

钟晓慧正要说什么的,服务员端上了菜。她指责服务员上菜太慢了,小女孩立即解释，现在是用餐高峰期，所以有点忙不过来。小女孩深深地朝他们鞠了一躬之后，又才慢慢退出房间。

钟晓慧先是喝完了汤，接着就把自己的套餐给消灭了，那真是风卷残云啊。梁峥本来还想悠着点儿吃，以显示一下自己的绅士风度，见钟晓慧吃得这么快，他反倒不好意思细嚼慢咽了。心里就琢磨着，这是一猛女啊，在我面前居然一点不顾及形象，看来自己是没戏了。既然没有诚意还来相亲干什么？这不是浪费彼此的时间吗？

钟晓慧等梁峥吃完饭后，递了一张纸巾给他，莞尔一笑："我吃饭很快的，你别介意。"

"了解，你们连吃饭用的都是 Soho 速度。"

"呵呵——我让黄叔叔整理了一份你的资料：二类大学毕业，以前是图书编辑，现在是销售精英，来北京后谈过一次刻骨铭心的恋爱，去年以分手告终……"

妈的，老黄这人怎么这么阴鸷啊，把我什么都给抖出来了，连丑事也不放过。梁峥表面上镇定自若，其实内心波澜起伏，就像一个等待宣判的人一样，矛盾极了。他不奢望钟晓慧对自己一见倾心，但是也不希望"一见终情"的事儿发生。

钟晓慧顿了顿，突然问道："你对家庭主男是怎么看的？"

"和家庭主妇一样，我觉得没有本质区别啊。"

"你觉得这正常吗？女的养男的。"钟晓慧追问道。

"正常！都 21 世纪了，天天喊男女平等，什么叫平等？女人成天在外抛头露面，男人在家烧菜带孩子洗尿布，没有人再说三道四了，这才是真正的平等！"梁峥说着说着，就感觉不对劲了，自己好像掉进了钟晓慧挖的一个大坑儿里。

"假如我们结婚了，我是说假如的话，你愿意做家庭主男吗？"

"全职还是兼职啊？"

钟晓慧盯着梁峥，十分肯定地说道："全职！"

梁峥再也笑不出来了，胡噜了一把脸，半天说不出话。他这下算是明白了，钟晓慧要找一个愿意伺候她、窝在家里干家务活儿的男仆。这其实也没有什么不妥，世界上吃软饭的男人多了去了，何况总得有一个人为家庭牺牲吧，可是梁峥明白自己做不到。要是图稳定和舒适，他当年就不会辞掉教师的工作来北京漂了。家里的老头子要是知道儿子在外面吃软饭，估计就真要和自己断绝父子关系了。

钟晓慧似乎也看出了一些端倪，这正是她所期望的。不过，她还是递了一张名片给梁峥："你考虑考虑吧，觉得合适，咱俩就正式开始交往。"

"就不能打个折，做个兼职吗？"梁峥几乎是哀求着。

"不行，这事儿没得商量！"

"……"

梁峥出来后点了一支烟，一个人在行人如织的街道上穿行着。右边霓虹闪烁，左边车水马龙。他来到一个十字路口，看见几个路人被困在马路中间，他们面对着身边疾驰而过的车流，带着点不安，却又故作镇定状，十分滑稽……

梁峥摸出手机给老黄发了一条短信："相亲失败，下次请你喝酒，勿回。"然后，就把钟晓慧的名片丢进了垃圾桶里。

去年的情人节梁峥是和前女友赵思曼过的，有红酒和玫瑰，还有爱情。可是，今年他却要和一大帮陌生人共同度过，所以梁峥觉得特别不自然，既别扭，又窝心。他心里咒骂着吴晓军这个只知道龟缩在家里的王八蛋，如果他来的话，至少有一个人可以和自己说说话，壮壮胆。那么他会淡定一些，不会像现在这样慌张、突兀，找不到地儿安置自己。

这里是三里屯的一家酒吧，正在举办相亲大会，之所以挑在情人节这天，是因为这帮剩男宅女在情人节这天是最孤独，也是最尴尬的。孤独是需要慰藉的，而慰藉的最好方式，莫过于两个孤独的灵魂互相慰藉。梁峥并不觉得自己多孤独，但是他需要婚姻，所以他来了。几个面容姣好、身材S型的女孩儿身边早就围着好几个男的了，外围还有一大群虎视眈眈。什么世道？梁峥尝试着挤进去，但是没有成功。而且他有自知之明，即使挤进去了也没戏。毕竟，自己的性价比并不高。

今天来的女人并不少，好几十个。小的估计大学刚毕业，大的估计都三张半了。高矮胖瘦，参差不齐，有顺眼的，也有歪瓜裂枣。因为这是相亲聚会，不是选美，只是配对儿，不是非要分个三六九等。其实人数多寡并不重要，关键是没有让梁峥眼前一亮的女孩儿。与其说梁峥是来找结婚对象的，还不如说他是来找人群中的那个唯一。可叹的是，一见钟情是传说，知心爱人成绝唱。

这就是很多人剩下的原因，他们坚持为爱而生，为爱而活。否则，宁愿一个人苟且偷生、要死不活、孤独终生，也不愿意随便找个人凑合。

梁峥躲在角落里看着这帮人闹，看着他们借酒装疯，看着他们卖弄风情……这一切与自己有什么关系呢？没有！他正想象着如何邂逅那个梦中情人，那个生命中的唯一。然后一起去旅游，一起看电影，一起嬉戏玩耍。两人头发斑白后，牵着手儿漫步在铺满落叶的林阴道上，一起回忆过去的美好时光……

梁峥正恍恍惚惚的时候，身边突然多了一个女人，准确地说是一位35岁左右满身酒气的性感女人。女人浅笑着举起了高脚杯，梁峥先是一愣，接着也举起了杯子。梁峥只是轻轻地呷了一口，女人却一口干了，然后倾斜着杯子傲慢地望着他，梁峥只好端起酒杯也一口干了。红酒的味道很纯正，和复杂的心情形成鲜明对比。

“你好像心不在焉哦？”女人嘴角上扬，别有一番风情。

梁峥笑：“你会读心术？”

“我要是会，还能坐在这儿吗？”

"那你要坐在哪儿,谈判桌上?"

"呵呵——我就不会来参加这个无聊的聚会了。"

"会读心术的人不一定早婚的。在女人面前,男人都是下半身思考的动物,你只会越读越恶心……"

"嗯——好像有那么点道理!"

梁峥摸出烟,女人伸手要了一支,梁峥给她点上后,自己也咬了一支。女人深吸了一口,接着就呛得一阵咳嗽。梁峥轻轻拍了拍她的后背,语重心长地说道:"酒要慢慢品,烟要慢慢抽。至于人吗,要慢慢找……"

女人鼻子冷哼了一下,有点不屑,话匣子也一下打开了:"我当初也是这么想的,仗着自己还年轻,姿色也还有几分,慢慢选、慢慢挑,可是这一折腾呢?就奔四了……要么就是离过婚的,要么就是涉世未深的小男孩。好的看不上我,差的我又不甘心。眼睁睁地看着以前追我的那些好男人一个个地结婚生子、幸福美满——你还觉得人要慢慢找吗?"

梁峥没有回答这个问题,他也不想和这个"过气"的女人辩论什么。每个人的生活轨迹不一样,彼此无法复制、参照、叠加。他只是讪讪地笑了笑,然后静静地抽着烟。女人并不熟练地弹了弹烟灰,看得出来她有点激动。梁峥给她叉了一小块西瓜,女人咬了一小口,问:"你呢,什么状况?"

"说文艺点吧,是正在路上——在相亲的路上。"

"说通俗点呢?"

"想找个合适的女人合法地睡一辈子觉……"

女人狡黠地笑了笑,又小心翼翼地咬了一口西瓜:"我看你一表人才啊,还挺会体贴人的,怎么也剩下了呢?"

"你不应该问我啊,应该我来问你们这些女人。"

"呵呵,你真逗……"

两人一边聊着,一边喝着酒。女人的话也多了起来,她对梁峥说她

2000年来的北京，现在在动物园那边开了一家服装店，2007年在丰台四环边上买了一套房子。她现在虽然衣食无忧，但是心却特别累，只想找个好男人过点寻常老百姓的安稳日子。可是，事与愿违，她整天相亲都没有结果。下一步，她准备去电视台参加相亲节目了，她就不相信全国乃至全世界就没有一个属于她的男人。

英雄末路，美人迟暮。梁峥很同情这个女人，也很想帮她，但是却无法以身相许。姐弟恋对于自己来说，虽然难度不大，但是跨度太大。而且很明显，对方拿自己当小男生似的。两人又喝了几杯酒，闲聊了几句，女人就醉意朦胧地走了。那孤寂的背影似乎在提醒着梁峥：小兄弟，千万别重蹈我的覆辙啊，去电视上相亲，那既是亮相，更是出丑。

梁峥败兴而归，吴晓军正歪在客厅的沙发上看电视。见梁峥回来这么早，表情严肃，猜了个八九不离十。吴晓军假装关心地问道："好像又铩羽而归了？"

梁峥换上了拖鞋，反唇相讥："对不起，又让你看笑话了。不过，总比一个人待在家里和电视对话要强吧！"

"至少我不会惹得一身臊……"

"那肯定，谁像你啊？整天关在屋子里——望梅止渴。"

吴晓军坐直了身子，抖擞了一下精神，指着梁峥骂道："就你们处女座的操行，总觉得自己牛逼的不行，不完美的都入不了你们的法眼。可是这世界上有十全十美的人吗？没有！即使有，又怎么会瞧得上你呢？悲哀！"

"敢情你天天宅在家里，就能宅出个女人来？宅一屁股痔疮吧你！"

"哥们儿这叫养精蓄锐呢。一般不出手，一出手那基本上就是必杀技，一击必中！"

"是啊，千年的王八万年的龟。你们处男座的都是鳖神，一养精就是好几十年……”

“真他妈低俗!”

“嘿嘿,我还以为你丫处——变不惊呢!”

“咱走着瞧吧,我绝对比你先找到老婆……”

“拭目以待!”

我们向往着某种事物时,情绪也就会投入得越多,第一次接触到此事物时情感体验也越强烈。但是,第二次接触时,会淡一些。第三次,会更淡……以此类推,我们接触该事物的次数越多,我们的情感体验也就越淡漠,最后甚至乏味儿。这就是“边际效应”,梁峥现在就遭遇了。

一转眼就是三月了,这是春光明媚、人心荡漾的大好季节。梁峥相亲的热情却渐渐淡了下来,加上公司马上要进行长达一个月的封闭式培训,相亲只能告一段落了。培训地点在天津,那是公司的总部。

这期间,倒是程百万程志辉打来了一个电话,说有一个宅女要推荐给他。程志辉也是梁峥以前的同事,北京土著,剩男一枚,比梁峥和吴晓军年纪要小一点。这家伙喜欢炒股,总梦想着自己哪一天靠炒股能挣上一百万。所以,大家都叫他程百万。他也乐于大家这么称呼他,抬举他。渐渐地,程志辉这仨字在他生活的字典里是越用越少了。

梁峥说宅女就算了吧,都宅得发了霉谁还要啊,一点生活情趣都没有。程百万就在电话那边嚷道:“峥哥,我都和别人说好了,你这不要我吗?”梁峥只好妥协了,说培训完了回北京再说吧。他知道程百万的狗脾气,这家伙玩世不恭不说,还特损!

梁峥和公司的同事在天津待了一个多月,去的都是公司的销售精英。一方面是培训和拓展训练,一方面是沟通交流和休养。难得有这么一次休闲的好机会,大家都兴致勃勃,精神抖擞。来自全国各地的同事之中也不乏美女,可是要么就是结婚了,要么就是名花有主了。

从天津培训回来后的第二天,家里的老头子就又逼婚了,先是在电话里一顿训斥,然后提醒梁峥现在已经四月份了。梁峥这才想起了宅女这茬儿,主动给程百万打了一个电话。程百万把宅女的QQ和博客告诉了梁峥,说让他们精神上先交流交流,至于相亲见面的事儿他来安排。

传说中的宅女的网名叫“艾美丽”,资料很简单,年龄保密,估计也是老大不小、青黄不接的大龄剩女了。她的个人说明上写着:这个家伙很勤快,什么都没有留下。嘿!还挺幽默的。梁峥加了她的QQ,等待对方验证消息。

为了加深了解,梁峥又进了她的博客。博客里的内容就丰富多了,除了一些乱七八糟的图片外,还有几篇日志。

2009年1月1日:

今天本大姐开博了,先做个自我介绍吧:我叫艾美丽,16岁(十年前)。目前在北京的一家外贸公司上班,所谓的“白骨精”。2008年,奥运会成功举办了,身边的朋友有的拍拖了,有的嫁人了,有的生宝宝了。也有分手的,还有为离婚而打官司的!我却重复着朝九晚五的生活,一个人,简单而慵懒,日子愈发中性起来。

——关上房间,我就拥有了两座城池;一座属于我,一座属于我和这个城市。

2009年1月18日:

2009年的春天还没有开始的时候,我就已经在小区里面的超市里买冰淇淋了,一天一个。安静的夜晚,我喜欢站在窗边凝视外面被光晕笼罩着的世界。然后,举起半杯红酒,向北京说声晚安。胃时常会在半夜喊叫,我就会想起从前的许多事情,模糊而明晰。

——你和我,也许,只有一层玻璃那么遥远;抓不住的东西,我们可以选择回忆。

2009年3月7日：

3月初，出去买了一条黑色的铅笔裤，发现自己的臀部竟然下坠了。一怒之下，回来的时候买了两杯冰淇淋，一口气吃完。收到了大学同学老严寄来的新书，心里无比温暖。公司新来的林总还是比较帅滴，只是有点冷冷的，好像高不可攀……老妈在电话里委婉地询问我的个人问题，挂掉电话的那一刻，我开始同情所有的剩男剩女了。

——喜怒无常，撒娇耍泼，不应该是一种常态，却可以调节生活。

梁峥看了看，下面没有日志了，他很是奇怪艾美丽怎么总是给自己的日志搞个简评。臭显摆什么呀！于是他在博客里面留言：

宅女的生活，小资而琐碎；宅女的思想，却多少有点诡异！

四月中旬，北京的气温陡然间拔升，跟第一次接吻的情侣一样，热情倏地一下被点燃了。晌午，外面明媚敞亮的味道，让刚起床的艾榴榴有点措手不及。半裸的她去衣柜拿了件大号的男式格子衬衣套在身上，然后夸张地扩了扩胸，又扭了扭臀部，再啊啊的怪叫了几声后，拉开了一半米色的窗帘……

15楼的下面充满了喧嚣，她抓了抓蓬松的头发，又发了会儿呆，然后才把自己的思绪拽了回来。艾榴榴打开了床边银色的笔记本电脑，放上轻音乐，整个房间都空灵起来……艾榴榴喝了一大杯温开水，吃了两片面包，又喝了一袋纯牛奶，然后就急急地登陆了QQ，上面显示的名字正是“艾美丽”。

昨天晚上，她拒绝了网友“下里巴人”见面的邀请，虽然他们都住在一个小区里。艾榴榴的理由是她从来不见网友，没意思。她觉得网路上游荡着的散发着浓浓的雄性激素的剩男非常危险,一不小心就会着了道儿。艾榴榴和这位网友聊了都快一年了,两人是在国美的一个QQ群里认识的,大家都住在国美小区,所以话题比较多,聊得也十分投缘。百无聊赖的艾榴榴在“凤凰网”看完新闻后,发现“下里巴人”的头像还是暗着的,竟然有一点点失落。她想和他说说朝鲜发射导弹的事情,还想问问他,对于今年女人热衷于穿丝袜的现象有什么看法。

一连串的短信息提示声,有手机新闻,有电话提示,不过最让她愤怒的是——在上海出差的伍倩倩发来的信息:小妞,今夜你寂寞吗?她笑着回了伍倩倩的信息:寂寞都深入骨髓了,要不伍大爷来宠幸一下欲火焚身的小女子?

走出大楼,天空里还夹杂着太阳的余晖,艾榴榴坐在石凳上托着一张素脸发呆……当她再次抬起头的时候,发现路过的一对小情侣正打量着她。她立即换了个手托着脸,望到另一边。小情侣没走多远,艾榴榴又换回姿势,并开始唠叨:看什么看?好像谁没有谈过恋爱似的!知道吗?姐享受的就是这份寂寞!

晚饭后,艾榴榴再次登陆了自己的QQ,发现有个网名叫“老男孩”的请求加他为好友。老色狼还差不多吧,艾榴榴撅着嘴点了拒绝。她望着桌上的仙人球发了会呆后,打开了Word文档,然后写了以下内容:

天气突然热了起来,还真有点不习惯。时间过得也忒快了吧,都四月中旬了,抓狂……老百姓还饿着饭的朝鲜要发射导弹了,小日本摆出要拦截的架势,吓唬谁啊?哎,这个世界是越来越动荡了哦,连一贯唯恐天下不乱的本女子都担心了。其实,乱了也好,那我就是乱世佳人了……

——时间撒着欢儿的疯跑,后知后觉的我总是慢他半拍。

艾榴榴写完了之后,又看了一遍,语句通顺、思路清晰,接着就准备把日志贴进博客里。谁知道一向鲜有人问津的博客,居然有人留言,艾榴榴急忙点开。

“宅女的生活,小资而琐碎;宅女的思想,却多少有点诡异!”署名是老男孩,这家伙怎么阴魂不散啊。知道我的QQ,还知道我的博客,是哪个王八蛋呢?

她把刚写的日志贴了进去,又看了看老男孩的博客,什么都没有,心里咒骂了一句:老混蛋。觉得实在是无聊的她,点开了QQ音乐,放了王菲的专辑。当听到《闷》的时候,她由哼变为了唱,而且越唱越来劲,也越唱越难听。突然,手机响了,吓了艾榴榴一跳。电话是艾榴榴的同事程百万打过来的。

“在干吗呢?”

“能干吗,家里宅着呗。有事儿啊?”

“上个月不是给你介绍了一男人吗?这丫挺的返京了,想和你见个面……”

艾榴榴趴在床上,一边捏着泰迪熊,一边抓着手机,兴奋地喊道:“那就见啊,最好是找个地方狠狠宰他一顿!”

“得,你可得悠着点儿,这可是我的好哥们。要不明天你们见个面?”

“好啊,你明天给我电话吧。”

“对了,你记得加他的Q,网名叫老男孩!人家都投诉你了,说你拒绝加他为好友!”

“哼哼,原来是他啊……”

第二天下午,直到花枝招展、性感妖娆的伍倩倩出差回来,程百万也没有打来电话。伍倩倩这次出差回来可谓是满面春风,滋润得不行,就跟刚和爱人度完蜜月似的。她居然破天荒地给艾榴榴带了一个礼物——田园风格的亚麻流苏围巾,艾榴榴先是抱着伍倩倩亲了一口,然后就躲回了房间,在镜子前徜徉了近半个小时。自恋,是女人的专利。

艾榴榴正百无聊赖的时候,程百万打来了电话。说他昨天晚上和儿时胡同里的几个玩伴儿喝酒喝大了,刚起来,正腰酸背疼腿抽筋呢。程百万告诉艾榴榴,和她相亲的对象叫梁峥,也住在朝阳公园附近的。还说他就不来凑热闹了,让他们自己找个地儿见面。

五分钟后,艾榴榴就接到了一个陌生人的电话,对方声音宏亮,自称是程志辉的朋友梁峥。艾榴榴定了定神,刻意压低了声音,然后弱弱的明知故问道:"有事儿吗?"

梁峥拿着手机,站在窗户前,居高临下,因为这样打电话底气会足一些。他有点莫名的紧张,看了对方知性中带点刁蛮的日志,就觉得这个宅女不简单,并不自闭,相反还有点张扬。当然,梁峥也担心这次相亲又搞砸了。只能让对方喜欢自己,自己再伺机而动。要占据主动权,和这种知性妞打交道就是不能被动,被动就要挨打。绝对不能爱上对方,进而被对方摒弃。那样的话,不仅吴晓军又要看笑话,还多了一个程百万。以后自己还怎么在兄弟面前混呢?

"下午有空吗?想约你出来坐坐。"

"哦,在哪儿呀?"

"Lady first! 你定地方吧……"

"四级"都未过的梁峥,一不小心又秀了一把英语。他把选择的权利交给了艾榴榴,显示出了自己的绅士风范。

艾榴榴脑子转得飞快,她得找个消费高的地方,好好宰一顿这个家伙,可是一时又不知道去哪儿。她灵机一动,想到了蓝岛大厦,那边吃的喝的玩的啥都有。于是,艾榴榴故作温柔地说道:"要不蓝岛大厦吧,你离那儿远吗?"

"不远,挺近的,就蓝岛大厦吧!"国美小区到蓝岛大厦不到半小时,这在大北京来说是很近的路程了。梁峥心里松了口气,总算是约了出来,接着他又补充了一句,“那我们六点在大厦门口见,怎样?”

“嗯——好吧。”

挂掉电话后,艾榴榴开始紧张起来。她清楚地知道自己就是只纸老虎。相亲?她听说过,却没干过。一想到要去见一个陌生男人,让人家上下打量,她就腿发软。至于讹诈勒索,狠狠地敲对方一次竹杠,那就更不敢了。她只是曾经幻想过,幻想自己在古代就是一英姿飒爽的女侠,专门劫富济贫,仗剑闯天涯。现在看来,这次屠宰行动只能找帮凶了。

艾榴榴来到了伍倩倩的房里,见她还在收拾东西,就叹了一口气,十分无奈的样子。伍倩倩问:“咋了,你老妈又催你给她找乘龙快婿了?”艾榴榴简单地把前因后果讲了一遍,谁知道伍倩倩一下就来了精神,立马就添盐加醋,火上浇油。说去蓝岛那边太便宜这小子了,要去就得去三里屯,点几瓶洋酒让他“大出血”,让他今生今世都忘不了你。

一向精明的艾榴榴,在处理男女之间的问题上总是特别容易犯浑,她稀里糊涂地同意了伍倩倩的“宰男计划”。

刚把自己收拾得焕然一新,正准备出门的梁峥就接到了艾榴榴的信息:不好意思哦,朋友要我去三里屯接她,能改在那里见面吗?梁峥想了想三里屯也不错,酒吧多、气氛好,也就毫不犹豫地答应了。此时,吴晓军的房间里正放着林志炫的《单身情歌》。梁峥靠在门口往里面望了望,见吴晓军正奋力敲打着键盘,调侃道:“军哥,自娱自乐呢?这歌好啊,唱出了你的心声!”

吴晓军取下眼镜,吹了吹,又瞅了瞅梁峥,阴阳怪气地说道:“打扮得这么纨绔,该不会是又去相亲吧?”

“哎——你说这有得选择和没得选择的生活,差距该有多大啊!得,哥们我发发善心,让你也蹭上一回。三里屯,两美女,发你一个。咱俩 AA 制……怎样?”

“不去了,一看就是个桃色陷阱。你可得小心酒托儿,回头别说我没有提醒你!”

“吴晓军,你不仅身体宅得发霉了,脑子也宅得生了锈。这可是程百万介绍的优质客户,错不了!哥们这就闪亮登场了哦……”

按照艾榴榴的短信提示,梁峥来到了三里屯的一家酒吧门口。一个人东张西望地傻站了十几分钟,凡是两个女孩走过来,他都要打起十二分的精神用眼神去迎接,可是一次次地让他失望了,因为结果都是擦肩而过。梁峥正要拿出手机探听一下虚实的时候,左手臂被人轻轻地戳了一下。

梁峥猛地转过身来,眼睛里写满了戒备,吓得伍倩倩一哆嗦。她抿笑了一下,冲着梁峥试探性地问道:“你是——梁峥?”

梁峥快速地扫了一下伍倩倩和她旁边低着头的女孩儿,礼貌地笑了笑:“嗯,我是梁峥!”

“不好意思,让你久等了哦。”

梁峥潇洒一笑:“没事儿,千年等一回!”又指了指艾榴榴:“这是你朋友?”

“对呀,我刚陪她去买东西的。”

紧张的艾榴榴斜了一眼梁峥,又假装很淑女地低下了头。伍倩倩抿着嘴笑了笑,拖着艾榴榴就往酒吧里钻。梁峥立刻跟在她们的后面,脚步很轻盈,心情也不错。他边走边琢磨着:这程百万做事不靠谱儿,眼神儿倒还挺贼的。这个艾榴榴(其实是伍倩倩)比自己想象中还要漂亮,只是穿得稍显轻浮了一些,尤其是那一腿黑丝袜,多少男人在盯着看啊,属于奢侈品。文艺加上性感,再加上刁蛮,魔女?另一个女的其实也不错,只是戴了一副大黑框眼镜,整张脸都没有了,怎么看怎么傻。

艾榴榴今天晚上特意戴了一副平光的眼镜,这是伍倩倩出的馊主意,她说这样显得比较文静和淑女。现在的男人都好这口,估计是花花世界玩腻了,尝试着返璞归真,都喜欢纯的了。艾榴榴跟在伍倩倩的后面,往酒吧里蹿,心里也寻思着:这个老男孩其实并不老嘛,品相还成。虽然嘴贱了一点,也没有林总那么潇洒、稳重,但是无论是身材还是样貌,抑或是气质,都还是配得上自己的。哎——当着备胎先搁着吧,要想有进一步发展,那就得看这家伙的诚意有几斤几两了。

林总,名叫林强,是艾榴榴公司的副总,三月份才任职的。这个家伙是一"海龟",在美国留过学,人长得帅不说,还有才华,最要命的是多金,据说他母亲自己办得有公司。精神居高临下,但是物质压倒一切啊!所以他刚来公司,就被这些色女盯上了,至少财务室是沸腾了,连结了婚的财务室主任都赞赏有加,忍不住幻想一二。艾榴榴也不例外,老琢磨着和这个林总发生点什么,可是一直没有机会去践行。

伍倩倩他们几个在服务员的带领下,来到了二楼的一个小包房里。服务员把烫金的本子递给了梁峥,而梁峥又把本子递给了伍倩倩,梁峥认为伍倩倩才是他今天要攻关的大客户。伍倩倩一开始挺矜持的,要了一瓶干红和一些小吃。只含蓄了几分钟,就在气氛的带动下,摇头晃脑地扭动起身子来。

梁峥倒了三杯酒,自己先举起杯子:"首先我得感谢程百万,他让我认识了两位美女。其次,我祝两位美女青春永驻!"梁峥说完一干而净。跑销售的就是不一样,说话一套一套的。

几杯酒下肚后,梁峥和伍倩倩玩起了骰子,两人一副乐在其中的美样儿。

换到一年前,梁峥可能真不成,至少不太会玩骰子。但是现在的梁峥今非昔比了,跑销售的没几个不会喝酒。客户最喜欢来酒吧、会所这些风月场所,而且还得有 DJ 公主陪侍的。一来二去,长此以往,梁峥不仅能喝酒了,摇骰子也厉害了。伍倩倩也是酒吧的常客,和梁峥算是旗鼓相当了。两个人半斤八两,摇着摇着,也就摇出了感觉,互不妥协了。

艾榴榴则被他们晾在一边，只好一个人喝着闷酒，然后唱着乏味儿的情歌，自娱自乐。一开始她还不介意的，见梁峥和伍倩倩越坐越近，越玩越开心，不时还大笑几声，她心里也就不平衡了。这个王八蛋，你相亲总得把对象搞清楚吧！你姑奶奶的，本小姐才是今天的女主角呢！

后面，艾榴榴就不郁闷了。因为她越来越觉得梁峥这个家伙很肤浅，无非就是伍倩倩看上去比自己风骚一点嘛，遂判定梁峥为好色之徒。自己真是太幸运了，这混蛋被伍倩倩给验明正身了，否则自己很可能羊入虎口。还好躲过一劫啊！艾榴榴这么安慰一下自己后，心里着实舒服了很多，颇有点阿Q的精神。

酒很快就没了，伍倩倩也开始出手不凡了，直接让服务员上了一瓶轩尼诗XO。偷偷瞄了一下梁峥，见他眼睛都不眨一下。心想，这只“羊”还不错，可惜本小姐心有所属，要不然还真的可以发展发展。见艾榴榴一个人在对面喝闷酒，心里有些好笑，这哪儿是来相亲啊？这简直就是来发光发热的嘛。别怪我狠心哦，谁让男人都这么色迷心窍呢？

梁峥不是不心疼酒钱，只是他有自己的独特见解。只要做销售的人都知道一条定律，那就是“舍不得孩子套不着狼”。对客户得先付出，满足他们的需求，然后才有可能谈成生意，最终也才会获取效益。梁峥早已经过了初级销售既不想投入又想签单那关，一直奉行着“割肉奉君尽丹心”，这是他销售取得成功的原因之一。

试想一瓶XO和一个老婆比起来又算什么呢？梁峥太坦然了，坦然得眼睛都不眨一下，他甚至还想鼓励一下伍倩倩：你就可劲的点吧，只要你爱喝，钱不是问题，关键是咱们玩开心了……

随着酒精的作祟，艾榴榴的小脸儿红了，心里也恍惚了。她后悔啊，自己今天怎么打扮得这么老土呢，还戴个傻不愣登的眼镜儿，硬是让伍倩倩一个人抢了风头。她甚至怀疑这是伍倩倩的阴谋，她为什么就穿得这么风骚呢？而且不主动澄清一下，典型的喧宾夺主！男人不是喜欢淑女吗,可是自己咋就被冷落了呢?男人太不可信了,姐妹儿也不可靠。自己就算再不稀罕这个肤浅的臭男人,但是也不希望被对方视为无物啊。哪个女人希望自己被忽略呢?大街上都不行,何况在这样的特殊环境下。

好不容易鼓起勇气来相亲,没有想到是这样的结局。艾榴榴想站起来澄清一下,自己才是今天的女主角,可是她又担心对方早已经知道,故意不理自己。艾榴榴一边是嫉妒心膨胀,一边又自尊心作祟。这一矛盾、伤怀,又想起了那些不堪的前尘往事,心里堵得更慌了。很快,她又喝完了一杯酒。一个沉淀没有多久的命题从脑海里再次跃出:男人都不是好东西!

有时候,糊涂的好人比清醒的坏人更可怕。艾榴榴这一喝就刹不住了,结果当然是喝多了,她叫来了服务员。服务员摊开本子,第一页全是"重磅炸弹",艾榴榴看都没看,对着本子就是一通乱点。梁峥和伍倩倩玩得正乐呵,也都有点迷糊了,哪能留意到她呢?服务员是最清醒的,但是他巴不得你再多来点好酒。

十分钟后,伍倩倩刚去洗手间,艾榴榴就"哇"的一声吐了一地。梁峥不能不管不顾啊,小姐走了,丫鬟也还是得讨好讨好的,立即跑上去扶着艾榴榴。艾榴榴看了看梁峥,傻笑了一下,然后闭着眼睛"冥想"了不到三秒钟,又哇地一声吐了——不偏不倚,喷了梁峥一身……

伍倩倩回来一看,惊呆了。她知道艾榴榴喝大了,趁梁峥还云里雾里的,得赶紧撤。她冲愣在一边的梁峥比划了一个打电话的手势,就拖着艾榴榴逃之夭夭了。梁峥在服务员的"看管"下,先是去卫生间清理了一下身上,接着去买单。好家伙,5 788 元!还好有信用卡,不然就得成为人质被扣押在这儿了。

湿湿的衣服黏在身上,还夹杂着恶臭的酒味儿。梁峥有点无奈,都还没有来得及更进一步地了解对方,就让眼镜妹破坏了一切。无奈归无奈,但是他对这次相亲却充满了信心,这是迄今为止他感觉最好的一次。先是浪漫后是刺激,颇有点偶像剧的味道。尤其是一想到伍倩倩那迷离而摄人魂魄的眼神,以及那似笑非笑的暧昧表情和那一袭将性感纵深蔓延的黑色丝袜。他就全身发酥,觉得一切都值了,哪怕是倾家荡产。

梁峥坐上出租车后给艾榴榴发了一条短信:她没事儿吧?直到梁峥回去洗完澡准备睡觉的时候,才收到艾榴榴莫名其妙的短信:什么她没事儿啊,是我没事儿!哼,你还好意思发信息给我?肤浅!

梁峥先是一愣,接着就回了条信息过去:其实我皮厚!你说你朋友也真是的,明知道自己不能喝就少喝一点嘛。很快对方又回了一条信息过来:她傻呗!梁峥笑了笑,又回了一条信息过去,调侃道:还成吧,除了那副蒙面的大眼镜儿。

躺在床上还很虚弱的艾榴榴突然坐了起来,跟遭电击了似的。原来这个王八蛋搞错了对象!一边骂着,一边回信息:我就是你说的戴眼镜的那个傻妞儿,我才是艾榴榴!你这个白痴,混蛋!你脑子进水了吧?

梁峥看到信息后目瞪口呆,想了想前因后果,难道是自己搞错对象了,或者是她们故意导演的一出"乌龙剧"。这意味着几千元打了水漂儿不说,还被对方当猴儿给耍了,气不打一处来。梁峥原形毕露,再也绅士不起来,哪里还会键下留情:你脑子还灌铅了呢!像你这种宅女就活该剩下来!你是相亲还是梦游啊?还带一酒托儿。浪费我的金钱不说,还浪费我的感情和时间!

收到信息后的艾榴榴气得大声尖叫,愤怒得全身差点痉挛了,手抖动着发信息:老娘真想抽你一大嘴巴子,丫的也算男人?门外传来敲门声,接着是伍倩倩的声音:"没事吧,妞儿?""没事儿,我练嗓子呢!"艾榴榴关掉了手机,气呼呼地躺了下来,一把扯过被子蒙住了自己的整个身体。

可是,不到一分钟,艾榴榴就冲向了卫生间,接着里面就传来撕心裂肺的呕吐声……

直到第二天,梁峥还没有走出阴影。欲哭无泪啊,这他妈算什么事儿,真是好事不过三啊。这第四次相亲前半段还像那么回事儿,后半截简直就是闹剧了,惨不忍睹。这还没有什么,惨的是自己还不能让吴晓军知道,更不能向程百万投诉。难道说自己去相亲连对象都搞错了?还稀里糊涂地花了大几千。说出去谁信啊?即使别人信,也会认为自己就是一傻帽儿。

得,打落牙齿往肚里吞吧;就当一教训,以后再也不和这类宅女打交道了,拧巴;全当是去酒吧玩儿,闭着眼一不小心叫了两疯女人,花了点冤枉钱……梁峥不停地开导自己,告诉自己要淡定,男人胸怀要宽广,海阔天空嘛。但是他还是气得无法安心工作,于是溜进了抽烟室。

与此同时,艾榴榴的办公室里好不热闹:首先是每个月的中旬,财务室就闲得慌。这一闲,办公室就成了聊天室;其次,伍倩倩正在绘声绘色地描述着昨天晚上发生的破事儿,尤其是艾榴榴喝醉了到处吐的那段儿,被她说得异常凶猛。

朱祥玲托着下巴听得哈哈大笑,她是财务室的主任。30 出头的女人了,刚怀了小孩儿,因为她总是抱怨自己红颜薄命,所以大家私下里都叫她祥林嫂。她喝了一口白开水,感叹道:“你们这样也太不像话了吧!”然后又问一脸白皙、戴着黑眼圈的艾榴榴:“榴榴,那男的帅吗?”

“帅,比二百五帅多了!”艾榴榴这一骂,引得众人又是一阵哈哈大笑,典型的幸灾乐祸。

“那男的应该花了不少钱吧?”朱祥玲笑完后继续发问。

伍倩倩一嘴接了过来:“保守估计也得有四五千!”

“没有那么多吧?”艾榴榴有点紧张了。

“少不了,我点的就差不多两千大洋了!你后面又点了两瓶,其中一瓶是‘皇家礼炮’,另外一瓶我没有看清楚。”伍倩倩一脸的兴奋,似乎意犹未尽的样子。

“妞啊，下次再有这样的好事儿，你可得叫上我。我不去喝酒，我就去唱唱歌……”财务室里的另一个女孩谭晓娜冲艾榴榴哀求道。

朱祥玲跟着起哄：“哎——要不是有了宝宝，我也去，叫点好吃的！”

“没事儿！你生完了再去，我们财务室有三大剩女，以后的机会呀，还不多的是！”伍倩倩说完后，几个人又哄堂大笑起来。

艾榴榴不知道她们到底在笑什么，有点毛骨悚然。是笑自己傻呢，还是笑男的傻呀？很少去酒吧的她对里面的行情并不了解，现在的她心里却充满了愧疚。本来她想的也就是让梁峥破费几百元，报复一下他的自以为是、目中无人。谁知道被伍导演这么一折腾，弄掉了他好几千不说，彼此还闹翻了脸，搞得自己跟一泼妇似的。这完全出乎她的意料，所有的一切，好像都失控了。

艾榴榴有点坐立不安，胃也不舒服。她依稀记得自己后面只喝了几口酒，于是问道：“那没有喝的酒——应该是能退的吧？”

“不能退的，倒是能存在那里。不过你吐了他一身，他哪里还有心情去管酒的事儿啊……”

伍倩倩的前半句让艾榴榴舒服了很多，后半句则让她更加愧疚了。这一整天艾榴榴都没精打采的，跟掉了魂儿似的，总觉得欠了梁峥点什么。虽然她对梁峥并无好感，甚至是讨厌，但是，她觉得昨天晚上的确是摆了他一道儿。

回家的路上，艾榴榴硬着头皮给梁峥发了一条信息：你不是说咱们宅女的思想有点诡异吗，领教了吧？梁峥倒好，直截了当地给她回了一个字：滚！艾榴榴看到这个字后，不怒反喜，豁然开朗，心里再也不觉得愧疚了，还暗自骂道：色鬼，王八蛋，你丫活该！

程百万打来电话询问情况，梁峥只好说双方都没有感觉，对那晚上闹僵的事儿是只字未提，他相信艾榴榴也不好意思说出口。说白了，这对双方来说都是丢份的事儿，两败俱伤，除了那个摇骰子厉害的性感女人。梁峥这下对相亲是彻底地失望了，公司的一个同事给他介绍了一个女孩，约他周六去见见，梁峥以感冒为由推辞了，他决定休养生息一段时间。

情场失意、越挫越弱的梁峥，把心思全放到了工作上。他找了个机会，申请去了上海出差。

与梁峥一起出差的是老黄，老黄 40 多岁了，人干瘦干瘦的，鼻梁拱得老高，一看就是奸猾细腻之人。老黄是梁峥的直接领导，是销售一部的主管，也算是梁峥的销售导师。两人住在浦东莫泰 168 酒店里，他们正坐在靠窗的沙发上，一边吸着烟，一边喝着咖啡。

老黄弹了弹烟灰，然后瞄了一眼窗外，问梁峥："觉得上海怎样？"

梁峥看了看窗外错落有致、高耸入云的大厦，然后说道："还成吧，跟上海女人似的，一大家闺秀又透着点洋味儿，惹人遐想……"

"哈哈……上海女人也小家碧玉的。那你喜欢北京还是上海呢？"

"都不喜欢！北京给我的感觉就是四合院，是那皇城根下，表面上很窄很封闭，其实包罗万象，有容乃大，是精神文明的一种宽度。上海嘛，就是十里洋场，是《夜上海》，表面上灯红酒绿、纸醉金迷，其实日新月异，繁荣昌盛，它代表了物质文明的一种高度。所以呢，北京太大，上海太高，是两个极端。我辈只能仰望啊，在这样的城市里精神和物质的欲望都会不断膨胀。可是膨胀到一定程度呢，就会压抑自己原本瘦弱的身心……"

"嗯！有点道理，你说的是城市综合征。做销售后悔过吗？我看你干得并不怎么开心哦。"

"后悔又能怎样？人生就得不断地尝试，你不也干了这么多年吗？又想挣钱，又想满心欢喜，春暖花开？不容易的！"

老黄深深吸了一口烟，叹道："是啊，我 1995 年下海，一晃就从报社出来差不多 15 年了！哎——还干几年吧，然后就关着门儿写点东西……"

梁峥喝了一大口已经变酸了的咖啡，砸吧着嘴："自传？"

“咱又不是名人。是名人的话，抖点生活隐私给大众还能忽悠点钱。可能是这么多年经历的事情多了吧，总觉得心里有一个结没有打开，得把它写出来，不写出来就觉得自己白忙活了几十年似的。等你到了我这个年纪，估计也会有我这样的想法……”老黄望着窗外，使劲摁灭了烟头，“对了，你和小钟是怎么回事儿？”

“她想找一个家庭主男，我觉得我胜任不了。”

“那丫头其实挺不错的！她爸爸和我以前都在报社，我可是看着她长大的哦。哎——她家里也是揪心得不行，到处给她介绍男朋友。她倒好，现在过年连家都不回了。你们这代人啊，真是什么好事儿都赶上了，跟当时上山下乡那拨儿人似的，精神物质都极度匮乏！”老黄见梁峥一副若有所思的样子，接着说，“家庭主男就主男啊，还落得个清闲。你说你是被软禁在家里好，还是整天在外面摸爬滚打的强呢？”

“各有各的精彩……”

“那不就得了，改天我再问问她对你的看法。晓慧家里就她一个闺女，老钟这些年也没有少捞油水，你说你得少奋斗多少年啊？相信我，稳定压倒一切，一切都很现实……”

夜深了，梁峥还无法入睡。旁边床上的老黄早拉起了呼噜，一阵阵儿的，时而高亢、时而低沉，仿佛在奏交响乐。屋内黑沉沉的一团儿，窗外透着泛黄的光晕。梁峥想着那些陈年旧事，然后又想起这几次相亲的片段儿。最模糊也最深刻的要属和艾榴榴的那次了，不过，那也是最失败、最可气的一次；而最明晰、最温情的却是和钟晓慧在一起，她的知性、豁达、优雅都那么历历在目，让梁峥现在想起来都有那么点儿心醉。

一张名片能占多大个地儿，自己咋就容不得它呢？说不定她一心软就给自己打个折呢？其实，自己也可以做个 SOHO 男啊，事业家庭两不误；不就家庭主男吗？为了爱情可以遍体鳞伤，为了家庭就可以粉身碎骨。我烧饭拖地带小孩又怎么了我，这是模范丈夫啊……

梁峥越想越透彻了,他觉得有必要和钟晓慧再发展发展。在人的一生中,其实选择比奋斗更重要。梁峥决定再给钟晓慧和自己一次交往的机会。

第二周的星期六下午,梁峥和老黄飞回了北京。梁峥回到家后,翻遍了冰箱也找不着吃的。他买的东西肯定又被吴晓军洗劫一空,这已经不是第一次了。梁峥真想把吴晓军给吊起来,然后用鞭子往死里抽。可惜这家伙不在,连嘴瘾都过不了。梁峥决定下楼去找点吃的,刚走到国美小区的门口,他就碰见了提着两大袋东西的艾榴榴。两人几乎在同一时间认出了对方,先是尴尬,然后是故作坦然。只有一条小路,旁边是隔离了的行车道,连着地下车库的,艾榴榴想避都避不开了。梁峥阴鸷地笑了笑,然后才酸溜溜地说道:“真是冤家路窄啊!”

艾榴榴见梁峥挡在自己面前,丝毫没有让开的意思,不客气地质问他:“您这是想劫财,还是劫色啊?”

“如果只能二选一的话,我还是劫点财得了。”梁峥顺着艾榴榴的话抖一机灵。

“哼,就知道你们这些做销售的没有一个好东西!”

“得,是我太势利了!希望你下次碰见的是好色之徒……”

梁峥说完就往外走,艾榴榴冲着他喊道:“哎,你——跑什么啊?”

“……”

“能帮我拎点东西吗?”

梁峥犹豫了一下,返回。伸手接过了艾榴榴右手拎的两个袋子,还挺沉。梁峥惊呼,自己上当了:“嗨,一不留神,成你的男保姆了。”

艾榴榴转过头,反驳:“切,多少人排着队呢,想当还当不了!”

“看来排队的人今天都双休了,是吧?”梁峥快步跟了上去,刻意和她靠得很近。

艾榴榴夸张地甩着左手，昂首挺胸："哼——我让他们在家原地待命！"

"要不你叫一个出来让我开开眼？"梁峥嬉皮笑脸。

艾榴榴斜了梁峥一眼，见他眼神里透着点邪性，笑了："偏不叫，我让你开不了眼。"

"了解，你不想给他们任何机会嘛。"

"聪明！"

"……"

艾榴榴也住在国美小区，这让梁峥多少有点意外。还好，不是住同一栋楼，不然他会以为这是老天的刻意安排，然后他会想到传说中的缘分。梁峥一直把艾榴榴送到家门口，正准备转身离去，艾榴榴就说要不进屋坐会儿。梁峥不想进去的，可是脚却不由自主地往房间里蹭。梁峥坐在客厅里东张西望，贼眉鼠眼的。只见艾榴榴住的房子也是两室一厅的，和自己住的格局差不多，只是朝向不一样。

艾榴榴洗完手后，走了出来："你的眼神怎么这么贼啊？"

"那你还带我回家？真是用心良苦、居心叵测啊！"梁峥乘势追击。

艾榴榴没有想到梁峥脑袋转得这么快，一时有点语塞，脸也就红了。她立即把买的东西往自己的卧室里拎，让对方看不见自己尴尬的表情。心想：这人怎么还不走呢，难道等我给他烧饭吃？先把他晒在外面，以不变应万变。

接着，梁峥的肚子一阵怪叫。万幸啊，没有被这个女人听见。梁峥傻坐着也没有意思，觉得自己该撤了。想喊艾榴榴一起去吃个饭吧，觉得不合适。本来就被她廉价利用了，到屋了连水都不给倒一杯，自己还要请她吃饭，这不是犯贱是什么？他不想再和这个傻妞儿发生什么了，碰见她一准没有好事儿。虽然这次偶遇算是冰释前嫌，可是心里的阴影还一息尚存，梁峥告诉自己绝对不能好了伤疤就忘了痛。

"我先走了哦,朋友等着我呢!"梁峥冲虚掩着的房门喊道。

正在房间里照镜子的艾榴榴,立即走了出来:"好吧,谢谢你了!"

"别客气啊,咱们也算是老相好了……不好意思,是老相识!"梁峥一边往外走,一边尴尬地笑着,差点撞上了门。

"那我就不送了哦!"艾榴榴快步跟了上来,就要关门。

"——其实,你不戴眼镜好看多了……"

梁峥撂下这句暧昧的话后就逃跑了,接着他又折了回来,原来搞错了方向。艾榴榴偷笑着关上了门,心里骂道:一个大男人这么鸡婆。我顺口一喊,你就进来了,还赖着不走,这也太不讲究了吧。本小姐不是因为提不动东西,才懒得理你呢,自作多情。还眼镜呢,我戴不戴都好看……

梁峥刚呼噜完一碗油泼面,程百万就打来了电话,说是哥儿个好久没有见面了,得一起聚聚。梁峥说那就聚啊,跟吴晓军说了吗。程百万在电话里坏笑道,丫的就在我旁边,早就通了气儿了。电话那边传来吴晓军的叫喊声:"撞台球!"

半小时后,程百万开着一辆银灰色的现代"伊兰特"出现了。坐在前座的吴晓军兴奋得跟一暴发户似的,先是招呼梁峥上车,接着就嚷嚷着要去打台球。

"借的还是租的?"梁峥歪上了车,问程百万。

程百万从后视镜里瞄了瞄梁峥,十分不满:"哥们儿损人真有一套,你怎么不说是偷的呢?"

"我还真觉得是偷的,就你还稀罕?"

"靠!别这么愤世嫉俗好不好。不就相亲失败了吗?"程百万听见梁峥不屑他新买的爱车,有点急了,这一急就口不择言。

吴晓军幸灾乐祸,在前面怪笑着。梁峥想起酒吧的那次遭遇就不爽,但是又不好发火:"谁说失败了,好几个候选佳丽等着我挑呢!你别以为我多急着结婚似的,我只是看看现而今这些剩女到底在要什么花枪。再说了,咱们军哥还几十年如一日地过着呢,他都不着急,我急个啥?”

程百万会心地笑了起来,梁峥也跟着笑了。吴晓军知道他们在笑什么,一个人孤傲地望着窗外,脸拉得老长。

车在美食一条街停了下来。梁峥刚下车就看见了穿得极其性感的伍倩倩和一帅哥从餐厅里走出来,两人走向路边停着的黑色奥迪 Q7。瘦骨嶙峋像电线杆似的程百万,手指上套着车钥匙晃着圈儿,顺着梁峥的目光看过去:“你也认识他们?”

“化成灰我也认得啊,那女的和我在酒吧里玩过骰子,就上次和那个爱溜溜!”

“那男的是我们公司的副总,富二代、海龟、花花公子,什么好事儿都让这孙子赶上了。那女的是我们财务室的三大剩女之水性杨花——伍倩倩。”

“那另外两位剩女呢?”吴晓军走上来凑热闹。

程百万又转了一圈车钥匙,转身锁上了车:“小鸟依人和秀外慧中。”

三个人往楼上的台球厅走,吴晓军走在最后面,分析着:“这三大剩女啊,其实是三种取向。”

“吴晓军,你丫又开始做政府工作报告了?”梁峥转过头讽刺他。

吴晓军没有搭理他的,继续分析:“水性杨花的适合做情人,小鸟依人的适合做爱人,而秀外慧中的呢,适合做老婆!”

程百万站在楼梯上,激动地指着吴晓军:“哥们儿,真有你的,诠释得太到位了。我不就把秀外慧中的介绍给梁峥了吗?可是他却浪费了……”

“谁说我浪费了,已经把她列入候选名单!”

吴晓军笑:“你知道吗?这不是浪不浪费的问题,而是他根本就拿不下人家。”

"要不我把她介绍给你,让你去开垦这块玉米地?"梁峥反驳。

"笑话,我早就有心仪的对象了,谁稀罕你染指过的女人啊!"

程百万哈哈大笑,幸灾乐祸。吴晓军得意极了,一个人冲在了最前面。梁峥无话可说,跟在这两个活宝后面,一起走进了台球室。老规矩,三个人打循环赛,谁垫底谁晚上请客吃饭。一向球技精湛的吴晓军今天遭遇了"滑铁卢",居然被技术最差的梁峥给灭了。吴晓军对此的诠释就是:情场失意,球场得意。

三个家伙吃完饭喝完酒后,又买了些吃的和喝的回家里斗地主,结果是梁峥一个人赢了。送走程百万后,梁峥见吴晓军在清钱,一脸的鄙视:"少收了三五斗,对吧?"

吴晓军冷笑了一声,梁峥知道他要说什么话,于是自己先开口了:"情场失意,赌场得意,对不对?"

"知道就好!"

"要不我把钱还给你吧,换个情场得意。"

"这是明智的做法,拿来吧——135 块!"吴晓军还真厚着脸皮伸出了手。

梁峥摸出了钱包,一脸的坏笑:"要不我再多给你 115,凑个整数儿?"

"去你大爷的!"

"哈哈——"

吴晓军往房间里蹿,梁峥立即拦住了他:"诶,收拾客厅啊,每次都是我!"

"出钱又出力,你觉得合适吗?"

吴晓军往房间里拱,被梁峥一把给揪住了:"相当合适!你那狗窝我管不着,但是客厅你得弄好了,不然我让你搬出去……"

房子是梁峥租的,而且价格不贵。吴晓军推了推鼻梁上横着的眼镜儿,终于还是妥协了:"小气,不就是打扫卫生吗?一屋不扫何以扫天下!"

“是个明白人儿。你先前说你有对象了,谁啊?”

吴晓军正整理着客厅,冷笑:“有必要告诉你吗?”

“肯定是网上认识的吧,网恋?”

“甭管什么恋,咱们年底见分晓!”

“奉陪到底!”

礼拜一,程百万拿着一摞文件风风火火地闯进了财务室。只见三大剩女着装各异,但是都映衬出了自己的性格色彩。伍倩倩是白色小衬衣加黑色短裙,下面是一袭粉色丝袜,凹凸有致,分外妖娆;谭晓娜呢,一件长袖的白色卡通T恤,加蓝色牛仔裤,干净中透着温柔;艾榴榴穿了一件修身的黑色小西装,下面是一条灰色的铅笔裤,知性而时尚。

嘴里正嚼着东西的朱祥玲,则穿了一件防辐射的酒红色小褂,在房间里显得极其不协调。伍倩倩在看时装杂志,谭晓娜在网上看小说,艾榴榴正在嗑瓜子,互不干扰,各得其宜。程百万把文件递给了朱祥玲,然后走到了伍倩倩旁边,也不说话。伍倩倩望了望似笑非笑的程百万,白了他一眼,继续看自己的杂志。程百万抢过杂志,翻看着。

伍倩倩有点不耐烦:“只准看不准碰!”

“你这话里有话啊。前天下午五点三十七分,你怎么就让人碰了呢?”程百万笑。

伍倩倩脸红了,立即反驳:“胡说八道,你哪只眼看见了?”

“我和俩哥们去撞台球,然后就看见你和——”

“好了好了!中午请你吃饭,你可以走了吧?”伍倩倩急着打断了程百万的话。

朱祥玲对于饭局总是特别感兴趣:“那也得喊上我,我帮你把把关!”

“还有我,我帮你出谋划策……”艾榴榴大声喊着,一点儿也不淑女。

伍倩倩有点急了,感觉被大家敲诈似的:“凭什么呀?”

谭晓娜也不看小说了，跟着起哄："谁让你搞地下恋呢？"

伍倩倩忸怩了半天，终于还是妥协了，换来大家的欢呼声。程百万拿着朱祥玲给他报销的费用，刚走出去又折了回来，冲着艾榴榴小声问道："你和梁峥还联系吗？"

"没有啊，联系他干什么？"

"有戏啊。他说他都把你列为候选佳丽之一了！"

"切，谁稀罕！"

谭晓娜好奇地问道："咦，这梁峥又是谁呀？"

"就上次酒吧里那个冤大头！"伍倩倩解释。

谭晓娜求证："就是破费了好几千，被你们耍了的那男的？"

"对滴，就是他！"

"妞啊，你们还是冰释前嫌吧，这样我们晚饭又有着落了。"朱祥玲积极献计。

谭晓娜立马附和："就是就是……"

艾榴榴白了她们一眼，默不作声。朱祥玲本来就贪吃，现在怀了小孩就更能吃了，天天盼着饭局，制造着饭局。她的建议很快就得到了大家的响应，程百万还嬉皮笑脸地说他不介意再次牵红线当月老。又是一阵起哄声，弄得艾榴榴红霞满脸飞，一时也不知道说什么好，心里却骂着：王八蛋，居然把我列为候选人！

中午，伍倩倩兑现了自己的承诺，请他们在一家重庆餐馆吃的饭。程百万终于弄明白了那天晚上酒吧里发生的事儿，原来事情并没有梁峥说的那么轻松。很明显，梁峥被伍倩倩和艾榴榴给耍了。更确切地说是他们两人的约会，被第三者伍倩倩搅了局。梁峥不仅相亲失败，而且还当了一回冤大头。

可是，程百万一点也不同情梁峥，还觉得这事儿特好笑。这还不算完，吃了饭后，他就迫不及待地把这个爆炸性的新闻告诉了吴晓军。吴晓军在电话里先是一声叹息，然后就说自己如何拒绝了梁峥的诱惑，又如何料事如神，知道那就是一个桃色陷阱，最后就是幸灾乐祸了。

与此同时，梁峥正和老黄在一家面馆里吃牛肉拉面。老黄说他已经把梁峥的意思委婉地转达给钟晓慧了，又把钟晓慧的手机号码给了梁峥："嘿嘿——加把劲儿，早点抱得美人归！"

"随缘吧，突然又没有了当初的激情，还是觉得一个人过着舒坦。"

"早晚得走上这条道儿的，为什么不趁早呢？选择的余地也大一些。"

"再说吧。听说公司又招了一批业务员？"

"嗯，十个吧。我们部门分了一个过来，就上午找我拿资料那女孩子，叫向丽。"

"哦——看上去还蛮精明的。"

"刚毕业两年，以前在房地产公司上班……"

艾榴榴和伍倩倩在回来的路上就没有消停过，艾榴榴想知道伍倩倩的地下恋人是谁，质问伍倩倩为什么连她都瞒着。伍倩倩只是笑，顾左右而言他，就是不说出来。这激发了艾榴榴的兴趣，两人在电梯里打情骂俏，全然不顾其他人异样的眼神。

回房间后，艾榴榴换上了拖鞋，给自己倒了一杯白开水，然后望着对面一栋栋的建筑发呆。艾榴榴突然想起了也住在这个小区的梁峥，这家伙住在哪一栋楼呢？摸出手机，给他发了一条信息：我什么时候成了你的候选佳丽？

晚上，梁峥刚回到家，吴晓军就靠了过来，问他上次去三里屯酒吧的事情。梁峥说很好啊，喝酒聊天 K 歌十分惬意，还有两美女作陪，不亦乐乎。吴晓军先是冷笑了几声，然后哈哈大笑着走回了房间，整得梁峥丈二和尚摸不着头脑。梁峥正在困惑的时候,手机响了。

梁峥收到艾榴榴的质问信息后,寻思了一下。肯定是程百万这个奸细暴露了自己,只好硬着头皮回了三个字:莫须有。站在窗边的艾榴榴正闲得无聊,哪会放过梁峥,狡黠地笑着,也玩起了文字游戏:是还是不是,有还是没有?梁峥看不到艾榴榴的表情,也不知道她刨根问底儿到底图个什么,只好解释:佳丽是真,候选是假……

艾榴榴:你很会躲猫猫嘛?

梁峥:其实我在做俯卧撑……

艾榴榴:我发现你小子油腔滑调的,没有个正经!

梁峥:传说大姐你楚楚动人、风姿绰约、明眸善睐、高贵典雅、秀外慧中、贤妻良母、表里不一、名不副实啊……

艾榴榴看到前面几个词语心里还美滋滋的,后面就不爽了。心里咒骂了一句,玩什么幽默?就这点小伎俩,骗骗小女生还成。艾榴榴径直回了房间,不再回短信。梁峥见艾榴榴没有了音儿,以为她见好就收,变相地投降了,点了一支烟偷着乐呵。臭丫头和我玩文字游戏,那不是自寻其辱吗?也不想想以前我学的什么专业。梁峥想起了老黄给的手机号,兴致勃勃地发了条短信给钟晓慧:你还记得大名湖畔的梁山争吗?让他失落的是直到晚上睡觉的时候,钟晓慧也没有回信息过来。

第二天早上,梁峥打开手机后,终于收到了钟晓慧的短信:呵,对不起!我只记得夏雨荷哦。时间是晚上11点39分,那时候梁峥早就关机睡觉了。自从和前女友分手后,梁峥就习惯了关机睡觉。梁峥心情莫名的愉快,回了条信息过去:我当时站在杨柳树下的……

又是漫长的等待,这对做事喜欢雷厉风行的梁峥来说是种煎熬。等待的无论是什么,这个过程都是痛苦的。即使抱着享受的心态,那也是在享受煎熬。梁峥等到中午才等到钟晓慧的信息:对不起啊,太忙,吃饭了吗?梁峥立即回信息说自己正在吃,然后对方又没有了回音儿。梁峥想拨个电话过去，和钟晓慧聊聊，一时却又不知道应该说些什么。

两人之间有道深深的沟壑，梁峥明白自己在钟晓慧面前很紧张，甚至还会有点儿卑怯。倒不是自己不够坚强，不自信，而是一直被这个城市里的现实所挤迫，以至于成了惯性，对于奢侈的人和物，总是敬而远之。就像路上呼啸而过的高级跑车，不屑于对方的炫富，却又幻想着哪天自己也能坐进去——驰骋天涯。这是一种既期盼着又心生抵触的情绪，微妙而繁芜。

时光荏苒，一转眼就是五一假期了。吴晓军的公司组织员工去北戴河玩，本来梁峥是可以作为吴晓军的"家属"参加的。但是梁峥却碍于情面没有去，毕竟这公司是他的"老东家"，当初他嫌工资太低，炒了人家，现在又投怀送抱，这不是他的风格。给程百万打了个电话，得知他用爱车载着家人去了怀柔……房间里空荡荡的，梁峥第一次觉得一个人待在家里有多么的无聊。

对面的大楼灯火阑珊，森然矗立着。左侧的街道上像铺了一张金黄色的地毯，车水马龙。站在阳台上的梁峥走进了客厅，斜靠在沙发上，叼着烟。一切都静悄悄的，只有烟草充分燃烧的嗤嗤声，和那忽明忽暗的电视里传出的微弱叹息。每当这个时刻，梁峥不得不去审视自己和这座城市的关系。当初来到这座城市的梦想，渐行渐远，似乎越来越模糊不清了……

梦想即使褪色，生活仍将继续。

第二天，也许是否极泰来，梁峥接到了一个出乎意料的邀请——艾榴榴约他去看鸟巢。什么意思？藕断丝连，还是觉得我真的不错；不会又是一个陷阱吧？见机行事好了，情况不对就闪人！总比一个人耗在家里要强吧，胡思乱想的，落得个身心俱疲。梁峥经过一番深思熟虑后，觉得此行十分有必要。

艾榴榴为什么会邀请她并不喜欢甚至是有点讨厌的梁峥呢？

原来，两个小时之前，艾榴榴以前在大学的男朋友严志杰来京度蜜月了，他要求和艾榴榴见个面。艾榴榴一开始说不方便，可是严志杰一再要求，还说这是他老婆的意思。艾榴榴只好勉强答应了，接着她就把这个事情告诉了伍倩倩。伍倩倩说那个女人分明是在挑衅她，见艾榴榴一脸的困惑，于是就给她耐心地分析："一是对方想满足一下好奇心，看看她老公大学时候的女朋友是啥样儿的；二是想气下你，最终还是她得到了这个男人；三是扼杀你们的关系，让她老公和你都明白一件事儿，那就是你们已经属于过去式了。"

"有这么夸张吗？"

"绝对的，肯定是那男的有意无意在她面前提起你。这女人吃醋，一直怀恨在心，所以趁这次来北京玩的机会，顺便拜访拜访你。"

"有这么悬乎吗？倩倩，我觉得你这人的疑心太重了！"

"你怎么不说我思维缜密，情商高呢？"

"……"

接着，伍倩倩又给艾榴榴出主意，以对付那个小肚鸡肠的女人。首先，要打扮得漂漂亮亮的，重点是要性感撩人，一定要在气质、风度上把那女人比下去；其次，要带一个还算不错的男人过去做你的男朋友，不能还是剩女一枚，让他们看笑话；最后，还要在适当的时候刺激一下他们。反正要让男的后悔，女的嫉妒，让他们度不好蜜月，然后带着遗憾回家，在你们的阴影下度日如年……

艾榴榴斟酌了一下，觉得伍倩倩的心机也太深了，甚至有点恶毒。不就大学同学见个面吗？非得整出一套阴谋论来。不过，有些地方说得还是很有道理的，尤其是自己一定要穿漂亮一点，还有就是得有一个男朋友在身边，帮衬帮衬。艾榴榴这么一想，底气竟然足了许多。

可是哪儿去找男朋友呢？艾榴榴首先想到的是帅气、优雅、多金的林强，她鼓足了勇气，写了一条短信给林强，但是最终还是没有发出去。我艾榴榴哪怕就是一辈子单身，也绝不能“凤求凰”！艾榴榴长长地舒了一口气，来到了阳台，伸了伸懒腰，接着她就很自然地想到了梁峥。她觉得梁峥把自己当成候选佳丽，自己就可以把他作为临时演员路人甲，这一点都不过分。

梁峥今天穿得很干净、清爽，白色T恤，卡其色休闲裤。他在楼道里故意延迟了几分钟后，才慢慢地走出来。梁峥远远地就看见艾榴榴站在小区门口焦急地望着里面，这让他特别解气。走近后，梁峥才发现面前的艾榴榴光彩照人，不仅漂亮，还十分性感迷人。而且这种性感透着知性和高雅，容不得你去遐想和亵渎的。这与那个戴着大框眼镜的柴火妞判若两人，梁峥忍不住多看了两眼。

艾榴榴见梁峥傻傻地盯着自己不说话，使劲推了他一把：“诶，怎么萎靡不振的，精神点！”

“士别三日，当刮目相看啊，居然越来越上镜了……”

艾榴榴莞尔一笑，不接梁峥的话茬儿。冲前面的出租车招了招手，接着就轻盈地钻了进去。拽什么拽呀？说你胖，你还真就喘上了。今天是你主动约的我，又不是我死乞白赖地追着你。梁峥又摸了摸裤袋里的钱包，可得捂紧了，最起码那也得是AA制。

鸟巢的东边，出租车刚停稳，梁峥就以迅雷不及掩耳之势拉开了车门，走了出去。坐在司机旁边的艾榴榴一边在包里掏钱，一边暗自骂着：小气，吝啬，这算什么男人呀！艾榴榴咕哝着下了车，整理了一下衣服之后，又照了照镜子，这才拿出手机给严志杰打电话。严志杰和他老婆还在水立方里，说马上就出来。

烈日炎炎，游客如织，气温似乎一下上蹿了几十度。艾榴榴拿出大墨镜，遮住了半张脸。刚才还不知所踪的梁峥突然冒了出来，手里拎着两瓶冰可乐,正冲她傻笑着。梁峥拧开了一瓶,递了过来:"大明星啊,你说你上次去酒吧戴这个多好,我也就不会移情别恋了。"

艾榴榴接过可乐后,喝了一小口,笑:"干嘛这么体贴呀,还真让人不习惯。"

"见你今天把自己搞得这么隆重,我要是一点都不捧场,好像也太不近人情了。说吧,是绕这个鸟窝一圈呢,还是深入鸟穴——进去探个虚实?"

"往水立方那边走吧,接人呢!"

梁峥有种上当的感觉,警惕地问道:"男的女的?"

"帅哥!"

"……"

艾榴榴说完就朝前面走了,梁峥落在后面好远,心里很不是滋味儿。他暂时还不知道艾榴榴的葫芦里到底卖什么药,但是有一点是可以肯定的,艾榴榴并不是想和他单独约会,而是另有企图。梁峥刚走到水立方前面的广场,就发现艾榴榴冲一对年轻男女走了过去。男的戴着眼镜儿,透着吴晓军那种臭知识分子的斯文劲儿,但是要高,要帅,不过皮肤要黑一些。女的穿金戴银,本来模样还不错,但是一身着装却搞得自己像个富婆似的,与她的年龄极其不符。

梁峥见他们说着话,艾榴榴还不时地回头望望自己,慢慢靠了上去。艾榴榴立即给双方做介绍:"我男友,梁峥。这是严志杰,我的大学同学;这是他的爱人,肖晓。"

谜底终于解开了,梁峥啼笑皆非。见严志杰看自己的眼神里透着审判和虚傲,不对,准确地说是嫉妒,笑着伸出了手:"欢迎,欢迎!"

两人握手的时候,都用上了劲儿,暗战开始了。

梁峥见艾榴榴和肖晓站在一边寒暄着,表面上都热情似火,其实貌合神离,心里暗自好笑。既然骗我来演戏,我就假戏真做。梁峥伸出了"黑手”，直接搂住了艾榴榴的小蛮腰，对着她的耳朵小声说道：“旧爱新欢啊，玩得够 High 的。”

艾榴榴身体一激灵，脸都扭曲得变了形。很显然，她没有料到梁峥这么大胆，可是又不好当面拒绝，只是阴鸷地扫了梁峥一眼，然后强颜欢笑。梁峥一点儿也没有松手的意思，紧紧地揽着艾榴榴，身子也贴了上去。这就叫趁火打劫，解恨不说，还很刺激。几个人朝前面走去，艾榴榴故意落下脚步，然后柳腰轻摆，挣脱了梁峥的魔爪。艾榴榴又瞪了瞪梁峥，径直朝前面走去。梁峥不以为然，觉得好戏才刚刚开始，快步跟了上去。

艾榴榴刻意和梁峥保持着安全的距离，心里咒骂着这个王八蛋、臭流氓。走到鸟巢旁边后，心生一计：“梁峥，你去给我们买几张鸟巢的门票吧！”

买票是可以，但是钱不能我出吧。梁峥学聪明了，他摸出了钱包，佯装翻了翻：“老婆，我钱不够，给我拿点！”

严志杰：“不用不用，我们已经进去看过了，在外面转转就好。你们别这么客气，真的！”

肖晓：“好晒哦，我们找个阴凉的地方坐一坐吧……”

半小时后，一家湘菜馆里。梁峥故伎重施，厚脸皮地紧挨着艾榴榴，艾榴榴已经靠着墙，避无可避了，右手慢慢地向梁峥的大腿伸了过去。艾榴榴狠狠地揪着梁峥的腿，然后狠狠地拧了一圈儿，接着梁峥就“啊——”地怪叫了一声。

“怎么了？”肖晓问。

“没事儿，一不小心被旁边的美女摁了一脚。”梁峥强忍着痛，哪里肯罢休，使劲捏了捏艾榴榴粉嫩的脸蛋儿：“把我脚踩瘪了，以后谁背你呀？”

艾榴榴见对面的两口子都望着自己，也不好意思发火，只好强颜欢笑：“那就我背你好了！？”

“嘿嘿……”梁峥得意地笑了。

艾榴榴的脸被梁峥掐得泛白，接着就红一团白一团了。还好艾榴榴在情绪的波动下，脸也一下子变得绯红，掩盖了一切。艾榴榴气急败坏，权衡利弊后，只好低着头喝茶。因为她害怕自己的鲁莽行为，会换来敌人更疯狂的反扑。

很显然梁峥还意犹未尽，也妇唱夫随地端起了茶，轻轻呷了一口：“嗯，不错，一股地道的麦香味儿。”然后又问严志杰，“你大学时和我们家榴榴一个班吗？”

正精神恍惚的严志杰，立即回答：“不是，算是一个大班吧！上大课的时候在一起……”

“班花是谁啊？”梁峥一本正经地问着并不正经的事情，丝毫不介意坐在旁边干着急的艾榴榴。

严志杰笑了笑：“就坐在你旁边的……”

“你那会儿肯定打过我们家妞儿的主意吧？”

梁峥说完后哈哈大笑。见严志杰的脸刷地一下就变白了，拼命挤出了一丝微笑，不知道怎么回答。而坐在他旁边的肖晓则拉长着脸，很显然，这话触到她的痛处了。旁边尴尬万分的艾榴榴，偷偷地又把手伸了过来。梁峥早有防备，一把就抓住了，并把她的手拉了上来，握在一起：“嘿嘿……其实我在大学里是校草，真的，不忽悠你们！”

“班花配校草，绝配嘛！”严志杰故作轻松地调侃着。

梁峥不领情：“那是校花……”

“呵呵……”肖晓一人忍不住笑出声来。好像在嘲笑艾榴榴只是朵班花，而不是校花儿。

短暂的沉默，大家都喝着茶，左顾右盼，其实心里都在算计着，餐厅的客人也渐渐多了起来。梁峥突然想起了艾榴榴博客里的一句话，猜测给她寄新书的老严就是面前的这位男士，于是大胆地问严志杰：“你给榴榴寄的书我看了,真不错!"

"朋友给我送了好几本,我就转送给大家而已。对了,你们打算什么时间结婚呢?"严志杰转移话题。

"反正我们现在已经住在一起了,结婚是迟早的事儿。一张纸而已,无所谓。"

肖晓这下兴奋了,取笑他们:"那你们不是无证驾驶呀?"

有人跟他搭戏,梁峥自然来劲了:"总比无人驾驶好吧?"

"那还是得拿个证的,安全第一哟!"肖晓语气怪怪的,说完后还特意看了看哭笑不得的艾榴榴。

"听见没,媳妇儿?群众都有意见了!"

"……"

肖晓为自己刚才犀利的言辞得意,故意翘着手上的大钻戒去端水杯,还特意瞄了瞄艾榴榴。她旁边的严志杰躲在眼镜背后,眉头紧皱。这让梁峥想起了自己那些道貌岸然的客户,他们一边挥霍着纳税人的血汗钱,一边信誓旦旦地呼喊着为人民服务,演技精湛得炉火纯青了。

艾榴榴和梁峥两个人在吃饭的时候也是小动作不断,梁峥故意给艾榴榴碗里放肥肉,然后告诉严志杰他们,艾榴榴最近特爱吃肥肉,以至于肚子上都有赘肉了,捏起来特别柔软,就像小孩的脸蛋儿似的。艾榴榴的头都快低进盘子里了,她只想饭店现在被打劫或者发生火灾,最好是来一伙恐怖分子端着 AK47,对着她们这边就是一阵狂扫。

可见,艾榴榴已经出离愤怒,想和残酷的敌人一起同归于尽。

这一切,严志杰看在眼里,听在耳里,那都是一种折磨,失落,心酸!他觉得艾榴榴比以前漂亮多了,也更加安静、优雅。两相比较,自己的老婆俗气,肤浅。但是,艾榴榴却找了这样一个玩世不恭的男人,有点替她惋惜。严志杰决定以后再也不给艾榴榴寄书了,这已经没有意义。肖晓也受到了不小的冲击,她觉得梁峥和艾榴榴的打情骂俏,特别有趣。这和偶像剧里演绎的浪漫和甜蜜如出一辙，情侣之间就应该这样生活。她觉得艾榴榴比自己要幸福，因为梁峥比自己稍显木讷的老公浪漫多了。

由此可见，伍倩倩离间此夫妇的目的算是达到了一半。当然，主要功劳是梁峥的。正是他的卖力演出，蓄意破坏，从而获得了意想不到的效果。

在回去的路上，艾榴榴坐上车后就一言不发，头歪在一边。梁峥则和出租车司机唠叨个没完没了，不时还故意大笑。车在国美小区门口停了下来，两人刚走下车，艾榴榴就扬起手甩了梁峥一耳光，响亮、透彻、劲道！

梁峥被艾榴榴这一突然袭击搞得有点懵了，揉着火烫的脸，傻了。见路人都望着自己，恨不得找个地缝钻进去。艾榴榴已经潇洒地往前面走了，梁峥追了上去，喊冤："不至于吧，嫌我没有利用价值了，就一脚踹开？你这是典型的过河拆桥、始乱终弃！"

艾榴榴本来还气冲冲地走着，听梁峥这么一说，扑哧一声笑了出来。还好，捂着脸、耳朵还嗡嗡作响的梁峥没有听见。看着艾榴榴窈窕的背影消失在大楼里，梁峥突然有种怅然若失的感觉。不过，这种感觉并不持久。梁峥想着今天发生的事情，自己都觉得好笑，生平第一次调戏女人，还是这么要强、这么自我的女人，过瘾。虽然挨了一耳光，值了！他笑着给艾榴榴发了一条信息：除了我妈还没有哪个女人打过我呢，咱俩这事儿没完！

刚要走进电梯，艾榴榴就回了信息过来：那你认我做干妈呀？梁峥这下是彻底傻眼了。

回到家里的艾榴榴，把包一扔，重重地横卧到沙发里。伍倩倩脸上敷着面膜，正斜躺在沙发上看杂志，见艾榴榴一副不悲不喜的样子，有点纳闷："怎样，打败那个女人了？"

艾榴榴使劲抖掉了高跟鞋，揉着腿："两败俱伤，流氓得利！"

"流氓?"

"梁峥,就上次酒吧那个家伙。趁火打劫,居然对我动手动脚的!"

伍倩倩立起了身子,笑:"他胆子这么大啊——都摸你哪儿了?"

"一会儿搂着我的腰,一会儿搭着我的肩膀,一会儿牵着我的手……回来的时候,我给了他一耳光!"

"呵呵,你们俩都还挺逗的。"

艾榴榴换了个姿势,蜷缩着身子:"还不是你出的馊主意?"

"男人坏点不是更刺激吗?"

"那你去找他刺激好了!"

"……"

晚上,严志杰发了几条信息给艾榴榴,都很暧昧,最后还提出过分的要求,想艾榴榴去酒店和他单独见个面。艾榴榴严词拒绝了,然后果断地删除了严志杰的电话号码。

五一假就这样在躁动不安和无聊中结束了,短暂的休息之后,又要开始新的征程了。梁峥这次和老黄去的地方是郑州,那里有几个客户需要见面谈一谈。临走的前一天,向丽提出了随同出差实习的申请,老黄居然批准了。这让梁峥有点意外,按照公司规定,向丽在六月份才可以跟着老代表一同出差的。

有个女孩子一起出差其实并不算坏事儿,女人天生喜欢照顾别人,而且对吃和住都很讲究。身形丰腴的向丽一路上买了很多零食,还带了可读性强的杂志,这给两个男人的旅途增添了许多乐趣。到郑州后,向丽让出租车司机直接载他们去了预定好的酒店,价格便宜不说,还很舒适。

第二天,老黄自己去拜访客户了,他让梁峥带着向丽也去见见客户,学习学习。可是这个客户是梁峥去年就跟上的重点客户,带着新的业务代表去办公室见面,显然不合适。梁峥左右为难,既不想向丽去搅了局,又不想违背领导意思，把向丽一人扔宾馆里。办法总是有的，梁峥提前给客户打了一个电话，预约他中午在一起吃个饭。

中午，客户准时出现在饭店里。梁峥做了一下简单的介绍，说向丽是自己的女朋友，这次是来郑州玩的。客户倒也不介意，双方聊得很开心，还喝了一点酒，不过自始至终都没有谈项目的事情。梁峥把客户送上车后，又给他发了一条信息："王总，上次给您说的那个项目，您看最近能操作了吗？"

五分钟后，客户回了信息，说项目的具体情况晚上再详谈。梁峥知道这个单子基本上已经搞定了。做业务就是这样，很多时候不是在卖产品，而是在营销自己，和客户建立一种互相信任的关系，然后各取所需，就这么简单。产品再好，对方不信任你，他的利益保证不了，也是白搭，他绝对不会和你合作。所以，三流的业务员总是在介绍自己的产品有多么多么好，竭力推销产品；而一流的业务员则是忙着营销自己，努力和客户建立合作关系……

梁峥把这些营销经验和方法论告诉向丽，但是，向丽却不这么认为。

她拿卖房子打比方，说客户最看重的是房子的性价比，而不在乎你是谁，和你是什么关系。梁峥立即予以否定，说性价比只是客户看重的一个方面，这与关系营销并不矛盾。然后说买房子的人不一定全是看性价比的，不同的客户对房子的要求的侧重点不一样。有买房用于投资的，这种人看重的是房子的升值空间，户型好不好；有买别墅、高档小区的，他们最看重的是安全健康的环境，和入住的舒适度；而工薪阶层买房，他们看重的是房子的首付额度，以及自己是否有房贷的偿还能力。

因此，不同的客户要卖给他们不同定位的产品。这也是为什么好的品牌的产品都是多元的，梯状的，这是为了满足不同客户的需求。但是，关键还是要建立一种营销关系。一旦这种关系确定了，他需要什么，你都可以卖给他什么。不光是房子，保险和车子什么都可以。品牌的建立推广,其实也是一种关系营销,营销什么关系呢?营销品牌的美誉度,让消费者信赖这种品牌,从而建立信任关系。然后,每当客户需要购买产品的时候,他都会想到这个品牌,在这个品牌旗下选购相关的产品。这就是所谓的品牌效应,归根结底,还是关系营销。

向丽听得似懂非懂,一时还消化不了。她觉得梁峥多少有点卖弄的意思,把她当成了刚毕业的不谙世事的大学生。而她和所有的新人一样,在老业务代表的喋喋不休之下,产生了逆反情绪。

梁峥似乎也看出了这一点,也就没有继续说下去。他认为营销首先是一门学问,然后才是一项技术,最后才是一种艺术。只有金牌销售才能将营销这门学问上升到艺术的高度,那也就是所谓的"悟道"了。而自己目前充其量只是一个技术工,会点销售技巧而已。而向丽刚入门,还处于汲取营销学问的阶段。

老黄下午五点半的时候打来一个电话,说他正在和客户吃饭,一会儿还要去 KTV 唱歌,想让向丽过去玩玩,活跃一下气氛。梁峥正求之不得,因为他晚上也要去见客户。向丽收拾装扮了一番,给梁峥打了一个招呼就出去了。直到第二天中午,向丽和老黄才回来。

老黄细心地给梁峥解释他们昨天晚上都干了些什么,先是喝酒唱歌,然后喝多了,朋友开了两间房睡觉。这和梁峥想象的一样,却又不一样。梁峥认为过程是喝酒唱歌,只是没有这么简单;结果的确是睡觉了,却没有这么单纯。

和谐号里飘着淡淡的咖啡味儿,还有轻柔的音乐和打扮得像空姐的乘务员,给人的感觉好像是在坐飞机。这次出差很顺利,三个人心情都很阳光。旁边的老黄正拉着向丽的手一本正经地看着"手相",这让梁峥忍俊不禁。他只好拿出手机,决定发发短信,以便打发一下时间。

梁峥给钟晓慧发了一条信息,可是却杳无音信。梁峥又厚着脸皮给艾榴榴发了一条信息,内容是"化干戈为玉帛"。艾榴榴很快就回了一条信息过来,充满了火药味儿:还化骨绵掌呢!

有点意思,梁峥想起那一耳光,脸似乎还有些灼痛,立即诉苦:难怪我的脸现在还痛呢,下手也太重了!

艾榴榴:没拍死你,算你命大!

梁峥:我又不是苍蝇!

艾榴榴:可是你比苍蝇还要讨厌。

梁峥:上回我的演技还不错吧?在女主角不配合的情况下,还出色地演绎了一个痴情男。

艾榴榴:我呸!占了便宜还卖乖。

梁峥:要是上次不张冠李戴的话,我估计我们就本色演出了……

艾榴榴:绝不可能,我一直都有喜欢的人!

梁峥:那你还和我相亲?

艾榴榴:本姑娘那天无聊,逗你玩儿,不可以吗?

梁峥:算你狠!

艾榴榴:呵呵,彼此彼此……

梁峥气愤地把手机塞进了裤兜里,见向丽这会儿又拉着老黄的手指点迷津,恶心得不行。杂志也看不进去了,只好闭着眼睛睡觉,可是睡又睡不着。梁峥老想着上次艾榴榴清丽可人的样子,还有她那柔软无骨的腰,这是个危险的信号。两个看手相的还没有看完,梁峥实在憋不住了,干脆把手伸到了老黄面前:"要不给我也看看手相吧,看我啥时候结婚……"

国美小区。梁峥一进门,就发现桌子上摆着两瓶啤酒,几盘小菜,十分意外。吴晓军笑着说他要为梁峥接风,梁峥有点丈二和尚摸不着头脑,不知道吴晓军这唱的是哪一出戏。酒照喝,菜照吃,静观其变。很快,两瓶啤酒就没有了,吴晓军又去房间里拎来一瓶二锅头,跟变魔术似的。

很快,一杯白酒又下肚了。吴晓军满脸绯红,顶了顶鼻梁上横着的眼镜:“十年磨一剑啊,哥们这回要扬眉吐气了!”

“难道你被人认领了?”

“我策划主编的新书可能就要出版了。”

梁峥立即泼冷水:“你弄的破书卖得出去吗?不会是用的我当初的旧选题吧?”

吴晓军一点也不在乎,反而慷慨激昂地问道:“你都奔三了还一个人,你有反思过吗?你为什么剩下了?”

“我自己想剩下的啊!我不想太早结婚,没有合适的女人不说,目前还事业无成!”梁峥说得理直气壮。

吴晓军放下了筷子,点了一支烟,分析着:“你这是被剩下,知道吗?你没有正确的婚姻观,你不知道自己要找什么样的女人生活,你很盲目!至于事业无成?这往往只是一个借口,如果你的事业一直无成,那你是不是一直都不结婚呢?”

梁峥不知道怎么回答这些问题,因为他根本没有想过,只好反问吴晓军:“那你为什么剩下了呢?你干吗不给自己先把把脉?”

“我有喜欢的人,她就在北京,我只是在等待一个合适的时机。我和你不一样,我有目标,我知道自己需要什么样的女人!”

“你们见过吗?你知道对方一定接受你吗?你都采取过什么行动,又取得了什么样的效果?”

“你就等着瞧吧……”吴晓军这话说得有气无力,很显然,他自己心里也没有底儿。

梁峥用吴晓军自己的思维方式来反问他,效果很不错,至少吴晓军是懵了,无话可说了。两人继续喝酒,吴晓军不甘心:“这些都是我的书要研究和诠释的问题,你知道吗?”

“就上次你说的《你为什么剩下了?》。”

“对嘛!”

“那你觉得我剩下的主要原因是什么?或者说属于哪一类病人?”

“你属于综合型的。我来给你分析分析——”

吴晓军放下了筷子,慢慢地点上一支烟,然后去了卫生间。在他摆完了一系列的臭架子后,这才慢慢说道:“定位很重要。我举例说明,按照星座来说你是处女座,或者说你是具有处女座特质的男人,你是完美主义者,总是抱着宁缺勿滥的思想寻找另一半。然而人无完人,你最后往往是提高了择偶标准,也就是目标设定太高。但是,满足你高标准要求的女人,要么不存在,要么和你又不是一个级别的。她不愿屈嫁于你,而你又力不从心,踮着脚尖儿都够不着啊!”

吴晓军喝了一小口酒,望了望洗耳恭听的梁峥,继续掰扯:“比你低一级别的,都不拿正眼瞧人家一下。和你同级别的呢,你又嫌弃人家太普通、太平凡。结果就是什么呢,高不成低不就!这——就是你以及你们处女座男人婚姻上的主要问题,定位过高,或者说目标不清晰。”

梁峥咂摸着,觉得还有些道理,接过话茬儿:“不就是好高骛远吗?君子好逑,爱美之心,人皆有之!”见吴晓军不高兴了,“得,你接着说!”

“还有就是感情受过重创的人,他们谈情色变。不相信感情了,或者说没有信心去追求感情了。你被女人甩过,虽然你这种人没心没肺的,受的影响不是很大,但是你的内心也开始设防了,是不是有点自暴自弃,把感情当儿戏的念头?这是你的次要问题,对感情不再认真,内心不再纯洁。”

“我被女人甩过吗?我怎么不知道啊?”

“少来!你还想不想听了?”吴晓军发飙。

“想听,太想听了。就这两点?”

“最后,就是你有观望等待的心理。身边的女人不少,但是总觉得有个更好更合适的女人正在不远处等着你。但是这个好女人是谁你并不知道，她只存在于你的梦境和幻想中。再加上你年纪也不大，觉得还可以等上几年。可是一年很快就过去了，三年又三年，都十年了，你还是单身。人生有几个十年？其实，根本没有人等你，是你自己一厢情愿，把梦想照进了现实……"吴晓军越说越来劲儿，把电影台词都整进来了。

梁峥点上了一支烟，笑了笑："说实话，你整得我脑子有点乱，什么乱七八糟的，还出书呢！我来个总结发言吧：首先，我是个完美主义者，吹毛求疵；其次，我感情受过伤害，自信心不足，游戏人间；再次，我观望等待、犹豫不决，活在梦想里！靠，我这不无药可救了吗？"

吴晓军开始下结论："所以我敢打赌你今年还是单身！"

"去你大爷的，我偏要找个给你看看，什么狗屁理论，去忽悠那些无知的读者还差不多！"

"你丫也甭和我急——咱们走着瞧，让时间来检验一切！"

吴晓军那貌似精准的分析困扰了梁峥好几天，他后面一直在琢磨吴晓军的话，和自己一一参照、对比，还真有些道理。让一个书呆子气十足的宅男，给自己的爱情婚姻开一剂良方，这不是拿自己开涮吗？梁峥不服，他决定用行动去粉碎吴晓军的"妖言"，让自己的身心再次挺拔起来。

国贸的一家咖啡厅里，梁峥终于把神秘的钟晓慧约了出来。桌子上放着他送给钟晓慧的十一朵玫瑰花，花儿娇艳、鲜嫩，似乎把钟晓慧的脸也映衬得娇俏可爱起来。梁峥心里一阵窃喜，感觉彼此的距离拉近了不少。不过，两人愉快地聊了不到十分钟，钟晓慧的手机就响了。她看了看手机，神情紧张地说公司有急事儿，接着又扔了一百元在桌子上，然后就匆匆地走出了咖啡厅。

梁峥看着窗外站立的钟晓慧，高贵而陌生。这样的女人之所以会和自己产生交集，那是因为自己的妥协，无论是物质上的还是精神上的。梁峥不安、局促，这来自于他的灵魂深处。钟晓慧急急忙忙地拦了一辆出租车,消失在橱窗的视线范围内,浇灭了梁峥刚刚才蓄积起来的浪漫和激情。

桌子上的玫瑰愈发美丽,散发着耀眼的光泽,和梁峥的内心形成强烈反差。还有那张一百元的钞票,坚硬得像是一块拱形的铁片,又像是一张蘸了糨糊的抹布,和梁峥脸上的表情一样,矛盾极了……

没有梁峥短信骚扰的日子,艾榴榴依然过得生机盎然。这得益于她宅出来的一些良好习惯,精神上自我,生活上独立。比如,她可以一个人在家里待上一个月,而不会觉得烦闷。因为她可以和以“下里巴人”为代表的网友聊天,可以看经典的电影,可以听美妙的音乐,可以阅读好书。当然,偶尔她还会在网上学几道菜,去厨房实验实验,虽然成功的次数寥寥无几,但是,打发了时间。

艾榴榴不仅有自娱自乐的情趣,精神世界丰富,物质世界也不匮乏。虽然,她拿着不痛不痒的工资,但是这足够她一个人挥霍的了。反正每天吃冰激凌和方便面不成问题,偶尔还可以去燕莎、东方广场Shopping,淘几件中产阶级的霓裳穿穿……

由此可见,宅女的生活,简约而不简单。

连野百合都有春天,那么宅女有艳遇,也就不足为奇了。五月底,伍倩倩突然患上了重感冒,去上海出差的美事儿就落在了艾榴榴的身上。在电话里听到朱祥玲的委任状之后,艾榴榴喜出望外,差点从沙发上摔了下来。伍倩倩一脸的不高兴,冷笑着:“至于吗?就出个差……”

“终于可以出去散散心了。倩倩,你太体贴我了,感冒得真是时候!”

伍倩倩用纸巾捂着鼻子,瓮声瓮气地说道:“唉,人倒霉呀,喝水都得塞牙缝!你早盼望着有这么一天吧,好和林总亲密接触接触!”

艾榴榴色迷迷地笑着:“谁说不是呢!你和姓林的一起出差那么多次,难道就没有发生点什么?”

“能发生什么？什么样的男人我没有见过呀！”伍倩倩扔掉了手里的纸巾，又抽出了一张，“你不会真对他有什么想法吧？”

没有想法那是假的。不过，艾榴榴怎么会承认，极力辩解：“得了吧，我才不喜欢他这种男人呢，一点安全感都没有！”

“那可说不准！偏向虎山行的人多了去了。”

“病号啊，你还是多关心关心自己吧。本姑娘收拾东西去矣……”

看上海就要看上海的夜，夜晚的上海才是真正的上海。而从夜空往下俯瞰上海这座不夜城，就更有一番味道了。艾榴榴通过飞机的舷窗欣赏着下面美丽的夜景，心情也愈加靓丽，当然还夹杂着兴奋、复杂、躁动和不安，全因为旁边坐着她心仪的男人——林强。还好，他正戴着眼罩睡觉，否则艾榴榴奇怪的神态也就表露无遗了。

上海北外滩威伦酒店。艾榴榴刚整理好东西，就听见了敲门声，林强约她出去吃东西。艾榴榴在房间里又磨蹭了半个小时才出发，出发前她还对着镜子转了两个圈儿，以协调身体，平和一下紧张的情绪。

两人来到一家港式餐厅。蛋挞很美味，虾饺很鲜嫩。林强还要了一瓶红酒，很绅士地给艾榴榴倒上了一杯。艾榴榴低着头细嚼慢咽，娇柔无比，心中小鹿乱撞，她知道林强正打量着自己。

“第一次来上海吧？”林强小声问道。

艾榴榴心里虽然发懵，但是表情却尽量优雅、恬淡：“嗯——是的。你怎么知道？”

“从你下飞机到酒店，再出来吃饭，你一直在东张西望。这说明你既对新环境有种不安，又充满了好奇……”

艾榴榴心里觉得好笑，陌生的环境是一方面，而另一方面却是因为能和你这个大帅哥一起出差：“你还蛮会观察的，学过心理学？”

林强：“偶尔看看相关的书而已，一知半解。来，为上海干一杯！”

“嗯,为美丽的上海干一杯!”

夜幕下的外滩比艾榴榴想象中的还要美,灯光璀璨,游人如织。艾榴榴靠在黄浦江边的栏杆上,任由江风拂面。一丝丝凉意,带着点温润,刚好中和热辣的天气。林强耐心地给艾榴榴介绍外滩的历史,以及江边这些新老建筑的故事。比如,上海的地标性建筑——东方明珠,以及富有传奇色彩的海关钟楼等等,都矗立在江边,见证着外滩的风情万种和日新月异。

游完外滩后,两人又来到了纸醉金迷、灯红酒绿的“新天地”。这是上海的新门户,中西合璧,新旧结合,正符合这座时尚之都的人文精神。艾榴榴紧紧跟在帅气的林强后面,依然免不了内心忐忑。那些时尚华丽的品牌令她眼花缭乱,身边擦肩而过的俊男靓女让她目不暇接。个性典雅的酒吧一个接着一个。淡淡的酒气夹杂在有着香水味儿的空气里,把周遭沐浴得更加妩媚起来。

林强带着艾榴榴去了一个怀旧的小酒吧,要了一瓶洋酒。艾榴榴有了上次喝醉洋酒的经历,心有余悸。这次她喝得很慢,而且只准备喝一小杯。

“觉得这里怎样?”林强问她。

“太酷了,难怪上海被称为东方的巴黎!”

“抽空我还可以带你去城隍庙转转,那里有很多小吃。还可以去游览一下豫园……”

“好呀,我要去吃小笼包!”

美好而浪漫的氛围刚刚营造出来,林强的手机就响了。从林强说话的语气就知道,对方是个女人,而且和他的关系很亲密。艾榴榴心里有点酸酸的,故作轻松地喝着酒。挂掉电话后的林强又开始讲解城隍庙的历史,偶尔还夹杂点小故事,新鲜、动听。艾榴榴很讶异林强怎么会知道得这么多,眼前的这个男人越发神秘、睿智起来。

音乐缠绵悱恻，美酒醇厚甘洌，艾榴榴觉得自己有点飘飘然了。说话也大声起来，满脸红霞，先前的矜持早就不翼而飞……可是，就在艾榴榴自我陶醉的时候，戏剧性的一幕出现了。一个漂亮高挑的女孩儿径直走了过来，林强立即站了起来，把她拉到了一边。女孩在吧台边上坐下来后，林强又才折返回来，对艾榴榴说道："我待会儿有事，要不我先送你回去？"

艾榴榴紧张地端起酒杯，喝了一大口，摆了摆手："不用不用，我自己打车回去就是了！"

林强细心而体贴："你记得酒店的名字吗，带钱没有？"

"记得记得，我拎着包呢，不差钱！呵呵……"艾榴榴惊慌无措，都有点语无伦次了。

"那我送你出去吧！"

"嗯——"

林强跟着艾榴榴走了出来。先是帮着拦车，接着又开车门，直到艾榴榴坐上车，又目送车离去后，他才返回酒吧里。坐在车里的艾榴榴，心里真是五味杂陈。既为林强的细心体贴而感动，又为林强有个漂亮而性格的女朋友而懊恼和焦躁。

艾榴榴这次上海之行，顺利地完成了工作，得到了朱祥玲的口头表扬。其实去上海出差并没有棘手的活儿干，是份美差事儿，无非就是去处理一下分公司的财务报表，以及去核对一下货运清单什么的。难怪当初伍倩倩踊跃报名，使出浑身解数也要争取到出差的机会。

艾榴榴把在上海买的几袋东西，分发了下去。顿时，财务室忙碌一片。下班回家的路上，伍倩倩开始对艾榴榴的出差经过刨根问底。艾榴榴手舞足蹈、一五一十地讲了她和林强一起逛外滩，在新天地喝酒以及去城隍庙玩的经过，却对那个漂亮女孩儿的突然出现只字未提。毕竟，事实是那个女人从自己的身边约走了林强。

看见伍倩倩紧张而期盼的神情，艾榴榴隐隐觉得她和林强发生过什么，或者她也喜欢林强。不过，这很正常，连自己这个淑女都心旌荡漾了，何况伍倩倩这个花痴呢？

梁峥再次见到艾榴榴是在程百万过生日的那天晚上，在“同一首歌”的一个包房里。她们三个女人，其中一个是伍倩倩，另外一个是谭晓娜，即三大剩女。艾榴榴一进房间就发现了坐在角落里的梁峥，旋即就注意到了他身边的气质女人——钟晓慧。见梁峥那副不可一世的得瑟样儿，心里就作呕，斜了他一眼就和谭晓娜点歌去了。

吴晓军这个超级宅男也出动了，程百万威胁他，要么来给他庆祝生日，要么就在他以后的生活里彻底消失。当艾榴榴她们进来的时候，吴晓军着实兴奋了一下。艾榴榴就是他一直想下手，但是始终还没得逞的女网友艾美丽。吴晓军全身哆嗦着点了一支烟，现在的他是既紧张又激动。这就是缘分啊，那么多次约她出来，她都委婉拒绝了，这下倒好，自己送上门来了！必须抓住这次千载难逢的机会，向她表明自己的心意。

梁峥今天晚上真是春风得意，表面上却十分淡定。因为他不需要张扬，旁边坐着的钟晓慧已经说明了一切。他的相亲大业取得了阶段性的胜利，不仅给了讽刺挖苦自己的吴晓军一记重拳，而且向不可一世的艾榴榴证明了自己。

寿星程百万则忙得够呛，和他的女朋友正忙着给大家倒酒、端吃的。据程百万自己介绍，他的女朋友比他大两岁，别人当初都要登记结婚了，他却生生地把人家给挖了过来。在大家的要求下，程百万和他的女朋友停止了服务，而是站在房间前面跳起了贴面舞。

一时间，包房里歌舞昇平，一片祥和。

梁峥趁钟晓慧去洗手间的时候，给艾榴榴发了一条信息：没有想到你也来了，怎么不带上你喜欢的那位 Mr Right 呢？艾榴榴并不示弱，回了一条信息给梁峥:我又不像某人跟献宝似的,也不知道从哪儿弄了座冰山过来,显摆个什么劲呀!

梁峥正准备回短信讨伐艾榴榴,见程百万站在门口冲他招手。两人躲在楼梯口抽烟,不一会儿,吴晓军也加入了他们。

“又大了一岁,真他妈没劲!”程百万抱怨着。

梁峥笑:“没劲你还把我们召集起来?”

“人多热闹嘛,也让你们认识认识我媳妇儿!我说你什么时候找了这么一美女啊?藏得真够深的……”

梁峥瞟了瞟吴晓军,不无得意:“候选佳丽之一。本来不想让她来的,缠着我不放,没招儿!”

“军哥,现在就你一人要单哦。三大剩女我可都请来了,别说哥们儿不仗义,现在全靠你自由发挥了!”

吴晓军问梁峥:“上次和你相亲的是哪个?”

“就唱歌那个啊,秀外慧中!”

吴晓军笑:“这就叫缘分,小鸟依人我早就认识了,她一直是我网友……”

“那怎么你们见面都不打招呼呢?净吹牛!”梁峥不相信。

吴晓军:“她没有见到我,不信我进去喊她!”

程百万扔掉烟头:“喊什么喊,我直接让你们闪亮登场!”

三个人一前一后地走进了KTV包房。程百万说到做到,还真点了一首情歌——《广岛之恋》。程百万拿起话筒:“下面有请我的好兄弟吴晓军给大家献唱一曲,同时献唱的还有他的网友,有请他们——”

吴晓军故作镇定地给大家说了声谢谢,然后就把话筒塞给了坐在边上的艾榴榴。接着就产生了一系列的化学反应:先是艾榴榴满脸通红地站了起来,这时,她也认出了吴晓军,吴晓军就是她的那位叫“下里巴人”的网友。梁峥也懵了,他做梦都没有想到吴晓军说的网友居然是艾榴榴。

艾榴榴说她一直有喜欢的人,难道是吴晓军?这脸可丢大了。程百万似乎也明白了怎么回事儿,躲到他的女朋友身后狂笑不止。

吴晓军属于闷骚型,在唱歌的时候体现得淋漓尽致。他一边深情地唱着歌,一边还用肢体语言夸张地表达着。缓过劲来的梁峥立即叫好,接着程百万和伍倩倩他们也跟着起哄。艾榴榴一开始有点紧张,但是为了不让梁峥看自己的笑话,她尽量平静心情,想唱得动听点。可是越努力吧,却越是唱不好,急得都跑调了……

两人好不容易才唱完歌,还没有缓过劲来,梁峥就抢过了吴晓军的话筒:"咱们为这对宅男宅女鼓鼓掌吧,大家说他们配不配啊?"大家起哄,都说配。程百万还跳了出来,大喊了一声:"简直就是绝配!"大家又跟着起哄,大笑。艾榴榴狠狠地瞪了梁峥一眼,抓着话筒大声喊道:"要不我们让这位姓梁的朋友也献丑一曲吧,大家说好不好啊?"

大家拍手称快,异口同声:"好!"

你唱就是献唱,我唱就是献丑,凭什么呀?梁峥立即摆手拒绝,扔掉了话筒,往钟晓慧身边蹿。程百万和吴晓军怎肯罢休,把梁峥拖了出来。这还没有完,程百万把钟晓慧也请了出来,还把梁峥和钟晓慧两个人的手牵在了一起。吴晓军故意捉弄梁峥他们,点了一首《纤夫的爱》。梁峥唱吧,又不好意思,不唱吧,又下不了台,只好硬着头皮跟着节奏唱:

妹妹你坐船头哥哥在岸上走
恩恩爱爱纤绳荡悠悠
……

钟晓慧倒是没有怯场,先是笑成了一团儿。等梁峥唱了一两句后,她就跟着节奏轻轻摇晃着身体,然后用清脆的声音唱着:

小妹妹我坐船头哥哥你在岸上走

我俩的情我俩的爱

在纤绳上荡悠悠荡悠悠

……

终于唱完了，大家一片叫好声，两人准备回沙发上。程百万却不让，非要梁峥给大家介绍介绍钟晓慧。梁峥只好搂着钟晓慧，说道："各位，我旁边这位才貌兼具的美女叫钟晓慧，是梁峥——也就是我的女朋友，谢谢！"

"亲一个！亲一个！"吴晓军今天晚上一反常态，不断地起哄，程百万也在一边推波助澜。钟晓慧忸怩地转过了身，低下了头。梁峥立即向大家求饶，可是不管用。最后，梁峥决定豁出去了，用手指着大家："你们要我亲的哦，可别眼馋！"

程百万嚷着："你就放心大胆地亲吧，我们都没有意见，对不对啊？"

"就是！赶紧的，亲啊！"吴晓军也跟着起哄。

梁峥一把就抱过了钟晓慧，然后对着她的嘴就亲了下去……在大家的掌声和尖叫声中，洋洋自得的梁峥牵着满脸通红的钟晓慧坐回了角落里。梁峥这下是完全放开了，好像和钟晓慧那层隔阂也没有了，放心地搂着她的腰。而钟晓慧似乎也陶醉在这种氛围里了，斜倚在梁峥的怀里。这甜蜜浪漫的一幕，艾榴榴尽收眼底，她的心里竟然有种说不出来的味道。没错，那是醋味儿！

房间里的气氛越来越好，程百万人来疯的一面也就体现出来了。抱着他女朋友连唱了两首情歌，在大家的一致要求下，两人也吻在了一起。谭晓娜和伍倩倩也没有闲着，两人先是点了一首《单身情歌》，用以自嘲，接着又点了一首《东方之珠》，两人抱在一起唱着、跳着……

吴晓军瞅准一个机会，和艾榴榴坐在了一起："老是和我躲猫猫，这下被我逮着了吧?”

艾榴榴心情不是太好,说话一点也不客气:“那你是猫呢,还是耗子呀?”

“你觉得我是啥就是啥……”面对盛气凌人的艾榴榴,吴晓军突然没有了底气。

“无聊!我今天可被你们几个合着伙儿给耍了,离我远点!”

“你怎么比网上还绝情啊,先前的事与我无关。”吴晓军立即澄清。

艾榴榴斜了一眼正望着自己这边的梁峥,和颜悦色起来:“对了,你那小说怎么样了?”

“估计年底能上架吧,到时候我送你一本签名的。”

“不要!”

“畅销书,绝对的。而且也特适合你,剩男宅女必读嘛……”

两人刚聊出点火花,艾榴榴就被伍倩倩拖走了。两人一起合唱林忆莲的《伤痕》:

……女人独有的天真
和温柔的天分
要留给真爱你的人
不管未来多苦多难
有他陪你完成
虽然爱是种责任
给要给得完整
有时爱,美在无法永恒
爱有多销魂
就有多伤人
你若勇敢爱了 就要勇敢分

……

回来的路上,钟晓慧坐在了程百万的车上,他们都去国贸那边,顺道儿。出租车里则坐着三大剩女,以及梁峥和吴晓军。梁峥第一个钻进了前面的副驾驶位置,吴晓军则和仨女人挤在后面。伍倩倩嚷嚷着太挤了,司机建议他们一前一后地坐着。梁峥转过头来,笑:"吴晓军,你丫抱着艾榴榴不就得了嘛?"

吴晓军反问梁峥:"你怎么不来抱啊?"

"我倒是想啊,可是怕你拍我板砖儿。再说了,人家姑娘也不同意啊……"

"她说她愿意!"伍倩倩插嘴。

一直沉默不语的艾榴榴,接过话茬儿:"是你自己想被抱吧?"

"人家想抱的是你,又不是我!"

艾榴榴不屑:"哼! 他敢吗?"

梁峥回头望了望吴晓军和艾榴榴,又望了望伍倩倩和谭晓娜:"一个没有意见,一个和我较劲儿,两位美女说我该咋办呢?"

"抱啊——"

"抱!"

"好! 司机,麻烦您靠边儿停下车!"梁峥喊道。

司机是个年轻人,也不大靠谱,还真的靠边停车了。梁峥拉开后面的车门,对着边上的吴晓军说道:"现在后悔还来得及?"

吴晓军骑虎难下,故作潇洒地下了车,坐到了前面。梁峥望了望表情肃穆的艾榴榴,强行挤了进去,"嘭"的一声又拉上了车门:"走吧,司机。两位美女坐过来点,我给你们腾地儿……"

梁峥说完就把艾榴榴往自己腿上抱,艾榴榴使劲打梁峥的手。梁峥丝毫不妥协,伍倩倩和谭晓娜幸灾乐祸、助纣为虐,把艾榴榴使劲地往梁峥身上推。结果，艾榴榴在双方的夹击下，无奈地投了降，半推半就地靠在了梁峥的怀里。坐在前面的吴晓军心里在滴血，但是他却不吱声，像个旁观者一样。

"你们——我要下车!"艾榴榴大声尖叫。

可是，没有人搭理她的。艾榴榴又挣扎了几下，还是没用，急了，去抓梁峥的手。梁峥干脆握住艾榴榴的手，两人靠得更瓷实了……

几分钟后，车在一个十字路口停了下来，等红绿灯。

"闹够了吧？是不是还想挨一耳光？让我下来!"艾榴榴终于回过了神。见好就收，梁峥松掉了抓着她的手，老老实实地靠在了边上。伍倩倩和谭晓娜以为艾榴榴真的生气了，也立即往旁边挪了挪。艾榴榴理了理蓬松的头发，一路上再也不说话。

回去后，梁峥给钟晓慧打了一个电话。钟晓慧说她已经到家了，让他早点休息。梁峥躺在床上，却久久不能入睡。他脑子里想的不是钟晓慧，而是艾榴榴。梁峥拿出手机，犹豫着要不要给艾榴榴打一个电话，可是却很难启齿，难道说先前的感觉非常棒吗？欺负你很有意思吗？关机前，他还是发了一条短信给艾榴榴：对不起，我酒后失态了……

同样辗转反侧的艾榴榴，看了这条信息后，就更加无法入睡了。她正想着今天晚上发生的一切，梁峥抱着钟晓慧亲吻的那一幕，她竟然荒唐地希望那是抱着自己。还有车上那看似粗暴却温情的一幕，艾榴榴希望车一直开下去，而不要停下来……

第二天，艾榴榴再一次成为大家的笑料。伍倩倩告诉朱祥玲，说艾榴榴昨天晚上被她上次相亲的那个男人骚扰了。

"你们当时都在车里啊？"只有朱祥玲一人不在现场，所以问个没完没了。

伍倩倩站在办公室的中间，拿着一支中性笔比划着："我们都坐在后面呢，不仅亲眼目睹，而且还亲自参与了这一猥亵事件！”

“伍倩倩，你小心我回家后对你大刑伺候！”艾榴榴实在是听不下去了，威胁道。

“《满清十大酷刑》吗？你干吗不对梁峥用呢，舍不得了吧？”

作为当事人之一的谭晓娜，也发言了：“其实你当时多享受的吧？我看见你们两个抱在一起都陶醉了……”

艾榴榴反驳：“你——你们，真是无聊透顶！”

“对！还真是这样，两人抱了差不多十分钟！估计见我们看不过眼了，又才依依不舍地坐下来……”

伍倩倩添盐加醋地说着，艾榴榴实在受不了了，顺手抓着一个红色坐垫就朝伍倩倩扔去。垫子划出一条美丽的弧线，朝朱祥玲飞去。不明飞行物袭来，朱祥玲吓得魂飞魄散，立即用手挡。还好垫子被地球引力拉了下来，干瘪地落在了地上。朱祥玲定了定神，见是一垫子，冲着艾榴榴喊道：“往哪儿扔呢？我可是孕妇，弄不好就一尸两命！榴榴，那男的真的抱了你五分钟呀？”

艾榴榴柳眉倒竖，气得说不出话来，一顿足，拉开办公室的门就冲了出去。刚跑了两步，就和走过来的林强撞了一个满怀，林强手里拎的文件掉了一地。艾榴榴满脸通红，慌慌张张地拣地上掉落的文件：“对不起啊——林总！”

林强望了望艾榴榴，听见办公室里面传来一阵阵大笑声：“你们这是怎么了，谁中了彩票？”

“没有啊！没什么……”

艾榴榴整理了一下衣服，正准备走的，却被林强叫住了：“你中午有空吗？”

“嗯？”

“我请你吃个饭，随便谈谈工作上的事儿，好吗？”

“好吧。那林总——我先走了哦?”艾榴榴对这突如其来的邀请,有点消化不良。

“嗯——你忙你的!”

林强说完就推开了财务室的门,昂首挺胸地走了进去,里面的笑声戛然而止,就像突然拧紧了哗哗哗地淌着水的阀门似的。

中午,一家高档餐厅里,艾榴榴和林强坐在了一个靠窗的位置上。外面阳光灿烂,人群喧嚣,车水马龙。里面却是轻柔的音乐,谈笑风生和淡淡的沁人肌肤的冷气。艾榴榴有点拘谨,她的脑子里老是浮现出新天地酒吧里的那个漂亮女孩儿。服务员拿来了菜单,艾榴榴给自己点了一份牛排。林强也要了一份牛排,还点了两份蔬菜。

“最近还好吧?”

“蛮好的。”

“这次请你吃饭,一是感谢你上次出差陪我去散心,二是谈谈你工作上的事儿。”

“呵呵——那是我分内的事。其实你得感谢那位美女……”艾榴榴说完就后悔了,真是一句无聊透顶的蠢话。

“谁?你说酒吧那位呀,那是我妹妹!”

艾榴榴激动地问道:“是亲的吗?”

“一个妈生的,你说呢?”

艾榴榴心里莫名的高兴,口是心非地感叹着:“难怪这么像啊……”

接下来,林强谈到了工作上的事情。他说朱祥玲还有一两个月就要休产假了,问艾榴榴有没有兴趣做财务室的代理主任。信心不足的艾榴榴没有立刻答复,林强说他会找财务室的几个人都聊一聊,看谁愿意,谁又有能力做好这项工作。如果没有合适的人选,公司就得考虑找猎头公司挖人才进来了。

做财务室的代理主任这件事并没有给艾榴榴多大的冲击,倒是林强说那个女人是他的妹妹,十足让艾榴榴高兴了一把。一个自己心仪的男人不是坏男人,这当然是个好消息。即使不能拥有他,但是也不希望他变质,可以把这份情感藏在心中,这就是大多数女人的美好愿望。而大多数男人则相反,往往是得不到的东西,就想去毁了它,让别人也得不到。

吴晓军这段时间很诡异,话更少了,而且见了梁峥就没有一个好脸色。两人一下子疏远了很多,虽然他们以前也是水火不容,互相抨击,但是那只是他们之间交流的一种方式。梁峥认为这与自己那天晚上调戏了艾榴榴有关,吴晓军肯定恨不得杀了自己,只是他没有这个胆量而已。

老黄越来越过分了,居然把梁峥的几个好"网点"分给了向丽,其中还有两个有意向的客户。看在老黄是领导又是自己销售恩师的面子上,梁峥想想也就释怀了。男人嘛,为女人犯点错误很正常,这是男儿本色!再说了,自己何必与一个四十多岁的男人计较呢,他还能有几个感情上的春天?

唯一令梁峥高兴的事情是钟晓慧和他之间的隔阂是越来越小了,这得归功于上次的接吻事件。梁峥乘胜追击,在礼拜六的下午约了钟晓慧出来。梁峥问钟晓慧想去哪儿玩,钟晓慧说无所谓,随便找个地方走走就好了。梁峥采取了就近原则,问她是去"798"呢还是朝阳公园。钟晓慧选择了朝阳公园,她说"798"那个地方太别扭了,有点压抑。

梁峥非常喜欢这个评价,他也看不上那个伪艺术泛滥的地方,接着两人就在电话里聊起了艺术。梁峥认为当代中国的艺术多少都有点矫情,这有着各方面的原因。心解放不了,艺术终究是没有灵魂的,或者是扭曲的灵魂。管他是 Loft 还是 Soho 呢,那只是一种概念,是形而不是神!现在的艺术总是形式大于内容,就跟中国的大片一样,场面很恢弘,可是内容却很空洞。睹之无味,思之无质。中国人应该有自己的独立于西方的艺术形态，那就是结合自己的传统文化，历史地去创造。钟晓慧不同意梁峥的这种说法，她认为太狭隘，也太民族化。艺术是没有国界的，无论是借鉴国外的，还是传承自己民族的，这都是艺术之路。不管走哪条路，用什么办法，只要可行。梁峥又反驳钟晓慧的想法太功利，两个门外汉一时间争论不休……

朝阳公园门口。当一身休闲装扮的钟晓慧出现在面前时，梁峥差点没有认出来。两人在公园里漫步，三三两两的人走过，都很懒散。钟晓慧跟个小女孩似的对什么都充满了新奇，一路上有说有笑的。梁峥觉得这样的钟晓慧才是他真正喜欢的，而不是那个高高在上、冷艳冻人，坐在封闭的写字楼里办公的金领。相对而言，梁峥希望自己在外面打拼，而钟晓慧在家里操持家务、相夫教子。不过就目前来看，这是妄想，除非自己的事业再上一个台阶。而为了未知的明天，梁峥觉得自己应该更加努力了。

两人在湖边找了一张椅子，梁峥正准备坐下来，钟晓慧就拉开了他："我先擦擦！"见梁峥站在一边瞪着她，笑，"干吗，不认识我了？"

梁峥坐了下来，手很自然地搭在她的肩上："我怎么感觉你变了个人呢？"

"此话怎讲！"

"反正就是怪怪的，你有点让人捉摸不透……"

"意思是我很有心机？"

"那倒不是，你好像在扮演着很多角色，有时还刻意地压抑着自己。"

"呵呵——也许是以前锋芒毕露吧，现在学会了隐藏。"

"嗯，藏巧于拙，用晦而明……"梁峥灵光乍现，卖弄起文采来。

"哟，没看出来，还挺有学问的？"

"谬赞、谬赞……"

半小时后，两人本来是要去划船的，钟晓慧接了一个电话，说是老板要她去接待一个客户，必须赶回公司。见梁峥一脸的不高兴，解释道："对不起哦，我也没办法，工作需要。所以希望你做个家庭主男呀，每天在家等着我下班就 OK 了！”

又是一个奇怪的电话，礼拜六还有客户拜访？梁峥虽然已经习惯了钟晓慧的神出鬼没，但是心里还是很忐忑的。他都想好了，下午和钟晓慧去吃饭，然后晚上再一起去看电影。很显然，这次的计划都夭折了。

梁峥要送钟晓慧出去，可是她拒绝了。钟晓慧说她要去趟洗手间，让梁峥自己在公园里多待会儿，放松放松心情。梁峥又在椅子上躺了一会儿，百无聊赖。看着路边走过的一对对小情人，心里十分落寞。他拿出手机给程百万打了一个电话，程百万说他刚从首都机场第二高速出来，要不大家一起聚聚？

聚就聚！正焦躁的梁峥巴不得有人陪他一会儿。梁峥信步往公园外面走，刚走到公园门口，就看见钟晓慧上了一辆黑色的奔驰车。梁峥有点好奇，小跑了几步，拦了一辆出租车，让他跟上前面的奔驰。出租车靠了上去，梁峥一看车屁股——奔驰 S600。妈的，非富即贵啊！车朝石各庄方向开去，穿过左边的桥底后，直接开进了前面的小路。

出租车跟着奔驰，向前走了不到两百米，车就不见了。

“车呢？”梁峥问司机。

“进前面院儿了，高尔夫球场，咱也进去吗？”

“不了！”

司机停下了车，见梁峥还待在车里，问：“现在去哪儿？”

“回吧……”

“小伙子你是干吗的啊？”司机好奇。

“记者！”梁峥随口说道。

司机又望了望旁边的梁峥：“我看不像，有证儿吗？”

“有也不会给您看啊，查户口呢！”梁峥本来就心烦，把气全撒在出租车司机身上了。

“得叻！小子，你去坐别人的车吧……”

梁峥站在十字路口，彷徨失措。他给钟晓慧发了一条信息，问她到了公司没有？钟晓慧回信息说她刚回公司。这是赤裸裸的欺骗！梁峥很是不爽，但又无可奈何。也许人家真的是在接待客户呢？现在的客户不都喜欢甩上几杆吗？梁峥点上了一支烟，然后招手拦了一辆出租车……

程百万和他的女人早就到了，两人正坐在沙发上聊天，吴晓军却不知所踪。梁峥在冰箱里给他们一人拿了一罐可乐，然后也坐在了沙发上，盯着前面的电视。电视已经很旧了，但是效果还很好，尤其是音效。电视是SONY的，小日本做人不靠谱，做事还是挺认真的。门铃儿响了，打开门后，发现吴晓军站在门口，还提着两袋东西。

吴晓军白了梁峥一眼，苦大仇深，接着放下东西后就去了卫生间。梁峥翻了翻袋子，有香蕉、冰激凌，还有几瓶啤酒。梁峥见袋子里只有三个冰激凌，自己赶紧拿了一个，剩下的两个给了程百万和他女朋友。

程百万的女朋友，叫刘瑜霞，地铁售票员，家是丰台的。人不算很漂亮，但是给人很素净的感觉，身材也有料，尤其是胸。程百万没有车之前，都是坐地铁，他老是记不住带公交卡，所以经常去站台买票。时间长了，次数多了，也就和卖票的刘瑜霞混熟了。俩人渐渐聊出了感觉，可能老是隔着窗户交流吧，都觉得很神秘，神秘得心痒痒的。

结果，两人第一次约会，就在酒店里袒诚相待了。

事后，刘瑜霞告诉程百万以后再也没有必要见面了，程百万怒目圆睁，百思不得其解。原来，刘瑜霞马上就要结婚了。程百万觉得自己被耍了，一怒之下，按揭买了车，决定再也不去地铁站了。可是，他忘记了北京是推行尾号“限行”制度的。于是，某一天，他们又在地铁窗口见面了……

后来，刘瑜霞顶住各方的压力，毅然投入了程百万的怀抱，和未婚夫断绝了关系。这些都是程百万醉酒后告诉梁峥和吴晓军的，不过，梁峥不相信。他觉得女人压根儿就没有这么感性的,何况是待嫁前的适婚女人。吴晓军却在一旁叫好,说这个故事非常动人,都可以写成一本小说了,名字就叫《地铁恋人》。

程百万来劲了,不过他对出书不感兴趣。说要玩就玩大点,应该拍成电影,而且必须是《重庆森林》那种范儿的。但是,自从刘瑜霞和他提结婚的事儿,程百万就蔫儿了,整天愁眉苦脸地装孙子。程百万拒婚的理由是他患有"恐婚症",而且就目前来说,事业无成,尤其是最近的股市很动荡啊,他没有一丁点的安全感……

爱一个人是没有理由的,可是不爱一个人呢?却有千千万万个理由。这是爱情的哲理。其实,婚姻也是如此。想和一个人结婚是没有理由的,而不想结婚的理由呢,却多了去了。

吴晓军拿着眼镜儿眉清目秀地走了出来,一看就是刚洗过脸的。见梁峥他们仨在吃冰激凌,怒气冲冲地问梁峥:"谁让你吃的?"

"我自己啊……"

"根本就没有给你买,你倒挺主动的!"

梁峥表情严肃:"诶,你最近不是在减肥吗?"

坐在沙发上的程百万和刘瑜霞再也忍不住,哈哈大笑起来。程百万指着吴晓军:就他这身段儿还敢减肥,再减就出人命了!

吴晓军气愤地扯了一个香蕉,指着梁峥骂道:"瞅瞅,这孙子就一无赖!"

梁峥:"这话我可不爱听,不就抱了你心爱的女人吗?犯得着这么诋毁我?"

"我诋毁你,你算个什么东西啊?"

"不算。就看不惯你阴阳怪气的,我就抱了她,怎么着?你咬我啊!"

吴晓军气得脸都白了:"去你大爷的!"

"去你大大爷的!"

剑拔弩张，吴晓军激动地挽着手臂，因为他穿的短袖，根本就没有衣袖可捋。看他那架势，是想揍梁峥了。梁峥毫无惧色，干脆走到吴晓军的面前，直直地望着他。程百万立即跳了出来，调解："我的两位哥哥呢，你们要吵架、打架有的是机会和时间。今天给我媳妇儿一个面子成吗？她真不容易来一回！等我们走了之后，你们两个慢慢切磋，回头我一定来替你们收尸……"

正生气的吴晓军听程百万这么一说，反倒乐了："收尸这样的大事儿交给你还真不放心！"

"美女，我实话告诉你吧，程百万这人不靠谱。以后少和他在一起，小心把你给带坏了……"梁峥也拿程百万开涮。

程百万知道这两个家伙把矛头对准了自己："刘瑜霞，听见没？这位帅哥看上你了。"

刘瑜霞拨了拨头发，风情万种地望着梁峥："抽空我们单独聊聊……"

"要不要我给你们订个总统套房？"程百万挖苦他们。

梁峥一脸坏笑："劳你费心了。就标间呗，既经济又实惠……"

程百万站起来，佯装要走："我现在就去给你们订房。"

"嗯，速战速决！"吴晓军在一边添盐加醋。

刘瑜霞笑："那个谁，订好了记得把房间号发过来。"

梁峥和吴晓军哈哈大笑，二人一致对外，终于取得了阶段性的胜利。

程百万吃醋了，气急败坏，冲着刘瑜霞吼道："还来劲了是吧？"

"管得着吗你，你是我什么人啊？"

"我是你老公！"

"我们结婚了吗？搞笑。"

梁峥见两人还真吵了起来，不敢再取笑他们了："肚子饿坏了，我请大家吃晚饭。吴晓军！你有意见吗？有意见就你掏钱——你们两口子有意见没有？没有啊，那就走呗……"

几杯二锅头下肚后，梁峥话就多起来了，一个劲地给吴晓军说对不起。说他只是一时好玩，并不是真的想抱艾榴榴。吴晓军没搭理梁峥的，只顾着喝酒吃肉。程百万对这种事情好像十分感兴趣，非让梁峥把那天晚上的情形给描述了一遍不可。刘瑜霞坐在一边默不作声，情绪低落。很显然，她对程百万的拒婚一直耿耿于怀。

三个人干了两瓶二锅头。吴晓军酒量最好，所以最清醒，梁峥和程百万基本上醉了。程百万在刘瑜霞的搀扶下走出了饭店，他四周望了望，然后就开始嚷嚷："哪个酒店最舒服啊，我要和媳妇去睡觉！"气得刘瑜霞直跺脚，立即去捂程百万的嘴。

梁峥偏偏倒倒地跟了上来，故意问吴晓军："谁刚才喊着要去睡觉的啊？"

"我！我喊的，怎么着吧？"程百万跷着大拇指指着自己，生怕别人不知道。

"喊得很对啊！男人一辈子就两件大事儿，你知道是什么吗？"

"成家、立业？"程百万回答。

"不是！吴晓军，你知道吗？得——还是我告诉你们吧：Make money，Make love！"

"真理！"

"比真理还他妈的真……"

路上的行人边走边看着他们几个。三个大男人都若无其事的样子，只有刘瑜霞一人低着头、红着脸。程百万跑到一根电线杆下吐了，一片狼藉。梁峥朝刘瑜霞走去，然后对着她的耳朵轻声说道："美女——前面直走，然后红绿灯左转！有一四星级标准、三星级价格的酒店……"

回去的路上，梁峥趁吴晓军去烟酒超市买烟的时候，给钟晓慧打了一个电话，可是对方关机。梁峥胃里翻江倒海，说不出的难受，一个人往前面走去，走着走着就走到了一个电梯门口。梁峥依稀记得这个单元楼，他想起了上次去艾榴榴家的事儿。梁峥又摸出了手机，想给艾榴榴打个电话。可是，最后他又决定给钟晓慧发条短信：在干吗，想我没有？

梁峥回到房间后，就跑进了卫生间，抠着喉咙吐了个干净，然后就躺到了沙发上……等他一觉醒来的时候，已经是晚上十一点了。梁峥觉得头重脚轻，翻开手机一看，有短信！短信并不是钟晓慧发的，而是艾榴榴。短信的内容是"对不起，我没有想你，正想着别人呢！"梁峥苦笑，回了一条信息过去：对不起，我发错了。你继续想吧！

艾榴榴：谁信啊！想我就直说呗。

梁峥：你一把年纪了，不至于这么天真吧？

艾榴榴：你好像很年轻似的！

梁峥：你赶紧把自己处理了吧，小心以后进孤老院。其实吴晓军人不错，我看你们挺般配的。

隔壁的房间里，吴晓军嘴上叼着烟，正坐在电脑前和艾榴榴聊天。

吴晓军：明天有事儿吗？

艾榴榴：怎么了，又有啥企图。

吴晓军：……想约你出去转转。

艾榴榴：不去，没空。

吴晓军：为什么啊？

艾榴榴：你都问了很多次了。

吴晓军：那你就再回答一次又何妨？

艾榴榴：……咱俩不合适，你不是我喜欢的Style。要不我给你介绍一个好女孩？

吴晓军：不要！这周你没空，下周吧，我提前预约。

艾榴榴：后会无期！

吴晓军死乞白赖地还想说点什么,可是艾榴榴已经下了线。吴晓军失望地关上了电脑,他开始痛恨自己的优柔寡断和软弱无能。他想起了自己给梁峥说的那番话,也许自己的感情定位才是真的出现了问题,一直在追求一个错误的目标。

周一。一个大的会议厅里坐着六个人,愈发显得空旷。林强和人事部经理召集了财务室的人开会,会议的主题是财务室代理主任的人选问题。人事部经理告诉她们,要么从财务室内部人员当中挑选一个出来,要么公司去外面挖一个回来。公司会首先尊重大家的意见,然后再做一个综合评估。

现场的气氛有点微妙,而朱祥玲的心里最是复杂。她不愿意离开自己已经谙熟于心的工作岗位,可是不离开又不行,而且她无法确定公司会不会保障她应有的权益。前所未有的危机感向她袭来,加上孕妇综合征,她极度没有安全感。

相对而言,谭晓娜是轻松的一个。她前年才毕业,来公司才一年多而已。所以,无论是经验还是资历,这个代理主任都轮不上她。但是,她还是希望公司能够从内部提拔一个人出来,因为无论是艾榴榴,还是伍倩倩当选,两个人都会照顾她的。"空降兵"不好惹,都是老奸巨猾型。

伍倩倩最兴奋,这个代理主任她是志在必得。首先,她来公司的时间最长,虽然只比艾榴榴早来几个月,但这在中国的企业里就是优势,因为什么都要讲究个排资论辈;其次,是她和林强的暧昧关系,她相信林强会支持、偏袒她的;最后,她认为艾榴榴肯定会主动退出,不会和自己竞争。而且她孤傲得很,不屑于也不愿意和她争抢这个位置。

艾榴榴还真有点无所谓,她认为谁当这个代理主任都行,反正她都得干好本职工作。能当上固然好,可以锻炼一下自己,薪水也高了,除了可以买自己喜欢的东西外,还能提高生活质量;当不上也没有关系,这样压力还小一些。她既不喜欢管人,也不喜欢被人管,因为她已经习惯了闲云野鹤般的生活。

林强见谭晓娜举起了手:“嗯——你说!”

谭晓娜:“我觉得还是内部提拔比较好吧,都熟悉流程,而且大家比较了解,好沟通呀……”

林强:“对,你说的这个我们也考虑到了,所以最好是内部能选一个人出来! 伍倩倩,你说说看?”

伍倩倩:“我没有什么意见,一切服从公司的安排吧。”

林强:“艾榴榴呢?”

艾榴榴:“我觉得伍倩倩是最合适的人选,我支持她!”

林强点了点头,望了望面无表情的朱祥玲:“朱主任,你觉得呢?”

朱祥玲苦笑了一下,又才慢慢说道:“我们财务室的工作既复杂又重要,刚好公司又要大发展,我觉得还是内部提拔一个的好。她们几个都还不错,适当锻炼一下是可以胜任这个岗位的,这也为公司以后的发展储备了人才。再说了,有什么问题随时都可以问我呀……我还是公司的一员嘛,只是暂时休假,又不是离开这个公司不回来了!”

林强笑:“朱主任,你的想法很对。放心吧,公司会保障你的相关利益。等你的产假休完后,我们会及时邀请你回来的,待会人事部的王经理会和你探讨相关的细节……”

会议开完后,朱祥玲和人事部的王经理留了下来。三大剩女回到了办公室,立刻褪去了矜持的外衣,又开始疯疯癫癫的了。谭晓娜首先发言,说不管是谁当上,一定要请客吃饭,而且是大餐,这是原则问题。伍倩倩立即表态,说这个没有问题呀,请客是必须的。唯独艾榴榴没有说话,她正在网上淘衣服。不一会儿,朱祥玲就回到了办公室,狠狠地撞上了门,屋里的几个人都吓了一跳。

“咋了,玲姐?”谭晓娜关心地问道。

朱祥玲:“公司只给我一个半月的产假,工资发一半,这下完蛋了。”

谭晓娜:“这怎么行啊,不是规定了九十天吗?工资是全额发放啊!”

朱祥玲诉苦:“我都说了!我说我们家刚买房,每月有三千多的房贷。哎——这样下去日子还怎么过啊?”

伍倩倩:“有一个多月也不错了!玲姐,很多公司见女员工怀孕就找个借口把人给开了。少点就少点吧,宝宝生了你还要来公司上班的,千万别和他们闹翻了!”

朱祥玲:“公司现在不就是在赶我走吗?我这还有半年才生小孩呢,他们就开始谋朝篡位了!”

伍倩倩:“话也不能这么说,毕竟你去生小孩了,总得有人去顶替你的岗位啊,不然公司怎么运转嘛,大家都喝西北风啊?”

谭晓娜:“伍倩倩,玲姐心情不好,你少说两句。”

伍倩倩白了谭晓娜一眼:“哼——我这是就事论事,没办法,咱们女人就是这个命……”

朱祥玲:“哎,算了算了!你们几个啊,以后结婚一定要找个有本事的男人。别学我,找了个没用的,要钱没有钱,要房没有房……生个小孩都养活不了!”

一直沉默的艾榴榴,霍地站了起来:“我去找林强!”然后就夺门而出。

“还是妞儿猛!”谭晓娜感叹。

伍倩倩冷笑了一声:“不会是跑去争取主任的位置吧?”

朱祥玲拉开了抽屉,里面全是吃的东西:“谁当还不一样吗?重点是找个好男人,我干得这么好又怎样,到头来还不是一无所有?哎——真该让这些臭男人也怀次孕,让他们也体会一下肚子胀鼓鼓的感觉!”说着说着,她的眼睛就掉了下来……

艾榴榴门都没有敲,直接冲进了林强的办公室。林强正给女秘书安排工作,见艾榴榴气冲冲的样子,知道来者不善。林强让女秘书十分钟后再过来,接着指了指旁边的沙发:“坐啊! 这么着急,发生什么事了?”

“你们凭什么只给人家放一个半月的产假,凭什么? 你们知道当个母亲有多难吗? 你们这些男人真不是东西!”艾榴榴气场十足,瞪着老板椅上的林强。

林强有点莫名其妙:“产假? 朱主任的吗?”

艾榴榴冷笑:“别装蒜了,放一个半月不说,还只发一半的工资! 你们是开公司,还是开黑店啊?”

林强还是有点丈二和尚摸不着头脑,见艾榴榴气呼呼的样子,觉得好笑:“不着急,你先坐。这些你都是听谁说的?”

“你别管谁说的,这个不重要!”艾榴榴还是站着,见林强一直笑脸相迎,语气弱了许多。

“是王经理吗?”林强见艾榴榴不说话,知道她默认了,“我来公司并不久,而且只是一个副总,说到底也是来这儿打工的。公司的事情我不一定全知道,也不是什么事情都能做主的。这样吧,你先回去,我来问问王经理到底是什么情况,好不好?”

艾榴榴这时候已经冷静了下来,想想自己也是太冒失了,只知道劈头盖脸地骂人,根本没有把事情弄清楚。可是她又不想马上妥协下来,那样很没有面子。于是,她故作平静地说道:“林总——刚才我说的话可是我们财务室的集体心声,希望公司会好好考虑!”艾榴榴没等林强说话,就赶紧溜出了办公室。回财务室的路上,艾榴榴的两腿直发颤,自己刚才是不是疯了?

艾榴榴走后,林强又整理了一下资料。他在刚才的财务室代理主任会议总结上写着:伍倩倩团队精神不够,自我意识太强;艾榴榴没有上进心,喜欢意气用事;谭晓娜资历太浅,不予考虑。林强把会议资料整理好后交给了秘书,让她去交给总经理。然后又给人事部的王经理打了一个电话,让他来自己的办公室一趟。

艾榴榴在焦躁不安中度过了下午，她总觉得自己不该冲林强发脾气的，因为这件事说到底与林强无关。她和所有的公司小职员一样，对上级存着敬畏之心。下班的时候，她突然想通了，大多数女人只有一次产假，自己不仅是在为朱祥玲争取权益，也是在为公司的其他女同胞包括自己争取权益。她觉得自己没有错，如果因为这件事情，林强怀恨在心的话，自己大不了辞职不干！

下班后，伍倩倩让艾榴榴先回家，她说她得去劲松桥那边看望一个大学同学。伍倩倩在卫生间里照了照镜子，刚补妆的她，显得更加妩媚动人。她拿出手机，给林强发了一条信息：晚上有空吗？此时的林强还在办公室里工作，他正在写延长产假方面的申请报告。看了信息后的他，皱了皱眉头，很快地用大拇指按了几个字：我晚上有事，改天吧。

梁峥这周过得很不爽，莫名的烦躁。他是这么打算的，钟晓慧不主动联系他，不主动坦白交代上次去高尔夫球场的事情，他就不再搭理她。可是眼看都周四了，钟晓慧那边还没有一点儿动静，梁峥心里就没底了，他越是赌气，就越是惦记钟晓慧的好，无论是日本料理店里的咄咄逼人，还是KTV里的温柔一吻，抑或是朝阳公园里的婀娜多姿，钟晓慧的一颦一笑都那么让梁峥心醉。

原来，得不到的东西，才是最好的，最美的。

他后悔自己那天没有跟进高尔夫球场里，也许那真的是钟晓慧的客户呢？人家打打球而已。做男人不能太小气，现在还只是恋爱阶段，以后结婚了，那还得了？不天天喝陈年老醋才怪。谁让她那么优秀呢？应酬多不是她的错。差的你又不喜欢，自己又没有什么过人的本事。有得必有失啊，鱼和熊掌，哪能兼得？

梁峥内心不停地挣扎，这几天下班后都是窝在房间里，闭门思过。这与隔壁的吴晓军一模一样，吴晓军也在深刻地反思自己。艾榴榴老是不上钩，话也越说越绝情了，估计是真没戏了。而且他费尽心思策划好的《你为什么剩下了?》并没有通过出版社的审核。一个和吴晓军一样戴着黑框眼镜的老编辑，拿着他的稿子说道：“你这个不像小说，也不是杂文，更不是散文，倒有点像学术论文，只不过是研究未婚男女的。但是研究得又不够透彻、科学，逻辑很混乱呢，怎么出版啊？拿到西单图书大厦去卖，人家连分类都不好分。我们可是大社，只要出书，那必须是经典哦。小伙子，回去再琢磨琢磨吧。题材选得倒是挺有时代感的，你们现在这些年轻人哦，三十几岁了还不着急结婚，整天都在瞎忙些什么呢？折腾！”

宅一族宅的是心，偶尔把自己关在家里的人并不算爱宅的人。这就是梁峥和吴晓军的区别，吴晓军封闭的是自己的内心，在虚拟的网络世界里生活，尽量不和外界接触，连找女朋友都是从网络里下手。而梁峥则不同，他是因为感情不顺，心情不好，暂时蜗居在家里。吴晓军选择了写博客，看小说，玩网游来打发时间。而梁峥要积极得多，在一些业务员的网站上，学习案例，探讨营销技巧，累了就看看新闻和电影。

梁峥觉得整天这样等下去也不是办法，还是得解决实际问题，一晃就过去半年了，勉强相了一个女朋友呢，又不温不火的。梁峥想到了“介绍人”老黄，他先是给老黄打了一个电话，旁敲侧击地问了一下钟晓慧的情况。老黄的回答让他很难受，原来钟晓慧的父亲前几天来北京出差，他们一起还吃了饭。但是钟晓慧只字未提梁峥和她的事儿，也没有找老黄问梁峥的近况。

得，被耍了！梁峥心里十分不是滋味儿，接着他就想到了艾榴榴。每次他失意或者特别开心的时候都会想到艾榴榴，这很奇怪。梁峥觉得和艾榴榴斗下贫，互相糟践几句，心里即使再堵得慌，也舒坦多了。

梁峥翻出程百万的短信，又加了一次艾榴榴的 QQ。几分钟后，QQ 右下角出现了验证了消息，艾榴榴终于通过了梁峥的好友请求。梁峥好不容易加上艾榴榴，十分不客气，先是给她发了一通“窗口抖动”。艾榴榴先是发了一个问号过来，接着就质问：抽羊癫疯啊？

梁峥：哎——我这不激动吗？请求加你为好友，比向你求婚还难……

艾榴榴：谁让你这么受欢迎呢！

梁峥：你家里不催你结婚的吗？

艾榴榴：不啊，他们都很理解我，也尊重我的选择……

梁峥：要不咱俩好得了！建军节拍婚纱照，国庆结婚，怎样？

艾榴榴：你怎么不说明天拍婚纱照，后天结婚呢？

梁峥：对啊。其实今天晚上入洞房都成……

艾榴榴：做你的春秋大梦吧！我一定要和心爱的男人在一起，然后牵手度过余生！绝不妥协，哪怕就是一个人过一辈子，我也认了！

梁峥：你这个梦想，注定不会成真。理由：你在北京这样的大城市里，整天接触的人非常有限，除了同事和工作利益上接触的人外，你还会接触谁？公汽上的人互不搭理，小区里的人互不认识，圈子非常之窄。在你接触的人少的情况下，在这个物欲横流的社会里，你要找一个相信爱情，又只爱你，并且愿意和你结婚的男人，这在偶像剧里倒是存在。我看你也老大不小了，再晃上几年，你就青黄不接了。等着你的无非就是二手货、三手货，这些老油条可不会和你谈情说爱，他们都是直奔主题的，要么好你的色，要么贪你的财，要么就是找一产妇，帮他生小孩……

艾榴榴：呵，写论文呢？我洗澡去了，你慢慢构思吧！

梁峥：……

周五的下午，财务室得到了两个消息，一个好的，一个坏的。好的是公司的产假延长了半个月，即两个月，基本工资全额发放。朱祥玲喜出望外，她知道这是艾榴榴的功劳，对她投去敬佩和感激的眼神。艾榴榴一时间觉得自己高大威猛了许多，在财务室的地位愈加巩固了，在人生的道路上也找到了深刻的意义，那就是帮助别人，快乐自己。

坏消息是三大剩女全都不适合做财务室的代理主任，公司会挖一个“空降兵”过来，在朱祥玲休假后就正式上班。

伍倩倩先是失望，然后就是愤怒。这样的结果让她无法接受，她认为自己的落选与艾榴榴有关，是她从中做了手脚；艾榴榴对落选的事儿无所谓，倒是对林强又多了一份爱慕之心，觉得他是一个好领导，更是一个好男人；谭晓娜有点失落，心想以后偷懒或者请假都是问题了，只能祈祷上天派一个和蔼的领导过来。

朱祥玲的心情也很复杂，她原本是想生完孩子后就来上班的，继续做她的主任。可是根本不现实，孩子生下来得有人带啊。自己回老家吧，又不放心老公，怕他勾三搭四。目前只能走一步算一步了，看着眼前这几个青春靓丽的女孩儿，她又想起了自己结婚前的日子，那也是风光无限啊，一大把男人屁颠屁颠地跟在后面……自己为什么要那么早结婚呢？还这么早就要了小孩，而且选择了一个没有能耐的男人。可惜，人生没有回头路。

当天晚上，艾榴榴正在客厅里聚精会神地看电视。伍倩倩从卧室里走了出来，拿着遥控器就换了频道。

“干吗呀？看得好好的！”艾榴榴嚷道。

“有什么好看的，演员傻，剧情差！”

“正因为傻才好笑啊，打发时间呗……”

“一帮神经病！”

艾榴榴望了望阴阳怪气的伍倩倩，觉得她话里有话：“吃火药了你？”

“吃春药了！”

“……”艾榴榴无语。

伍倩倩蜷缩在沙发里：“你那天真去找林强谈话了？”

“哪天？”

“你不是去替主任打抱不平的吗?”

艾榴榴现在一想起这事儿,就无比自豪:“去找了呀,为咱们妇女争取产假,义不容辞。没想到居然这么顺利。可惜哦,只多了半个月……”

伍倩倩在冰箱里拿了一罐可乐,喝了几口,平静了一下焦躁的心情:“你有这么好心,是去争取代理主任的吧?”

“没有啊,谁说的。我对那个代理主任才没有兴趣呢!”

伍倩倩冷笑:“没有兴趣?谁信啊!玲姐这一走估计就回不来了,代理迟早得转正,谁不想当主任,谁就是傻瓜。唉,也不知道是怎么回事,公司都准备内部选人了,却临时改变了主意。”

艾榴榴就是再笨,也知道伍倩倩是什么意思了,气不打一处来:“你不就是主任没有选上吗?有本事去找老板啊,来责备我干什么?”

“我责备你干什么?你又没干什么亏心事,我干吗要责怪你?”

“那你怎么话里带话呢?”

“我发现你去上海出差后,回来整个人就变了……”

艾榴榴莫名其妙:“比如?”

“你和林强睡过了吧?”伍倩倩不依不饶,盯着艾榴榴。

艾榴榴也瞪着伍倩倩:“管得着吗你?”

“是,我是管不着。人不要脸,百事可为!”

艾榴榴气得站了起来:“伍倩倩,有病吧你?今天我招你惹你了我。”

伍倩倩以为艾榴榴要冲过来,吓得身子直往后缩。见艾榴榴原地不动,又坐直了身子:“总比某人心里有鬼的好!”

“没有想到你是这种人!”

“我也没有想到……”

艾榴榴突然觉得一向漂亮迷人的伍倩倩,面目可憎起来,让她有冲上去左右开工——连扇耳光的冲动。不过,她最后还是克制了,为了表示自己的强硬和不妥协,她摔门而出。

楼下的小区里，三三两两的人在路上闲逛着，也有勾肩搭背的情侣，小声说着话，时不时还旁若无人地大声笑着；中间的空地上几个遛狗的人在聊着天，不时传来狗叫声。艾榴榴坐在木椅上发呆，一向与世无争、心态怡然的她突然觉得有点累，心累。她第一次觉得自己的生活很盲目，就像是一艘小船儿，在一望无际的大海上飘摇着，既靠不了岸，也没有前进的方向——随波逐流。

艾榴榴去超市里买了个冰激凌，用最快的速度吃完，然后又回到这座城市为她准备的小匣子里。飞扬跋扈、不讲道理的伍倩倩已经不在客厅了，艾榴榴简单收拾了一下客厅后，就回了卧室。关上门，在自己的世界里肆意地呼吸。自从上次被梁峥调侃后，艾榴榴就没有写过博客。她觉得今天必须写点什么，不然心里憋得慌：

6 月的夏天还透着一份稚嫩，阳光纯洁得让你忍不住去回忆每一次明媚。我想我真是慵懒了，慵懒了身体，慵懒了日子，还有心灵。冰激凌的味道已经变了，不再芬芳、甘甜，也许是我的味蕾老去了吧，和人一样。呵——那一个个白裙飘飘、梦想泛滥的日子啊，离我也越来越远了。不快乐，也不痛苦，我讨厌这样的生活。我要走出去，走出生活的怪圈，去寻找一片新的大陆——那里四季如春，帅哥如云！

——慵懒地怀旧，肆意地遐想，这就是我的新生活。

第二天中午，艾榴榴比往常的周末早醒了半小时。伍倩倩貌似还没有起来，艾榴榴觉得待在家里也没有意思，她决定找个人一起出去逛逛。艾榴榴给谭晓娜打了一个电话，谭晓娜说她和朋友去了昌平。又打了几个电话，都出门儿了。今天是什么黄道吉日啊？艾榴榴想来想去，还是梁峥最合适。虽然他人不靠谱，但是跟他待一块儿还是挺有意思的，而且他不会像吴晓军那样对自己死缠烂打，还能经得住她无情地打压。艾榴榴拿出手机，发了条短信给梁峥：今天有空吗？

梁峥刚起来没有多久，看见这样的信息很是莫名其妙，问艾榴榴这是什么意思，是不是想去拍婚纱照。接着，艾榴榴发了一条让他更惊诧的短信：陪我出去走走，好吗？

梁峥狞笑着发了一条信息过去：你又来大学同学了？

艾榴榴恨得牙痒痒的，可是又不敢得罪了梁峥，只好妥协：就我们两个，我心情不好，陪陪我，好吗？不愿意就算了，当我没说。

梁峥喜出望外，让艾榴榴一小时后在楼下等他。刮胡子、洗澡、喷香水，待收拾好自己后，梁峥敲了敲吴晓军的门。吴晓军拉开了门，疑惑地望着嬉皮笑脸的梁峥，不耐烦地问道："有事？"

梁峥十分严肃地说道："艾榴榴约我出去玩儿，我来给你做个汇报，免得回头你说我恶意竞争。"

"你们出去关我屁事啊！"吴晓军说着就要关门。

"诶——要不你和我们一起去……"

梁峥还没有说完，门就"嘭"地一声关上了，还好梁峥退得快，不然鼻子就会遭殃了。梁峥故意磨磨蹭蹭，直到约定的时间过了差不多十分钟，才走下楼去。一下楼就看见了探头探脑的艾榴榴。艾榴榴今天穿得很妩媚，很女人：墨绿色的丝袜，黑色的中跟皮鞋，上面是件碎花的灰色裙子，加上一个黄色的小挎包。

"干吗这样看着我？"艾榴榴骄傲地撅起小嘴儿。

梁峥又从下到上地扫了一眼艾榴榴，笑："比上次还要隆重，看来你挺稀罕我的？"

"呵呵——继续你的哥德巴赫猜想！"

"……"

艾榴榴掉头"噔噔噔"地就朝前面走了。梁峥看着艾榴榴窈窕性感的身段儿，心情明媚了许多。梁峥快步跟上去，凑近艾榴榴，小声问道："你和吴晓军两个到底是怎么回事儿？当然，你可以沉默……"

艾榴榴抿嘴偷笑:“你继续猜呗!”

“你们吵架了?心情都不好?”

“错,错错错!”艾榴榴继续往前走。

梁峥紧跟在后面,有点不甘心:“你和他发展到哪种程度了?”

“有必要告诉你吗?”

“……”

这个周六并不堵车,这在北京来说是件新鲜事儿,也许是老司机选的路线好,也许是昏昏欲睡的梁峥感觉不到,等他一觉醒来时,已经到了西单。艾榴榴下车后就往“君太”里面钻,梁峥浑浑噩噩地跟在后面。他这时才恍然大悟,今天肯定有苦头吃了,这丫头找自己来陪她逛街。

女人拉着男人去逛街购物,类似于一次绑架。而且还有“撕票”的危险,一旦陪不好,就会人财两空。

艾榴榴只是随意逛逛、挑挑选选,简单地试试衣服,东瞧瞧西看看的。几个商场都逛完了,艾榴榴一件衣服都没有买,小玩意儿倒是买了不少,这让梁峥很是费解。从“大悦城”走出来后,梁峥提议找个地方坐坐,说他有点撑不住了。艾榴榴白了梁峥一眼,然后轻车熟路地来到了“星巴克”,要了两杯拿铁咖啡。

“你都不问我要喝什么的吗?”梁峥抱怨。

艾榴榴不耐烦地说道:“我请你喝,当然我做主!你想要喝其他的,自己去买呗!”

“艾同学,是你主动约我出来陪你呢……”

“我让其貌不扬的你跟在后面,多少路人会用异样的眼神抨击、鄙视、讨伐我啊!你知道我顶着多大的压力吗?给你咖啡喝是出于人道主义,别不知好歹哦!”

梁峥用手去摸了摸艾榴榴的额头,被艾榴榴一巴掌打开了:“死开,君子动口不动脚!”

“我又不是君子。”

“了然,所以你动脚了!”

“你怎么手脚不分啊?讨厌我直接说,何必绕得我稀里糊涂的。”

艾榴榴莞尔一笑:“你家那座冰山呢,怎么不带出来遛遛?”

“她忙工作。再说了,这不遛你了吗?”

“女强人啊!和这样的女人在一起,你是不是觉得特自卑,特没劲。”

“才不,现在这样的女人不多了。都是张口要钱花的,也不自己去创造。说实话,我不太喜欢家庭主妇,整天就知道烧菜做饭搓麻将逛街,有意思吗?大家都得有自己的空间,女人也得有自己的事业,这样才叫男女平等嘛,生活也才和谐呀……”

艾榴榴望了望信誓旦旦的梁峥,十分怀疑:“言不由衷!”

艾榴榴呷了一口咖啡,然后望着外面熙熙攘攘的人群。梁峥顺着她的目光望出去,笑道:“心情是不是特复杂,这么多小美女花枝招展地走街串巷,自己老大不小了还没有个归宿?”

“是啊,每次来西单都觉得自己老了,90后都已经重装上市了哦……”

“我发现你说真话的时候特别美!”

“是吗?”艾榴榴脸红了,浅浅地笑了一下。

“别误会,我是说臭美。”

“讨厌!”

“哈哈——”

梁峥也喝了一口咖啡,身子前倾了一点,小声说道:“诶,你那位心仪的先生靠谱不?要是不靠谱咱俩凑合着过吧——我觉得咱俩其实挺般配的,软件硬件的规格咱先不说。就门当户对来说,我们完全匹配。剩男宅女嘛,都是这个城市里游荡的可怜虫。再说了,那次不是伍倩倩卖弄风骚,我早就和你双宿双飞了!”

“你家那座冰山呢？”

“本来家丑不可外扬，但是咱俩谁跟谁啊。告诉你吧，她其实有更高的目标，铁达尼！我和她只不过是逢场作戏罢了……”

艾榴榴轻轻搅动着咖啡，白了梁峥一眼：“忽悠小女生呢！”

“要不这样，我们来个约定——元旦，如果元旦咱俩都还没有着落，我们就比翼双飞、海枯石烂。怎样？”梁峥很认真的样子。

“好啊！”

“到时可别耍赖？”

“不会的，星巴克可以作证……”

“爽快！”

两人喝完咖啡后，又坐了一会儿。外面的阳光很灼热，屋内的空气却又十分阴冷，这就是“鸡肋”的现代文明。艾榴榴根本没有回去的意思，拦了一辆出租车，朝着天安门的方向奔去。

东方广场，北京的时尚大 Mall。东方新天地呢，则是真正的购物天堂。这边商场里的人明显比西单少了很多，购物环境也更加舒适。一个是针对中高端客户，一个是针对中低端客户，定位都不一样。艾榴榴依旧闲逛了一圈，然后来到了一个 Burberry 专卖店，她望着一个黑白格纹的单肩包发呆。梁峥探着头看了看标价，9 000 多，倒吸了口气。

两人又逛了几个店，都有点累了，坐下来休息。艾榴榴揉着自己的小腿叹着气：“哎，女人只有在逛商场的时候，才会将薪比薪啊……哎，要是折扣还低一点我就买了。”

“哪个包？”梁峥问。

“嗯那！”

“喜欢就买了呗。包对女人来说那是相当重要的，女人的第二件衣服嘛……”

“又不是你掏钱，你当然不心疼。本姑娘实在是败不起哦……”

“我蛮喜欢这个牌子，很英伦，尤其是格子设计，非常个性！”

艾榴榴十分好奇：“你知道得还不少？”

“给我前女友买过 Burberry 的香水……谁知道半年后，就各奔东西。”

艾榴榴眼睛放光：“哈哈——你也会被人甩，报应啊！”

“……”

客厅里，梁峥向吴晓军描绘着自己这“美丽”的一天。吴晓军耐心地听着，不插科打诨，梁峥也就越说越没劲了。等梁峥没话说了之后，吴晓军打了个呵欠：“说完了吗？说完了我回房睡觉了，好困啊！”关上门后的吴晓军急急忙忙地登陆了 QQ，见艾榴榴的 QQ 头像亮着，立即发了一个问号过去。艾榴榴也回了一个问号过来。

吴晓军：今天玩得还开心吧？

艾榴榴：一般，就逛了下商场。

吴晓军：怎么不喊我赔你呢？

艾榴榴：我不想利用你嘛。那个家伙没心没肺的，怎么用都不过分。

吴晓军：没有这么简单吧！有人说和你手牵手、肩并肩地招摇过市……

艾榴榴：那个王八蛋的话你也相信？纯属造谣！

吴晓军：还说你暗示他去酒吧玩，被他委婉地拒绝了。

艾榴榴：你马上去告诉梁峥那个混蛋，你问他是不是脑子进水了。哎——估计是向我求婚不成，以至于伤心欲绝，胡言乱语……

十分钟后，吴晓军走出了房间，他让梁峥赶紧上 QQ，说是要给他发点好看的东西。梁峥刚登上 QQ，就看见了吴晓军发过来的一连串信息。原来吴晓军复制了艾榴榴和他的对话，梁峥看得目瞪口呆，冲着吴晓军紧闭的房门骂道：“吴晓军——你大爷的，不做汉奸真是屈才了！”吴晓军在房间里捂着嘴大笑，终于报仇了，痛快！

接下来的一周里,艾榴榴的生活发生了很多变化。她和伍倩倩的关系越来越糟糕了,只差没有兵戎相见。伍倩倩再也没有和艾榴榴说过话,两人上下班都各走各的,到家了也是横眉冷对。这样下去,迟早是要擦枪走火的。艾榴榴和林强是越走越近了,他们的关系升温是有原因的:艾榴榴更加欣赏林强,觉得他尊重女性,还有绅士风度,而且比她想象中要平易近人得多;林强呢,他觉得艾榴榴知性、善良、真诚,敢当面顶撞自己,与那些在他面前卖弄风骚的女孩截然不同。

他们频繁地一起出入公司,去外面就餐。这些都看在伍倩倩眼里,她妒火中烧,愈加仇恨艾榴榴了。同事们也开始说三道四,都说艾榴榴表面上波澜不惊、和颜悦色,实际上是一只心机很深的"狐狸精"。

西苑饭店26层的旋转餐厅里,林强和艾榴榴正喝着红酒。旁边是透明的玻璃,下面是一片林立的高楼大厦,还有看上去十分狭窄的街道和模型一样的流动的车。以前是仰望高楼大厦,现在却是俯视,视角完全不一样。这是另外一个世界,新奇、怪异,颇有点"会当凌绝顶,一览众山小"的感觉。

"怎么了,三文鱼不好吃吗?"林强关心地问道。

艾榴榴浅浅地笑了一下:"第一次在这么高的地方吃东西,有点不习惯。"

"那你在飞机上呢?那可是一万多米的高空……"

"也觉得怪怪的呀,总觉得心里没底,还是脚踏实地的好!"

"你有男朋友了吗?"林强突然问道。

"没有!"艾榴榴很快地说出了答案,当她发现林强炯炯有神的眼睛望着自己的时候,心里一阵哆嗦。只好端着红酒,忐忑地望向外面。

林强笑了笑,感叹着:"现在是怎么了,连你这么优秀的女孩都没有男朋友,真是进入剩时代了……"

“你呢,不也是一样吗?”艾榴榴反问。

“你是说我也很优秀呢,还是说我为什么也剩下了?”林强故意抖个机灵儿。

艾榴榴眨了眨眼睛,风情万种:“都是啊,为什么?”

林强突然显得有点落寞,很勉强地笑了笑,端起酒杯:“不说这些了。来,我们为美丽的北京干一杯!”

房间的气氛越来越压抑沉闷了,艾榴榴看着衣柜里伍倩倩送的亚麻流苏围巾,又想起伍倩倩以前的好来。她不愿意,也不忍心和好姐妹闹到这个地步。艾榴榴敲了敲伍倩倩的门:“在吗,倩倩?”

“有事吗?”屋里传来伍倩倩冷冰冰的声音。

“还没吃饭吧,我请你。有些事情你真的误会了,我得向你解释清楚……”

“别猫哭耗子假慈悲了!现在才发现自己够傻,原来真正有心机的人是你!”

“……”

主动和伍倩倩说话,但是换来的却是对方的冷嘲热讽。女人之间的友谊总是特别脆弱,尤其是在爱情面前,一文不值,这都是嫉妒惹的祸。艾榴榴想过搬出这里,重新租一间屋子,可是她讨厌搬家。来北京这几年,她已经换了很多个住处了。每次都要扔掉很多东西,然后又要添置很多东西。这些都不重要,关键是搬来搬去,搬得心情都支离破碎了,那种无根的孤独感让她难以呼吸。

艾榴榴给自己定了一个期限,一周内,如果伍倩倩和她的关系还是不能改善的话,她就先去谭晓娜那边住一段时间,然后再另做打算。同时,她在网上让吴晓军给她看看国美这边有没有出租的单间。不过,她强调绝对不能是那种“隔间”。她不希望一个人睡在这边,连打呵欠别人都能听见。更不愿意听见隔壁的小两口肆意地亲热,这对于剩女来说,是生理和心理的双重挑战。她曾经遭遇过,结果是辗转反侧、一夜未眠。第二天,她就果断地搬了家。

程百万因为心情不好,再次来到国美小区。梁峥和吴晓军勉为其难地收留了他,其实更多的是冲着他管吃、管喝、管玩的壮举。三人在台球厅里撞台球,程百万状态出奇的好,吴晓军和梁峥则昏昏欲睡。以前打球是在赌球,谁输了谁要请客吃饭,现在什么都是程百万掏钱,这一懈怠,另外两个人打着也就没有什么意思了。

三人一人拿了瓶可乐坐在沙发上休息。梁峥疑惑:"不就结婚嘛?你愁什么?我们想结还没有人愿意嫁呢!"

程百万喝了一大口饮料,辩解着:"我不是不想结,只是不想这么早,我还没有玩够呢。而且我习惯了一个人生活,你说这身边突然多出一个人来,还真有点不习惯……"

吴晓军斜了一眼程百万,说:"你这就叫婚前综合征,或者说是恐惧征——特惆怅是吧,既下不了决心结婚,又不忍心一脚踹了她。婚姻对于你来说好像是鸡肋,也好像是一个圈套,你总觉得会有更好的人等着你……"

"你丫知道个屁!"程百万骂道。

"说得还真有理!你喜欢她对不对,但是你又怕和她结婚,那你到底是怕结婚呢?还是不想和她结婚呢?这个你得搞清楚!如果是怕结婚,迟早得结,你还不如找个喜欢的结了算了……"梁峥接过话茬儿。

程百万:"我想结啊,但是不想这么早而已——"

吴晓军冷笑:"你以为结婚是请客吃饭啊,你想怎样就怎样?让她干巴巴等你三五年,回头你腻烦了,再重新找一个?那她已经徐娘半老了,青春不再,毫无性价比可言,再去嫁给谁呢?我看你还是别去祸害人家了，趁早撇清吧，等你心智成熟了，再谈婚论嫁……”

“这次我完全同意吴晓军的，难得他说一回人话！反正迟早得结，既然遇见了喜欢的人，那就赶紧的啊。”梁峥力挺吴晓军，吴晓军向梁峥投去感激的目光，像找到了知己似的。

程百万见两人合伙挤兑他，心里不满：“你们这是专家门诊啊，尽给我开药方子了？我的婚姻我做主！”

梁峥和吴晓军不约而同地站了起来，作势要往外面走。程百万立即拦住了他们：“不带这样的，关键时刻可不能抛弃我，咱们可是台球三剑客！再来一局？”

梁峥：“饿了，该吃饭了！”

吴晓军：“待会儿吃饭的时候，我再给你分析分析，你这个完全可以作为恐婚的案例写进我的书里……”

吴晓军和梁峥选了一家贵的餐厅，接过服务员的菜单后都没有客气，逮住这次机会下黑手。三人边吃边聊，程百万还是很迷惘，不断地提出问题，希望两个好哥们给他传道、解惑。梁峥偶尔回上一两句，吴晓军则跟饿死鬼转世一样，大口吃着菜，大口喝着酒，不再搭理程百万。程百万越来越揪心，干脆不吃了，一个人在旁边抽着烟。看着两个没心没肺的家伙，直感叹世态炎凉。程百万想起了刘瑜霞离开他前撂的那句狠话：程志辉，你给我听好了，要么咱俩就结婚，要么就分手。你要是敢耍我的话，老娘让你悔恨终生！

吃完饭后，程百万嚷嚷着还要去撞台球，可是没有人响应他的。两个家伙酒足饭饱后，极其不负责地往小区里蹿，完全忽略程百万的存在。程百万一时觉得误交损友啊，他准备开车回家的，但是想想，回到家里更无聊。不能就这么铩羽而归啊，偏不让这两个家伙逍遥，继续骚扰！

回到家里后，梁峥反观程百万的情感问题，觉得自己和钟晓慧的“冷战”也该结束了，老这么拖着不是个事儿。梁峥觉得自己应该给她一个信号，让她知道自己还惦记着她，不管是真惦记还是假惦记。谁会和女人一般见识呢？打高尔夫怎么了，正常的交际嘛，又不是去开房……梁峥思想再一次激烈地斗争后，打压了丰满的大男子主义，说服了自己，发了条短信过去：美女，最近忙什么呢？

等了几分钟，没有回音儿，也许是酒能壮胆的缘故。梁峥不再有耐性，径直拨了电话过去。很快，电话里就传出干脆的声音："喂！"

"在忙吗？"

"还好——有事儿吗？"

梁峥漫不经心地说着："没事儿，闲得无聊给你打个电话……"

"呵呵——你最近都在忙些什么呢？"

"瞎折腾！偶尔也会想想你的……"

"哦……这么晚了，你还不休息的吗？"

"夜生活才刚刚开始呢，早得很！"

"我要去洗澡了，要不待会儿再——"

"你先洗……"

梁峥急匆匆地挂断了电话，自尊心严重受损。穿着粉色丝质睡衣的钟晓慧在卫生间里照了照镜子，施施然地走了出来。一个40多岁的男人正躺在沙发上看财经杂志，见她走了出来，拍了拍自己的大腿，示意她坐过来。钟晓慧拢了拢头发，微笑着走了过去……

梁峥不动声色地走出了房间，见程百万正和吴晓军促膝谈心。吴晓军还拿着一个小笔记本在记录着什么，跟一娱记采访明星似的。

"干吗呀，大男人整天窝在房间里？我来一次容易吗？过来过来……雅尔塔会议！"

梁峥望了望容颜憔悴的程百万，又看了看旁边装模作样的吴晓军："这不一对一采访吗，我来凑合个什么劲啊？"

吴晓军好像根本没有听见梁峥说的话，只管记着东西，看上去还蛮专业的样子。

“来来来——沟通沟通嘛,哥们正水深火热、进退维谷呢!”程百万一边给梁峥递烟,一边招呼他过来。梁峥笑了笑,退掉拖鞋,直接从沙发背后踩了过来,盘腿坐了下去。

“姐弟恋,那也是恋爱啊。有姐弟婚这一说吗?没有!”程百万很快就完成了一次自问自答。

梁峥一脸严肃:“存在即是合理!你看吴晓军长得比例失调、内分泌紊乱,人家不也来了人生几十个年头了吗?”

程百万笑:“别捣乱,咱们说正经的!”

吴晓军抓着拖鞋扔梁峥,被梁峥轻易地躲过了。吴晓军不再搭理梁峥,很快又冷静了下来。摸着下颌冥思苦想了几秒钟,又开始采访了:“其实啊,你首先得知道自己是个什么样的人,你得对自己有一个正确的评估。你知道自己是个啥样儿的人吗?”

“反正不是一好人,但是也不坏。偷鸡摸狗、作奸犯科的事他干不了,因为他脸皮薄,身手差,胆儿小……至于建功立业、普度众生嘛,他不是不想,而是有心无力,没那个能耐!”梁峥取笑程百万。

“诶,梁峥,我发现你最近怎么逮谁灭谁啊,你以前不这样的,挺稳重一人!”

“不知道吧?他向艾榴榴求婚不成功,受了打击!”吴晓军也乘势攻击梁峥。

梁峥满不在乎:“是有这么回事儿。总比某人畏畏缩缩、不敢争取的好……”

吴晓军冷笑。

“你们觉得我该结了吗?”程百万问他们。

吴晓军:“太该了,找到刘瑜霞这样的你该知足了!”

梁峥:“早就该被处理了,以为自己是谁啊!”

程百万给自己点了一支烟，难以置信地望了望旁边的两个家伙：“难道我还成了残次品不是？”

吴晓军：“反正不咋的！”

梁峥：“残算不上，次也严重了点儿，的确不咋的！”

吴晓军和梁峥两人你一句我一言的，说得程百万一惊一乍的，没了自信。他猛吸了一口烟，问：“哥们我有这么逊吗？”

吴晓军在冰箱里拿了几罐啤酒，一人发了一罐。然后“嘭”的一声拉开了啤酒罐，就着泡沫喝了一口：“要不我给你分析分析、说道说道？你爷爷是解放后从河南来的北京，对吧？说好听点是向毛爷爷靠拢，不好听那就是一难民跑首都来混饭吃了。你爹上山下乡过，后面混进了部队，退伍后靠走后门蒙了个一官半职，利用职权又囤了几套房子……这是你的家庭背景，这也决定了你的气质。那就是你有优越感，你有痞子劲，但是自己本事不大，所以带点玩世不恭，以凸显你的另类。你每次聚会给大伙儿怎么说的，说你是纯北京人，还周口店呢？你干吗要加个纯字啊？这说明你一直以北京人自居，虽然自己没有本事，但是你可以拿这个做遮羞布……”

程百万大笑，举着啤酒：“我敬你们这些进京务工人员，你们真的辛苦了。既要拼命干活儿，又要承担心理不平衡的痛苦，祈祷下辈子投胎做北京人吧！”

吴晓军：“先撇开咱们打工的。我把先前的总结一下，那表明你虚荣，是个花架子，没有真本事。现在可不管你是哪儿人，能者居之，市场经济嘛。你就是清朝遗老，八大胡同养的那也没必要得瑟！”

程百万：“知道你们外地人自卑心理作祟，我了解！哥哥你拣重要的往简单里说……”

同是进京务工身份的梁峥，立即声援吴晓军：“你那中韩杂交的北京现代车，不是你自己炒股弄的吧，我看是家里房租换的。没偷没抢啊，靠租房子挣的钱那也是钱啊，谁叫你们在北京有房子呢？可是你不承认。说你虚伪，一点不过分！”

程百万一人争论不过他们两个，妥协了：“嗯，我虚伪，还有点虚脱……”

程百万还想说几句的，话到嘴边却生生地吞了进去，点了点头，意思是鼓励梁峥他们两个继续说。吴晓军看了看程百万，确信对方没有生气，喝了一口啤酒壮了壮胆，接着批斗：“你见人家刘瑜霞漂亮，起了歹心，横刀夺爱。夺到手了你就不管了，始乱终弃啊！你还是个男人吗？是，就对别人负责，负不起责就别耽搁别人！对不对？梁峥，该你了！”

梁峥觉得机会难得，立即接过了话茬儿，“我给你概括一下，嗯——高干子弟的派头，纨绔子弟的作风，富家子弟的习性，穷人家孩子的命！”

程百万苦笑：“还有吗？”

吴晓军：“暂时就想到这么多。总之一句话，估摸着能和她过日子呢，娶之；否则，放之！”

梁峥：“其实你就是一个自以为是的靠家里房租过日子的北京土著，没啥可得瑟的！我们外地人虽然没有政策支持，也没有土地变卖和房子出租，但是我们自力更生、丰衣足食，腰板儿挺得直直的！”

程百万很冷静地喝完了啤酒，把空罐捏成一团儿扔到了桌子上：“你们嫉妒我很久了吧？现在该我说说你们了。梁峥，你这个人呢，自恋，自大，自我……其实也就那么回事儿，一业务员。虽然是精英，说白了就是一跑腿的，靠忽悠人吃饭！”

“概括得很精辟，我想补充都没有补充的了！”吴晓军再次趁火打劫。

程百万：“至于你吴晓军嘛，自闭，自卑，自私！老爱以知识分子自居，其实脑子里没啥货，半吊子一个！”

梁峥喜笑颜开：“好好好！形象而生动，哈哈哈——”

“咱不搞人身攻击！”

“哈哈,顶不住了吧?”

“论学识,论人品,论相貌,我哪点比你们差了,妈的……”

三个人一边喝酒,一边评头论足,互相揭短,还把那些陈芝麻旧事儿找出来说道。谁都不服谁,把以前的不满全部发泄出来了,真是有怨报怨,有仇报仇。三个人一直折腾到半夜,冰箱的啤酒喝没了,大家互相挖苦得也没劲儿了,才满足地睡去。

第二天,程百万头疼得厉害,又憔悴了不少。腰也有点直不起来,他被折腾了一晚上。一方面是梁峥和吴晓军对他的恶意抨击,一方面是自己内心的斗争。还有就是那看似柔软的沙发,其实绵里藏着针,把腰都差点睡折了。跟婚姻似的,看上去很美……

程百万坐进爱车后,伸了个懒腰,想了一宿终于想明白了。婚姻就是一个情劫,逃不了、躲不掉,只能挺直了身板儿去面对。他深吸了一口气,然后给刘瑜霞拨了一个电话,电话通了:“媳妇儿,咱俩结婚吧!就定在8月1号建军节,你看咋样?”

刘瑜霞正在办公室里吃中饭,差点喷了出来:“干吗建军节啊?”

“这不咱家老头子喜欢嘛,回头还得找他拿钱装修房子呢……”

“我得给家里汇报一下!程志辉,你这次靠谱儿吗?可别再耍我了!”

“还对我这么不信任,你们都把我程百万当成什么人了……”

与此同时,伍倩倩正在搬家,她要搬到华纺易城去。看来,她也受不了这个压抑的环境了。艾榴榴和谭晓娜正在外面吃饭,就接到了伍倩倩的电话。伍倩倩说她要搬家了,让艾榴榴赶紧回来,免得到时候房间里丢了什么东西,她可不负责。

艾榴榴从谭晓娜那里回来后,就躲在房间里不出来了,怕滋生事端,因为那样的话对谁都不好。人家两口子离婚,还好合好散呢,何况她们曾经是好姐妹,好朋友。艾榴榴以为伍倩倩要搬家是说着玩的,没有想到她真的在搬,还喊了两个肌肉发达的男人,好像都是国美小区那个健美中心的教练。艾榴榴不知道自己到底做错了什么,会让伍倩倩有如此强烈的反应,完全超出她的想象。她觉得这是一件十分尴尬和没趣味的事儿,毕竟她们在一起住了快一年了。既是同事,又是好姐妹,现在却分道扬镳,跟阶级敌人似的。

电话里的谭晓娜知道这件事情后,却拍手称快,说她要搬到艾榴榴那边去住,还给艾榴榴分析了一下伍倩倩搬走的几个原因:一是伍倩倩竞聘主任失败,迁怒于艾榴榴,认为她从中作梗了;二是伍倩倩喜欢林强,但是被艾榴榴给抢走了,她嫉妒;三是伍倩倩本来就不是一盏省油的灯,心如蛇蝎,东窗事发是迟早的事儿。艾榴榴对前面两件事情都予以了坚决的否定,而且她认为伍倩倩人品并没有问题,只是心太要强了。谭晓娜就在电话里批评艾榴榴,说她这就属于典型的心太软,妇人之仁。挂掉电话后的艾榴榴,心里揣度着林强和自己的关系,上下级?朋友?恋人?都像,又都不像。

还有一个月就要结婚的程百万,整天莫名其妙的忧虑,时而郁郁寡欢,时而焦躁不安,婚前恐惧征越来越严重。在外面出差的梁峥此刻正在电话里面安慰他:"结婚多好啊,生活中多了一伴儿。兄弟是兄弟,兄弟能陪你睡觉嘛?什么,你还没有玩够?就你这种人一辈子也玩不够啊。知道吗?你们相爱,你们为了爱情而结婚,我就特别羡慕你。再说了,你们也不需要为房子操心,没有首付啊房贷什么的烦恼,你们可以尽情享受生活,你们的婚姻纯粹而高尚,你们的日子细水长流,生生不息,延绵不绝,一浪高过一浪……我扯淡?你知道北京多少夫妻住在阴凉潮湿的地下室吗?多少买不起房子的男人哭天抢地与女朋友分手吗?你太不靠谱了,身在福中不知福!结婚就没有自由了?自由也是相对的。你怎么就这么没有责任感呢!得得得,你找吴晓军开导开导吧,我立马要出去见客户呢。好好好,回来再聚!那个什么,代我向亲爱的瑜霞问好,就说好久不见,还挺惦记她的……"

晚上,梁峥和客户见面。客户是一家国企的网络中心负责人,梁峥约了他好多次,才把他约出来。面前的老姚50左右,个儿不高,挺着个大肚腩,但是双眼炯炯有神。话不多,但是嗓门儿大。几杯白酒下肚,梁峥就有点飘飘然了,老姚好像才刚刚进入状态。梁峥知道今天晚上拼酒是不成了,但是还是得拿出一个态度来。他在卫生间里把酒全给抠了出来,回到酒桌子上又和老姚喝了两杯。梁峥看着面前的半杯白酒,心里就发憷。最后,还是硬着头皮端了起来:"姚主任,感谢您百忙之中抽出时间来见小梁。我先干为敬!"

老姚笑:"不忙不忙,你慢慢喝……"

半杯酒下肚后,梁峥想呕,酒劲儿直往喉咙上冲,都被梁峥给生生地镇压了下去。梁峥知道再喝就谈不成正事儿了,决定投降认输:"姚主任,我是真不能喝了,这酒太烈。先去卫生间倒了几杯,现在这胃里又开始翻江倒海了……"

"还好啊,我就很喜欢喝65度的二锅头!"老姚一边说着,一边又给梁峥倒了半杯酒。

梁峥只好又去了一趟卫生间,这次根本不需要手引导,头一低,哗啦哗啦就吐了一马桶。梁峥蹲在马桶旁吐了一个透心凉后,又才走出来,出来后继续喝。半杯白酒很快又完了,老姚见梁峥硬撑到现在,不容易。而且说话也实在,点了点头:"小伙子够爽快!这个酒咱就不喝了,走吧。"

老姚说完站起来就走了。梁峥早就想撤了,立即结了账,跟了出去。现在跑营销、搞关系都讲究个三步走,第一步是吃喝,第二步是玩乐,第三步才是谈正事。梁峥和老姚的第二步,没有走进KTV,而是走进了"帝皇"洗脚城。老姚说他没有什么爱好,就是喜欢喝点酒,泡泡脚。两人躺在沙发里闭目养神,两个洗脚的小姑娘则专心致志地给他们捏脚。给梁峥捏脚的是个新手,还拿捏不好力道。梁峥被她捏得龇牙咧嘴的,但是又不好意思叫出声来,只能忍着。腿往后缩吧,小姑娘的手力又十分惊人,拽着就是不松开。

“先生,你是不是怕痒啊?”小姑娘问。

老姚睁开了眼睛:“他是怕痛!”

“还好还好……”梁峥立即解释。

小姑娘:“那我轻点就是,不过,痛才有效果呢!”

老姚:“小梁,以后得注意身体啊。”

梁峥:“没办法,干一行得爱一行。经常外面跑,身体是有点透支……”

总算结束了,梁峥去结账的时候,顺便给老姚办了一张洗脚城的金卡。老姚很坦然地收下了,然后拿出 iPhone 手机看了看:“小梁啊,我得先回去了。有住的地方吗,要不要我给你安排?”

梁峥:“不用不用,早就住下了。我去给您找辆车……”

梁峥送走老姚后,在超市里买了两袋酸奶喝了,感觉胃舒服了一点。回宾馆后的梁峥就像一条死鱼摊在了床上,十分疲惫,但是又睡不着。就裹着一条浴巾用手机玩自拍。突然,床头的电话响了,经常出差的梁峥知道是怎么回事儿,拿起了话筒:“喂!”

“先生,需要做按摩吗?”电话里传来一个娇滴滴的女人声音。

“谢谢你,下次吧。我女朋友在洗澡……”

梁峥挂掉电话后,又拔了电话线。他躺在床上睡不着,焦躁。干脆拿出手机看小说,才看了几分钟,眼睛就生疼。接着,他就很自然地想到了艾榴榴,形成条件反射了。梁峥发了条信息过去:睡了吗?手机很快就响了,梁峥那原本昏痛沉重的脑袋似乎一下子就痊愈了。

艾榴榴:上网呢……流氓还没有休息啊?

梁峥:咱网上聊。

梁峥打开了电脑,登陆了QQ。

梁峥:Hi~

艾榴榴:不Hi!

梁峥:现在也不知道怎么回事儿,心情不好的时候就想起你了!

艾榴榴:那我还是祝你天天开心、万事如意。

梁峥:你这是欲擒故纵吧?我觉得你情绪起伏较大的时候也会想起我!

艾榴榴:我怎么不知道哇?

梁峥:你大学男朋友来北京玩,还有上次去逛街,我都闻到了你身上那忧伤的味道。厉害吧?

艾榴榴:你以为自己是寻血犬咯?

梁峥为了表示自己的不满,发了个抖动过去,艾榴榴也发了一个抖动过来。两人就这样抖来抖去,后面艾榴榴实在是烦了,质问道:有病啊你?

梁峥:嗯,相思病!

艾榴榴:找个兽医治治呗……

梁峥:我喜欢的并非兽类,虽然她的言语很禽兽。

艾榴榴:呵呵,你家冰山看见了……作何感想啊?

梁峥:……你怎么老爱上网呢,网恋?

艾榴榴:网下都没有兴趣,何况网上哦!你怎么去了济南?

梁峥:出差啊,过来见一个大客户。

艾榴榴:还顺利吗?

梁峥:顺利?差点喝死了,客户对订单只字未提。有时觉得自己真他妈的像个小丑!

艾榴榴:认识你这么久,你终于说了一句真话。

梁峥:认识你这么久,你终于第一次肯定了我。

艾榴榴:……我要睡了哦。记得加油,别气馁!

梁峥：等等，能瞅瞅你吗？

艾榴榴：那你求我呀！

梁峥：我求你……

艾榴榴：呵呵——真乖！

梁峥立即点了视频请求，艾榴榴还真的接了。梁峥专注地盯着电脑，不过，只发现了一张床。原来艾榴榴把视频歪在了一边，自己却躲了起来，裹着浴巾的梁峥却清晰地出现在视频里。被耍了！梁峥尴尬地关掉了视频，然后发了一长串的问号过去，让他愤怒的是艾榴榴已经下线了。梁峥拨了个电话过去，艾榴榴不接，他只好发了条信息以泄心头之恨：你这个骗子，回北京后，我要你血债血偿！

梁峥看了看刚才的聊天信息，笑了。然后就开始回想自己和艾榴榴相处的日子，虽然摩擦不断，矛盾重重，但是却有很多惊喜，自己总是很轻松很愉快。接下来，他又想到了钟晓慧。钟晓慧和艾榴榴完全是两种类型的女孩儿，艾榴榴虽然古灵精怪，但是喜怒哀乐都写在脸上，反而显得简单、善良。而钟晓慧呢，不悲不喜，好像心里藏着很多事儿，很善于控制自己的情绪，你无法掌控她，只能跟着她的节奏来。

这一晃就7月份了哦，要是年底还没有女朋友带回去，老头子又得发飙了……梁峥想着想着，进入了梦乡。梦里，他在海边漫步，海的深处，涌来一波又一波的海浪，眼看就要吞噬他了。梁峥拼命地往岸上跑，但是跑不动……

第二天，梁峥睡到上午11点才起来。他先在宾馆订了一张回北京的火车票，然后又给公司办公室的小李打了一个电话，叫他买两箱65度的二锅头，让物流公司尽快给送到济南来。

在梁峥回京后的第三天下午，他收到了老姚的短信：139XXXXXXXX，这是我们中心的采购员小田的电话，你先联系她，不明白的再问我！

晚上，满面春风的梁峥刚走到小区门口，就撞见吴晓军了。吴晓军告诉梁峥别回家了，说待会儿有人请客吃饭，让他也在门口等着。梁峥半信半疑，是程百万吗？吴晓军只是笑却不说话。梁峥觉得还是等等的好，反正自己又不损失什么。不一会儿，梁峥就看见艾榴榴急匆匆地从小区里走了过来。

“咦——你们约会啊？”梁峥心里怪怪的，问吴晓军。

艾榴榴立即挽着吴晓军的手臂：“有问题吗？”

梁峥笑：“问题没有，疑问倒是不少。你们真好上了？”

艾榴榴：“嗯——”

梁峥不满：“那我就不凑这个热闹了……”

艾榴榴挑衅地望着梁峥：“去四惠玩儿，你敢去吗？”

梁峥望了望吴晓军，心一横：“去，干吗不去！眼睛一闭，你们爱干吗干嘛……”

车往四惠方向开去，艾榴榴坐前面，梁峥和吴晓军坐在后面。艾榴榴有了上次被梁峥调戏的教训，每次坐车都尽量坐前面。梁峥心里巨不平衡，也不知道这两人唱的哪一出戏。他看了看吴晓军，此刻的吴晓军正望着外面，一副若有所思的样子。而前面的艾榴榴呢，正低着头拿着手机在发信息。

“你们两个的感情有点扑朔迷离啊，难道地下恋都是这样的？”梁峥想套点情报出来。可是没有人搭他话茬儿。梁峥又碰了碰吴晓军：“前段时间你们不是还相忘于江湖的吗，怎么这会儿又相濡以沫了？说说呗，好让我输得心服口服啊！”

吴晓军苦笑：“相濡以沫还不如相忘于江湖来得痛快、洒脱呢……”

艾榴榴回过头：“我和晓军之间的事情有必要告诉你么？其实，我一直逗你玩儿了。某人还真以为自己貌若潘安了……”

梁峥虽然有点泄气，却故作大方：“不管怎样，我都会祝福你们的！”

吴晓军叹了一口气，煞有介事地问前面开车的司机：“好酸啊，司机您烧的是油还是醋啊?”

“哎,现在的油可老贵了。都是中石化和中石油干的好事儿!”司机一边熟练地开着车,一边愤愤不平地骂道。

司机旁边的艾榴榴掩着嘴偷笑,还故意扭过头来糗梁峥。

“艾榴榴,这就是你的不对了。你都有男朋友了,还整天和我眉来眼去、谈笑风生的,合适吗?人家吴晓军再怎么不济,哪怕就是配不上你呢,那也是和我住在一起的好哥们儿啊!”

“那是你自作XX,谁和你眉来眼去了?你才是呢,吃着碗里的看着锅里的,脚踏几只船,备胎无数,候选佳丽三千……我咒你啊,这辈子都找不着老婆!”

“吴晓军,你看看,这俨然一泼妇啊。我看你还是撒手吧,不然后半生有你受的……”

吴晓军还是苦笑,再不说话了,这让梁峥有点云里雾里的,搞不清楚状况。车在夜色秾丽的街道上穿梭,此刻的北京显得安谧而神秘。十字路口前或急或缓的行人,脸上写满了一天的心情。回家,是夜晚最人文的主题。而那些选择在城市里夜奔的人,他们的明天又有着怎样的精彩呢?

车在一个小区门口停了下来,保安不让车进去。艾榴榴带着他们来到七楼的一个房间里,梁峥此刻真是丈二和尚摸不着头脑。开门的是谭晓娜,梁峥觉得特面熟,好像在哪儿见过。谭晓娜对着两个男士,指了指客厅里的一堆东西——两个编织袋,一大一小两个皮箱,几个胶袋还有几床被子:“就这些东西了。”

艾榴榴望了望梁峥和吴晓军:“两位绅士,干活吧,这些统统的拿走!”

梁峥恍然大悟:“原来是搬家啊?你们——”

“哈哈——你以为呢?”艾榴榴笑成了一团儿。

几个人一直忙到晚上十一点,梁峥和吴晓军瘫坐在沙发上,说话都没有力气了。艾榴榴给他们一人拿了一罐饮料,然后就帮谭晓娜收拾房间去了。

“诶，我身体都饿扁了。你们回头再收拾，成吗？”梁峥叫嚣着。

艾榴榴偷笑，然后对着外面大声喊道：“该干吗干吗去啊，又没有人拽着你。再说了，压根就没有人喊你来！”

梁峥也冲着屋里叫嚣：“姓艾的，你也太不讲究了吧？老干过河拆桥的事儿，真当自己是破坏专家啊！”

谭晓娜劝道：“还是先去吃点东西再说吧，他们也好回去休息……”

此刻正是烧烤店生意好的时候，两对男女选了一个角落坐了下来。梁峥故意和吴晓军对着坐，谭晓娜一时不知道坐哪儿好，梁峥立即招呼她坐过来：“他们是一对儿，我们两个友情演出！”谭晓娜笑着坐在了梁峥旁边。梁峥这才想起，上次程百万过生日时见过这个女孩儿，三大剩女之一。

“我记得你，你就是你们办公室传说中的三大剩女之小鸟依人！”梁峥故意和谭晓娜套近乎。

吴晓军有点奇怪：“怎么会是她呢？”

梁峥望了望艾榴榴，冷笑：“纠正一下啊，你旁边那位是秀外慧中，只适合做老婆的女人！”

艾榴榴不明白什么意思，咨询了一下旁边的吴晓军。吴晓军就把三大剩女和三大代表的传说给诠释了一遍，艾榴榴对于自己只适合做贤妻良母的身份特别不满意，好像自己多老实巴交、多乏味儿似的。谭晓娜也听明白了，她却和艾榴榴相反，她就喜欢贤妻良母的身份，这样比较踏实，而不是和男人浪漫来浪漫去的所谓爱人！

“我觉得吧，判断有误，你们两人的身份应该对调一下！”吴晓军趾高气扬地说着。

艾榴榴立即附和：“嗯，对呀！”

谭晓娜也点头赞同：“我看也是！”

吴晓军见两位美女都对他的评判表示赞同，十分得意，喝了口茶，瞄了瞄梁峥。这一瞄，正好看见谭晓娜盯着自己，两人短暂地用眼神交流了一下，接着又都转移了视线。梁峥拿着筷子敲着桌子，不急不缓地说着："我看有的人啊，就一灭绝师太，谁摊上谁倒霉！"

"你还法海呢！"艾榴榴毫不妥协。

梁峥："是你自己心虚哦，我可没有指名道姓！"

吃的东西端上来了，但是这也没有能阻止梁峥和艾榴榴争吵。吴晓军和谭晓娜相视一笑，两个人的心里都有一种异样的感觉，是温暖，更是悸动。之后，吴晓军就有意无意地望着斜对面的谭晓娜，这一幕刚好被梁峥瞧见，他什么也没有说，只是笑了笑。

四个人一前一后地走进小区，快分开的时候，梁峥又开始唠叨了："你们说咱几人住一个小区，关系又这么特别，两男两女的，是不是应该联谊啊？"

"你是想联姻吧？"艾榴榴一点也不给梁峥面子。

梁峥转过身，笑了笑："先联谊后联姻嘛，不矜持一下有什么情趣呢？就跟那个什么片儿没有情节一样，索然无味！"

"喏——那边有棵树，你去联吧，抱着跳钢管舞都成！"

"艾榴榴，你有病啊，整天和我唱对头戏。上次偷看我还没有找你算账的呢！"梁峥突然怒了。

"懒得和你这样的人渣废话！"艾榴榴说完就气冲冲地走进了楼里，谭晓娜望了望梁峥，又望了望吴晓军，抱歉地笑了笑："今天辛苦你们了哦，我得上去休息了！"

吴晓军笑得眼睛都眯成一条缝了，推了推眼镜儿："以后有什么事儿尽管喊就是，千万甭客气！"

梁峥垂头丧气地往电梯里走，吴晓军揶揄道："你不会真喜欢上她了吧？"

梁峥一脸的不屑："可能吗？我和她一说话就吵架，整个人劲劲的，看着就累！"

"所以，我才有此一问。哥们儿我虽然曾经也钟情于她，但是我觉得你们更般配，所谓不是冤家不聚头啊。"

"少假惺惺的！你敢说你现在一点也不喜欢她了？"

吴晓军干咳了几声，又顶了顶鼻梁上的眼镜儿："唉！那就是一个梦。现在梦醒了，哥们我重生了！"

"你丫看上小鸟依人了吧？"

"没有啊……"

"真他妈的虚伪！"

"彼此彼此……"

谭晓娜回去后也懒得整理房间和床铺了，洗澡后就钻进了艾榴榴的房间。此刻的艾榴榴正在一小块地毯上练瑜伽，不时龇牙咧嘴，不时又神情自若，看得谭晓娜直皱眉头。她好奇地问："瑜伽就这么难吗？看得我都没有信心学了！"

"不难，要有耐心，这个姿势和呼吸都很重要的！"艾榴榴刚说完就倒在了毯子上，屁股朝天。

谭晓娜捂着嘴，想笑又不好意思笑，憋得难受。

艾榴榴狼狈地站了起来，自我解嘲："哎——老了哦，肢体柔软性差了！"

"可我看很多老人练瑜伽练得也蛮好的呀……"

"关键是我现在青黄不接，你知道吗？"

"我看是缺少男人的滋润！"

"你这个臭丫头——"

"呵呵……"

艾榴榴爬上了床，作势要教训谭晓娜。于是，两个人在床上你推我攘的，好不热闹。几分钟后，两个人气喘吁吁地平躺在床上。谭晓娜望了望旁边的艾榴榴，问："你和林总发展到什么程度了？"

"什么什么程度？"

"上床了吗？"

艾榴榴霍地坐了起来，瞪着谭晓娜："你们是怎么了？我和他很清白啊！"

"嗯——只是有点儿不清不楚的。"

"你觉得今天那个眼镜儿咋样？"

"谁？"谭晓娜明知故问。

艾榴榴提高了分贝："吴晓军！就是坐我旁边吃饭那个。"

"呆头呆脑的呗，就那样儿！"

"是编辑呢，一臭知识分子，正在写书，好像叫《你为什么剩下了？》。有兴趣吗？"

谭晓娜小眼滴溜溜地转，问："不是和你有一腿的吗？"

"我不喜欢宅男，他也不喜欢我这种宅女。你说哈，现在这个社会是不是疯了，我们宅女古时候就有了，大家闺秀！现在这些宅男算什么东西，大家闺男？真别扭！刚才吴晓军一个劲地冲你暗送春波呢，还觉得你秀外慧中适合做老婆，好像对你有意思……"

"听他瞎说！"

"瞅瞅，这脸蛋儿都红了，思春了吧？"

"你才是呢！"

"是吗？"

"啊——"

"呵呵，痒！"

林强的办公室里，气氛压抑，站在一边的伍倩倩都快要哭了。刚才，她站在林强面前大声地说她要辞职，令她讶异的是林强的反应并不强烈，还让她打份离职报告，然后交给财务室的朱主任，朱主任审核后，再交给人事部的王经理，最后他签字了事。林强见伍倩倩泪眼朦胧，既不说话，也不走，就杵在他前面。皱着眉头，问伍倩倩："还有事儿吗？"

"我想和你好好谈谈……"伍倩倩小声说着。

林强不客气地说道："有什么你就赶紧说吧，我这忙着呢！"

伍倩倩扭过身子，擦了擦眼泪，貌似十分委屈的样子："这里说不方便。"

林强看了看手表，叹了一口气："这样吧，待会儿下班后我送你回去！"

林强开着车去华纺易城的路上，伍倩倩则一脸忧伤地坐在旁边，手里紧紧地攥着手机。伍倩倩现在有点后悔了，其实她并不想离职，她只是想看看林强对自己的态度。很显然，结果已经出来了，林强巴不得她早点走掉，彻底从他的生活里消失。可是伍倩倩不甘心，她爱这个男人，她不能容忍他和别的女人在一起，更不能容忍他对自己如此的冷漠无情。

可以失去工作，但是不能丢了爱情，这是女人感性的生活逻辑。

伍倩倩看着手机里林强睡在床上的照片，又想起了在上海的那个浪漫无比的晚上。她以为自己总算找到了可以停泊的港湾，可是一切都是假象。就像以前追求她的那些男人一样，想和她天长地久。但是她只是逢场作戏，绝不会为谁驻足停留。因为她觉得自己还年轻，也很漂亮。她把感情当成一场又一场的青春游戏，青春不停止，游戏就得继续。现在的伍倩倩不想玩游戏了，可是对方却兴趣索然。这是报应，还是生活给她开的一次玩笑呢？

车停在了华纺易城门口，林强面无表情，"有什么你就说吧，待会儿我还有事呢。"

"那天晚上……你只是觉得好玩吗？"伍倩倩望着车窗外，十分平静。

“我们都喝了酒,那是一次意外。我以为你懂得游戏规则的……”

伍倩倩激动地转过头:“可是你说你喜欢我,你说你爱我!”

林强打开天窗,点了一支烟,深深地吸了一口:“我一年要对几十个女人说这样的话,有问题吗?”

“你——你混蛋!”伍倩倩咬着嘴唇,竭力控制住自己。她想打开车门下车的,犹豫了一下,手又缩了回来:“是不是因为艾榴榴?”

林强反问:“这与她有什么关系?”

“你从来没有喜欢过我?”

“我已经说得很清楚了,那次只是一个意外。你是成年人了,应该对自己的行为负责!”

“那天晚上我拍了你的照片,我明天就发给艾榴榴和公司里所有的人。再见!”

伍倩倩说完就要下车,被林强一把给拽住了:“你到底想怎样?”

伍倩倩冷笑:“我不想怎样!”

林强:“你开个价吧!”

伍倩倩摸着被抓疼了的手臂,望着十分陌生的林强:“你以为钱就能解决所有的问题吗?”

“多少钱?”林强望着前面,表情很是冷漠。

伍倩倩觉得自己快要崩溃了,全身发抖。不过,她很快就笑了:“既然林总这么大方,那就给十万吧!”

“我会打到你在公司的账户上,不过照片你给我全删了,否则你一定会后悔的!”

伍倩倩愤怒地走下了车,摔上了门。林强又点上了一支烟,他摸出手机,给艾榴榴打了一个电话,说他在国美小区这边,想约她出来吃饭。艾榴榴说她已经吃了,林强说那就找个地方聊聊天吧。林强说他最近很累,想找个人说说话。

半小时后,艾榴榴焕然一新,清新而妩媚地走了出来。前面车里的林强摇下了车窗,冲她打着招呼。几分钟后,两人去了上岛咖啡。艾榴榴用汤匙轻轻搅动着咖啡,看着一个个小小的漩涡,心里静谧而安然。她总觉得今天的林强整个人都怪怪的,有点强颜欢笑。不过,艾榴榴并不在乎。以前的林强给她的感觉是高高在上,总是有一种神秘感,疏离感。现在的林强平易近人了,她反倒不太习惯,而林强对她的那种吸引力也逐渐在减少。

与此同时,梁峥正和老黄在一家川菜馆里喝酒。梁峥这次主动请老黄喝酒,是有原因的,有三方面:一,希望老黄去公关一下,让自己和钟晓慧的关系“破冰”;二,要让自己的业绩节节高升,还得不断地向老黄取经学艺。

梁峥满脸通红,端着酒杯冲老黄喊道:“来来来——喝喝喝,完了我们再找个地儿洗洗脚……去唱歌吗?”

“没意思,唱来唱去就那几首歌,陪客户那是没有办法。”老黄举起酒杯讪笑着。

“是啊,就跟那些坐台小姐一样,其实我们也是陪客。”

“人在江湖,身不由己哦,没招儿!”

梁峥把剩下的一口酒全喝了,然后给自己满上,又给老黄倒满了。为了让老黄多喝点酒,梁峥开始讲那些客户的糗事。比如有次去石家庄,一个快50岁的客户,居然点了一首周杰伦的《东风破》,那哪儿是唱歌啊,基本上是念经。把几个小姐给乐坏了,都蹲在地上抱着肚子笑着哭。这还没有完,当小姐们放着迪曲跳舞时,他也跟着她们扭腰摆臀,幅度之大,令人哗然……还有一个看上去斯斯文文的戴着眼镜儿的中年客户,一开始怎么劝都不喝酒,去了歌厅后就搂着一个小姐摇骰子喝酒。十次有九次输,赢的那一次还是别人故意让他的。结果呢,他喝得抱着那个小姐大声痛哭,跟婴儿躲在娘怀里撒娇似的……

梁峥最后总结道,这样的现场,你是笑也不成,不笑吧,又憋得难受。

老黄也开始讲他的那些趣事儿,不过都是些荤事,都是和以前的同事在宾馆啊、歌厅里的那些糊涂事儿。梁峥觉得很没有意思,可以说是低级趣味,但是他只能赔着笑,不时还假装很感兴趣地问上几句。当然,他也没有忘记给老黄敬酒。老黄正在兴头上,一喝一大口,梁峥则抿一小口,浅尝辄止。渐渐地,老黄的话越来越多了,梁峥就知道是该干正事儿的时候了。

梁峥长叹了一口气后,冲着老黄诉苦:“家里又催我结婚,烦啊!我说正在找吧,老头子又是一顿臭骂,说我都找了好几年了。然后就质问我到底想不想结婚,不想结他们就不作指望了。我只好妥协啊,就说争取年底带一个回去。得,又挨骂了,他们纠正我——是争取结婚才对!头疼哦……”

“你说你们现在这些年轻人也是的,都老大不小了,就是不结婚!我们那个年代没有什么选择,活动范围也窄,结婚都挺快的。你们接触的人多了,咨询和交通也发达了,选择多了很多,反而结婚难了……什么试婚啊,闪婚啊,什么闪离啊,都是狗屁!我看你们这代人婚姻观有问题,有很大的问题!”

老黄一时说得唾沫横飞,梁峥都不想动筷子了,他试图把话题引到钟晓慧身上来,不想再听老黄抨击自己这些剩男宅女了。他问老黄:“最近钟晓慧给你电话了吗?”

老黄有点迷糊:“没有啊,他联系我干什么?对了,你们俩怎么样了?”

“好长时间没有说话了,我也不知道她怎么突然就生气了!”

“明天我帮你问问……”

“这个不着急。领导,最近你有没有发现单子越来越难签了?”梁峥适时地提出了第二个问题。

老黄喝了一口酒，砸吧了几下嘴，卖了一下关子后，又才用手比划着：“市场饱和了，该做的都做了。一套软件坏不了，顶多升级、更新，器材更新那得好几年。不过呢，可以培育新的市场，挖掘潜在的客户。横向纵向都要发展嘛……”

梁峥很快就想到了教育系统，觉得由教育局牵头，让各个学校配备视频会议软件，这是可行的，也是教育立体化、信息化、现代化发展的一个大趋势。这就是收获，看来姜还是老的辣啊。梁峥还想问老黄最后一个问题的，那就是向丽的事儿，但是梁峥却不知道怎么开口。后面他想了想还是算了吧，见好就收，像老黄这种洞庭湖的老麻雀儿，自己还是悠着点的好。

他们一直喝到晚上十一点多，弄得饭店也关不了门，服务员都一脸杀气了。梁峥以为老黄醉了，准备给他在附近开个房间睡觉的。老黄说他睡觉认床，必须回去，出差睡宾馆那是没有办法。原来，老黄不仅很清醒，还倍儿精神，他招手拦了一辆车，消失在夜幕中……

第二天下午，钟晓慧就给梁峥打来了电话，两个人寒暄了几句，梁峥则顺势邀请钟晓慧共进晚餐。钟晓慧答应了之后，梁峥就没有心思上班了，琢磨着穿哪件T恤，然后配什么裤子。他想和钟晓慧摊牌，那就是确定关系，不能再这样不痛不痒了。最好是现在就确定关系，接着年底一起回家，然后明年结婚。这就是现在的漂一族的结婚三部曲，有的直接回家就结婚了。

国贸附近的一家餐厅里，梁峥又一次见到了钟晓慧。钟晓慧好像更漂亮更冷艳了，但是梁峥却觉得她更加陌生，也更加难以捉摸了。他总认为自己和钟晓慧之间有一层隔阂，两个人总是无法走进彼此的心里，说不出知心话。就好像在做一场交易一样，各取所需。也好像是同床异梦的夫妻一样，各自履行义务，心里却打着各自的小算盘。

梁峥觉得这样的男女关系很脆弱,经不起任何风吹草动,他要做的就是打动钟晓慧的心。而对于她这种干练的女人,最好的方法莫过于单刀直入,就跟上次在KTV里的强吻一样,让她有种被征服的感觉。梁峥决定豁出去了,尽快搞定钟晓慧,否则他就得培育新的市场,挖掘“潜在客户”了。

为了结婚而结婚,对,就是这样。梁峥已经漂累了,加上家里隔三差五的电话,俨然成了逼婚专线,他也想结婚了。但是梁峥也有自己的底线,那就是这个女人自己要看着顺眼,各方面也还要凑合。顺不顺眼完全凭感觉,感觉是无法量化的,凑合也是一个没有标准的含糊词语。所以,这个底线玄而又玄,以至于目标对象也就不清晰了。

很多剩男宅女就是这么剩下来的,他们不是不想结婚,而是他们缺心眼儿:一方面对婚姻没有正确的认识,抱着无所谓的态度;另一方面呢,对自己的婚姻对象又没有一个标准,不知道要找个什么样的人生活。这样的后果就是家里人一逼婚,就成了一个结婚狂,人选不好,婚也结不了,还吓坏了一拨人儿。激情过后,就懈怠了下来,爱谁谁,观望、等待、徘徊。“咻”地一下,一年就过去了。新的一年呢,继续上演同样的悲剧,只是换了配角儿。日复一日,年复一年,从奔3到奔4,从一潜力绩优股变成垃圾股,从一水灵灵的可爱清新的小女生变成皱纹密布幽怨悱恻的阿姨,从一精神头十足的帅小伙儿变成大腹便便愤世嫉俗的大叔……

再回首,青春已远走;再回首,已没有退路……试问谁又能斗得过岁月呢?羽化成蝶是一种蜕变,作茧自缚也是一种蜕变,关键是看下地狱了还是升天了。

两人慢条斯理地吃着东西,音乐很柔和,柔和得让人昏昏欲睡。餐厅里坐满了人,一男一女的居多,三五个人的也有,大家都在窃窃私语,觥筹交错。

“最近忙什么呢?”梁峥问对面细嚼慢咽的钟晓慧,奇怪她吃饭怎么突然慢了下来。

钟晓慧很勉强地笑了笑:“还不是公司那些事情……”

“你觉得我这人咋样?”梁峥盯着钟晓慧,逼问。

“蛮好呀,就是有点无厘头。”

“意思是不大靠谱儿哦?”

“没有,就是有意思呗!”

“不是,我其实是问——你觉得咱俩合适吗?”

钟晓慧面对这么直白的梁峥,有点发懵了,反问:“你觉得呢?”

“我觉得吧,咱俩还成!”

钟晓慧又恢复了优雅的神情,笑了笑:“我和你的想法差不多呀……”

“那我们结婚吧!”梁峥说完后自己都感到震惊,但是他又不能退缩,只好望着钟晓慧疑惑而迷离的双眼,尽量表现得真诚一些。

钟晓慧的脸“唰”地一下就红了,喝了一口水:“这个,是不是太急了?”

“迟早不都得结的吗?我未娶,你未嫁,两情还算相悦。老黄都给我说了,上次你爸爸专门来北京督促你找男朋友,真是可怜天下父母心啊!知道吗?我家老头子隔几天给我一电话,要么就是催,要么就是骂,折磨!我宁愿遭受十大酷刑,也不愿意接受至亲的唾骂。知道为什么吗?酷刑,那只是皮肉之苦,可是至亲的责备呢?那是心灵上的煎熬!爱之深,责之切啊……”

梁峥已经进入了角色,他把钟晓慧当成自己的客户一样,企图说服她。可是,钟晓慧只是浅浅地笑着,并不说话。

“我给你说啊,我现在有几天接不到家里电话就浑身不舒服、心里不踏实,生怕他们把我给放弃了,拿着户口本去民政局脱离了关系。我要是再回家,那就是擅闯民宅了……”

梁峥见钟晓慧还是微笑着不表态,而且笑得很假,一看就是心里在做着激烈的斗争,犹豫不决,或者是心里在想着别的事儿。这样的客户他见得多了,知道这时候得加一把火,帮助对方下决心、拍板。

“怎么,改变主意了?不喜欢家庭主男了,想找一智勇双全的男人?其实我下得厨房,要得刀枪的,只要你愿意,包你好使!什么搓衣板、皮鞭、尼龙绳什么的,这些驯夫道具全都省了……”

钟晓慧“扑哧”一声笑了出来,她立即掩住了嘴。梁峥也笑了,笑得很爽朗、很干净,跟一个小孩子一样,看得钟晓慧心里很温暖,像沐浴着阳光似的。她感情的天平开始向梁峥倾斜了,她再一次觉得梁峥是一个可爱而勇敢的男人,正如梁峥说的——他智勇双全。

梁峥坚持要送钟晓慧回来。两人来到建外SOHO的一个房间里,这是钟晓慧租的房子,装修很简单,但是里面的摆设很考究。梁峥走进房间,在沙发上坐了下来,见前面的茶几上放着一个烟灰缸,里面还有一个烟头。钟晓慧笑着走过来端走了烟灰缸,把那支烟头倒进了垃圾桶:“我没事儿的时候,会抽一两支烟……”

“还是不要抽的好,我都准备戒烟了,响应世界卫生组织的要求嘛。”

“呵呵……喝茶还是咖啡?”

“白开水吧,平平淡淡才是真。”

钟晓慧笑:“你们搞文学的是不是都喜欢拽词儿,讲道理?”

“文人骚客嘛……当然,我不算,就一跑腿儿的。”

钟晓慧的不安和刻意的解释,让具有缜密心思的处女座梁峥的神经又紧张起来了。直觉告诉他,那支烟不是钟晓慧吸的,而是一个男人,而且很可能是上次一起去高尔夫球场的那个男人。因此,梁峥说话也就心不在焉,含糊起来。两个人聊了十几分钟,就开始看电视。电视里正在播一个相亲的节目,梁峥总觉得里面有一个女嘉宾他很面熟,但是一时又想不起来在哪儿见过。

梁峥:“那女的我好像认识。”

钟晓慧:“17号?熟女也。”

“我是熟男嘛!”梁峥自嘲。

“呵呵……”

“以你这出众的条件,就没有想着去电视上试试?家庭主男可多了去了。”

钟晓慧莞尔一笑:“我妈给我报过名,资料什么的都寄给电视台了。电视台给我打过电话,可是后面我没有去,没时间……”

“说到时间,是该我走的时候了!”

梁峥刚走出大楼的电梯,手机就响了。是程百万打过来的,非要找他喝酒不可。梁峥说喝酒可以,不过你得来接我。建外SOHO,不见不散。

梁峥站在路边等程百万来接他,激情退去后的他,有点落寞。前面的路上车一辆接一辆,都呼啸而过。一座人行天桥横亘在上面,像巨人弯着腰。桥延伸下来是公交站,三两个人站在那里,不时张望着。晚班车慢慢停了下来,走出几个人后,又上去了几个人。一切都那么井然有序,一切又都那么错综复杂。

各有各自的生命轨迹,偶尔会相交,但是更多的是擦肩而过。

城市的夜总是有种特别的明媚,他能让你迸发出最原始的欲望,企图去征服这种城市。第二天,当你醒来后,走上大街,看见林林矗立的一栋栋压迫过来的大厦,以及擦肩而过的莫名其妙的一张张陌生的面孔的时候,你又会怯懦。你觉得自己渺小而羸弱,你想走出这座从来不属于你的城市,你很悲伤,你也很快乐。悲伤于你的勇气越来越枯竭,苟延残喘;快乐于你还活着,活在城市的正中央……

一辆车慢慢靠近正恍惚着的梁峥,车里坐着耷拉着脑袋的吴晓军,而开车的正是一脸严肃的程百万。梁峥拉开车门后,歪了进去,车里正放着莫文蔚的《他不爱我》。梁峥听着听着,居然想起了前女友,心里很不是滋味儿。

“小点声,成吗?”梁峥有点不耐烦。

程百万扭过头，赔着笑："怎么着，感情又出现波折了？"

梁峥叹了口气："波折还真没有，就是迷雾重重啊……"

吴晓军把声音关小了点，拿出烟一人发了一支："和谁，艾榴榴？"

梁峥不屑："哪是她呀！没心眼的女人，我早就把她的路子摸得一清二楚了！"

"吹——继续吹！"

"哈哈哈……"

后海的一家酒吧里，梁峥他们仨一人拿着一瓶啤酒对着嘴猛灌。梁峥见程百万一副无精打采的样子，话也不说，只知道喝酒："嘿！几天不见，你咋这么颓啊？被刘瑜霞抽干了？"

"我失眠一个周了，一晚上最多睡一两个小时，满脑子都是些乱七八糟的东西……我不想这么早结婚！我觉得吧，我这种人根本不适合结婚！"程百万说完后又猛喝了一口酒。

梁峥："这是什么废话，谁又是天生适合结婚的？"

"反正我不适合！老头子非要我们国庆结婚，说是建国 60 周年，比建军节更有意义。刘瑜霞一听来气了，说我们家的人都是混蛋，她说她都给她父母和亲戚讲了。我说又没有人逼着你嫁给我，何况还是嫁给一混蛋。她把钻戒扔在了地上，跑了！跑了就跑了呗，我程志辉要找女人，还不就是一句话的事儿！"

"错过就是过错！"梁峥说完后也喝了一大口酒，"我告诉你，可别重蹈我当年的覆辙，我现在就有点欲哭无泪了。倍儿失落，老是想着她们，惦记着她们对我的好。现在经常会想着她们小鸟依人地躺在谁的怀里，冲着谁甜蜜地喊着老公，会不会偶尔也想起一下我……"

吴晓军在一边冷笑，接过梁峥的话茬儿："好汉不提当年勇！"

梁峥拿着酒瓶在桌子上一敲："去你妈的吴晓军，我这个是当年情！"

旁边的几桌人都望了过来，程百万就用阴鸷的眼神一一扫了过去。

很快,大家都收回了眼神,又风平浪静了。

两小时后,三个人回了国美小区。程百万和吴晓军各拎着一个包,包是程百万的,一包是衣服,一包是生活用品。程百万决定过来住一段时间,他想治治失眠,半夜实在睡不着觉了也能逮着一个聊天的。梁峥没有表态,他知道吴晓军会抗议。结果是吴晓军并没有抗议,但是提出了要求,那就是程百万得负责他们上下班的接送,充当临时司机。

专车接送的感觉就是不一样,虽然照样会堵车,但是梁峥看着那些等公汽的和挤公汽的人,居然有种高高在上的姿态,这就是优越性。也不知道自己这几年是怎么挤过来的,俨然已经麻木了。

梁峥到了办公室后,整个上午就按照老黄的提示给教育系统打电话。效果真不错,各个教育局的电教站的站长对这个很有兴趣,梁峥还预约了时间去拜访他们。这是"蓝海"啊,全新的市场。可惜,竞争公司早就想到了,因为几个客户都说要比较产品的性价比。

下午,梁峥正倒在办公椅上睡觉,突然被人吵醒了。睁眼一看,是向丽。梁峥立即站了起来,保持戒备之心,生怕和这个女人不清不楚,在同事面前落下话柄。向丽见梁峥慌慌张张的样子,觉得好笑,用手指戳了戳梁峥的胸膛:"我很可怕吗?瞧你这神情……"

梁峥狡辩:"这不是尊重咱们的美女同事吗?何况还是新晋的销售精英呢!"

"得了吧,花言巧语的,去骗小女生好了……"

梁峥实在是忍不住笑了出来。向丽见梁峥冲着自己一脸的坏笑,又给了他胸膛一绵拳,娇嗔道:"坏蛋!"

梁峥终于明白为什么老黄晚节不保了,他那个年纪的男人就喜欢这种娇滴滴的爱装可爱、爱扮清纯,其实骨子里却很浪的女人。女人的可爱、清纯是老男人的最爱,而行事随便的女人又方便他们上手,不会耗去太多精力不说,最关键的是不会给家庭带来麻烦。招之即来挥之即去,这就是大部分老男人心目中的梦中情人。

梁峥见其他的同事都望着这边,向丽却旁若无人的样子,在他身边坐了下来。梁峥希望向丽见好就收,不然绯闻就会像龙卷风一样刮遍整个公司。回头大家发现幕后还有一个老黄,这就真有点纠缠不清了!向丽估计也看出了梁峥的不自然,低下头,附在他的耳朵边小声说道:“下班后我请你吃饭……”

梁峥要勇敢地赴约,因为他想知道向丽到底要干什么。天下没有免费的午餐,业务员不仅善于用营销的思维去攻关客户,也善于用营销的思维去揣测别人的行为,这就是所谓的“职业病”。梁峥用它来争取婚姻,对付生活,经营未来。就这点上来说,梁峥是一个合格而精明的业务员。

在梁峥他们公司附近的一个餐馆里,向丽笑得格外爽朗。只因为梁峥缩着脑袋,贼溜溜地巡视着整个餐馆,然后说这次约会他会不会惹人妒忌、招人报复。向丽拢了拢自己的头发,盯着梁峥:“你怕了?”

梁峥迎上向丽锐利的目光:“怕就不来了。怎么想起请我吃饭呢,不会是鸿门宴吧?”

“想听真话还是假话呀?”

“假话!我看你编得像不像真的……”

“呵呵,我喜欢你呗!”

梁峥一脸的严肃:“不对呀,你这可说的是真话!”

向丽莞尔一笑,撅着小嘴儿:“真不要脸!”

梁峥不想和向丽斗贫了,没有意思。他喝了一口茶后,就不说话了,透过餐厅的落地窗望着外面,一副忧国忧民的样子。

“其实请你吃饭呢,是因为你帮了我很多忙,我应该感谢你!而且还侵占了你那么多的网点,你什么都没有说。谢谢你,梁峥!”

向丽这突如其来的真情告白,反倒把梁峥给搞得不好意思了,他立即摆手:“别别别,感谢啥啊。咱们是同事嘛,网点这么多,我一个人也做不完的,对不对?”

几杯红酒下肚后,向丽那绯红的脸显示她有点醉意了。她长长地叹了一口气,然后突然像换了一个人似的,她问梁峥:“你知道我为什么来你们公司吗?”

梁峥正吃着东西,摇了摇头:“还真不知道!”

向丽又喝了一口酒,然后冲梁峥倾诉着:“我在大一时谈了一个男朋友,毕业后我们就来到了北京,他在一家网络公司上班,我在一个私立小学当老师。一开始两个人关系还不错,后面就天天吵架了,他家里要他早点结婚,但是我却不同意,毕竟我们都还年轻,房子都没有,结什么婚呀!”

“然后呢?”

“然后他瞒着我跑回了家,很快就结了婚。”

“……”

向丽看了看杯子里剩余的红酒,晃了晃,一饮而尽:“突然,我在这个城市就找不着方向了。我觉得这都是因为我们买不起房子的原因,所以我去房地产做了导购,希望有一天我能卖出一套自己的房子来。可是房价在上涨,不代表房子好卖。很多炒房和买房的客户都比较难缠……我只能和他们周旋,但是不管用,有一天一个女人冲进我们的办公室,说我勾引她的老公,还打了我一巴掌!”

“来来来,多吃点菜吧——都快凉了。”梁峥企图把向丽从回忆的深渊里捞出来。

“那个女人的老公觉得对不起我,就把我介绍到了你们公司……”

梁峥不傻,立即想到了老黄,问:“他和老黄是朋友吧?”

向丽点了点头:“嗯!黄总其实是个好人……”

向丽诉完了苦后,又开始表决心,说她一定要在北京买套属于自己的房子。靠谁都靠不住,只有靠自己。梁峥却在心里骂着老黄:真是头老狐狸，拿我的网点去送人情，怎么不拿自己的呢。听了向丽的酒后真言，梁峥觉得人活着真是太不容易了。要活得光鲜亮丽更是不容易，那意味着要承受更多的黑暗潮湿的侵袭。就跟太阳底下的我们一样，一边明媚，一边阴暗，这就是生活的真谛。

梁峥回到住的地方已经是晚上九点多钟了，推开门进去，他就目瞪口呆了。客厅里坐着四个人，分别是吴晓军、程百万、艾榴榴和谭晓娜，他们正围在一起“斗地主”。梁峥换了鞋后，径直往房间里钻，完全忽视他们的存在。

“要什么酷哦！”艾榴榴取笑道。虽然声音很小，还是被梁峥听见了。

梁峥吊儿郎当地走了过去，站在艾榴榴的旁边：“麻烦这位女士再说一遍！”

“要什么酷哦！”艾榴榴很平静地说完后，继续打着牌。

几个家伙都笑了，梁峥也跟着笑：“你这是想引起我的注意……”

谁知道梁峥引起了大家的公愤，几个人先后发言。艾榴榴：“呸！”

谭晓娜：“这也太不要脸了！”

吴晓军：“哎，这牌的脸太厚，没法儿打下去了……”

程百万：“峥哥，才发现你很幼齿也！”

在众人的合伙夹击下，梁峥毫不示弱：“不带这样的啊！程百万，你丫只是办了个暂住证，我随时都可以哄你出去；吴晓军，你喜欢谭晓娜的事实，小心我公布于天下；至于两位女士，哼哼，你们好自为之！”

尴尬万分的吴晓军扔了牌，叫嚣道：“收拾这满嘴喷粪的孙子！”

程百万也扔了牌：“老子早就看不惯他了！”

思维敏捷的梁峥取笑他们两个：“你俩谁是爷爷，谁是爹啊？哈哈——”

梁峥还没笑顺畅，就被吴晓军和程百万合着伙儿按在了沙发上，一顿蹂躏。三个大男人在沙发上推来攘去的，一个个童心未泯的样子。而两个女士则站在一边儿，笑得花枝乱颤。

烧烤城，三男两女围着一张桌子。这次由吴晓军请客，因为他赢了钱，虽然只有几十元。梁峥心里跟明镜儿似的，他知道这是吴晓军在谭晓娜面前要大方。服务员过来后，梁峥和程百万都没有客气，照着好菜整，吴晓军装作视而不见，硬撑着。还冲谭晓娜她们违心地说着："喜欢吃什么，尽管点，千万甭为我节约！"

几瓶啤酒下肚后，程百万又开始唠叨他的婚姻问题了，艾榴榴和谭晓娜很感兴趣，但是梁峥和吴晓军早已经听得头都大了。

"你丫怎么越来越墨迹了！你知道买彩票的人都有种什么逻辑吗？"梁峥问程百万。见大家都望着自己，梁峥自问自答："要么就是中奖，要么就是不中奖，没有第三个可能，所以中奖的几率是50%。这是赌徒的心理，而你呢？要么就是结婚，要么就是不结婚，没有第三个选择。你说你有什么痛苦的呢，二选一嘛？"

"哼——我还以为是什么大道理呢！"艾榴榴嗤之以鼻。

谭晓娜眨着她的小眼睛，寻思着："也是哦，想结就结啊，不想结就不结嘛！"

"听哥哥的，赶紧结了吧。还是那句话：错过就是过错！"

吴晓军也同意梁峥说的话："嗯，话糙理不糙！"

程百万见大家都在指责他，这几天好像谁都可以对他说三道四的，心里越来越不痛快了，冲着服务员喊道："再来三瓶啤酒！"他把瓶子里剩下的酒喝完了，然后啃着一个烤串儿："瞎嚷嚷什么啊，你们就知道批判我，就没有一个提点建设性意见的。还是我哥们儿吗？还是我的好姐妹吗？你们于心何忍……"

梁峥灌了一口酒，冷笑一声："都来可怜你，谁去可怜咱们瑜霞啊？人家都是一老姑娘了,蹉跎不起岁月了,你得对别人负责!"

"梁峥,你别装得自己多纯洁似的。吴晓军有资格说我,至少人家专一,绝不滥情。你呢?昨天晚上和你的冰山谈情说爱,今天又和你的女同事共进烛光晚餐,玩儿劈叉?"

受到表扬的吴晓军有点不好意思,只好借喝酒把脸挡着。艾榴榴望着谭晓娜偷笑,谭晓娜的脸刷地一下就红了。梁峥没有注意到这一切,他现在需要的是极力辩护:"我昨天是和我女朋友在一起啊,怎么了?我愿意对她负责,只要她同意结婚,我二话不说把她带回家!至于今天的饭局,那是同事感谢我把我的客户介绍给她了!那么关键的时刻,我出来陪你喝酒,让你释放压力,居然诋毁我?"

此时,梁峥见艾榴榴用竹签戳着桌子,立即迁怒于她:"怎么了,心里巨不平衡吧?"

"我有什么不平衡的?"艾榴榴莫名其妙。

梁峥有点得意:"咱俩不是相亲失败吗?现在我成功找到了另一半,而你呢……"

艾榴榴没有想到梁峥会提起相亲的事情,恨不得钻到地缝里去:"无聊!"

程百万立即接过话茬儿:"这个你就错了,她比你还先劈腿呢,人家找了个钻石王老五!"

梁峥有点不服气,揶揄道:"哦,是吗?真是向钱看哈!不会人也奔五了吧?"

程百万:"人家才30出头,我们公司的副总、海龟,就是我上次说的那个开Q7的富二代!"

艾榴榴把竹签儿扔向憨笑着的程百万:"什么跟什么啊,造谣!"

"哎,这都是公开的秘密了——公司上下是无人不晓,无人不知啊!"谭晓娜插了一句进来。

艾榴榴的脸这下红透了，娇嗔道："再说我可走了！"

财务室里，伍倩倩正在收拾办公用品，气氛有点儿凝重。朱祥玲时不时地劝上几句，让她多想想，还说大家能一起办公那就是缘分，得惜缘。谭晓娜和艾榴榴则发着短信悄悄交流着，对伍倩倩的离职出走进行着激烈的讨论。谭晓娜说艾榴榴逼走了情敌和合租女友，完胜。艾榴榴却坚决否认，说她和林强只是好朋友，伍倩倩的离职与她没有任何关系。

伍倩倩终于还是走了，一骑绝尘，带着遗憾和仇恨离开了公司。艾榴榴看着自己曾经的好姐妹儿转眼就消失不见了，心里怅然若失。她知道，也许这辈子她们都不会见面了。艾榴榴给伍倩倩发了一条信息：对不起，倩倩。其实一切都是误会，不管怎样，我都会祝福你的。

财务室陷入了短暂的宁静，整个空间被压抑的气氛笼罩着。朱祥玲的手机响了，大家都吓了一跳。

"喂——什么事……你说吧！你到底什么意思？你还是不是个男人啊……我早就表态了，我自己养得活。你这个没用的东西！房子怎么了？房子卖了我也要小孩！禽兽不如的东西，梁俊晖，你就是个王八蛋！"

朱祥玲气呼呼地挂了电话，脸色十分难看。谭晓娜小心翼翼地问："老大，咋了？"

"他不想要我生这个孩子！"

"谁这么霸蛮啊？"艾榴榴也关心着。

"还有谁，还不就是我家那个窝囊废吗？自己没有本事挣不到钱，现在连孩子都不让我生了……"朱祥玲说完就哭了起来，越哭越伤心，谭晓娜立即拿了一盒面巾纸凑过去。艾榴榴则跑出去望了下风，把门给紧紧地扣上了。

谭晓娜抚着朱祥玲的后背，端着纸盒，提出了疑问："怎么不生了呢？都怀孕几个月了！那不是要引产吗？"

朱祥玲哭诉着："他说咱们家房子刚装修完，没有钱了，工资得先还贷，孩子生了也养不活，即使养得活也给不了他好的生活环境，还不如过一两年再生。我好不容易怀上了，我容易么我？只知道享受，不知道负责的家伙！"

艾榴榴给朱祥玲倒了一杯水，骂道："姓梁的真是没有一个好东西！"

谭晓娜心领神会，知道艾榴榴又迁怒于梁峥了。她斜了一眼艾榴榴，差点笑了出来。艾榴榴先是有点尴尬，接着也笑了。两大剩女见泪眼蒙胧的朱祥玲诧异地望着她俩，立即又换了一副同仇敌忾的表情。

谭晓娜："老大，我们支持你，我做干妈！"

艾榴榴："嗯，我做干娘！"

谭晓娜："晚上咱俩请你好好吃一顿，怎样？"

艾榴榴："餐馆你随便选，我们豁出去了……"

艾榴榴和谭晓娜两人跟表演双簧似的，情绪越来越激动。朱祥玲一听到吃，眼睛就发光了，也不哭了。但是她摸了摸自己凸起的肚子后，眼神又黯淡了下来。

谭晓娜："去吗，玲姐？"

朱祥玲："去，干吗不去！我要吃剁椒鱼头，香辣小龙虾，糖醋排骨，酱板鸭，还有粉蒸肉……"

"……"

由于点了一桌子的菜，艾榴榴和谭晓娜两个人吃得太撑了，都挤不上公汽了，她们只好拦了一辆车。赶回国美小区的时候，已经是晚上八点半了。

"看了老大的遭遇，我一辈子都不想结婚了，更不想怀孕！"谭晓娜一边往电梯里钻，一边感慨着。

艾榴榴不以为然，正色道："也不是所有男人都这副德行啊。婚嘛，还是要结的!”

“你是不担心嘛,咱们林总又帅又有钱。哎,我下手晚了哦……”

艾榴榴用手去挠谭晓娜的胳肢窝:“小妮子,发浪啊!”

“呵呵——”

突然,艾榴榴的手机响了。是吴晓军打过来的,他说程百万出事了,让她们赶紧过去。二人回屋放好了东西,连脸都没有来得及洗,就立即奔梁峥他们那边去了。

一小时前,刘瑜霞给程百万打了一个电话,宣告她已经与前男友拿结婚证了,让程百万一个人好好过日子,别再为他们的婚事烦恼了。程百万先是躲在梁峥的房间里恸哭,哭完后又给刘瑜霞打电话道歉、求情,但是刘瑜霞说她已经铁了心了,她现在从法律意义上来说已经是别人的老婆了。

万念俱灰的程百万来到客厅后,受到了梁峥和吴晓军的奚落。他们非但不同情他,反而为刘瑜霞的“大义灭婚”拍手叫好,还说你早干吗去了呀。程百万一时想不明白,就要去跳窗户。谁知道折腾了一半天,连窗户都没有推开。刚一推开呢,梁峥他们两个就把他像拎小鸡一样拎了回来。几分钟后,程百万又发疯似的冲入厨房拿了把菜刀,准备割腕自杀。

吴晓军吓得脸都青了,全身发抖,他模仿着电视剧里的谈判专家,安慰着程百万,鼓励他勇敢活下去,说没有了爱人,至少还有他们这帮不太争气的哥们儿,然后就拿出手机搬救兵……梁峥则袖手旁观,站在一边好笑。他很了解程百万,知道这个家伙怕痛不说,还是个爱说大话的胆小鬼,再借他十个胆儿他也不敢割下去。无非就是瞎折腾,折腾够了也就舒坦了。

梁峥笑着:“你割啊,这个可不是拍电影?要割就割深点,不然血流得慢,你得慢慢等死。我建议你拿刀砍,就像宰鸡腿一样,咔嚓!”

吴晓军瑟瑟发抖:“你少说两句,真要割了,咱俩都脱不了干系……”

艾榴榴和谭晓娜跑过来后，被这一幕给吓坏了。谭晓娜尖叫着要打110，艾榴榴则要冲上去抢刀。这两人哪是来帮忙的啊，纯粹是添乱。程百万先是用刀对着他们，然后把刀又放在了脖子上，喊着："都别过来，我不想活了！刚想明白了要结婚，她就嫁人了，这不存心挤兑人嘛！"

梁峥干脆拿着手机对准了程百万，还调成了摄影模式，喊道："百万哥，表情再丰富点！要狰狞，要扭曲，对对对……回头我给你传到网上，准火！"

"啪"的一声，手机掉地上了。这是艾榴榴的杰作，她打落了梁峥的手机。

"有毛病啊你？"梁峥抓住艾榴榴的手，把她推到了角落里。艾榴榴像受惊的小鸟儿，惊恐地望着梁峥，一时不知道说什么。

"你凭什么打坏我手机？说话啊！"梁峥冲艾榴榴怒吼着。

艾榴榴急了，对着梁峥就是一顿乱抓乱扯，接着又是拳打脚踢。梁峥只有招架之功，根本没有还手之力。梁峥对于男女关系，最原则的一点就是绝不打女人，何况这是假戏，不能真做。所以现在落荒而逃的是他，艾榴榴则跟发了疯似的追着他打。

焦点完全转移了，吴晓军和谭晓娜先是望着他们发呆，然后就跟着冲进了客厅，要拉开这两个人。四个人纠缠在一起，把要自杀的程百万晾在了一边。程百万一开始有点发懵，旋即提着刀子也跑了过来。

几个人见程百万提着菜刀跑了过来，都惊恐地闪开了。梁峥并没有躲开，而是指着门口喊道："警察！"趁程百万转过头的时候，梁峥踹了一脚他的小腿。程百万单腿跪了下来，梁峥一把就夺过了他手里的刀，然后又狠狠地给了他一耳光："闹够没？"

这几个动作一气呵成，而且这一幕出现得太突然了。吴晓军他们三个站在一边都愣住了，谁也料不到梁峥这么神勇。梁峥把刀放到厨房后走了回来，指着程百万骂道："真没出息，不就一个女人吗？滚！马上滚回去，这里不欢迎你！你把我们每个人的生活都搅乱了，我们就像幼儿园的老师，全部围着你转，把你像孙子一样伺候着……你好意思吗你？”

程百万茫然地站了起来，又磨磨蹭蹭地靠到了沙发上。梁峥走过去拍了拍程百万的肩膀，算是安慰，然后问程百万要手机。程百万摸出手机递给了梁峥，梁峥拿着进了自己的房间，并关上了房门。

梁峥打开手机，找到了刘瑜霞的电话号码，拨了过去。拨了好几次，刘瑜霞才接电话。梁峥用很冷很轻的语气说：“我是梁峥，程百万现在正站在阳台上大哭大闹，你过来见他最后一面吧！”接着，梁峥果断地挂了电话，关机。

程百万恢复了镇定，去洗手间洗了把脸，吴晓军全程都跟着他，寸步不离。艾榴榴则和谭晓娜盘着腿在沙发上看电视娱乐节目，不时会大笑几声，全然忘记了刚才那惊险的一幕。

一小时后，门铃响了，刘瑜霞披头散发地冲了进来。当她看见程百万好好地坐在沙发上的时候，冲上去就要拳脚相加。大家立即拦住了她……

谭晓娜走进电梯后，转过头对着艾榴榴说：“是不是特勇敢？你后面看梁峥的眼神儿都变了……”

“变了吗，这算什么勇敢？这只能说明你家吴晓军太书生气了。我要是男人，我早就空手夺白刃了，哪还用得着玩苦肉计呀！”

谭晓娜笑：“其实你一直都很喜欢他，对不对？”

艾榴榴撇嘴：“切，我还爱他呢……”

谭晓娜不依不饶：“嗯，一万年！”

房间里不时传来刘瑜霞时而压抑、时而高亢的叫喊声，吴晓军躺在沙发里，辗转反侧，难以入眠。他后悔把自己的房间让给程百万和刘瑜霞了，就该让他们睡沙发，他们闹再大动静也没有关系。至少，不是他一个人遭罪了，梁峥也会分享他的痛苦。

唯一让吴晓军欣慰的事情是，谭晓娜好像对自己特别有意思，他得找程百万说说，也给他当一回月老。想到这儿，吴晓军幸福地笑了。心想哪怕就是今夜无眠，也值了不是……

第二天，程百万和刘瑜霞义无反顾地去拿了结婚证。原来，刘瑜霞说拿了结婚证是吓唬程百万的，这就是现在流行的，女人逼着男人结婚。就这样，骚扰梁峥他们近一周的程百万搬离了国美小区，回到了自己的窝里，也算迷途知返了。

吴晓军终于鼓起勇气把自己的心事告诉了程百万，一向就比较热心的程百万很快就转告了谭晓娜。这两个闷骚型的人终于走在了一起，虽然只是一起散散步，网上聊聊天，但是进展已经十分神速。

艾榴榴最近忙了很多，因为朱祥玲身体不舒服请了一周的假，财务上的很多工作都交给了她处理。新来的顶替伍倩倩的小姑娘什么都不懂，至于沉迷在感情漩涡中的谭晓娜整个就是一梦游状态，艾榴榴指望不到她们什么，所以就更累了。她和林强的关系在逐渐升温，可是两人接触得越多，艾榴榴的激情也就越少了，她不知道为什么会这样。

礼拜一，艾榴榴终于盼来了朱祥玲。朱祥玲很明显地憔悴了许多，脸色苍白。新来的女孩儿叫邹惠，小美女一个，大大的眼睛，长长的睫毛，戴个平面的黑框眼镜儿。就穿着打扮来看，也是个赶潮流的主儿。邹慧刚大学毕业，学生味儿十足，貌似严肃，乍一看又有点吊儿郎当的。听说主任来了，立即跑上去做自我介绍，十分滑稽。艾榴榴和谭晓娜同时想起了自己当初来公司的情景，相视一笑。

邹惠给朱祥玲买了好几袋零食，朱祥玲客气了几下后，也就收下了。这是谭晓娜给邹惠出的馊主意，说是要和主任搞好关系，就得贿赂她的胃。朱祥玲根本没有闲工夫吃东西，而是花了差不多一个小时整理文件和各种报表。邹惠和所有的新人一样,躲在角落里装老实,连呼吸都轻轻的,她觉得这与上个周财务室的自由散漫的气氛完全不一样。

朱祥玲把整理好的资料交给了邹惠,让她拿到林总的办公室去,还说了房间号。邹惠走出去后,朱祥玲就长长地叹了一口气。谭晓娜反应特别快,简直就是领导心情的"晴雨表",立即问:"老大,身体好点了吗?我们可担心了!"

"没事儿,调养了几天也就好了!"

艾榴榴:"玲姐,我看你脸色好像不太好呢。"

谭晓娜:"老大,有什么事情就交给我们来做吧,你休息休息!"

朱祥玲见大家都这么关心她,鼻子一酸,哭了。谭晓娜拿着面巾纸凑了上去,抚着她的背以示安慰,艾榴榴赶紧去接了一杯水送在她的手上。谁知道朱祥玲却越哭越大声,一把鼻涕一把眼泪地说孩子没了。两个人都惊讶得说不出话来,一人站一边按着朱祥玲的肩膀,不知道要说些什么。

朱祥玲擦了擦浸满泪水的双眼,平静地说道:"我一时糊涂,听了梁俊晖的劝告,就去医院做了引产……"

艾榴榴惊讶得嘴都合不拢了:"啊——"

谭晓娜:"都怀了几个月了,怎么忍心呀?"

艾榴榴白了谭晓娜一眼,安慰朱祥玲:"好好养身子吧……这些臭男人,真应该拿着剪刀——"

艾榴榴说了一半就没有说了,她必须捍卫自己淑女的形象。毕竟她现在面对的是办公室同事,而不是梁峥那样的无耻混蛋。她和梁峥说话的随意粗鲁,也带到了生活里,成为一种习惯。可见,梁峥对她的影响不可谓不严重,不可谓不深远。

"哼,真应该全剪掉!"谭晓娜恶狠狠地骂道,骂完后见艾榴榴望着自己,两人都叹了口气。

朱祥玲又准备哭诉一番的,突然,邹惠倍儿精神地钻了进来。大家立即各就各位,邹惠有点发懵,不知道这是怎么回事儿,郁闷的是她还不能当面询问。她只好给艾榴榴发了一个短信:艾姐,什么情况呀?

安静的财务室里,手机铃声格外刺耳,艾榴榴立即拿起办公桌上的手机。看了看,她回了一条过去:主任的小孩没了,心情沮丧! 没什么,你忙你的吧。接着手机铃声再次响起,邹惠缩着脑袋,悄悄抓起手机看了看,表情也变得肃穆了起来。她又给艾榴榴发了一条信息:QQ 上聊吧! 然后用 QQ 给艾榴榴发了一个信息过去:艾姐,中午我请大家吃饭吧,算是见面礼,顺便安抚一下领导。

艾榴榴看了看信息,又望了望斜对面的邹惠,轻轻点了点头,并用 QQ 回了信息过去:一会儿卫生间集合,你先去,我随后就到。五分钟后,邹惠走出了办公室;八分钟后,艾榴榴走了出去;十分钟后,谭晓娜也跟着走了出去。

现在财务室里只剩下一脸茫然的朱祥玲,她抚摸着自己柔软的肚皮,流下了悔恨的眼泪。这是对生命的尊重还是对自己活得没有尊严的反思呢? 不得而知。

与此同时,梁峥正在一个市教育局的门口奋斗,他被门卫给拦在外面了。“干什么的?”门卫冲他吼道。梁峥不慌不忙地掏出了中华烟,毕恭毕敬地递了一支上去,说自己是来找王站长的。门卫接过烟后,看了看过滤嘴上的名字,夹在了耳朵上:“你是跑销售的吧?”

“这位大哥眼力真好,不愧是负责安保的!”

门卫笑了:“哎,你们这样的每天要来几十个,我还不知道吗? 你预约了没有?”

“北京小梁,来之前打过电话!”

门卫瞪了梁峥一眼,回值班室后,在墙上望了望,然后拨了一个电话:

“喂——王站长,有一位北京跑销售的想见您,姓梁!好,好好,我知道了……”门卫拿出一个脏不拉几的本子,丢在梁峥面前:“登个记吧,姓名,身份证号码,都给我写清楚了!”

梁峥几笔就写好了,门卫拿着看了半天,口里念叨着:“梁——什么?你怎么写这么潦草啊?”

“不蒸馒头争口气的争!”梁峥说完就往里面走了。

“怎么看着不像啊——”后面传来门卫质疑的声音,梁峥已经笑着走上了台阶。

这就是所谓的小鬼难缠,梁峥早就见怪不怪了。

半小时后,梁峥就出来了。王站长对这套视频软件系统很感兴趣,说是已经把资料传给局长了,过段时间就会有结果。而梁峥为了表示诚意,报了一个比较低的价位,他觉得这是教育系统的第一单,不在乎利润多少,而在于摸索经验、培育市场,以后可以作为成功案例推广。

梁峥回宾馆收拾好了东西,中饭都没有吃,就赶往下一个城市了。他喜欢这种忙碌,每天遇见不同的人和事,和各种人打交道。不断的跋涉、奔波、挑战,穿梭于各个城市,往来于各个处所,这是一种在路上的感觉。这种生活让梁峥觉得很充实,有安全感,生命好像也坚挺了许多。

程百万的婚礼还是定在了建军节,这天刚好周六。按照程百万自己的话说,一切从简,婚礼这个形式并不重要,重要的是两个人在一起生活幸不幸福。其实是时间太仓促,来不及好好准备婚礼。大家都知道,程百万是个非常要面子的家伙。

婚礼在西城区一家星级酒店里举行,酒店的一个大厅里摆了几十张桌子,前面的展台上装饰一新,中西结合,十分喜庆。

梁峥、吴晓军、艾榴榴、谭晓娜他们几个坐在一桌。几个人的表情各异,吴晓军刻意隐藏着情绪,内敛着。其实他很兴奋,谭晓娜就坐在他的旁边，他仿佛在这儿看到了自己的明天，他告诫自己要努力，为了爱情，为了生活。艾榴榴和谭晓娜与所有的女人一样，她们喜欢婚礼，喜欢这种浪漫甜蜜的气息，喜欢在婚礼上憧憬自己的未来，想象自己穿着婚纱的模样，然后傻傻地想着自己心里面的那个他。

梁峥例外，他简直是有点沮丧，虽然他努力表现得活跃一点，但是结果却适得其反。为什么他沮丧呢？首先，他讨厌婚礼，他一看见婚礼就会自省，自己什么时候结婚呢？是遥遥无期还是指日可待。梁峥非常郁闷，郁闷于他的婚礼没有一个时间表，没有倒计时，没有期待。可是，又总会有这么一天的。梁峥能做的就是等待，而等待就意味着煎熬！

其次，钟晓慧没有来。他提前就给钟晓慧讲了这件事情，邀请她一起来参加婚礼，但是她没有答应，只说到时间再看。这一天来临了，还是周六，可是钟晓慧却说自己要去天津出差。这是借口，这是钟晓慧不把自己当回事儿的佐证。是去陪别人打高尔夫了呢？还是真的去天津出差了呢？梁峥想和她 Say Goodbye，可是，他又下不了决心。他恨自己的妥协，他对自己第一次成为一个女人的鸡肋而感到可悲。如果不是想早点结婚，他大可以耍回酷的，直接 Pass 掉钟晓慧。

谭晓娜指着左前方的一桌客人，对艾榴榴说："你看，老大他们在那边！"

"公司的领导基本上都到了哦——那不是梁俊晖吗？看着就来气，什么玩意儿！"艾榴榴骂道。

梁峥也望了望那边，故意问艾榴榴："你们家林总呢？"

艾榴榴白了梁峥一眼不说话，谭晓娜抢答："我们林总出差了。"

梁峥："又没有问你！"

谭晓娜头一晃，撅着嘴："我要说，你管得着吗？"

梁峥碰了碰旁边的吴晓军："得，移交给你处理！你管得着……"

不一会儿，音乐奏响，在大家的注目礼中，新郎和新娘手牵着手走了进来。穿着白色礼服的程百万显得很帅气,很靠谱,披着婚纱的刘瑜霞则愈加优雅而美丽。艾榴榴和谭晓娜眼睛直放光,几乎同时叫道:“好漂亮哦!”

“不错,看上去还真是天生一对!”吴晓军也赞叹着。

梁峥则冷笑:“别跟没有见过世面的一样,不就一场婚礼吗?”

“你是看过泰坦尼克号下沉呢,还是见过原子弹爆炸哦?”艾榴榴犀利地反击。

梁峥立即反唇相讥:“我见过母猪上树,还见过泼妇骂街!”

艾榴榴发飙:“不愿意看就滚出去,哪儿来那么多废话!”

同桌的其他人本来是看着前面举行婚礼的,这会儿都转过头来望着梁峥和艾榴榴他们两个。艾榴榴不好意思地低下了头,梁峥倒是无所谓,笑了笑,对着吴晓军说:“我说什么来着,你们家娜娜表面看上去本分、老实,其实精明着呢;至于某些人看上去猴精儿猴精的,其实就是一傻大姐!”

谭晓娜红着脸瞪了一眼梁峥,想说什么,又没有开口。艾榴榴知道梁峥在讽刺她,不甘示弱:“你们家冰冰那么聪明伶俐,可是怎么不跟你来呢?”

梁峥有点尴尬:“我的家务事就不需要你操心了哈……”

艾榴榴不屑:“一副贱相,一看就是被别人甩了!”

虽然艾榴榴说得很小声,还是被梁峥听见了。谭晓娜笑得两个眼睛都眯成一条缝了,艾榴榴也低着头偷偷笑着,两个人都觉得特别解气,总算打击了一下姓梁的。

前面的婚礼仪式终于在大家的掌声和喧哗声中结束了,服务员已经开始上菜。几分钟后,服务员端着一瓶红酒,程百万和刘瑜霞一人举着一个高脚杯走了过来。桌子上的人都齐刷刷地站了起来,大家挨个儿碰杯,讲些吉利话。这对新人走到梁峥他们这边时,停了下来。程百万想和梁峥碰杯，梁峥挪开酒杯，以命令的口吻喊道："作为程先生的乱党，作为刘小姐的蓝颜，作为你们婚姻的促成者，我要求你们亲一个！"

刘瑜霞笑着低下了头，程百万想去亲她的嘴，她却躲开了，然后故意露出左边的脸蛋儿。程百万心领神会，亲了一下她的脸。大家开始起哄，跟预先彩排好了似的。

"新娘是不是也得还一个啊？"梁峥继续叫嚣着。刘瑜霞瞪了一眼梁峥，快速地亲了一下程百万，然后就站到了另外一边。大家又开始起哄，程百万则笑得嘴都合不拢了。几个人一起碰杯，然后开始祝福这对新人。

谭晓娜最先说："百年好合，早生贵子！"

艾榴榴："新婚快乐，生活美满！"

吴晓军顿了顿，一时不知道说什么，只好说着："早生贵子，早生贵子……"

梁峥望了望这对新人，表情十分严肃，调侃道："我代表剩男宅女向你们致敬，你们两个可算结婚了。作为程百万的哥哥我，看见你今天能结婚，我十分欣慰。尤其是看见你能讨上这么个好老婆，实在是很意外。弟媳妇儿，我这个兄弟不太懂事，你多多指教，该出手时还得出手。他要是桀骜不驯，你就让他无家可归，我们再也不会收留他了。别的就不多说了，记得晚上别太劳累，还是早点休息吧，正所谓来日方长……"

把酒言欢、狼吞虎咽、风卷残云之后，大量的宾客散去。作为亲友团，梁峥他们几个留了下来。梁峥和吴晓军商量好了，他们要好好敲诈一下程百万。于是四个人贼眉鼠眼地坐在酒店大堂的一角，等着新郎新娘出来。

吴晓军首先打开了话匣子："这结婚不挺美好的吗？也不知道程百万当初怕什么！"

梁峥的心情还没有调整过来，依然愤世嫉俗："车到山前必有路，可是婚到眼前呢？死路一条啊！"

“那你前段时间还一个劲地相亲，这不是找死吗？”吴晓军逮住了这个机会，决定好好刺激一下梁峥。

梁峥：“话不能这么说！这是责任，男人必须扛起的。明知山有虎，偏向虎山行啊……”

艾榴榴斜睨了吴晓军他们两个一眼，鼻子冷哼了一声：“说得你们男人结婚多委屈似的，委屈就不要结啊！你没看见现在晚婚不婚的女人一大拨儿吗？就是因为大家看透了你们这些臭男人，不相信你们这些家伙了！时代不一样了哦，女人不靠男人呀，照样活得很精彩，而且更幸福。也不知道你们这些家伙整天得瑟个什么？”

谭晓娜眉开眼笑地鼓着掌：“好，太好了！道出了我们女人的心声呐！”

吴晓军顶了顶眼镜：“嗯，有道理！现在的女性不仅经济上独立了，思想上也独立了。这才是真正的独立，也是男女平等的必要条件。我得加到书里面去！”

梁峥不满：“吴晓军，你这下站错队了吧？”

吴晓军据理力争：“识时务者为俊杰嘛，人家说得在理啊！什么叫独立？两个必须条件，经济上和思想上。就和男人的三十而立一样，怎么才叫立起来了呢？既要有一定的经济基础，又要有成熟的思维能力……”

梁峥抱怨：“你丫在这儿开个演讲会得了！”

这时，程百万牵着刘瑜霞光彩照人地走了出来。他们后面还跟着一帮人，老的少的，男的女的。没有人不爱去婚礼上凑热闹的，哪怕是剩男宅女，至于看见别人结婚自己心理不平衡，或者危机感加重，那是另一说。反正，大家都喜欢婚礼，这是肯定的。毕竟，一对新人朋友即将捆绑在一起开始新的生活，虽然困难重重，但是这终究是件美事儿。尤其是在日益忙碌，在以经济建设为中心的社会里，和人们功利心不断膨胀的当下，纯粹的有着幸福感的事儿已经不多了。

“挺人模狗样的啊!”梁峥笑着夸程百万。

程百万自夸:“哥们一直都这么光鲜,没招儿!”

吴晓军问道:“结婚的感觉咋样?”

程百万深情地望了望刘瑜霞:“很好啊! 踏实了,生活也更带劲了!”

大家又是一阵笑。艾榴榴和谭晓娜很八卦地围着刘瑜霞,一边夸她人漂亮,一边又摸着婚纱说好看。还问他们照了婚纱照没有,多少钱,什么风格的……女人就是喜欢来这一套,爱慕虚荣,互相吹捧吹捧、攀比攀比、寒喧寒喧,然后谁也不服谁,总觉得还是自己最漂亮、最美丽动人。

梁峥见程百万正乐呵着呢,这是个好时机,立即就提议:“要不晚上咱们聚聚?”

程百万响应:“可以呀,没问题! 这几天我可忙坏了,得放松放松……”

“这可得你买单哦!”吴晓军强调着。

“不就买单吗? 多大个事儿啊,你们先去,回头我和媳妇儿就杀过来!”

程百万和刘瑜霞跟着那帮子皇亲国戚走了,几个家伙只好自己找节目玩。男人喜欢花天酒地,女人喜欢逛街购物,为了显示公平,先是两位男士陪同艾榴榴和谭晓娜去王府井逛街。而晚上呢,两位女士则陪同梁峥他们去三里屯酒吧喝酒。在逛王府井的过程中,梁峥他们两个和大部分男人一样,垂头丧气,无精打采的。艾榴榴又去看了一次那个挎包,她发现上次看见的那个包已经卖了,换上了新的款式。不过,新款更加漂亮。艾榴榴暗下决心,是该在工作上好好努力了,为了活得更舒服一点。

北京的三里屯酒吧一直都很神秘,在没有去过的人看来,他是个浪漫而颓废的处所。其实就是一条小街,附近是使馆区,老外很多,然后开了一连串儿的酒吧。服务员也只有两只耳朵,酒也没有什么特别,乐队也不是顶尖的。在这个特定的环境下，男人女人们交换着欲望，先是迷离，接着寻欢，然后作乐。所有的酒吧都这样，区别在于去酒吧的人群和这里面蕴含的文化，也就是所谓的酒吧文化。

三里屯为什么这么火呢？这里面少不了媒体的功劳，以及三里屯特殊的地理位置和北漂一族的莅临。媒体的渲染是在诠释、解读北京的另一种印象，而三里屯代表的就是北京的酒吧文化，这也是北京的形象之一，京味儿十足。而老外和北漂算是酒吧里的主角儿，无论是卖唱、表演的还是台下卖醉、吆喝的，都少不了北漂的身影。北京的漂文化，又有着独特的魅力。据说爱漂的人都有一种独特的气质——忧郁的孤独。也许这一点，也给三里屯增添了几分人文的气息。

酒吧的一个角落里，梁峥喝着啤酒，感叹着："最不着调儿的人居然最先结婚了，什么世道啊！"

"是啊，最不想结婚的人居然最先结婚了……"吴晓军附和着。

"可不是吗？整天相亲，吵着闹着要结婚的却还是单身一人！"谭晓娜不假思索地说道。

"什么意思啊？"梁峥听出来是在说自己。

谭晓娜立即小心翼翼地解释："呵呵，没什么呀，我顺着你们的情绪感叹一下而已……"

"娜娜，你可别受某些人的影响，那是怨妇。你的目标可是贤妻良母，对吧？"梁峥又把矛头对准了艾榴榴。

谭晓娜莞尔一笑，没有说话。她怕得罪艾榴榴，更怕刺激梁峥。

艾榴榴早就坐不住了，冷笑了一声："话里有话吧？"

"正是，怎么的吧？"梁峥毫不示弱。

"谁怨妇了？"

"我觉得你现在就特别像怨妇！"

"你还痴男呢，白痴！"

“……”

吴晓军一阵大笑，喝了一口酒后，坐直了身子：“你们要吵继续，可别管我的。我觉得你们两个吧，天生就是一对儿，无论什么破事儿你们都能杠上，还乐此不疲——在旁人看来其实特幼稚。你们不会是有受虐倾向吧？或者这就是你们表达爱的一种特殊方式？”

艾榴榴眉毛一挑：“我告你吴晓军，我即使选择你也不会考虑他！”

吴晓军这下郁闷了，提出了质疑：“什么啊，说得我多差劲似的！”

艾榴榴：“不是那个意思，我就是说我不可能喜欢一个混蛋！”

“说什么呢？”梁峥质问。

艾榴榴：“要不我重复一遍！”

梁峥摸出了手机，一边拨号，一边摆着手：“爱谁谁，瞎强调什么劲啊，好像谁爱搭理你似的！”

艾榴榴反唇相讥：“呸！我还不想搭理你呢！”

梁峥：“失去理智了——诶，这孙子怎么不接电话啊！”

梁峥又拨了几次程百万的电话，都没有人接。几个人都不说话了，喝酒的喝酒，惆怅的惆怅，思考的思考。酒吧里的人越来越多，气氛也越来越好，闹哄哄的一片。来酒吧的人其实都是“人来疯”，一人发疯，那是疯子，不正常；成百上千人在一起疯呢，那就是文化，是潮流，是艺术。

几分钟后，梁峥的手机响了。电话那边传来刘瑜霞的声音，她说程百万喝醉酒了，在屋里睡觉，晚上不能过来了。梁峥表示理解，然后问在酒吧的费用是不是给报销了，刘瑜霞说她不知道，得问程百万的。很明显，她委婉地拒绝了。

梁峥有点不高兴，无奈地说：“程百万他们不来了，咱们这点酒喝了就撤吧！”

“怎么不来了，他们才是主角儿啊！”吴晓军抱怨着。

“被戒严了呗！程百万我还不知道啊，他喝酒越喝越兴奋，怎么可能睡得着觉？哎——有了老婆忘了兄弟的家伙！”

吴晓军狞笑着：“也得理解一下他们，新婚之夜，还不翻云覆雨什么的……”

三个人都望着吴晓军，吴晓军立即解释：“怎么了？他们过夫妻生活，合理合法啊！”

梁峥：“吴晓军，这个问题你就别深究了，两淑女在这儿呢！那个什么，结账咱们AA制哦？”

吴晓军对钱的问题特别敏感，反应也特别快：“我没有带钱！”

梁峥瞪着他，一字一句地说：“我借给你啊！”

“我也没有！”艾榴榴说得理直气壮。

旁边的谭晓娜碰了碰艾榴榴：“我有，我借给你呀！”

艾榴榴望着谭晓娜讪笑着，口上不好说，心里却埋怨着：你也太老实了，我这不是想让两位男士买单吗？

梁峥白了一眼艾榴榴，大声说道：“谁让你们女士掏钱了，是我和吴晓军AA！”接着就问吴晓军，“你A吗？”

吴晓军见谭晓娜正盯着自己，立即表态：“AAA，A啊，No problem！”

梁峥喝完了杯子里的啤酒，拿着桌上的烟点了一支：“集体封杀程百万这孙子，太不仗义了。以后啊，咱们所有节目都不让他上了。已婚人士，一律绕行！”

吴晓军则不以为然：“着什么急呀，等他把这次的账报销了——再封杀也不迟！”

“这叫有责任心，结婚了哪还能到处跑。你们呀，得学习！”谭晓娜一本正经地说着。

艾榴榴也发表自己的见解：“就是，随心所欲、玩世不恭、朝秦暮楚的男人是注定找不着老婆的！”

梁峥斜了艾榴榴一眼：“同理，搔首弄姿、水性杨花、尖酸刻薄、虚情假意、心比天高、命比纸薄的女人也休想找到老公!”

吴晓军见两人又杠上了,烦得不得了。见谭晓娜也摇着头一副懊恼的样子,立即送去同志般温暖的微笑。在梁峥和艾榴榴掐架斗贫的这一点上,他们都是冷眼旁观加无可奈何。当然,有时候还有点幸灾乐祸。

洗完澡后的梁峥躺在床上,开始回想白天发生的事儿,然后他想象着自己的婚礼什么样儿,自己会和谁走进婚姻这座神圣的殿堂。他很难想象自己和钟晓慧结婚会是个什么场景,但是他却想到了自己和艾榴榴结婚的情景:两人一路打情骂俏地朝台上走去,一个说终于被你勾引到手了,怪只怪自己在关键时刻没有把持住;另一个说本小姐算是便宜你小子了,你要是对我不好啊,大刑伺候……

梁峥越想越来劲儿,想得自己都乐了。遗憾的是落花有情,流水无意啊,艾榴榴根本就不喜欢自己,她心仪的是那个有钱又帅气的林总。自己倒是有点喜欢她,有她在的时候自己情绪都要高涨一些。只是总爱和她较劲,是看不惯她呢?还是想引起她的注意,以窥视、侵蚀她的内心呢?梁峥不明白,但是他很清楚自己并不真的讨厌艾榴榴,相反却喜欢和她在一起。几天不见面,或者不贫上几句,还真有点不自在。

还是钟晓慧现实点,至少她和自己都到谈婚论嫁的地步了,大女子主义就大女子主义吧,事业心强就让她折腾到不想折腾的时候吧。自己是找一个人生活过日子,不是请个生活女保姆,给她自由也是给自己自由。包容,一定要包容!爱一个人就要爱她的全部,接受一个人就要接受她的全部。

可是自己并不爱她啊?顶多是一种欲望,征服她的欲望。还有就是一项任务,结婚的政治任务,就像做单一样。客户越是难攻关,就越想把他拿下,这是挑战,更是证明自己的最好方式。鸡肋啊!原来钟晓慧对于自己也是一鸡肋。

鸡肋与鸡肋的结合,那不还是鸡肋吗?然后过着鸡肋的生活,走完鸡肋的人生?

梁峥越想越可怕,后面他决定了,尽早找钟晓慧摊牌,这事儿不能再拖了。程百万已经被结婚了,吴晓军好像也快了,自己不能闹得最欢,最后落得个惨淡收场吧,以后还怎么在兄弟们面前混呢?家里的老头子几天没有来电话逼婚了,估计下一拨攻势会更猛烈。媳妇儿,快快出现吧,我会好好爱你疼你的。我也想结束一个人奋斗的现状,和你携手共创美好幸福的明天!

梁峥一觉睡到中午,起来后的他感觉脑袋昏昏沉沉的。吴晓军不知道去哪儿了,房间里空荡荡的,外面阳光明媚,映衬得屋里却有些阴霾和忧伤。

这让梁峥想起儿时的琐事来,那时他才四岁,还没有到上学的年龄。也是中午,他一觉醒过来,家里什么人也没有,父亲母亲都不在,门被反锁着。

梁峥哭着喊"妈妈",越喊越害怕,他觉得自己被父母抛弃了。梁峥想推开窗户钻出去,窗户推开了,但是却被竖着的一条条钢筋给拦住了,他的手臂能穿过,头却过不去。他又是一阵大喊大叫,没有用。喊累了、哭累了的梁峥望着窗外阳光明媚的世界,他第一次觉得树叶很绿很新,鸟叫蝉鸣有多么动听,外面的世界有多么敞亮和温暖。

这是梁峥第一次感受到孤独,来自内心的深深的孤独。而且这种孤独一直伴随着他的成长,他害怕被抛弃,害怕孤独。儿时的那个场景总是像梦一样缠绕着他,有时出现在记忆里,有时出现在梦境里。他想回到那个过去,回到那个阳光灿烂的日子,但是他又害怕那种被禁锢被抛弃的感觉。

房间里的手机响了,躺在沙发上看书的梁峥跑了进去。是钟晓慧打过来的,她首先是对昨天没有能出席程百万的婚礼道歉,然后就说她今天很闲,最后问梁峥过不过去玩儿。梁峥还沉浸在儿时的回忆里,忧郁得不行,对于钟晓慧热情的召唤并不感兴趣。但是他又不好意思拒绝,那样的话,反倒显得自己小气了。于是,就说要不你过来找我玩吧。钟晓慧说行啊,我马上就过来。

一小时后,梁峥在国美小区门口见到了光鲜靓丽的钟晓慧。电梯里弥漫着她身上的香水味儿,这是一个浪漫的周末,梁峥突发奇想地希望电梯停电……

梁峥和钟晓慧每次见面后,两个人都需要一段时间去熟悉,至于是熟悉什么他们也不清楚。彼此的陌生感在几分钟后终于消失了,梁峥在冰箱里拿了两罐饮料,接着两人就坐在沙发上看电视,梁峥愚公移山似的一下下靠了过去。

钟晓慧拿着沙发上的《故事:材质、结构、风格和银幕剧作的原理》翻了翻,问:“这是什么书呀?”

“吴晓军的,我闲着没事儿的时候翻翻!”

“昨天热闹吗?”

“有不热闹的婚礼吗?”

“呵呵——那倒是。你没有生气吧?”

梁峥见钟晓慧盯着自己,努力表现得洒脱点:“多大点儿事啊,再说了我是这么小气的人吗?”

“我觉得你挺小气的!”

“所以——你过来负荆请罪了?”

“算是吧。”

“那我以后加把劲,再小气一点……”

“呵呵——”

钟晓慧不再说话,拿着书望着电视,梁峥也不知道再说什么,只好沉默。他深深地陷进沙发里,心想这还没有结婚呢,就话不投机了,要是结婚了，那以后日子还怎么过啊。两个人没有话说是最可怕的，这说明精神世界没有什么交集，或者是两人都没有向对方敞开心扉。关键是彼此不迁就，不妥协。否则，即使有一个人喋喋不休，另外一个人心不在焉地点着头敷衍，那也好过彼此沉默。

半小时后，吴晓军风风火火地回来了，后面还跟着几分羞涩的谭晓娜。两人发现梁峥正瞪着他们坏笑着，有种“偷情”的感觉。吴晓军径直往厨房去了，也不知道他进去干什么。谭晓娜只好讪讪地笑了笑，冲钟晓慧打着招呼。

原来早上吴晓军约谭晓娜出去玩了，两人到朝阳公园兜了一圈。渐渐地天热了，谭晓娜怕晒，两人就找了一个地方吃中饭。饭后两人激情未退，都觉得不过瘾，于是吴晓军也就斗胆邀请她上来坐坐，借口是让谭晓娜看看他写的小说。他以为梁峥不在家里的，谁知道梁峥不仅在家里，还和钟晓慧在一起。

谭晓娜没有拒绝吴晓军的邀请，她心里跟明镜似的，决不能重蹈那些老剩女的覆辙。她得提前把自己的大事儿给定了，她对自己有清楚的认识，对另一半也有严格的定位。趁自己还小鸟依人、娇俏可爱的时候，找一个厚道的知识分子过点小日子，平平淡淡就好，不求轰轰烈烈，但求稳定。很显然，吴晓军就是她的那位 MR Right。

因此，她得给他机会去表现诚意，也是给自己机会去寻找幸福。

谭晓娜表面上文文静静、柔柔弱弱，加上为人处世比较中庸，亲和力也就非同凡响。很快，她就和钟晓慧聊成了一片。钟晓慧和她的生活圈子完全不一样，照例说是不会有太多共同语言的。但是这没有关系，男人之间永恒的话题是女人，而女人之间永恒的话题却是服饰。

谭晓娜望着钟晓慧的一身光彩照人的名牌，欣赏羡慕之余，也不免要谈论一二，过过嘴瘾：“你这衣服是 CHANEL 的新款吧？”

钟晓慧眉开眼笑，谭晓娜的慧眼识霓裳，让她陡然来了兴致：“对啊，田园风格的……"

谭晓娜摸了摸钟晓慧的裙子，感觉也就那样，没有什么特别的："呵呵，我在杂志上和淘宝上都见过，不便宜吧？"

"还行——淘宝上卖多少呀？"钟晓慧关心这个价钱。

谭晓娜吐了吐舌头："也要 400 多呢，还是山寨版的。我买衣服一般都是先去专卖店试衣服，试好了就记住款式和型号，然后再在网上淘。"

"哦——这样蛮好呢！"

"没钱买，只能这样了……"

钟晓慧只是笑了笑，不敢妄加评论，说多了是炫富。她扫了一眼谭晓娜的着装，实在是没有什么可以称赞的，就没有一件超过 1 000 元的。谭晓娜见钟晓慧望着自己身上，尴尬地笑了笑："哎，都是名牌，不过大多数都是网上淘的……"

"衣服嘛，只要好看就成！我看你这身衣服就很合体啊，衬得你的皮肤更白了。诶，你平常都用的什么化妆品啊，皮肤怎么这么好？"

一直以皮肤白为骄傲的谭晓娜莞尔一笑，情不自禁地摸了摸小脸蛋儿，然后就开始给钟晓慧讲自己秘不外传的美容心得。

女人都有自己的护肤美容秘诀，但是呢，她们都不满足，喜欢去打听别人的，然后两相比较，看谁的更好。就跟闯荡江湖的侠客一样，虽然身负绝学，但是从不知足，总想不断挑战，不断汲取新的武学秘技，以勇攀高峰。侠客醉心于武学是没有止境的，女人追求美丽也是没有止境的。钟晓慧和谭晓娜两人越聊越投机了，大有相见恨晚的态势。

两个女人忘我地交谈，全然忘记了两个男人的存在，颇有点喧宾夺主的感觉。梁峥一个人在客厅里旁听也没有意思，电视也不好看。他来到了吴晓军的房间里，只见吴晓军正把《故事：材质、结构、风格和银幕剧作的原理》塞进床头的书柜里。他见梁峥走了进来，面露不悦："以后别乱翻我的书啊，都弄皱了！"

梁峥笑:“少假正经!说说一大早都和娜娜干吗去了?”

吴晓军拿眼瞄了瞄外面,不无得意地反问道:“这个事情也需要向你汇报吗?”

梁峥坐在了吴晓军的床沿上,煞有介事地说道:“吴晓军,你现在怎么这么愤世嫉俗啊?我给你说吧,约女孩子出去吧,下午和晚上最合适,早上还真不成。”

吴晓军一脸的疑惑:“怎么不成了?”

梁峥瞎掰:“一起去干事儿还成,不适合谈情说爱,没有那种氛围。”

“不明白!”吴晓军不再搭理梁峥,继续整理房间,他对自己和谭晓娜的关系的稳步增长感到无比满意。

梁峥欲言又止,觉得自己是对牛弹琴,点上了一支烟,吧嗒了两口:“你说你把她带回来干吗,去电影院、咖啡厅都可以啊,或者去逛街……”

“那些地方都有什么好玩的?”

“你这是抠门儿!”

吴晓军转过身来,小声质问:“我怎么就抠门了?”

“你还以为你多大方啊,你知道吗?你的生活方式抠门,整天就是爬在网上,除了吃喝拉撒,就没有任何其他活动,都像你这样,GDP还要不要增长了。恋爱时期,该出血还得出血,你得要有投资意识,一张电影票换得一份感情,值啊!感情她是需要浪漫来发酵的,而浪漫是需要酝酿的,而电影院、咖啡厅就是酝酿的场所,不然大家都在网上看片儿得了,买点咖啡自己回家煮,还去什么电影院、咖啡馆啊,这不就是为了追求一氛围吗?”

“我不追求氛围,我只追求爱情。”吴晓军玩一冷幽默。

梁峥坐着吐了几个烟圈,然后站了起来:“跟你丫就说不明白。哎,和宅男谈恋爱,味同嚼蜡,要是以后过日子,那真是几十年如一日……女人是很善变的哦,别说哥哥没有提醒你!”

吴晓军只顾收拾着房间，不理睬梁峥的。等梁峥走出去后，立即打开了电脑，然后点开了电脑E盘，在《你为什么剩下了?》资料收集的WORD文档里写下了三段话：

感情是需要浪漫来发酵的，而婚姻是需要感情来维系的，所以浪漫尤其重要。电影院、KTV和咖啡厅都是酿造浪漫的酒窖，正因为此，人们才会不断地前往，而不是只在家里看碟、唱歌、煮咖啡。

宅男的生活方式很封闭，很抠门儿，很边缘化，这也许是他们得不到浪漫爱情最终极的原因。

几十年如一日地活着，人间杯具啊！

吴晓军写完后，登陆了QQ，见艾榴榴在网上。他怕艾榴榴问他和谭晓娜的事情，正准备隐身，"艾美丽"的头像就开始闪烁了。她问谭晓娜和他出去了怎么还不回来，吴晓军只好坦白了，说谭晓娜在这边玩。艾榴榴就立即说她要过来斗地主，吴晓军表示热烈欢迎，还说晚上大家一起吃个饭。

吴晓军没有透露钟晓慧在这边的事实，他觉得这是一个折腾梁峥的好机会。他想看看梁峥如何面对两个相亲对象，还想看看两个女人如何斗智斗勇。场面热闹不说，还能给自己的小说提供素材，真是一举多得啊。这就是吴晓军打的如意算盘。

梁峥回屋里躺了一会儿，这一躺就是一个多小时，等他醒过来的时候听见客厅里都炸开了锅。出来一看，几个人在客厅里斗地主，艾榴榴也跑过来了，正拿眼斜他。梁峥立即钻进了卫生间，他得洗把脸，抖擞一下精神，形象和气质在此刻尤其重要。

梁峥在冰箱里拿了一罐可乐，喝了一大口，来了个透心凉。他搬了一个小凳子亲密地挨着钟晓慧坐了下来，钟晓慧看了看梁峥，温柔地将身体向他靠了靠，又很贴心地把手里的牌展示给他看。梁峥一边用手指指点着钟晓慧出牌，一边拿眼打量艾榴榴："战况如何？"

"还行，一百还有这么多。"梁峥顺着钟晓慧的眼神望了望，她的旁边放着几十元钱，很明显，输了嘛。梁峥望了望吴晓军和谭晓娜，又望了望艾榴榴，口出狂言："让我来收拾这帮悍匪！"

艾榴榴鼻子冷哼了一下，扔出四个7，走完了牌："哈哈——给钱给钱。"

吴晓军也把牌一扔，对旁边的谭晓娜说道："麻烦你去冰箱给我们拿点饮料来……"他望了望兴致勃勃的梁峥，笑了："睡醒了还说什么梦话？看我怎么把你们这对苦命鸳鸯赶尽杀绝！"

钟晓慧笑了笑，让到了一边，拉了拉梁峥的手臂："要不你来打吧？我不太会呢。"

梁峥当仁不让，坐在了沙发上。刚才还抬头挺胸的钟晓慧就跟放了气的塑料玩具似的，突然蔫了。她揉了揉脖子，又捶了捶自己的肩膀，然后轻轻地靠在梁峥的身上，真是柔情似水，顾盼生情啊。梁峥对于这突如其来的温柔，很是受用，尤其是当着艾榴榴的面儿。

他小声地问钟晓慧："累了？"

"没有。"

"累了就去我床上躺会儿……"

一向以正人君子自居的吴晓军有点看不过眼了，催促着："拿牌、拿牌！赶紧的，待会儿有的是时间缠绵！"

梁峥望了望吴晓军，又望了望他旁边的谭晓娜："只准你们亲热，不准我们缠绵啊？什么逻辑？"

艾榴榴表面上平静似水,其实内心波澜壮阔。两对情侣,就她一个在这儿顾影自怜,不是"灯泡"是什么? 艾榴榴一边拿着牌,心里也一边犯着嘀咕:需要这么肉麻吗? 打个牌也搞得这么黏糊,至于吗? 就好像别人都没有谈过恋爱似的,肤浅!

由于吴晓军打牌很保守,艾榴榴技术不过硬,梁峥胆子大、技术好、不怕输、有气势。所以,几局下来,都是梁峥赢了。吴晓军开始要赖不来了,艾榴榴马上响应。争强好胜的梁峥心里堵得慌,本想和他们说道说道的,但是碍于钟晓慧在,他忍了。还故作洒脱地笑了笑:"知道你们怕我,没事儿,勉强是没有幸福的。"

接着,梁峥就搂着柔软无骨的钟晓慧回了自己的房间。

"真恶心!"艾榴榴冲着梁峥的房间骂道。

谭晓娜笑:"吃醋了?"

"得了吧,我吃哪门子醋,我是看不得他那个嚣张的样子!"

吴晓军则在一边感叹着:"哎——孽缘啊!"

两个女人都把目光投向了他,吴晓军立刻有点手足无措,佯装整理客厅,去卫生间拿拖把去了。十几分钟后,梁峥轻轻地带上了房门,走了出来。梁峥刚走到客厅里,就发现大家跟看外星人似的盯着他看:"怎么了,不认识我了?"

吴晓军一脸的坏笑:"你怎么不好好陪陪人家呀?"

梁峥:"她休息一会儿,咱们继续战斗吧?"梁峥发现没有人回应,又问,"怎么着,赌神一出场你们都蔫儿了? 还是你们赢了钱要赖? 不至于啊,就几十块钱……"

"玩久了头晕!"吴晓军辩解道。

梁峥把目光转向艾榴榴:"你呢?"

艾榴榴理了理头发:"不来了,不和你们这些五毒俱全的营销男玩牌!"

“说得你们财务女多纯洁似的！”梁峥冷笑。

艾榴榴哪里肯服气：“哪有房间里的人纯啊，何况还有的是钱！”

梁峥：“无聊！”

艾榴榴：“无耻！”

“……”

谭晓娜见两个人又杠上了，赶紧拉了拉艾榴榴：“哎呀，好饿哦。我们去买菜好了，准备夜宴！”

“嗯，这个建议好！”吴晓军立即附和。

谭晓娜指了指梁峥他们两个：“我们跑腿儿，你们可得出钱哦？”

吴晓军迅速地摸出钱包，抽出两张：“先拿二百去，够了吗？”

谭晓娜直点头：“够了，够了呀！”

吴晓军要大方：“不够的话，你先垫着，回来后我补上！”

“谁和他争呀！特二，纯粹没事找事，就一二百五！”直到走进电梯，艾榴榴还愤愤不平。

谭晓娜笑：“完了。你这是嫉妒，一反常态啊，以前你没有这么冲动的！”

“哪有，我嫉妒个屁，他算什么东西！”当艾榴榴发现电梯里的几个人都望着她的时候，羞赧地低下了头。难道自己真的吃醋了，不会啊，我又不喜欢那个混蛋。那为什么反应这么过激呢？主要是看不得他们腻在一起。可是他们腻在一起，这与我又有什么关系？艾榴榴一路上都在做着思想斗争，当她一想起梁峥和钟晓慧亲热的场景，心里就别扭。

一小时后，吴晓军窝在房间里上网，钟晓慧和梁峥靠在沙发上看电视。厨房里，谭晓娜掌着勺在炒菜，艾榴榴则在一边帮厨。

“给我洗点白菜吧，来点素的！”谭晓娜毫不客气地指挥着艾榴榴。

艾榴榴立即就着水洗着菜，她有点好奇：“小妮子厨艺很精湛啊，找谁学的？”

“我家开餐馆的，耳濡目染，也就会了。你呢？什么时候也给我们露一手！”

“我可不行，压根就没有拿手的菜……你看冰山那阵势会做饭吗？”

“应该会吧，只是很少做。她那一身名牌得好几万呢，根本就不是进厨房的人！哎，真是又漂亮又有钱哦！”

“有几分姿色而已，漂亮？我觉得算不上……”

“当然不能和你比了？”

“我，我算什么呀？我要是漂亮，人家就会选我了！”

“那是你没有给别人机会，你已经有了林总。依我看啊，梁峥其实更喜欢你……”

艾榴榴心里平衡了许多，却不动声色，故意问：“这个你也知道？”

“旁观者清嘛……”谭晓娜感叹着，“真看不出来梁峥这么贪财！真是长得好不如嫁得好，干得好不如娶得好哦……”

“有道理！诶，你觉得他俩有戏吗？”

正炒着菜的谭晓娜斜了一眼艾榴榴，笑了：“怎么，你很在意啊？”

“哼！我有什么意见，我只是觉得他们两个根本就不是一个世界的人。两个人生活不仅需要物质基础，也需要精神共鸣。而这个共鸣的基础就是世界观、人生观基本一致……”

“哟，还说得挺悬乎，难道你和梁峥就是一个世界的人了？”

“我和他也不是！反正感觉他们在一起怪怪的，女人的直觉吧。梁峥啊，适合找个时髦的古灵精怪的小女孩儿。”

“那回头把办公室的邹惠介绍给他吧！”

“我看行。”

“哈哈——”

大家闷着头吃饭，除了吴晓军称赞谭晓娜的厨艺好之外，基本上没有人说什么话。仿佛钟晓慧的出现,让大家都生分起来了一样,老爱抬杠的梁峥和艾榴榴也消停了。原来,说话的氛围是很重要的。其实,不只是说话需要氛围,两个人在一起的生活也是需要氛围的。

突然,艾榴榴的手机响了,见是林强打来的,她起身去了阳台。林强约她一起吃晚饭,艾榴榴说她正在家里吃着呢,林强就问介意不介意他过来坐坐。艾榴榴望了望客厅里面甜蜜的俩对儿,尤其是看见梁峥那一脸的矫情,竟然爽快地答应了。

十几分钟后,林强跟着艾榴榴来到了客厅。大家已经吃完了饭,正窝在沙发里看电视。吴晓军见艾榴榴趾高气扬地领了一个帅哥进来,猜了个八九不离十,笑道:"这下好了,再也不会阴阳失调了。"

"林总,是您呀!快坐、快坐!"谭晓娜立即站了起来,接着就去泡茶,仿佛她倒成了这儿的主人似的。

"大家好!"林强冲大家笑了笑,把Q7的遥控钥匙扔在了桌子上,然后跟领导似的一屁股坐进了沙发里。当他看见钟晓慧的时候,浅浅地笑了笑。钟晓慧也礼貌地笑了笑,下意识地往梁峥旁边又挪了挪。梁峥扫了一眼桌上的钥匙,继续看着电视,对这个不速之客熟视无睹。

吴晓军则满脸堆着笑,问:"林总,吃饭了吗?"

"刚送朋友去机场的时候吃了的……"

"您要是没吃的话,我喊娜娜给您做点?"

"谢谢,真吃了!"林强双手合在一起,十分有礼貌的样子。

吴晓军见梁峥和艾榴榴同时都盯着他,而谭晓娜则脸红到了耳根。他知道自己一不小心喊了谭晓娜为娜娜,也有点不好意思了,只好歪着头继续看电视,装作什么都没有发生似的。谭晓娜将泡好的茶放在了林强面前的桌子上:"林总,喝茶吧!"

两个男人面面相觑,都有点奇怪,他们连自己都不知道茶放在哪儿的，谭晓娜居然找到了。女人啊，就是心细。

林强欠着身子起来说了声谢谢，然后抿了一小口茶，感叹着："嗯——还是你们这里好啊，都住在一个小区里的，随时可以聚在一起，多热闹啊！羡慕哦……"

"林总，要不你也搬过来住呀。对不对，榴榴？"谭晓娜望着艾榴榴吃吃地笑。

梁峥见艾榴榴红着脸，羞涩地不知道说什么，只是茫然地望着电视，心里就很不是滋味儿。真是莫名其妙，这么大的人了还装害羞。喜欢别人就喜欢嘛，又没有什么见不得光的，装得自己跟纯情少女似的，矫情！梁峥心里犯着嘀咕。

林强点了点头："嗯，我还真有这个打算……这边离机场比较近，方便我随时出差！"

"那还是住在机场比较合适……"梁峥面无表情地说道。

这既可以看成是一个玩笑，也可以看成是一个讽刺。弄得林强十分尴尬，只好自我解嘲："嘿嘿——这个想法也不错。"

"要不咱们来斗地主吧？"为了缓和气氛，吴晓军提议。

梁峥反问："你一个人玩啊？"

吴晓军望了望大家："肯定是我们三位男士玩啊！"

林强立即表态："可以啊，我很久没有玩过扑克了，也好向你们学习学习！"

"得，你找别人学习去吧。我不来，电视正好看呢……"梁峥一点不给林强面子。

这下，林强的脸再也绷不住了，只好以笑来掩饰自己内心的尴尬。艾榴榴热血沸腾，对梁峥射去仇恨的眼神，仿佛在说：梁峥你这个混蛋！有本事就冲我艾榴榴来，别拿无辜的人开涮！谭晓娜想说什么，却一时想不出词儿，憋得难受。吴晓军知道梁峥的脾气，他也看不得骄傲自大、优越感十足的林强,所以也假装没事儿似的盯着电视,心里却偷着乐:不是看在娜娜的面儿上,谁爱搭理你!

“斗嘛,反正闲着也没事儿,好不好?”钟晓慧几乎是冲梁峥撒着娇。梁峥谁的面子都可以不给,但是不能自己砸自己的脚啊,这可是自己的准女友。再加上看见艾榴榴投递过来的轻蔑中透着嫉妒的眼神,更加坚定了主意:“好好好,既然林总想玩,那我们就陪陪他,互相学习,互相学习……”

于是,几个人又开始貌合神离地斗地主。三个男的上场,旁边都陪着一个美女,十分和谐。客厅里的气氛活跃了许多,大家又开始有说有笑。在玩牌的时候,大家都卸下了防备的面具。难怪有人说看一个人的人性要在赌钱的时候,赌博就像是一面镜子,它能照透世人的心。

林强不那么假正经了,梁峥也不那么玩世不恭了,吴晓军也没有那么文绉绉的了。谭晓娜是最投入的,不时还给吴晓军出点子,俨然一副女大当家的范儿。艾榴榴则和林强保持着一定的距离,暂时还看不出什么端倪。钟晓慧斜靠着梁峥,表面上是柔情似水、甜甜蜜蜜的。但是她的眼睛却望着别处,透着一份哀怨,一副心事重重的样子,仿佛和梁峥之间有种貌合神离的感觉。

晚上九点,他们停止了战斗。吴晓军一人输了钱,林强赢了,梁峥保本,算是陪玩了。谭晓娜一个劲儿地夸林强技术好,这马屁拍得山响。梁峥很是不服气,但是又无可奈何,而且还不能表现出来。吴晓军则是一副无所谓的样子,毕竟自己的心上人要在别人手底下干活,输点钱是对的,就算是送了个人情,这点中国式的潜规则他还是知道的。

吴晓军把林强送到了小区门口,一路上已经开始称兄道弟,还握着林强的手深情地说以后一定要常来玩啊,千万甭客气。可见,爱情让吴晓军这个宅男也变得成熟世故起来,这就是爱情的魔力,悄无声息地改变一个人的习性。站在吴晓军后面的梁峥见他这奴颜婢膝丢份儿的小丑模样，很想给吴晓军屁股上一脚，然后大骂一声：狗奴才，一边儿待着去！

梁峥准备给钟晓慧拦一辆出租车的，谭晓娜则提议钟晓慧可以和林总一起走。林强也表示乐意送钟晓慧一程，反正顺路，他还特意看了看梁峥，眼神里充满了挑衅。梁峥没有坚持拦车的理由，见钟晓慧似乎也没有异议，也就默许了。

Q7 的车前大灯非常明亮，在梁峥的眼里整个车头都显得十分狰狞，就像一头大眼怪兽蓄势待发，随时都可能向他扑过来。梁峥有种直觉，那就是钟晓慧和林强才是同一个世界里的人。梁峥也有点不安，甚至是过度敏感，总觉得林强和钟晓慧在一起肯定不会有什么好事儿。他们一个穿阿玛尼，一个穿香奈儿，一个是公司的副总，一个是老总的特别助理。

在钟晓慧面前，自己算什么呀？就是一北漂儿，打工仔。他想起了初中学的一篇课文叫《哨子》，钟晓慧就是一只金贵的哨子，自己要得到她，就必须付出昂贵的代价。人们在生活中的很多痛苦都来源于追求了错误的东西，自己不是不痛苦，只是痛苦还没有来临。梁峥有点心虚，有点卑怯，有点嫉妒。他开始动摇了，他觉得自己和钟晓慧不可能会有一个明媚的明天。

车转了一个大弯，动力十足地跑了出去，消失在弥漫着金黄色光晕的路口。梁峥内心一阵抽搐，就像自己心爱的女人被别人抢走了一样。他希望开车的是自己，抑或自己有辆车可以大大方方地送女友回家。可是他没有，他买不起，他在这个城市所拥有的只有越来越黯淡的理想和对无奈人生的嗟叹、惆怅。很多时候，精神的贵族，总在物质的乞丐面前低头。

大家收回了视线，往小区里懒散地走去。在两对准情侣的烘托下，吴晓军和谭晓娜走得更近了，不再遮遮掩掩。他们已经把彼此视为恋人，两个人开始不避嫌地在前面小声说着话。梁峥一个人落在最后面，他快步赶上了前面的艾榴榴，急于把自己的烦恼转嫁出去："你不觉得他们两个很般配吗?”

艾榴榴有点不屑,冷笑着:“呵,我很早就发现了,还是我撮合的呢!”

“我说的是车里那两位……”

“没觉得!”

“你就装傻吧,我刚才看你那嫉恨的眼神就知道了,迷离得一塌糊涂。”

“呵呵,是你自己没有底气吧?”

“我无所谓的,我又不爱她!可是你呢——却爱着那位林总!”

“你怎么知道我就爱他呢?冰山再怎么说也是你女朋友,以后还可能是你老婆,我为她感到惋惜。告诉你小子,就是他们晚上去开房——我也绝不会伤春悲秋的!”

艾榴榴说完就加快了步伐,潇洒地走进了大楼里。梁峥有点懵,跟被人当头一棒似的。本来是想转移伤痛的,没想到却被别人揭开了疮疤。他觉得浑身没有劲儿,一个人耷拉着脑袋往前面走去。他反复想象着钟晓慧如果是自己的老婆,今后的生活将会是什么样子,难以想象啊……回到家里后,梁峥接连抽了两支烟,脑子还是有点乱,就像头上罩着一个厚重的钢盔似的,不堪重负。

还和谭晓娜在外面晃荡的吴晓军,尽量往幽暗的地方里走。但是小区到处都是明亮的路灯,几棵小树也制造不出什么阴影。他越是想去牵谭晓娜的手吧,越是紧张,手就越是不听话。吴晓军心里咒骂着自己,不就牵个手吗?有什么大不了的,直接去牵不就得了。可是他就是伸不出那只“罪恶之手”,可把他给憋坏了。

谭晓娜似乎也发现了这一点,觉得很可笑,真是个书呆子。可是她又必须装矜持,不能太主动。于是,她只是安静地走在吴晓军的身后,怀里跟抱着个小兔子似的,蹦跶个不停,等待着他的下一步行动。夜色旖旎,凉风习习,萦绕在两人之间的气氛愈加微妙、暧昧起来。

当吴晓军发现前面有一个石头垒砌的小山坡的时候，就跟发现了新大陆似的，心里一阵窃喜。他提议上去看看，谭晓娜“嗯”了一声，如影随形。吴晓军几步就蹿上了陡坡，然后向下面的谭晓娜伸出了“爱情之手”。谭晓娜一点防备也没有，直到后面吴晓军一直紧紧地扣住她的手的时候，她才明白自己上了这个酸秀才的当。吴晓军的手心很快就出汗了，两腿发颤，连说话都不利索了，但是他就是不放手。而且，他的脑子飞速运转着，开始琢磨下一个亲密的动作。

两人挨着坐了下来，前面影影绰绰透出一些光亮，映衬得周遭更加安静了。谭晓娜水灵灵的眼睛一眨一眨的，长长的睫毛像两把扇子忽上忽下的。吴晓军壮着胆子嘟着嘴凑了上去，想来个偷吻。刚好谭晓娜转过脸，吓得吴晓军猛往后退，差点歪倒在地上。两人都不好意思地笑了，彼此心照不宣……

梁峥的担心不无道理，但是却没有艾榴榴说的那么夸张。男人和女人的二维空间，总是那么的微妙。Q7 在建外 SOHO 停了下来，他们一路上聊得很开心，就像分手后多年没有见到的旧情人一样，彼此防备着，同时又期待着。防备着感情的自然流露，期待着再次发生点什么。

洗完澡出来的梁峥，刚好撞见魂不守舍的吴晓军从外面进来。吴晓军望了望仅着一条短裤的梁峥，径直走到客厅窝进了沙发里。吴晓军夸张地点了一支烟，然后把脚高高地跷到了桌子上，脸上写满了亢奋。这是胜利者的姿态，只是这姿态张狂了一点，就跟刚开了个黑煤矿发了点横财的煤老板一样，觉得自己终于横空出世了，从此天下老子第一。

“你今天可真是出尽了风头啊！”梁峥盯着吴晓军。

吴晓军冷笑了一声：“有吗？谁让你今天不在状态呢？本来哥们还想看你们的笑话，谁知道你们都跟老鼠见了猫似的……”

“看我什么笑话?”

“你的两个相亲对象都出现了啊,二女相争,必有好戏!”

梁峥在吴晓军对面坐了下来:“我发现你挺会拍马屁的嘛,就只差给姓林的喊大爷了!”

“谁让人家是领导呢,我是给谭晓娜面子,又不是给他。”

“唉,我算看清楚了。谭晓娜这个女人太势利了,你得小心点,不然以后有你哭的时候!”

吴晓军掐掉了烟:“我也算看清楚了,你家那个钟晓慧很轻浮,随便上人家男人的车,还和人家眉来眼去的。你就安心地等着戴帽子吧!”

梁峥被吴晓军说中了心事,但是,他又不能表现出来,而是竭力争辩:“胡说八道,有车不坐,神经病啊。你这种人太小心眼!”

“反正我感觉你和这个女人没戏,一件衣服就得要你一月工资哦,回头是她养你还是你养她呀?哈哈,看你又不像是个吃软饭的……”

“少对我的事儿指指点点的啊?”

“谁让你先指点我的江山呢——我洗澡去了,你好好反省反省吧……”

“……”

梁峥躺在床上莫名地躁动,他越来越猜不透钟晓慧了。想着想着,他给钟晓慧发了一条信息,问她回家没有。几分钟后,钟晓慧回了信息,说她刚洗完澡。梁峥说想过去看看她,看一眼就走。钟晓慧发了一个“傻瓜”过来,梁峥霍地坐了起来,又发了一条信息过去:我说来就来哦。很快,钟晓慧回了信息过来:不要了,太晚了吧……早点休息,乖!

周一,公司开例行的动员会,向丽用手指戳了好几下梁峥,梁峥依然昏昏欲睡。在上面讲话的大区总监刘德才终于发现了小鸡啄米的梁峥,停止了讲话,朝角落里的梁峥走过来。向丽狠狠地掐了一下梁峥的大腿,梁峥痛得叫出声来,员工们哄堂大笑。刘德才也笑了:“小梁,做噩梦了吧?要不你换个地方休息休息……”

梁峥揉了揉眼睛,嬉皮笑脸地说道:“报告刘总,我梦见我连签三单,很是兴奋,恐怕是睡不着了!”

刘德才背着手往前面走,然后突然转过身,用手比划了一个三:“罚款三百,给大伙儿中午加餐。如果你连签三单,奖励三千!”

梁峥立即掏出三百元,往桌子上一放:“君子一言——”

刘德才:“快马一鞭!”

“成交!”

大家又是一阵笑,个别还跟着起哄、吹口哨。就跟电视演播室录节目似的,事先都编排好了。梁峥发现裤兜的手机震动了一下,拿出一看是向丽发过来的:昨晚干坏事儿的吧?梁峥笑了,回了一条过去:你又没在案发现场,你咋知道的呢?很快向丽又回了一条信息过来:我送你一个意向客户吧,助你一臂之力。梁峥回了两个字过去:笑纳!

艾榴榴她们财务室也没有闲着,转正后的邹惠真正融入了这个小团体,朱祥玲这个领导的脾气也被她摸得一清二楚。她开始在办公室里肆无忌惮地吃零食,讲笑话,偶尔还打个盹儿。没有人说她,因为上梁不正下梁歪,大家都这样。你不这样,反倒还不合群了。两个女人一台戏,四个女人那就是一部肥皂剧。按照谭晓娜的说法,这就是她们财务室独特的企业文化。

经过上次代理主管的锻炼,艾榴榴发现领导并不难当,她开始有意识地锻炼自己。心想要是下次朱祥玲再怀孕的话,自己就能挺身而出了,去撑起财务室的这片艳阳天。“信心比黄金重要”,这是真理。

下班后,艾榴榴没有和谭晓娜回去,而是和林强去了东方新天地。林强说他要买几件衣服,让艾榴榴给他参考参考。高档品牌男装款式并不复杂,甚至可以说是简单,价值在于做工的精细,材料的考究,和品牌传递的深厚文化。就跟经历过大风大浪的成功男人一样,任它狂风暴雨骤,我自笑看风云。他们不仅物质丰厚、精神充实,而且内心淡定、安谧。这样的男人和顶级名牌一样,都是稀有之物,所以极具价值。

林强去了杰尼亚、阿玛尼、铁狮东尼这些顶级男装的专卖店,艾榴榴跟在后面心里有些不安,店里随便一件衣服就是她几个月的工资。林强漫不经心地挑选着,一圈下来也买了好几件。东西确实好,艾榴榴不是没有穿过名牌的柴火妞,但是在这些名店里徜徉,她的内心也被折服了。没有不虚荣的女人,只是看程度和表现形式而已。艾榴榴又一次顺路去了巴宝莉的专卖店,包包还是那么漂亮。

艾榴榴没敢多看,生怕被林强发现什么,匆匆走了出去。林强带她来到了庭苑新天地的星巴克,然后提着东西走了出去,他说他要去车里拿东西。林强再次出现是二十分钟后,他冲艾榴榴神秘地笑了笑,这让艾榴榴有点云里雾里的。不过艾榴榴管不了那么多,早就走累了,先喝咖啡要紧。她现在才明白逛街都累,只有逛街购物的时候才不累,这就是为什么很多男人陪着女人去购物会吃不消的原因。一个是主动,一个是被动,身体反应截然不同。这就是哲学上说的物质决定意识,意识对物质有能动作用。

车开进了朝阳华侨城里,林强执意邀请艾榴榴去他家里坐坐。艾榴榴犹豫了一下,还是跟着上去了。她刚坐下,林强就变魔术似的拿出了一个包包,这个正是她先前看的那个巴宝莉包包,Surprise!

“送给你的!”林强温暖地笑着。

艾榴榴很是尴尬,立即摆着手:“我不能要,这个太贵重了……”

林强坚持:“特意给你买的,这是我的心意!”

“这个——以后合适的时候,也许我会收下的。”艾榴榴带着几分羞赧,却大声地说道。

林强耸了耸肩膀,故作轻松地笑了笑:“我听你的!”

两人闲聊了一会,喝了一杯红酒,艾榴榴觉得林强看自己的眼神越来越迷离了。她知道他心里在想些什么,不过,她觉得两人还远没有到那个程度。越是随便的女人,男人越是不会珍惜,她深谙这个道理。艾榴榴站起来说自己要回家了,林强眼神里闪过一丝不悦,但是很快就调整了过来。他微笑着对艾榴榴说欢迎下次再来玩,然后就带着她来到了地下车库。

车停在了国美小区门口,艾榴榴刚要下车的时候,就被林强拉住了手,他深情款款地亲吻了一下艾榴榴的手背。艾榴榴立即缩回了手,大大咧咧的她还真有点不习惯,红着脸抱着包就往小区里跑,可爱极了。当艾榴榴消失在小区门口后,林强笑了笑,然后拿出了手机,拨了一个叫曹小艳的电话号码,然后冲着电话里说道:“在干吗?不想你给你打什么电话呢,我给你买了一个包包。要不去我那里坐坐?好,我来接你……”

在电梯里的艾榴榴还在做着深呼吸,她能听见自己的心跳声。从小到大还没有一个男人有这么细心,知道她想什么,需要什么,而且还尊重她的所有决定。以前和林强的陌生也在这温柔一吻中荡然无存了,这就是她心目中的绅士、白马王子。可是,她却找不到恋爱的感觉,总觉得这一切像梦似的,透着不真实。

九月是一个收获的季节。在向丽的帮助下,梁峥连签了三单,其中两单还是大单,都是教育系统的,总监也兑现了奖励三千的承诺。梁峥在公司的人气飙升,经常被其他管区的经理请去搞座谈会,传授营销技巧。梁峥俨然成了公司的明星代表,一时间风光无限。

梁峥的营销事业基本上是稳中有升,前途一片光明。只是感情问题还是迷雾重重,他希望能有拨开乌云见曙光的一天。梁峥和钟晓慧的关系还是扑朔迷离,没有实质性的进步。梁峥一直处于被动的局面,钟晓慧一时对他很冷淡,一时又非常热情。梁峥在推销产品的时候也经常遇见这样的客户,既不拒绝你,但是呢,又不和你合作,他们好像还在观望等待着什么,等待着下家,等待着你开出新的条件。这样的客户是最难缠的,搞不好就把你给套牢了,浪费了时间和精力不说,最后还可能竹篮打水一场空。

对于这样的客户,只有一个办法,那就是逼!逼迫客户做出选择,逼的办法又有很多种。总的来说,则是以利诱之,以势逼之。

对于钟晓慧这个大客户来讲,梁峥没有利可以去诱惑她。既不能整容把自己弄帅点,也不能说自己的存款最近又增加了多少。只能以势逼之,梁峥想清楚了之后,觉得应该向钟晓慧摊牌了。他决定国庆节把钟晓慧带回家,让她先见见自己的父母,最好是今年就能把婚事给定下来。如果钟晓慧不同意,自己就该另找下家了。

艾榴榴和林强的关系越来越稳定,两人尽量不在公司同进同出。艾榴榴刻意保持着一个度,那就是绝不和林强过分亲热。原因有几个,首先林强是自己的领导,她得避嫌,除非两人确立恋爱关系,奔着结婚的方向,否则她是不会放纵自己的。其次,她觉得林强以前和伍倩倩一定发生过什么,她怕自己重蹈覆辙。最后,也是最关键的,林强一直没有表态,从来没有正式承认自己是他的女朋友。他们更像是两个异性朋友,经常在一起吃饭、聊天罢了。

吴晓军和谭晓娜的关系可以说是突飞猛进,该发生的都发生了,不该发生的也都发生了。梁峥在出差的时候曾经收到一条吴晓军发来的短信,吴晓军问他上次给刘瑜霞说的那个四星级标准三星级价格的宾馆到底在哪儿。梁峥当时就想啊,这个吴晓军真是一个书呆子,家里房间空着的,干吗要去宾馆开房呢。难道学会制造浪漫,追求氛围了?

随着时间的推移,好像剩男宅女们都找到了自己的归宿,而且即将尘埃落定。可是,生活从来都不是一帆风顺的,在看似平静的表面,其实潜伏着暗流。一个不小心，就会翻船。

吴晓军不鸣则已，一鸣惊人，他和谭晓娜已经到谈婚论嫁的地步了。谭晓娜不知道被吴晓军灌了什么迷魂汤，也急于把自己给嫁出去。一个周五，两人欢天喜地去了北京西站，准备回河南见谭晓娜的父母。吴晓军的河南之行更加坚定了梁峥的想法，他也得带钟晓慧回去见家长了，而且刻不容缓。倒不是和吴晓军较劲，而是现在的饮食男女，不到结婚那一刻，谁也不知道两个人能不能走到一起。至于离婚比结婚还多的怪现象，那又是另外一回事儿了。

一天，梁峥在吃晚饭的时候，把自己的想法讲给了钟晓慧。钟晓慧并没有拒绝，她说只要时间宽裕，一定陪他回去见见伯父伯母。又是一个缓兵之计，有时间就去，没有时间就不去。到家后，梁峥还是把这个消息告诉了父母，电话里的老头子笑得很开心，还要大方，说是来去的飞机费用他全包了。放下手机后的梁峥，打开了电脑，看着照片里慈祥和蔼的父母，以及他们头上的斑斑白发。心里百感交集，原来他们是真的老了，不禁潸然泪下。

钟晓慧刚送走梁峥，就接到了一个电话，随之表情就凝固了。地下车库里，一个40多岁的男人从一辆黑色奔驰里走了出来，正是梁峥在朝阳公园门口见到的那辆车。他叫陈祥东，2005年以前是一家民营图书的老板，后来转行做了房地产。由于赶上了房价暴涨的年代，只几年时间，资产就翻了十几番。

陈祥东摸出钥匙打开了门，发现钟晓慧正躺在沙发上敷面膜。他把手里的夹包放在了茶几上，挨着钟晓慧坐了下来。他的手磨蹭着钟晓慧的手臂，然后慢慢向下滑，一直滑到腿上。钟晓慧撩过裙摆遮住了自己的大腿，没想到这个举动反而让陈祥东更为兴奋，他把那只肥大的手往她的裙子里伸。

钟晓慧霍地坐了起来，推开了他的手："不行，我倒霉了！"

陈祥东皱着眉头："不是每个月的月初那几天吗？"

"哎呀，反正不舒服！"

"我可不管……"陈祥东坏坏地笑着。

钟晓慧的脸抽搐了一下，就像几何变形一样被扭曲了，她一把扯下了面膜，平静地说道："我有男朋友了，他很爱我，而且国庆我要和他回去见父母！"

"嗯——然后呢？"

"年底准备结婚！我想——我们之间也该结束了。"钟晓慧说完后把头扭向一边。

陈祥东叹了一口气："我们认识几年了？"见钟晓慧不说话，又继续说道，"从你大三下学期出来找工作开始，整整四年了！你叫我怎么舍得你离开呢？"

陈祥东说完又靠了过去，揽着钟晓慧的腰，把脸贴了上去："慧慧，给我点时间，好吗？我不能没有你呀！"

"那你离婚！"

"我不是跟你说了好多次了吗，离婚没有你想象的那么简单，这牵扯到很多事情……"

钟晓慧推开了陈祥东，站了起来："反正我不能再和你耗下去了。"

陈祥东笑："我知道，知道，你受委屈了……"

陈祥东的手又开始不规矩起来，拉过钟晓慧，接着就把她推倒在沙发里。已经被攥成一团儿的面膜掉在了地上，发出一声轻微的叹息……

半小时后，陈祥东在卫生间洗了个澡，又梳理了一下头发。来到客厅后，他拍了拍蜷缩在沙发上的钟晓慧，小声说道："宝贝，我先走了哦，你也早点休息……”然后抓起桌上的小夹包，哐当一声带上了门。一滴晶莹剔透的泪珠滑落在卡其色的地毯里，瞬间就消失不见。

陈祥东坐进车里，拉开夹包，拿出手机，开机：“喂！哎——刚谈完事儿，可累死我了。事情还算顺利，后面他们喊我去喝酒，我给推了！敏敏睡了吗？好好好，我买几个蛋挞回来，你要吃点什么吗？好嘞，挂了啊……”陈祥东挂掉电话后，一脸的欣慰，扭动了车钥匙。接着，奔驰就仰着高贵的头颅钻出了车库，车前两个疝气大灯正虎视眈眈，向黑暗投去审视的眼神。车里面正响着邓丽君的《我只在乎你》，而主人则摇头晃脑地哼着、唱着……

吴晓军从河南回来后是既欢喜又忧愁，喜的是谭晓娜的父母对他很满意，认为他老实、可靠、有文化。忧的是两位老人家提出了唯一的一个条件，吴晓军想娶他们家闺女的话，就必须在北京买房。还说他们邻居家的女婿在北京都买了三套房了，言下之意是买一套房并不难，而且这个要求实在是不过分。

吴晓军电话咨询了程百万，程百万的建议是“拖字诀”，能拖多久是多久，看谁急。梁峥的主意则更具建设性，那就是“生米煮成熟饭”，爱嫁不嫁。其实吴晓军自己早就拿定了主意，他认为迟早得买房，这房价一天天的往上猛蹿，还不如早点买呢。没有房子结什么婚啊？没有房子哪像个家呀？这个城市总得有一盏灯是完全属于自己的吧！

而且中国现在进入城市化的快车道了，城市开始包围农村，目前的房价虽然高得离谱，但是下降的可能性已经不大了，因为土地越来越少，也越卖越贵了。房价即使大幅度下降，那也一定是金融瘫痪、银行倒闭了。不过，那个时候大家都一穷二白，也无所谓了。

综上所述，吴晓军想尽早买房，而且希望程百万和梁峥给他借点钱，这就是他咨询他俩的终极目的，所谓“项庄舞剑，意在沛公”。可是，包括公司里的同事，没有一个赞成他买房的，都认为他现在买房，等于自己买了副枷锁。为此，吴晓军和他们争论不休，就差开辩论会了。吴晓军还经常拿"专家"的评论来说事儿，以证明自己的买房有多么英明、神勇，根本不存在什么"拐点论"，中国的房价一直都是"健康积极，天天向上"的。只是他忽略了自己的购房能力，毕竟他的工资一个月只有那么几千元。

谭晓娜完全同意吴晓军的观点，她用财务方面的专业知识整理了一个房价趋势图，结果是北京的房价从2004年一路高歌猛进，丝毫没有下降的趋势，即使下降也是在政策的调控下做了几个"俯卧撑"，就像是"立定跳远"一样，每次屈膝都是为了蹦得更远。吴晓军和谭晓娜的观点出奇地一致，两人都很兴奋，心想这下算是找对人了，连在买房子这个事情上都是战友，都是知音，以后的生活肯定和谐美满了。

于是，两个人上班的闲暇时间全在网上看楼盘信息，关注楼市，偶尔还会去看看附近的一些二手房。不过，吴晓军每次回来都是垂头丧气的。太贵了，四环边上的房子都几万元一个平方了，根本买不起。几天之后，吴晓军就转移了阵地，开始考虑良乡、通州、昌平这些泛北京的地区。当然，还有传说中的燕郊之地。

9月的第三个周末，吴晓军邀请程百万夫妇过来吃饭，这是他们结婚后，大家第一次在一起聚会。幸福的小女人谭晓娜还拉上了艾榴榴，人多，气氛好，客厅里一时热闹非凡。吴晓军向大家宣布，待会儿他和谭晓娜请大家吃饭，也算是正式公布两人的恋情了。程百万说这叫奸情败露，刚说完就被刘瑜霞掐了一把，大家笑得更欢畅了。

梁峥冷眼旁观，心里跟明镜儿似的，知道这是吴晓军导演的一出"鸿门宴"。吃饭是假，借钱是真。这钱借也不是，不借也不是。借吧，自己的钱也不多，回头结婚要是也在北京买房呢？就吴晓军和谭晓娜两个人的实力，每个月只能努力奋斗"按揭"，哪儿还有余钱还债呀。不借吧，大家兄弟一场，关键时刻不拉人家一把，好像又太不仁义了。

要是自己比吴晓军先在北京买房呢？自己找他借钱，他又会怎么想，会不会借给自己呢？梁峥想来想去想不出个所以然来，索性就不想了。怪只怪自己当初选择了北京这个鬼地方，又高估了自己的实力，以至于自己成为买不起房的京漂儿。

高处不胜寒，可是空气好啊，底层的呼吸终究是浑浊的，连梦境都那么压抑。要么臣服于这座城市，这是妥协；要么离开这座城市，这是逃避；要么征服这座城市，这是抗争。梁峥在战斗、在抗争，只是不知道自己哪天会倒下。随着岁月的渐逝，毕竟可供他选择的机会已经不多了。

人生之路，越走越窄，越走越短。

吃饭的时候，大家开始把焦点转移到程百万他们夫妇的身上，吴晓军问他们的婚后生活如何，眼睛里全是期待和憧憬。

“整天还不就是那点破事儿，吃饭，睡觉，吵架。”程百万的脸上写满疲惫，口气里全是失落。

“就没有干点别的？”梁峥一脸坏笑。

“还能干什么，忒没劲！”程百万刚说完，又被刘瑜霞掐了一下，他极其不耐烦地打了一下刘瑜霞的手，“有病啊，老他妈掐我！”

“你才有病呢，谁掐你了？”刘瑜霞辩驳。

“以后甭跟我出来了，到处丢人现眼！”

“谁丢谁的脸了？程志辉，你给我说清楚！”

“我犯得着给你说清楚么，你他妈谁呀你？”

刘瑜霞端着桌上的酒杯就泼向了程百万，程百万猝不及防，一脸全是酒水。在座的谁也没有想到会出现这惊险的一幕，谁知道下一幕更加惊诧、戏剧化：程百万反手就给了刘瑜霞一耳光。响亮，干脆！刘瑜霞一点不憷，冲上去就和程百万扭打起来，又是手抓，又是脚踢。饭店的食客此刻变成了看客，都引颈张望，恨不得奔过来围成圈儿慢慢端详、评点一二。

程百万最终被吴晓军和梁峥给架住了，刘瑜霞一个闪身上去，也甩了程百万一耳光，不过更响亮。程百万先是一愣，接着抬腿就是一脚，到底是原来胡同串子里混过的，腿法不错。刘瑜霞的小肚子生生地挨了一脚，就跟功夫片里的画面一样，她的身体跃起来，飞出去，划过一条优美的抛物线，再坠地……

刘瑜霞披头散发地冲出了饭店，身手敏捷的程百万追了上去。

艾榴榴被刚才的一幕给吓坏了，两腿直哆嗦，走出饭店后才缓过劲来。她对程百万的野蛮表现嗤之以鼻："算什么男人嘛，哪有这样欺负女人的！诶，你们两个还不赶快去拉着你们的好哥们，回头真出了什么事儿我看你们怎么收场！"

吴晓军也说："这程百万的确是不像话，怎么可以打女人呢！盘子摔坏好几个，害我花了一百多的冤枉钱……"

刚才也紧张得不行的谭晓娜倒是松了一口气，居然还甜蜜地笑了。她对这场男女追逐战不是很感兴趣，倒是在乎吴晓军对这个事件的看法。原来他是很反感男人打女人的，顿时对他们未来的二人世界充满了信心。这也再一次印证她的眼光有多么独到，只是谭晓娜一想到结婚，就自然而然地想到了房子，眼神这才黯淡下来。

谭晓娜以前没有想过房子这个问题，她觉得这是她最大的失策。生活被一间房子绑架，那该有多么的恐怖，一想到朱祥玲和她老公凄凄惨惨戚戚的生活，谭晓娜就不寒而栗。房子有多么重要啊，那应该是排在第一位的，没有房子的婚姻没有归属，没有的房子的婚姻不完整，没有房子的婚姻不叫婚姻。谭晓娜认为自己重蹈了朱祥林的覆辙，这是一种不幸。不过，有一点她可以肯定，那就是吴晓军肯定一辈子都会对自己好。

梁峥点了一支烟，满不在乎地说道："小两口闹点别扭，你们至于吗？大惊小怪的！"

"你以为都像你啊，没心没肺的！"艾榴榴斜了梁峥一眼。

梁峥本想反驳的，看见大家疾恶如仇的眼神，索性站在一边抽烟。几个人都茫然地往小区里面走，梁峥一个人走在最后面。谭晓娜挽着艾榴榴，吴晓军则跟着谭晓娜——形影不离地。很显然，梁峥被他们孤立了。刚走到国美第一城的路口，大家就发现了熟悉的两个面孔。不是别人，正是刚才有着血海深仇而互相残害的程百万伉俪。令大家意外的是，他们手拉着手儿，已经和好如初、亲密无间了。

"Hello！"梁峥笑着冲他们招手，然后斜了斜正诧异万分的艾榴榴。胜利来得如此出人意料，敌人狼狈得哑口无言，梁峥只差冲上去拥抱程百万他们了。

客厅里，程百万和刘瑜霞依然黏糊在一起，谭晓娜和吴晓军眉来眼去的。梁峥索然无味，一会儿望望电视，一会儿看看这甜蜜的两对儿，心里有点不是滋味儿。凭什么啊？白白成了电灯泡。

艾榴榴则一直纳闷到现在，她有点想不通这两个刚打架的人，怎么可以这么快摒弃前嫌，好像没事儿发生似的呢？她观察了程百万夫妇半天，也没有看出一点端倪。她希望这是他们两个演的戏，或者是程百万威胁她的女同胞刘瑜霞就范，故意表现得多恩爱似的。然后她挺身而出，大声呵斥程百万一番，讲几句大道理，顺便教训一下这些不尊重女人的臭男人，再拿眼斜斜小人得志的混蛋梁峥。这对艾榴榴来说，才算是一场胜利，否则就是失败。所以，程百万他们的和好如初，现在的亲热、甜蜜，在艾榴榴的眼里，那就是别扭，就是难受。

傍晚，夜幕降临，路灯刚刚点亮，天际还泛着透明的白光。这是一天中最神秘的时刻，也是流浪在这个城市里的人最脆弱的时候。吴晓军、梁峥、程百万他们三个人都站在阳台上审视着这座城市，各自思索着，得与失，过与往，来与去。

程百万想到的是胡同串子里的那些童年旧事，初恋的笑靥如花，第一次炒股就赚了一大笔钱……吴晓军满脑子全是房子，这个城市万家灯火，即将有属于他的一盏了，他和他的女人将在这个城市开花结果、落叶归根……梁峥想到了年迈的父母，想到了自己第一次来北京的情景，想到了平平淡淡的现在和那不可预知的明天……

“一转眼已经来这个城市好几年了……”梁峥感叹着。

“我们也做了三年的好兄弟哦。一个抠门儿，一个自我感觉良好，我怎么就这么稀罕和你们在一起呢？”程百万说。

梁峥笑：“犯贱呗！”

吴晓军拿出了烟，一人装了一支：“是啊，时间过得真快，想想都害怕。哥们到现在连老婆都还没有哦，混得真差劲。”

“装，你不是有谭晓娜吗？”程百万问。

吴晓军叹气：“没房子，结什么婚哦？”

梁峥心想，这个吴晓军真是闷骚得可以，居然还用上了循循善诱这一招儿。不过，自己不能点破，关键时刻不能掉链子。程百万要真能助他一臂之力，这是好事儿。

程百万不解：“那就买一个呗！”

吴晓军愁眉苦脸地感叹道：“没有那么多钱哦……”

程百万：“还差多少？”

“十来万吧。哎——现在是我人生的一个转折点哦。要是你们手里有空闲的钱，借给我周转一下就好了，回头手里宽裕了就还给你们……”

吴晓军说完后望了望程百万和梁峥，一脸的虔诚。程百万没有想到吴晓军会突然找他借钱，脑子一时转不过弯来，有点措手不及。梁峥早就洞悉了这一切，料到了吴晓军会有此一借，显得很坦然、淡定。

“嗯——这样吧，我给你借五万！”程百万摊开手掌做了一个五的手势。

“谢谢,谢谢,当哥哥的感激万分……”吴晓军夸张地抓住了程百万的手,送上同志般的温暖,和对领导般的敬佩以及感激的眼神。

程百万死要面子,吹嘘道:“可别嫌少,我手里也没有多少现金,全都在股市里套着呢!”

吴晓军使劲地摇晃着程百万的手:“够了,够了够了——”

两个人肉麻了好一阵子,吴晓军又才把注意力转移到了梁峥身上,等他表态,等他响应组织上的号召。就跟捐款似的,领导发了话,做了动员,自告奋勇者也做了表率,坐等群众表现表现了。

“两万,我借给你两万吧。”面对着程百万的灼灼眼神,梁峥只好解释了一番,“我年底也可能结婚买房什么的,所以只能拿这么多。本来我手里也没有多少储蓄,这几年老是在跳槽,还是太年轻了,走了弯路哦……”

此刻,吴晓军又抓住了梁峥的手:“我知道的！谢谢了,谢谢两个好兄弟。关键时刻,还是兄弟靠得住啊!”

最后,吴晓军分别将两只手放在程百万和梁峥的肩膀上,三人的友谊第一次这么巩固,三人的意见第一次这么统一,就像桃园三结义一样。望着这个城市的万家灯火,吴晓军的眼睛湿润了。原来,钱有时对于一个人来说是这么的重要。而兄弟情义又是这么的厚重,以前口舌之争引起的不快早就抛诸脑后了。

送走“仗义疏财”的程百万夫妇,待谭晓娜和稍显失落的艾榴榴也走了之后,吴晓军又给家里打了一个电话。他的父亲在电话那头沉默了半晌,然后说就是去借高利贷,也要凑10万元汇过来。挂掉电话后的吴晓军兴奋异常,从客厅走到卧室,又从卧室走到厨房,来来回回兜了好几个圈,把梁峥都转晕了。吴晓军脑子里全是房子,心想这一下手里又多了17万元,加上这几年自己存的钱,首付够了,房子已经招之即来。

他迫不及待地把这个好消息告诉了谭晓娜,谭晓娜也兴奋起来,从沙发上跳了下来,跑到了电脑前。她利用自己的专业知识计算房子的首付多少,按揭多少,什么时间能还清。当最后的数字显示为18的时候,她高兴坏了,这是个吉祥的数字。18年,18后之后,他们就能还清所有的钱,真正拥有自己的房子了。

当然,在此期间,他们不能生大病。更不能出什么意外,比如失业什么的。计划生育也得控制,只能生一个。什么时间生,上什么样的幼儿园,这些都在计划之中。去度假是不可能的,电影院也不去了,连去“星巴克”那样小资的处所喝一杯几十元的咖啡都是一种奢侈和放纵。为了房子,必须理智再理智,要压制欲望,要时刻清醒着。反正,一切从俭,减少开支,增加收入,这是今后18年生活的总的指导方针和行动路线。

谭晓娜又在网上看了看房子装修这一块儿,看完后整个人就蔫儿了。稍微好一点的装修就得上十万,漂亮的就得几十万了,哪儿来的钱啊。可是不装修得好一点,住着能舒服吗?她开始深切地体会到朱祥玲的肺腑之言的用心良苦了。两口子过日子啊,那真是柴米油盐酱醋茶,一样都不能少啊,过的就是一个实在。

国庆节即将到来,建国六十周年大庆,举国上下,无不为之欢欣鼓舞。最瞩目的要算国庆大阅兵了,很多军事爱好者开始在网站上喋喋不休,说要展示什么什么样的秘密武器。更有甚者,还说航空母舰也会在东海出现。来北京游玩的人明显又增加了许多,国人对于首都的感情真是可见一斑。

梁峥和吴晓军对这些一点也不关心,听着同事议论,都是不管不问,好像他们不是共和国的子民一样。梁峥准备国庆回家一趟,不过这因为钟晓慧要回自己的家而临时取缔了。钟晓慧说她要回家里看看,顺便也和父母商量商量两个人的事情。梁峥提出也要去看看她的爸妈,钟晓慧却说时机还不成熟。怎么样才叫时机成熟呢?梁峥很想问问。

梁峥只好对翘首以盼的父母撒了谎,说他要去钟晓慧的父母家里,国庆就不回来了，年底应该可以一起回来。老头子表示理解，还嘱咐梁峥记得买上好酒，千万不要买烟。说是按照规矩，去岳父大人家拿烟是不好的，不吉利。挂掉电话后，梁峥隐隐地不安。他总觉得自己太不孝顺了，这么大人了还让父母为自己劳心费神，心里十分愧疚。同时，他的直觉告诉他，钟晓慧并不想和他一起回家。至于为什么不想回去，他不知道。但是，他得等一个结果，那就是钟晓慧回家和父母商量的结果。如果钟晓慧这次从家里回来，还是没有一个明确的答复，那么，自己真的应该松手了，而且越快越好。

临近国庆长假，大家上班也没有了劲头，都是掰着手指算时间，然后计划着去哪儿玩。梁峥看着身边的同事都兴高采烈的，心里更加郁闷了。他给客户发了祝福短信后，又给重点客户打了电话，邀请他们来北京玩。客户知道这是客套话，没有业务谁也不好意思拖家带口跑北京来潇洒，让人家破费。不过，都觉得小梁还记着自己，也算是有心人了，值得以后一起合作。人心，就是这么收买的。

梁峥又一次成功地营销了自己，而且是低成本、高回报。

国庆节终于在万众期盼中到来了，很多热心的民众从四面八方来到首都，有想去现场看阅兵的，有借长假出来游玩的，有会亲朋好友的，还有见见恋人，以解相思之苦的。很多街道和地铁站“限行”，多少影响了大家游玩的兴致，去现场看阅兵更是不可能的了，早就实行了封闭式管理。北京一时间可谓到处人山人海，出行和游玩极其不方便。不过，中国人向来喜欢凑热闹，喜欢大排场，加上韧性十足，所以，还是皆大欢喜的。

吴晓军和谭晓娜一起出去玩了。上次吴晓军的公司安排去的北戴河，这次是房山的十渡风景区。上回去北戴河，吴晓军是单身，形单影只，看着其他的同事成双成对的，只有羡慕的份儿，心里那个恨啊。面对异样的眼神难免自卑，而且这些还不能表现出来，还得装作很享受单身的样子,多自由自在啊。这次就不一样了,简直是扬眉吐气,雄赳赳气昂昂。老子这次也带上女朋友让你们瞅瞅,也享受享受公司的额外福利。我吴晓军不是找不着老婆的人,哥们只是挑剔,哥们只是万里挑一!

程百万和刘瑜霞去了香港,既是一次购物之旅,又是一个迟来的蜜月。内地人对香港有着一种特殊的向往,总觉得香港非常好,物美价廉,国际大品牌应有尽有,而且价格比内地便宜了很多,哪怕就是被导游拉到那些不入流的店里去屠宰一番,也是心甘情愿。这就是大陆人的香港情结,也是香港个别人轻视大陆人的原因之一。刘瑜霞带足了现金,决定去扫几身名牌,武装一下自己,回来后好在姐妹面前炫一炫。程百万则是想去维多利亚港吹吹海风,去铜锣湾拜拜"码头",真是诗意而蛊惑的念头。

梁峥这次毫无意外的又落单了,本来向丽约过他一起去看电影的,可是他觉得别扭,自己也不应该和老黄去"争宠"。何况他还得接待从老家跑过来的同学,这位同学叫向海,和梁峥一起上的高中,又一起读的大学,两人的交情一直特别好。只是毕业之后,各奔前程,各走各的路,各忙各的事儿,慢慢也就生疏了,联系得少了。

向海大学毕业后就在山区一个小学里"支教",连考了三年公务员,终于考上了,现在已经是市长秘书。单位分了一套房住着,自己又买了几套搁着。他的岳父是国土资源局的老局长,背景深厚。他老婆幼师毕业,在一家中学教书,去年刚给他生了一个大胖小子。向海的日子可以说是过得红红火火、风风光光,家庭和事业,都是前程似锦,一片光明!

上次梁峥回家过年,在同学聚会之后,他们两人又才联系上。同学们对这位市长秘书十分热情,连博士后都被晾在了一边。梁峥在一边喝闷酒,没有主动去和向海打招呼。第二天,向海却主动给梁峥打了一个电话,然后开着市政府的车送他去郊区一家度假中心玩。晚上,向海又在市里最好的一家酒店给他开了一个豪华套房,走的时候还从车里拿了一条高档烟给他。

梁峥取了5 000元现金，又在钱包里放了一张信用卡，可是心里还是有点焦虑，他实在是没有勇气去面对这个老同学。一个起跑线上的两个人，他先跑，现在居然被人家甩掉了老远。说不自卑、不攀比那是假的，说心里平衡、淡泊明志那也是骗人的，说选择了的人生就不后悔、各有各的活法，那更是自我宽慰。

向海他们是两口子来的北京，钟晓慧已经回了家，梁峥觉得自己一个人，没意思啊。再说了，自己要是连个女朋友都没有，那真是混得太差了点吧。梁峥想到了艾榴榴，现在是该她还人情债的时候了。

此刻的艾榴榴正窝在家里上网呢，宅女就是宅女。梁峥打了一个电话给她，委婉地说明了自己的处境。艾榴榴本来是不想出去的，但是设身处地地为梁峥想了想，梁峥也算帮过自己，也就答应了。同是天涯沦落人，相助何必曾相知。再说了，有好吃的好喝的好玩的，反正闲着也是闲着，干嘛不去呀？

在亚运村附近的一家五星级酒店门口，出租车停了下来。梁峥走下车后，帮艾榴榴拉开了车门，又再一次叮嘱了艾榴榴，一定要把戏演得逼真一点，千万不能搞砸了。艾榴榴冷哼了一声，又神秘地笑了笑："该我报仇的时候到了！"

几分钟后，一个戴着眼镜、身体瘦高、意气风发的男子从电梯里走了出来，后面是一个矮胖的中年妇女。两人牵着手朝大厅走来。正在沙发上坐立不安的梁峥立即站了起来，迎了上去。先是握手、问好，然后又一一做了介绍。

接下来的三天，几个人去了鸟巢、长城、十三陵、颐和园、国家大剧院、故宫。本来梁峥是执意要包一个小车的，既经济又方便，向海却说没有这个必要，他这次是以考察的名义来的，坐出租车就是，衣食住行都可以报销。

艾榴榴一开始对向海他们大手大脚的消费习惯有点讶异，甚至还有点愤愤不平，后来也就麻木了。因此，艾榴榴比梁峥大方多了，也坦然多了。冲他们嘘寒问暖的，很快就和向海的老婆聊到了一块儿，成为无话不说的好姐妹儿。

艾榴榴的上佳表现，让梁峥十分意外。想起自己上次对艾榴榴的趁火打劫，与小人何异。两相比较，梁峥不免对艾榴榴又多了几分客气，多了几分关怀。四目交汇时，总是能滋生出些许感情来，一种比暧昧更稳定的东西在两人的心间流动。这微妙的情感兴奋着彼此，也降解了两人"仇富"的不平衡心理。

第三天下午，向海和他老婆到东方新天地购物，一如既往地大手笔，买了两个LV的手袋和一个旅行箱，又买了五只"万宝龙"的笔。至于后面买的一些七七八八的衣服，基本上都是几千上万一件的，全部塞进了LV的旅行箱里。后面，梁峥和艾榴榴都没有心情看下去了，十分沮丧地站在一边。两人相视一笑，接着都是一声叹息。

几个人购物累了，回宾馆休息了一会儿后，又坐车来到了后海吃龙虾。后海霓虹闪烁，人头攒动，已然超越三里屯，成为北京夜生活新的聚集地。四个人吃完小龙虾后，绕着湖闲逛着，倒也惬意。艾榴榴还是走在最前面，时不时给向海夫妇介绍一二。梁峥总是走在后面，无精打采的。偶尔他也想冲上去牵着艾榴榴的手，假戏真做也好，是弄假成真也好。不过，他总是迈不开步子。

突然，梁峥的手机响了，是程百万打过来的。他说他们在香港看见了钟晓慧，还说她与一个四十几岁的男人手牵着手在中环购物。梁峥落下几步后，又走到了另外一边，问程百万是不是亲眼目睹。程百万说他不是很确定，是刘瑜霞指给他看的。等他们走过去的时候，人已经不见了。短暂的沉默后，梁峥哈哈大笑，说刘瑜霞肯定是看错了人，因为自己下午和钟晓慧在QQ上视频聊天的，还和她的父母说了几句话。

挂掉程百万的电话后，梁峥又拨了一下钟晓慧的电话，关机！梁峥心里凉飕飕的，虽然他不愿意相信这是个事实，原来钟晓慧一直在欺骗他。该结束了，就从此刻开始。望着面前黑黝黝的湖水，梁峥真想纵身一跃，跳进去畅游一番，荡涤一下繁杂沉闷的心绪……

到后海去游玩，不到酒吧里坐坐，那也是白走了一遭。北京十月的天气，已经开始转凉了。酒吧外面靠着湖边的桌子几乎都空着，一些老外和小年轻们还在硬挺着。艾榴榴带着向海夫妇去了一家欧式风格的酒吧，心情复杂的梁峥也只好跟着走了进去。几个人临窗而坐，听着舒缓的音乐，别有一番情趣。梁峥觉得喉咙干涩，心里堵得慌，此刻他最需要的是酒。

一瓶洋酒下肚，向海依然谈笑风生，梁峥却有点不利索了，也许正应了那句酒不醉人人自醉。梁峥又要了一瓶洋酒，还催促艾榴榴快点喝，一定要陪好嫂子，这瓶红酒喝完了再拿就是。

"你以为都像你啊，酒桶！"小脸微红的艾榴榴端着高脚杯，斜了梁峥一眼。

梁峥眯缝着眼睛笑了："说你自己吧，上次你不是一个人喝掉几瓶洋酒吗，花了我好几千大洋？"

"少提那次的事啊，小心我翻脸不认人！"

"你倒是翻个脸我瞅瞅……"

"就不翻……"

"还吐了我一身，恶心死了！"

艾榴榴拉长了脸："姓梁的，再说我可就走了……"

梁峥笑："你走呗，又没有人拉着你！"

艾榴榴哪里受得了这份气，站起来就走了，她已经忘记了自己扮演的角色。向海夫妇跟看戏似的，觉得有滋有味，笑得嘴都合不拢了。梁峥知道艾榴榴是真生气了，立即追了出去。

艾榴榴出来后并没有走远，也没有刻意躲掉。梁峥走出酒吧就看见了她——一个熟悉的倩影正漫步在灯火阑珊处。梁峥跑了上去，抓住了艾榴榴的手臂。艾榴榴用力挣脱了梁峥的手，头歪在一边，不说话，作举头望月状。

“好了，不生气了，都是我的错，我错完了！知道这几天委屈你了，不过做事情要有始有终嘛，你看你前面表现得多好啊，完全一个最佳女友……他们明天就要走了，再坚持一会儿，好吗？算我求你了……”梁峥一脸严肃，十分真诚的样子。

艾榴榴转过身：“那你不准再笑话我！”

“我保证！向毛主席保证！”

“不行，你得向我保证！”

“我向美女艾榴榴保证，我绝不笑话她……”

“这还差不多。那个谁——你先进去吧，我随后就到！”

半瓶洋酒下去，梁峥有点醉了。向海也有了一点醉意，话也开始多起来，说的全是些官场上的事儿。这次之所以买了五只笔，一只是送给岳父的，其他几只全部是送给领导的。一个都不能得罪，一个都得罪不起。向海还说很羡慕梁峥的这种生活，比较单纯，不需要看别人的脸色生活，软硬环境也好了许多。

梁峥举起酒杯，不以为然：“看上去很美哦，其实真的不行。房子买不起，车子养不起，孩子生不起。让我一辈子耗在一个不属于我的城市，我做不到！也就是年轻的时候在这儿倒腾倒腾吧，老了估计还得滚回去。就是一个过客而已，有时想想没意思哦！”

“各有各的活法，也各有各的风景嘛，这个是没法比较的……”

“就是，就是！”

“喝酒，啥也别说了！”

送走向海夫妇后，艾榴榴拦了一辆出租车回国美小区。梁峥醉得一塌糊涂，说话有上句没下句的。车平稳地前行，他头靠在艾榴榴的肩膀上，渐渐地睡着了。艾榴榴看着旁边的这个大男孩，心情很复杂。她对梁峥有一种说不出来的感觉，是喜欢还是爱呢？还是同是这个城市的漂泊者，彼此相知、相惜、相怜？一切只能交给时间，让时间去检验一切。

艾榴榴几乎是把梁峥拽上楼去的，她在他口袋里摸了摸，没有钥匙，估计是掉了。梁峥对着门使劲踢了几脚，然后就顺着墙滑了下来——蔫了，就跟墙上糊的一块稀泥掉了一样。艾榴榴看了看时间，已经晚上十点钟了，她其实也有点醉了，再加上刚才的折腾，酒劲好像也上来了，头晕乎乎的。一时间走也不是，不走也不是。正犹豫的时候，就听见梁峥对她说："干吗，要去约会呀？"

"你怎么知道？"艾榴榴反问。

"是不是那个姓林的家伙？千万别去！那人不行，华而不实，表里不一，瓜田李下……"

"姓梁的，你可以啊，还会背成语？看来你没有醉嘛，刚才只差让我背你出电梯了！"

"这点酒算什么，我还可以喝这么多。哈哈哈——我什么时候醉过！醉了才好呢，醉了就不用想那么多破事了……"

"看来是真醉了，你好好休息吧，我要走了。回头酒醒了，自己找个地儿睡觉！听见没有，猪头？"

"没有听见！我不让你走，你必须陪我！"

梁峥跟个妇女撒泼似的，抱住了艾榴榴的腿，不让她走。艾榴榴还是第一次碰见这样的情况，一时哭笑不得。她用脚踢了几下梁峥，踢不动，只好妥协了，拍了拍梁峥的头："乖，我不走了，你先松了手好吗？"

"不行，我一松手你就跑了！"梁峥醉酒了还是这么狡猾。

艾榴榴无奈地笑了："至于吗？我要走你还拦得住啊。好好好，我坐下来,这下成了吧?"

"先别坐,脏,我给你吹吹……"

梁峥一说完整个人就趴在了地上,使劲去吹地板。灰没有吹走,倒是吹了自己一脸灰。接着,梁峥又用手拍了拍地上,示意艾榴榴坐下去。艾榴榴在旁边笑得弯了腰,摸出一张面巾纸垫在了地上,然后才慢慢坐下去:"很会哄女孩子嘛。猪头,你钥匙呢,丢了?"

梁峥拍了拍自己的裤兜:"在啊,钱包里!"

艾榴榴伸手就是一巴掌,打在梁峥的头上:"在钱包里,你怎么早不说啊?"

梁峥傻傻地摸着头:"你又没问!"

"……"

门开了,艾榴榴把梁峥扶到床头靠着,然后去拿毛巾。等她回来时,梁峥已经躺在了床上,好像睡着了。她用毛巾先擦了梁峥的脸,又去擦他的两个手,擦完后,洗干净了毛巾,又准备给他敷在额头上。艾榴榴欠着身子刚敷好毛巾,梁峥就睁开了眼睛,艾榴榴身体一抖,下意识地往后退,谁知道梁峥的两只手已经箍住了她的腰。

艾榴榴的脚一滑,整个人就倒在了梁峥的身上。两人面对面,都说不出话来。梁峥醉眼蒙眬,望着自己身上满脸通红、呼吸急促的艾榴榴,用力地吻了上去。艾榴榴躲闪不及,被吻个正着,身体扭动了几下,谁知道梁峥翻过身来就压住了她。梁峥先是说了句"我喜欢你",然后就雨点般地吻了下去。艾榴榴全身酥软,开始还挣扎几下,后面也就轻轻地闭上了眼睛……梁峥的手开始不规矩起来,艾榴榴突然一下清醒了,抓住了梁峥的手,然后用力地推开了他!

梁峥第二天醒过来的时候已经是中午了,头疼得厉害。只见床上一片狼藉,被单都皱成了一团儿。昨天晚上的一切就像是梦,可是又那么的真实和美好。梁峥想了想还是给艾榴榴发了一条信息:昨晚失态了,真诚地说声对不起！两个小时过去了，艾榴榴也没有回个信息过来，梁峥心里更加没底了，又发了条信息过去：我同学他们今天下午的飞机，要不一起去机场送送？

此刻的艾榴榴正在一家超市购物，无精打采的她看了看梁峥的信息，回了两个字过去：没空！接着，就自言自语：真是孽缘啊，差一点就上了这混蛋的当！

晚上，吴晓军和谭晓娜终于结束了旅程，回家了。两人虽然一脸的疲惫，但是眼神里依然充满着亢奋。屋里黑漆漆的一片，吴晓军关上门后就猴急地抱住了谭晓娜，把她往墙上推。谭晓娜嘤咛一声，包也掉在了地上，随即就抓住了吴晓军的手："里面去嘛……"

吴晓军打开灯后，两个人吓了一跳，只见梁峥正躺在沙发上望着他们，似笑非笑的。

"你怎么不开灯啊？"吴晓军讪讪地说道。

梁峥一本正经："这不是怕破坏气氛吗？你们就当我不存在，该干吗还干嘛。"

谭晓娜整理了一下衣服，红着脸小声说道："我先回去了……"

吴晓军："那我送你吧！"

"不用！"谭晓娜捡起包，气呼呼地摔门而去。

梁峥："哈哈哈——"

"你，你什么意思啊？"

"实在是对不起，搅了你们的好事儿。"

"少他妈假惺惺的，什么玩意儿！"吴晓军嘭的一声关上了房门。

梁峥一脸的无奈："——我这招谁惹谁了我？"

艾榴榴和谭晓娜已经有好几天没有见面了，现在凑一块儿好像有说不完的话。艾榴榴一脸的憔悴，谭晓娜则是一脸的疲惫，两个人都互相怜惜了一番。说着说着就扯到了年龄，都感慨自己老了，皮肤没有以前嫩滑了，胸也下坠了，就连皱纹也越来越明显了。艾榴榴深深地叹了一口气，问："如果两个人喝酒了，都有点醉，然后男的把女的骗到房间里做不该做的事，这算不算诱奸啊？"

谭晓娜有点不屑："那得看女的是不是自愿哦。"

"算不上自愿吧……"艾榴榴很哀怨地说着。

"那就是一夜情嘛，男的软硬兼施，女的半推半就！"

"这怎么能叫一夜情呢？他们一直都认识的，而且彼此都有好感。"艾榴榴急了。

谭晓娜望了望艾榴榴，笑："嘿嘿——是你和林总吧？"

艾榴榴立即否认："狗屁！林强国庆节回上海的家里了，我们压根就没有见过面。是我大学的一个女同学，差点被一个男人给骗了！"

"说不定还是她诱惑了那个男人呢？这样的事情还好意思到处说，不要脸！"谭晓娜一脸的鄙夷之情。

艾榴榴气得直咬牙，可是又不好意思解释，更不能冲谭晓娜发火，悻悻地回了自己的房间。谁知道谭晓娜不知趣，也跟着走了进来。她抓着床头柜上的一个公仔，自言自语道："我发现梁峥最近有点变态！"

艾榴榴心里一阵抽搐，背上直冒冷汗，故作平静地问道："他怎么了？"

"先前我和吴晓军回去拿东西，整个房间伸手不见五指，打开灯后，你猜怎么着？"谭晓娜一边说着，一边打着手势。

"他在干吗？"艾榴榴很是好奇。

"他坐在沙发上，一脸坏笑地望着我们。当时真的吓了我一跳，差点喊了出来。你说他是不是变态嘛？"

"是有点别扭。不过变态还算不上，有可能人家在沙发上睡着了，刚醒呢？"

“不对哦，才这么几天时间就帮他说好话了！”

“切，我这是明镜高悬、秉公执法！”

“得得得，你还艾大人艾拯呢！这个事别去给梁峥说哦，他小气得很。惹不起，咱躲得起，对吧？”

两人絮絮叨叨了半天，谭晓娜才回自己的房间。艾榴榴翻来覆去的睡不着，脑子里老是浮现出梁峥那灼人的眼神和似笑非笑的样子，还有曾经的那些可气又可笑的片段。艾榴榴只好披着睡衣坐了起来，以整理自己支离破碎的心情。屋里漆黑一片，窗帘透进晕黄的微光，映衬得周遭跟梦境似的。该让自己就这么清醒地躺下，还是迷迷糊糊地坐着呢……

国庆长假后的北京渐渐安静下来，关于阅兵的猜想已经结束，一切又正常运转起来。大家的第一天上班，都是整理内务，搞搞卫生什么的，类似于一次收心运动。程百万和刘瑜霞的心还在维多利亚港湾游荡，谭晓娜和吴晓军携着度假的“余威”也还很兴奋，加上他们即将买房了，更是心潮澎湃。只有艾榴榴憔悴了许多，没有了往日的优雅与恬淡，整个人显得焦躁、易怒、敏感。梁峥也好不了多少，既懊恼于钟晓慧欺骗了他，又忐忑于自己和艾榴榴的纠缠不清……

三天后，吴晓军的父亲吴秉东来到了北京。他从四川坐硬座坐了三十多个小时的火车过来，一脸的疲惫。当他看见娇俏可爱的准儿媳妇谭晓娜的时候，嘿嘿地笑了起来，吴秉东那被烟熏得黝黑的牙齿，似乎也熠熠生光了。接着他从尼龙口袋里拿出了十几个咸鸭蛋，两块腊肉，四只熏干了的鸭子。最后，他又摸出来一个脏兮兮的布口袋，神情凝重地交给了吴晓军。

吴晓军有点莫名其妙，正要打开，吴秉东立即按住了他的手：“拿屋里看撒，一点土特产。”说完后，他瞟了一眼沙发上坐着的梁峥，又朝谭晓娜神秘地笑了笑。

吴晓军没有回屋里，直接打开了布口袋，当发现里面全是一沓沓百元大钞的时候，他彻底地懵了："爸，你哪个把钱放在这个里面呢？不怕被人抢啊！"

"稳当得很，哪个晓得我把钱放在这么个烂包包里头呢。"

梁峥见到这一幕，是既好笑，又心酸。他想到了自己那固执孤傲的父亲，还有宽容善良的母亲。在给吴秉东装了一支烟后，就独自回了房间。流浪在外的人，总是容易触景生情。毕竟，家永远都是游子心中的牵挂。

第二天，吴秉东就嚷嚷着去天安门看毛主席，还说要拍几张照片回去，给家乡的人瞧瞧，也算他不枉来北京城一趟。吴晓军只好请了假，拎着相机陪他一块儿去。在坐车过去的路上，程百万打了一个电话过来，两个人闲扯了几句。吴晓军隐隐地感觉到程百万哪里不对劲，但是一时又说不上来。程百万说他晚上要过来玩，顺便看看吴晓军的父亲。吴晓军觉得这样也好，到时喊他把钱给准备好，得把房给买了，免得夜长梦多。

梁峥决定和钟晓慧摊牌，打了几次电话过去，钟晓慧都说她在忙，没有空，说有时间了她会过来找他。他下午又打了一个电话过去，钟晓慧说她正在整理报表，忙得不得了。时间是把利器，既把万物日夜更替，又磨砺着人的心性。梁峥原本想在电话里就把事情给说清楚的，可是话到嘴边又收了回去，还是好合好散吧。不管怎样，至少大家以后还是朋友。

下班后，梁峥给艾榴榴打了三次电话，都没有人接。艾榴榴越是不理他，梁峥越是觉得内疚，至于到底内疚什么，他也不清楚。他只是强烈地想见到艾榴榴，然后给她说声对不起，不然如鲠在喉，难受。本来老黄要梁峥去帮着陪陪客户的，梁峥以感冒了不能喝酒为理由拒绝了他。

谭晓娜的精湛厨艺再一次得到了展示，吴秉东一个劲地夸赞。吴晓军好不得意，一时间都有点忘乎所以了。

"怎么不喊艾榴榴过来玩？"吴晓军问谭晓娜。

“喊了，她说胃不太舒服，吃不下。”谭晓娜说完后，又给吴秉东的碗里夹了一块鱼。

吴晓军纳闷：“靠，怎么胃都出了问题，程百万也说胃病犯了。”

“我看是心病，心里头有鬼！”一直闷着头吃饭的梁峥自言自语着。

“呵呵……”吴晓军尴尬地笑了笑，不再说话。谭晓娜望了望两个男人，有点莫名其妙。

吃完饭后的梁峥走出了房间，他觉得自己在屋里显得有点多余。别人是相亲相爱的一家子，其乐融融，自己掺和在里面算什么啊，什么时候自己才能过上这样的日子呢？走着走着，梁峥就来到了艾榴榴住的楼下，他自己都觉得有点不可思议。梁峥索性钻进电梯，走了上去。门开了，艾榴榴蓬松着头发，脸有点苍白，眼神有点空洞。发现站在门口的是梁峥，立即就要关门。梁峥厚着脸皮拼命地挤了进去，气得艾榴榴瞪大了眼说不出话来，把嘴撅得老高，然后歪在沙发上不理人。

梁峥腆着脸笑着，挨着艾榴榴坐了下来。艾榴榴往旁边挪了一点，见梁峥嬉皮笑脸的，毫不客气：“病了去医院啊，赖我这儿干吗？再不走，我给精神病院打电话了。”

梁峥摸出了手机，递给艾榴榴，很严肃地说道：“千万别拨错了，小心把自己给弄进去。”

“去你的，快点滚，我不想看见你！”艾榴榴说完，把梁峥的手机给丢在了地上。

梁峥把手机捡了起来，擦了擦灰：“有脾气冲我发，手机是无辜的！”

艾榴榴霍地站了起来，怒不可遏：“你到底想干什么？别在我这儿装可怜。我要休息了，请你出去。”

“其实——我是来给你道歉的。对不起，榴榴，那天晚上都是我的错。是我酒后乱——乱了阵脚。”

“别解释了，我都忘记了，也不是什么大事儿！呵呵，你不会爱上我了吧？我可对你一点感觉都没有！”

艾榴榴轻蔑中带点诡异的笑，倒把故作镇定的梁峥给搞懵了。刚还情真意切一副老成模样的梁峥立即也换了一副嘴脸，吊儿郎当地说道：“既然你都无所谓，我就更无所谓了。我来这儿无非是出于礼貌，虽然作案动机不纯，实施未果，但是我得说清楚，我真是无心为之。其实说白了，大家都喝了酒，本就是两厢情愿的事情，我并没有强迫你！算了，不提了，你都不在意，我还较什么劲啊。至于你提出的爱不爱你这个命题，我觉得有点荒谬。都这么大岁数的人了，还相信爱情，你不觉得幼稚吗？”

“我乐意！”

“得，你自个儿乐去，哥哥我先撤了！”

“滚，滚出去，早就该滚了！”

“千万别送，何必搞得依依不舍的呢……”

“我才不送你，自作XX，姐姐我关门儿。”

“口是心非了不是……”

“快滚！”

“嘭”的一声，艾榴榴使劲关上了门，然后把沙发上的抱枕全部都摔在了门上……

梁峥是抱着希望去的，他希望自己和艾榴榴的关系能更进一步发展，即使不能发展，他也想去旁敲侧击地看看艾榴榴对自己的态度。如果她扭捏作态，或者是羞愧难当，那就说明她对自己是有感觉的。可是，很显然她并不在意这件事情，而且好像不愿意看见他的样子。梁峥上次酒后的真情表达，是一种征兆，足以证明他的心里一直都有艾榴榴。只是他自己不愿意承认，或者无法确定而已。现在这种感觉越来越明显了，梁峥却又不能大张旗鼓地去表达。因为他害怕受到伤害，他必须保护自己，他必须先搞清楚艾榴榴对自己的态度。

可是，梁峥这次单独拜访却碰了一鼻子灰，艾榴榴还当着他的面说对他没有感觉。是真的，还是气话呢？为什么自己就不能和她好好说说话。梁峥有点纠结，越是纠结，他心里越是堵得慌。败兴而归的梁峥，推开门后，看见吴晓军一个人歪在沙发上拉长着脸，笑了："便秘？"

"差不多……"

"难怪一张苦瓜脸。"

"上次给你说的借钱的事情，靠谱不？"

"什么意思？"梁峥反问。

"程百万刚打电话过来，说他们去香港玩的时候购物超支了，借不出钱了。"吴晓军有气无力地说着。

"再想办法就是。我那两万你随要随取，放心！"

"谢谢，哥们我……"

"得，别矫情了，这个钱是要还的！"

"……"

吴秉东从卧室里走了出来，穿着一套乳白色的睡衣，这与他黝黑的皮肤极不相称。睡衣有点偏大，套在他瘦弱的身躯上，显得有点滑稽，就跟田间的披着布的稻草人一样。晃眼一看，又有点像泰国的某位拳王。吴秉东干咳了两声后，挨着吴晓军坐了下来，然后两只手揉搓着一个厚重的老款手机："我给你三叔打了电话，他们家刚盖新房子，手头也是紧得很。没得事，我再想法子。实在钱不够的话，买个旧的算哒，等两天手头宽松了，再换一间就是撒……"

"专门买房买个旧的，那真的是脑壳有问题哦。我看这些亲戚都假得很，以后回去了，你看我还给不给他们买东西嘛！"

吴晓军满腹牢骚，说话也幼稚起来，恨不得把所有的怨气全部喷在他父亲的身上。吴秉东很勉强地笑了笑，望了望坐在对面看电视的梁峥，显得更加紧张了，两只手又开始揉搓着手机，就跟犯错了的小孩儿似的，坐立不安,手足失措。

“去睡撒,这么晚了还坐起搞么子哦!”儿子对父亲下了逐客令。

吴秉东还是笑了笑,有点尴尬:“晓军,咱不着急啊,慢慢想法子,明天我再给他们打下电话,说不定还能凑一点儿……”

“知道了,知道了!”吴晓军极其不耐烦。

“那我先睡了哦……小梁,你们也早点睡!”吴秉东举着手做了一个再见的手势。

梁峥:“好的,叔叔晚安!”

吴秉东望了望梁峥,勉强挤出一丝笑容,然后战战兢兢地走进了卧室。吴晓军望着父亲的背影消失在客厅,然后点了一支烟,倒在沙发里,长长地叹了一口气。

梁峥劝道:“其实二手房也不错,经济实惠,位置也都还可以!”

吴晓军:“都是些旧房子,布局也不合理,住起就别扭,装修起来也麻烦。要买就得买个好的,人生能有几间房啊……”

“本来就是按揭买房,超前消费,能住就行了。好多家庭小孩都几岁了,还租着房子住呢,人家不也过得挺舒坦的吗?再说了,你这次买房不就是为了结个婚吗?回头还可以换新的啊,别那么死心眼,什么都想着一步到位!”

“是啊,即使房子买了,还得装修,这又是一笔钱。”

“二手房不用装修啊,适当的整理一下就可以了。”

“唉——突然觉得自己很没用,买个房子还要靠长辈!”

“啃老族多了去了,这是中国特色,你也别不好意思。回头我要是在北京买房,也可能要啃一点儿。”

“想想也是哦,别人是要钱不要命,我这是要钱不要脸。睡吧,明天还得早起……”

第二天中午，谭晓娜在银行里取出了四万五千元钱，这包括她自己存的一万五，和她妈悄悄给她汇的三万元整。问题总算解决了大半，算起来现在差不了多少钱了。当吴晓军得知这个消息后，是既激动又感动。他一方面暗下决心要让谭晓娜过上幸福的生活，一方面又盘算着还可以找谁借点钱，尽早把房子给买了。

公司里的同事都来自五湖四海，随时都可能各奔东西，关系很脆弱。好到可以借钱的朋友其实并不多，或者说几乎没有。吴晓军想来想去都想不出个合适人选，想到一个有钱的同事呢，刚旁敲侧击地提到钱，对方就警觉地说自己没钱，钱都拿去投资在股市里了。吴晓军想到了艾榴榴，她的手里一定有闲钱，让谭晓娜找她借点钱应该是没有问题的。但是，谭晓娜已经拿了四万五了，吴晓军觉得自己作为一个男人，实在是不好意思再开口。

正在吴晓军犹豫的时候，程百万打来了电话，说是自己卖了点股票，"割肉"割了两万元，助他一臂之力。在电话这头的吴晓军眼眶都湿润了，还是兄弟够意思！他立即把这个好消息告诉了谭晓娜，两人在电话里都很兴奋，一时间恨不得从手机里爬过来大肆庆祝。

这就是房子的魅力，没有在外面漂泊过的人永远无法知道，在城市里拥有一套自己的房子，那意味着什么。意味着身心都有了居所，不再漂泊，不再孤独，不再被这个城市孤立在外……

晚上，客厅里很热闹，程百万、刘瑜霞和艾榴榴都过来了。还是谭晓娜主厨，菜以腊肉和鸭子为主。刘瑜霞和艾榴榴也积极地在厨房里帮忙，大家都生怕落后了，让人看低一等，女人就是喜欢比较。其实，艾榴榴是不愿意过来的，谭晓娜激将她，问她是不是怕看见钟晓慧，因为怕吃醋而不敢来。艾榴榴哪里肯承认，只好硬着头皮来了，就当某些人不存在，该吃吃该喝喝，何况还有她喜欢吃的腊肉呢！

梁峥并没在家,更不可能出现钟晓慧,他陪一个客户吃饭去了。这让艾榴榴自在了很多,说话大声了,笑声也清脆了。只是她一看见梁峥的卧室,心里就别扭,那晚上的一切都历历在目,跟冤魂似的纠缠着她不放。到底,自己还是一个傻女人!林强从上海回来后,好几次喊艾榴榴出去吃饭,她都以各种借口推托了,她觉得压抑。那晚上的"遭遇"已经成了一个她内心并不想去解开,却又不得不解开的心结。

吃饭的时候,大家还喝起了红酒,这是刘瑜霞带过来的。她之所以这么"大方",也是出于内心有愧。其实香港游,他们并没有超支,这只是一个借口。刘瑜霞不同意借钱,她觉得吴晓军他们是外地人,在京务工而已,收入不稳定。再说了,指不定哪天就拍屁股走人了,根本不靠谱,到时候去哪儿要钱去呀?原则上,大家可以交朋友,把酒言欢、侃七侃八,但是不应该有经济上的牵扯。程百万认为自己失信于兄弟,很没有面子,和刘瑜霞先是争吵,后面又大打出手。可是,打架归打架,刘瑜霞就是不肯借钱,一万都不同意,更别说是五万了。

几天后,程百万仍不能释怀,他觉得自己和吴晓军不是酒肉朋友,关键时候应该帮帮兄弟,拉他一把。于是,程百万找自己的哥们儿借了点钱,卖股票卖了点,凑齐了两万元。他瞅准了刘瑜霞在厨房帮忙的时候,把钱悄悄塞给了吴晓军,还用手势比了一个"胜利"。既寓意成功,又表示这是两万元钱。

人逢喜事精神爽,吃饭的时候,吴秉东喝不惯红酒,一个人喝的二锅头,喝一口摇一下头,还要称赞一番:"这个酒真是巴适得很啊,回去我得捎上一两瓶,让家里那些老哥子也尝尝!"大家看着这滑稽的一幕,都会心地笑了。

吴晓军端起酒杯敬大家的时候,才发现梁峥没有在,立即给他打电话。梁峥说他正在往回赶,很快就到家了。

十几分钟后,梁峥提着一个小包走进了屋里。他把包递给了吴晓军,见艾榴榴也在，心里有点别扭，就想往卧室里钻。却被程百万给拖住了：“你丫真没劲，哥们好不容易来一趟，也不招呼招呼。”

“我进去放点东西。甭急，不就是喝酒吗？谁跑了谁他妈是孙子。”梁峥见躲是躲不掉了，索性豁了出去。

“这才是纯爷们！看见没？”程百万叫嚣着，然后环视了一圈，发现几个女人都低着头吃饭，倒是吴晓军的父亲冲他直点着头，表示赞许。

红酒很快就被大家像喝饮料一样喝完了，几个女人开始专注地吃菜，几个男的则开始喝二锅头。吴晓军和他父亲算是最开心的人了，所以酒兴很高。程百万是“人来疯”，酒量虽然一般，但是搞气氛却是第一。

梁峥其实是最郁闷的一个人了，眼看自己的两个好兄弟都成家了，自己还孑然一身，生活没有一点盼头。找了一个性价比高的女友吧，整天神出鬼没、扑朔迷离的，没有个定性，一副高不可攀的样子，最终还是一拍两散。邂逅了一个红颜知己呢，却老是和自己过不去，又不承认喜欢自己，又爱和自己纠缠不清。最后，都分不清两个人是什么关系了。梁峥有点借酒浇愁的意思，加上先前陪客户喝了酒的，已经有点醉眼蒙眬了。

“谢谢你们，谢谢你们对我家晓军的支持哈。我敬你们！”吴秉东说完后，端起一杯酒就干了。吴晓军也只好端着酒干了，吴秉东看见梁峥和程百万端着酒杯有点犹豫，立即说道：“慢慢喝，慢慢喝，莫慌。”不说还好，这一说程百万就一口干了，梁峥也只好皱着眉头喝完了杯中酒。

很快，一瓶二锅头就喝完了。善解人意的谭晓娜已经把第二瓶拿了过来。几个人又喝了一会儿酒，也许是太高兴，吴晓军问梁峥：“怎么不把钟晓慧带来，好久没有看见她了呢？”几个女人都拿眼打量梁峥，八卦的秉性表露无遗，好像都十分关心他们的事情似的。

“她最近在忙一个新的项目，一时抽不开身。”梁峥故作平静地解释道。

“嗯，应该以事业为重，真是女强人啊！”吴晓军拍着马屁。

此时,程百万端着酒站了起来,对着梁峥说道:“哥们在香港看错了人,对不起,希望这不会影响你们之间纯真的感情。”

“怎么会呢?一点影响没有,纯属子虚乌有的事情。”梁峥尽量表现得自然一点,以掩饰自己的尴尬。

刘瑜霞狠狠瞪了程百万一眼,又给他夹了一块肉:“闭上你的臭嘴,人家恩爱得很,要你操哪门子心哪!”

厨房里,几个女人正在收拾东西。谭晓娜故意往刘瑜霞那边靠了靠,问:“你们在香港看见什么了?”

“什么?没什么啊!”刘瑜霞装傻。

“刚才你们家那口子不是说了吗?好像在香港看见了钟晓慧一样。”

“哦——是看见了她和一个男的在一起。不过,是个误会,那个女的长得像钟晓慧而已。”刘瑜霞越描越黑。

艾榴榴哪里还有心思洗碗,早竖着耳朵听了个干净。不知为什么,她内心期望那个女的就是钟晓慧。是报复梁峥也好,还是出于嫉妒,她就是这么想的。

客厅里,几个男人还在喝酒、聊天。吴晓军的父亲吴秉东明显喝多了,说话大声了许多,还时不时地摇头晃脑。梁峥和程百万敬他两杯酒后,他就有点扛不住了,一个人在边上竟然哭了出来:“现在我放心了,晓军他妈过世得早,我呢——也没啥子本事,打小起就让他遭了不少罪。全靠娃儿自己上进啊,读书读了出来,现在找了这么好个媳妇,在首都也算是有落脚的地方了,我也觉得脸上有光。以后下去陪老伴的时候也有了个交代,不会挨骂……”

老头儿一边说一边哭,一边抹眼泪。接着吴晓军也哭了起来,程百万立即过去安慰他们父子,噙着眼泪又是装烟,又是拥抱。梁峥借口去了卫生间,站在镜子面前的他任由眼泪一滴滴地滑落,他再次想到了年迈的父母。可怜天下父母心啊,他们一定很想自己吧,希望自己在外面上进、平安。可是自己呢?一次次地辜负他们,任性地生活着,跟着虚妄的理想耗费着越来越单薄的青春……

程百万很勉强地开车回了家,刚走进厕所里就吐了个干净,还没回过神来,刘瑜霞就开始盘问他了:“你背着我借了多少钱给吴晓军他们,钱是哪儿来的?”

程百万装傻:“你不是不让借吗?再说了,我也没有钱借给他们啊!”

刘瑜霞冷笑:“少装蒜,我都看见你下车后往兜里揣了东西,现在兜里是空的……”

“你翻我兜了?”

“别转移话题,借了多少,钱是哪儿来的?”

“我说你管得着吗?又没有找你拿钱!”

“我管不着谁管得着,你说清楚,谁管得着?”

程百万的酒劲上来了,见刘瑜霞不依不饶的,心里烦闷得很,顺手抓着桌子上的花瓶就往地上摔,“哐啷”一声,花瓶被摔了个粉碎,花也散落了一地。刘瑜霞也不甘示弱,去厨房抱了一摞盘子走到客厅来,高高举起,一个盘子接着一个盘子地摔!程百万铁青着脸,跑到茶几前,拿起茶杯就往地上砸!

一时间杯盘狼藉,两人摔完东西后又大打出手。于他们而言,这又是一个充满纷争的不眠之夜……

天下没有不散的筵席,谭晓娜决定房子买了之后,就搬去和吴晓军住到一起。这就意味着她和艾榴榴要分开住了,两个人都有点舍不得,于是晚上就睡在了一起,顺便唠唠嗑。

“榴榴,汇报汇报你和林总的进展吧,大家等着吃喜糖呢!”

“得了吧，莫须有的事情！”艾榴榴叹了一口气。

“你是觉得他靠不住吧？”

“那倒不是，总觉得怪怪的。朋友不像朋友，上下级也不像上下级。”

“呵呵，情人也不像情人！”谭晓娜适时地补上了一句。

“讨打！”

“嘻嘻……你说梁峥和钟晓慧有戏吗？我觉得那个女人不靠谱。”

艾榴榴笑：“我怎么知道，我又不会看相。”

“哎，你和梁峥两个条件那么好，居然都还是单身，我真是想不通呢。赶明儿，我撮合你们得了。最好是弄到一屋子里，关上几天，干柴烈火的。看你们两个还装清高，还装矜持！”

“胡说八道！说实话，挺羡慕你和吴晓军的，而且马上在这个城市里有自己的房子了，这日子啊，总算是稳定了下来哦。”

“谁叫你当初瞧不上他呢？我只能收收破烂，然后变废为宝咯！”

“死丫头，嘴巴越来越令人讨厌了！”

“呵呵——别挠我痒痒啊……”

第二天上午，吴晓军的父亲踏上了返家的 K117 次列车。带着照片，带着喜悦，带着自豪，一路风光无限。

吴晓军刚刚还沉浸在父子离别的愁苦中，马上就得抽身出来，去迎接新的开始。他和谭晓娜约好了下午去买房，顺便把各种手续给办了。也许是幸福来得太快，太容易，反而显得不真实了。吴晓军上次联系的那个业务员小赵告诉他们，房子已经涨价了，一个平方涨了好几百。

“你们这不是抢钱吗？上次说好了的价格现在又变了，这才几天啊！”吴晓军很是愤怒。

“没办法，吴先生，现在是市场经济。全国房价都在涨，您过几天来可能价格又上去了！”小赵耐心地解释着。

吴晓军激动地顶了顶眼镜："上次我就纳闷，你们不收定金，原来是捂盘惜售！"

"这都是公司的统一规定，我们也做不了主！"

"我不买了还不成吗？你们爱涨涨去！"

小赵弯腰行礼："呵呵，吴先生你们慢走，有需要请记得联系我们……"

"都他妈的奸商，也不怕遭天谴！"吴晓军走出门口后，还在破口大骂这些房地产商人。谭晓娜安慰了他几句，然后摸出手机，准备联系一下其他几家房地产公司，看看价格如何。几分钟后，谭晓娜苦笑着摇了摇头，全北京的房价在国庆后又涨了，而且还有不断上升的趋势。两人在回来的路上算了算，这一涨价，首付又多了好几万，看来这房子暂时是买不成了。

通州月亮河度假村，一辆白金汉宫蓝的路虎车里，坐着陈祥东和钟晓慧，两人都戴着墨镜，神情凝重。

钟晓慧冷冷地说道："现在你可以放手了吧？"

"怎么叫放手呢？漂亮女人多的是，我不稀罕，我喜欢的是你这个人。我是爱你的，我舍不得你！我们一起都好几年了，你已经完全融入了我的生活，我每天拼命赚钱为了什么？还不是为了你！"

"笑话！为了我？是为了你的宝贝女儿和太太吧！"

"那我也不能丢下她们不管吧？"

"陈祥东，以前你骗了我也就算了。咱们这么不清不楚地过了几年，算怎么回事儿，该结束了！难道你还想绑架我的整个人生？"

"哎——我真的是离不开你，我求你别离开我，好不好？没有你，我真的没有了动力，我不知道我整天挣钱干什么，还有什么意义！"

陈祥东说到动情处取下了墨镜，撸了撸脸，神情落寞而憔悴。他叹了一口气后，又说道："公司在朝阳买的那块地出了点问题，手续不全，加上几个难缠的钉子户，暂时还建不成房子。马上到年底了，银行又在催贷款，一会儿去看谢经理怎么说。等这个事情解决后，我们再聊吧……"

办公室里，新来的邹惠已经完全融入了这个集体，本性也暴露无遗，八卦、率性而为、嘴馋。此时的她正和朱祥玲躲在电脑后吃零食，只有艾榴榴一个人托着腮帮子发呆。两人吃一会儿后，又小声嘀咕几句。

邹惠望了望艾榴榴："我看是失恋了，完全变了一个人嘛！"

朱祥玲笑："难说，也可能是刚坠入情网。"

"呵呵，看来主任也有这方面的经验哦？"

"废话，谁没有风花雪月过？告诉你，我年轻那会儿可招男人喜欢了。可惜现在啊，徐娘半老，打折都没有人要了哦！"

"我觉得你一点儿都不老，还是很漂亮啊，而且还多了几分风韵。"

"是吗？等你到了我这个年龄就有压力了哦……"

朱祥玲一边说着一边抚着自己的脸庞，颇有点顾影自怜的感觉。邹惠悄悄走到艾榴榴背后，"嘿"了一声，吓了艾榴榴一跳。

"怎么，思春啊？"

"小妮子，越来越没大没小的了！"

艾榴榴伸手打邹惠，被她躲开了："呵呵——这个不是我说的，是咱们朱主任说的。"

艾榴榴瞟了朱祥玲一眼，见她正在往嘴里塞着东西，直摇头。她伸了伸懒腰，感叹："财务室又少了一个剩女哦，真没劲！"

"你完全可以不剩下的啊，又没有人强迫你单身！"朱祥玲嘴里还包着东西，接过了话茬儿。

艾榴榴："我也不想剩啊，可是总得有人要吧！"

朱祥玲："林强不是早就对你垂涎三尺了吗，你干吗不投怀送抱呢？

先和他谈感情,感情过期了,还有金钱做保障。多好啊,一箭双雕。你看我现在,感情变质了,啥都没有了,空余恨啊……”

“呵呵——红杏出墙不就得了!”邹惠取笑朱祥玲。

朱祥玲笑:“你个臭丫头,尽出些馊主意!”

邹惠:“主任,晓娜姐他们买房了,咱是不是应该庆祝一下,顺便让她请客吃饭。”

朱祥玲:“你就知道吃!买房了也未必是件好事儿,可千万别重蹈我的覆辙。你们是不知道买房后有多大的压力,一分钱掰成两分钱过的日子我可是受够了。你们看看,白头发都出来了!下辈子投胎啊,一定要去个大富人家……”

邹惠笑:“当二奶?”

朱祥玲站了起来,指着邹惠:“你个死丫头,看我不收拾你!”

邹惠绕办公室跑:“哎呀,我错了,主任饶命啊……”

几天后,在大望路的一家咖啡厅里。钟晓慧和梁峥坐在一个角落里,气氛有点沉闷,这是他们国庆节后的第一次见面。彼此似乎生疏了许多,钟晓慧平添了几分忧愁,惹人怜爱。梁峥则多了几分沉稳,越发显得刚毅、成熟。两人都用汤匙搅动着咖啡,想着各自的心事儿。梁峥终于还是受不了这压抑的气氛,首先开口说话了:“最近还好吧?”

钟晓慧微笑:“还好,你呢?”

“一般吧。没有什么特别高兴的事儿,也没有什么特别难受的事儿。”

“我准备辞职了……”

“啊!为什么要辞职呢?”

“想好好休息一下。你不是要我回去看看你父母吗?以后有的是时间了!”

钟晓慧见梁峥没有说话,表情也怪怪的,问:“怎么了,你没时间?还是你现在已经改变主意了。没事儿,实话告诉我就是!”

“时间还真没有了……这事儿咱们后面再说吧。”梁峥本来想告诉钟晓慧自己喜欢上了别人,但是面对面的,又说不出口了。还是让时间来冲淡一切吧,钟晓慧是个聪明的女人,她会明白的。

“嗯——我住的房子马上要到期了,抽空你帮我留意一下,看看你们的小区那边有没有要出租的,成吗?”

“可以啊。吴晓军和小区的住户联系得比较多,我让他给你留意一下!”

“那先谢谢了。”

“不客气……”

梁峥望着窗外:“程百万你还记得吧?他们夫妇国庆节去香港玩了,说在中环看见一个女明星特别像你。”

钟晓慧莞尔一笑:“哦,是吗?我可没有那么漂亮。”

梁峥苦笑:“你太谦虚了……”

两个人又闲聊了一会儿,梁峥因为要去机场接一个客户,就结了账先走了。钟晓慧一个人在咖啡厅坐着,想了很多。想到了她和陈祥东的那些过去,想到了和梁峥相处的这些日子,以及梁峥刚才说的那句似有所指的话。走出咖啡厅后的钟晓慧实在是忍不住了,这几天的委屈和难受一直如影随形地折磨着她。这一刻,她终于崩溃了,哭了出来。她拦了一辆出租车,司机问她去哪儿,钟晓慧说哪儿都成,反正要离开北京。司机透过后视镜看了看,见钟晓慧哭哭啼啼的,大概知道了是怎么回事儿。司机对这种乘客早就见怪不怪了,把车开上了三环路:“姑娘,咱先绕几圈三环,等您心情好了再说,成吗?”

“走吧……”

钟晓慧曾经以为自己离开陈祥东后就彻底地自由了,无论是身体还是灵魂。原来,事情没有这么简单。

那天晚上,在月亮河度假村里,陈祥东执意要留住钟晓慧。当三个人正喝着红酒的时候,钟晓慧觉得头有点晕,然后发现谢经理过来扶她。谢经理厚厚的镜片后面那焦躁而兴奋的眼神,令她恶心想吐,接下来的事情钟晓慧就不知道了。她半夜醒过来的时候发现自己已经躺在床上,一丝不挂……钟晓慧成了陈祥东的交易品,哪怕就是最后时刻,陈祥东还要从她的身上榨取剩余价值。原来自己就是别人的一个还算精致的玩物,钟晓慧气急败坏,给陈祥东打电话,可是对方已经呼叫转移了。

当钟晓慧第二天去公司里找陈祥东的时候,她的办公室已经坐着别人了。讽刺的是,这个总经理助理比她更年轻,更漂亮。钟晓慧端着自己的办公用品走出公司的时候,迎来的是大家嘲讽的眼神,她努力走得优雅一点,可是步伐无法协调。几天后,钟晓慧去自动取款机取钱的时候,发现卡里的存款居然有了7位数。她哭了,哭得很痛快。而在回家的路上,当她发现陈祥东在朝阳的工地已经开工的时候,钟晓慧笑了,笑得很无奈……

一场游戏一场梦。梦醒了,那么,游戏也就该结束了。

吴晓军这几天为了房子可以说是操碎了心,七拼八凑,到处求爷爷告奶奶的也没有凑够首付的钱。他决定放弃了,待房价回落一点的时候再买,他不相信房子会永远无休止地疯涨,这是不符合经济规律的。不过,这一想法没有得到谭晓娜的认同,她认为越早买房越好,地只有越来越少的,房价不可能下跌。两个人的观点第一次出现了分歧,又都带着情绪,结果是大吵了一架。

谭晓娜抱怨:“没有钱就买个小一点的房子嘛,能住下就可以了!”

“小的？咱们总得给爸爸留一间房吧。他脸朝黄土背朝天地辛苦了一辈子,老了也该享享清福了。”

谭晓娜冷笑:“享清福？我可不同意他过来住哦,他要住进来,我就搬出去。我和老人住在一起不习惯!”

吴晓军:“什么意思,我总不能有了媳妇就不要爹了吧。我可没有你们那家人那么不讲理,嫌贫爱富的!”

“谁嫌贫爱富了?吴晓军,你把话说清楚。”

“还用说吗,嫁个女儿还得要有房子作为条件。”

“买的房子他们又得不到,还不是为了我们好。自己狗屁用没有,怪别人!”

“那你去找有用的啊!”

“找就找……”

两人正争吵得不可开交的时候,梁峥回来了。谭晓娜自觉没意思,连招呼都不打,拎着皮包一声不响地走了。梁峥今天的情绪也不高,面对钟晓慧的“热情”他一时还消化不了,也无法理解她的心思。这背后一定有故事,或者是秘密,钟晓慧这是典型的“弃暗投明”,要彻底地抛弃她原来的生活。梁峥把前前后后的事情在脑子里过了一圈,高尔夫事件也好,还是香港游也好,抑或是平常钟晓慧的行踪飘忽,都让他有理由相信钟晓慧就是一名“小三儿”。

吴晓军见梁峥在一边发呆,抓了抓头,自言自语道:“骂我没有用,买不起房子。明天就去买彩票,我要是中了奖,我不拿钱砸死她娘的!”

“得,别海阔天空了。赶紧洗了睡吧!”

“看你的样子,好像约会并不顺利嘛?”

“哎——家家有本难念的经啊,都好自为之,各安天命吧!”

“可不?还是歇了吧……”

北京渐渐冷了起来,午后的阳光暖融融的,人也懒洋洋的。一阵微风拂过,却陡然生出几分寒意来,人也变得睿智了。这种更替的感觉让人思考季节与生命的物语,看来,冬天就要到了。

艾榴榴穿着一件风衣，缩着脖子，径直朝798艺术区的菊香书屋走去。菊香书屋位于北京大山子艺术区核心地带，是红色经典和当代艺术相交融的文化、艺术及商业综合空间。艾榴榴刚走进这家德国包豪斯风格的“书架上的咖啡吧”的时候，就发现林强在一个角落里冲她挥手。艾榴榴走过去才发现，还有另外两个女人坐在那儿的。

林强站起来一一介绍，一位是他的母亲，端庄、典雅，目光犀利而忧伤；另一位她们早在上海就见过了，是林强的那位漂亮而前卫的妹妹。艾榴榴等林强介绍完后，才淑女地坐了下来。她发现林强的母亲一直盯着自己看，跟考察儿媳妇似的。服务员端上来了几杯咖啡，艾榴榴抿了一口，味道很不错，精神也为之一振。

“小艾，你们家是哪儿的呀？”林强的母亲问艾榴榴。

“湖南岳阳。”艾榴榴大方地回应。

“岳阳好地方啊，历史文化名城。洞庭湖可真美，好山好水好风光！”

“阿姨，您去过吗？”

“嗯，去过一次，有机会还得去的。你家里都还有什么人呀？”

“爸爸妈妈，还有一个妹妹。”

“哦，爸爸妈妈身体还好吧，退休了没有？”

“爸爸退休了，妈妈还在一家国企里当会计……”

“好好好，难怪你也学的财务专业。小艾有25岁了没有？”

艾榴榴的脸刷地一下就红了，一时间不知道怎么回答。

“妈——”林强向他母亲投去了抱怨的目光，他的母亲笑了起来。林强的妹妹也在一边笑得合不拢嘴来，只有艾榴榴觉得全身都不自然，好像被人审讯一样。艾榴榴中午接到林强的电话的时候，他并没有说他的母亲和妹妹也在，而是邀请她到798来逛逛、散散心。这分明是林强安排的一个家长见面会，艾榴榴的心里有点堵得慌，她觉得林强没有尊重她，至少也应该告诉她实情，而不是把她骗来。

半小时后,林强的妹妹被一个老外接走了。林强的母亲让林强去选几本关于毛主席的书,说是老头子特意嘱咐要买的。林强有点不高兴,犹豫了一下,还是去买了。从菊香书屋出来后,几个人又坐车去了一家港式餐厅。菜刚点好,林强的妹妹和老外就来了,两个人腻在一块儿,旁若无人似的。林强的母亲皱着眉头,对这个老外好像没有什么好感,但是嘴上并没有说什么。

首都机场,2 号航站楼。林强的母亲拉着艾榴榴的手,告诉她有空一定要去上海玩。艾榴榴微笑着点了点头,说欢迎阿姨再来北京玩。双方客气一番后,林强的母亲又把林强喊到了一边,叮嘱了几句,这才提着包走进了安检室。当安检完的时候,她回过头来望了望站在一起的林强和艾榴榴,欣慰地笑了。

从首都机场回来的路上,Q7 里放着贝多芬的《命运》交响乐。

"你怎么不提前告诉我呢?"艾榴榴质问林强。

"喜欢听吗?我最难过和最开心的时候就听这个。美啊,美得悲壮,美得极致!"林强左手抓着方向盘,右手像指挥家一样随着音乐晃动着。

"问你话呢?"

"什么?哦,我老妈过来出差,非要见见你。没办法,给你说了又怕你紧张。你今天表现得很好呀,不温不火的,满分!"

"我真希望是零分!"艾榴榴嘟着嘴,一脸的不满。

"那我多没面子呀,回头她老人家又要整天嘀咕了。说什么男人三十,该成家了,该收收心了。年轻人不能太自私,也得为老人家想想……"

"关我屁事呀!"

"啊,淑女发飙了?"

艾榴榴莞尔一笑,无话可说,静静地看着外面一辆辆高速驰过的小车。《命运》依然奏响着,随着车轮驰向下一个路口。

向丽的业绩每月都在增加，十月份终于升到了华东大区第一。这让梁峥十分不服气，他觉得自己跑业务一点不比向丽差，可是数据摆在面前，他又不得不承认。周六的下午向丽约梁峥去吃饭，梁峥借口有事推托了。后面老黄又打来电话，梁峥实在是推托不了，只好去了。三个人在蓝岛大厦的一个餐厅里吃的饭，由于梁峥有点心不在焉，加上他尴尬的角色，这餐饭吃得并不舒服。其间，老黄特意提到了钟晓慧，说她准备回家里休息一段时间，他问梁峥知不知道。梁峥违心地说他知道，然后就低着头喝闷酒，不再说话。

梁峥回到国美小区的时候，已经差不多晚上九点钟了。梁峥刚走下出租车，一辆 Q7 就闪了过来，吓了他一跳，接着他就看见艾榴榴风情万种地从车上走了下来。梁峥刚想躲开，艾榴榴已经看见他了，两人相互瞪了一眼，都硬着头皮朝前面走去，跟不共戴天的仇人似的。刚走进小区，梁峥就借道去了小卖部买烟，心里感叹着：这女人心啊，真是海底针。前几天和我还那么亲密，现在又和别的男人在一起风花雪月了！

艾榴榴在前面加快了脚步，生怕被梁峥赶上了，待她走进大楼的时候，刻意望了一下外面，根本就没有人。这家伙又跑哪儿去了，整天贼眉鼠眼的，也不知道那晚上是吃错了什么药，居然会让他占到便宜，真是丢人丢到家了！

艾榴榴走进屋里，发现客厅没有人，自己的卧室亮着灯，知道是谭晓娜在里面。悄悄走进去，发现谭晓娜正在上网："搞网恋啊？"

谭晓娜吓得一抖，回头望了望："正聊着呢，我随便在网上扒拉一个男的都比吴晓军那个傻冒儿要强！"

"爱之深，恨之切吧。前几天谁还当着我的面儿夸吴晓军呢？"

"那是因为我没有看清楚他的嘴脸，居然说我们家嫌贫爱富，他吴晓军有什么啊？要钱没钱，要貌没貌的，我图什么啊？这还没结婚呢，现在就对我不尊重,那以后还不得天天闹家暴啊!”

“他也不容易,连老爹的养老钱都拿出来买房了,说点气话也正常。”

“那我妈还把她的私房钱拿出来了呢,按照规矩,房子可是男方出钱买!”

“他们家现在不是没钱买吗,两个人在一起哪能算得这么清楚。”

谭晓娜激动地说道:“我在吴晓军的身上看到了梁俊晖的影子,你看看朱主任现在过的什么日子!”

“不至于,你想得太多了……”

“明天陪我去相亲不?就在朝阳公园那边,集体性质的!”

“不感兴趣,我患了相亲恐惧征!”

“我还患了婚姻恐惧征呢——就当陪陪我,成吗?老娘这支红杏终于要出墙了!”

艾榴榴笑:“死丫头……我可说好了,去看看可以。但是没有必要认真,我觉得你和吴晓军真的很般配。”

“以前我也是这么一厢情愿,现在想想,自己真是太傻了!”

梁峥回到家后,先是洗了个澡,然后就躺在床上想事情,那就是要不要挽留钟晓慧。挽留吧,自己心里有阴影,对自己对她都不公平;不挽留吧,她这一走,估计是不会回北京了,以前的一切也都烟消云散了;自己酒后不也出轨了吗?谁又没有犯过错误呢?只要肯改,敢于洗心革面,都是好同志。何况,她也未必做了什么丑事啊……

吴晓军没有打招呼就蹿进了梁峥的房间,手里拎着一瓶啤酒。梁峥有点不高兴,冲他嚷道:“别在我面前装可怜,该干嘛干嘛去,不就一女人吗?”

吴晓军不以为然:“我口渴喝点啤酒,这与女人有什么关系!”

“是心里干涸了吧?”

“哎——你说说现在这些女人吧，多爱慕虚荣啊，她们就那么爱钱吗？等老子有钱了，包她十几个，天天给关在屋里，让她们跟钱住一辈子！”

“吴晓军，你这么说就有点变态了哈。以前你可是温文尔雅、知书识礼的，大家都得向你看齐。”

吴晓军拿着酒瓶子一挥，嚷道：“百无一用是书生啊，没有钱，那就是他妈的龟孙子！”

“你看看这房子把人给逼的，世界观都扭曲了！”

“对了，明天出去玩不？朝阳的几个网友组织了一场聚会，在朝阳公园。据说美女如云，阴盛阳衰……”

“听他们瞎忽悠，不去！”

“去吧，出去透透气儿，这几天心里憋得慌。”

“明天再说吧，我困了。你也消停消停，晚安！”

吴晓军不让梁峥睡，走过来拉他：“睡觉还早着呢，起来喝酒。起来起来，我买了点牛肉，味道还真不错……”

第二天下午，由于天气不太好的原因，人少了一半。聚会的地点也由朝阳公园改在了“好伦哥”自助餐厅，可谓是聚会吃饭两不误。按照“组委会”的安排，女的坐一排，男的坐一排，这样面对面交流更方便。

艾榴榴和谭晓娜都化了淡妆，加上本身的几分姿色，颇为显眼。刚坐下来，几个男的就不约而同地出现在了对面，争先恐后地和她们搭讪。一个胖家伙彬彬有礼地递上了名片，想索要电话，未果；一瘦高个男的讲冷笑话，企图逗笑两位美女，不理；一个快四十的“老男人”在那装成熟，换来的是鄙夷和不屑……

艾榴榴和谭晓娜哪里是来相亲的，纯粹是周末无聊出来玩玩，所以对这些如饥似渴的家伙视若无物。两人放好包后，开始去拿吃的东西。等她们端了几盘吃的回来后，发现对面的男的已经全部换了面孔，都觉得好笑。

艾榴榴决定“扶着墙”出去，所以放开了吃。正吃得欢快，被谭晓娜狠狠地捅了几下，只见谭晓娜激动地用手指了指左前方的一个角落里，只见梁峥和吴晓军正和两个女人谈笑风生。怎么到哪儿都能碰见这个家伙？艾榴榴的心里竟然有种说不出来的滋味儿。但是她表面却很镇定，问谭晓娜：“那不是吴晓军吗，要不要过去打个招呼？”

谭晓娜装作无所谓的样子：“何必去破坏人家的好事儿呢，吃东西要紧！”

艾榴榴笑：“够现实！你们家那口子胆子挺大的啊，还真没看出来，居然是个闷骚型！”

“什么我们家的啊，我和他已经撇清关系了！”

“呵呵，甭急，我过去刺探一下军情！”

谭晓娜想阻止，谁知道艾榴榴已经起身过去了。艾榴榴端着一个盘子，先是从吴晓军他们旁边走过去，然后又假装很吃惊地走了回来：“咦！你们也在呀？”

梁峥瞥了艾榴榴一眼，没有说话。吴晓军笑了笑：“这么巧，你也在，一个人吧？”吴晓军说完后，紧张地四处望了望。由于谭晓娜低着头，刻意躲避他们，所以吴晓军没有看见她。

“咋了，怕我跟谭晓娜说啊？”艾榴榴瞄了瞄两个女人，然后笑眯眯地望着吴晓军。

“怕？有什么好怕的，她是我什么人啊？”吴晓军也嘴硬。

艾榴榴：“好，我过去给谭晓娜说了哦。”

“怎么跟个管家婆似的，别人小两口的事情要你瞎掺和什么劲呀？”梁峥讽刺艾榴榴。

艾榴榴本来这几天心情就不好，加上梁峥的热潮冷讽，火了：“我就要去说，关你屁事呀，你又瞎掺和什么？”

艾榴榴见两个女人都瞪大了眼望着她,昂首挺胸端着盘子就走了。几个人都笑了,梁峥也笑了,但是笑得一点儿也不自然。

艾榴榴气呼呼地坐了下来,往嘴里不停地塞东西。谭晓娜见状,问:“过去受气了吧?肯定又和梁峥杠上了,你两个人啊,没救了!”

“你们两个才真的没救了,我过去说你在这边吧,吴晓军居然说你和他没有关系——”艾榴榴在梁峥那里受了气,却把气全部撒到了吴晓军身上。

“呵呵,本来就没有什么关系嘛。”谭晓娜故作坚强的同时,却不停地拿眼打量坐在那边角落里的吴晓军。只见吴晓军也时不时地望向这边,两个人的演技都很精湛。一边漫不经心地监视着对方的举动,一边又镇定自若地吃着东西,不露出丝毫破绽。

两个人望来望去,最后还是吴晓军顶不住了,开始发起了攻击。他故意和其中一个女孩聊得火热,还帮忙去拿菜、拿饮料,拼命地献殷勤。谭晓娜一开始还没觉得有什么,后面就越想越难受了,委屈得不行,这不是还没有正式分手吗?就出来相亲了,还和别的女人眉来眼去的,那以后还能一起过日子吗?

谭晓娜想回去了,在这儿耗着她心里难受。正当她要拉着艾榴榴走的时候,一个长得很健硕的男人端了两杯果汁坐了下来。谭晓娜发现吴晓军正在往这边瞟,她又改变主意了,决定按兵不动,静观其变。

男人不卑不亢,笑道:“两位美女好,请喝果汁。在下彭涛,敢问二位贵姓?”

谭晓娜接过了果汁,嫣然一笑:“我姓谭,她姓艾……”

这一幕被吴晓军尽收眼底,他明知这是谭晓娜故意演戏给他看的,可是心里还是忐忑不安。放松,没有什么大不了的,一定不要生气,看谁离不开谁!于是,接下来的两个人各出奇招,和相亲的对象聊得一片火热。只有坐在他们旁边的梁峥和艾榴榴知道,谭晓娜和吴晓军这两个人正在暗战,而这场战争即使厮杀得再惨烈,也不会有赢家。

“好伦哥”自助餐的时限是两小时,虽然服务员没有来催人,但是也该撤退了。聚餐结束,大家自由安排活动。意思很明显,对上眼了的继续找个地儿去了解,去培养感情,没有对上眼的,各回各家,该干吗干吗去。

谭晓娜和这个叫彭涛的男人聊得很投机,原来彭涛是做服装生意的,他们志趣相投。彭涛不仅在安贞桥开有服装店,而且在网上还开了网店。离开的时候,彭涛坚持要开车送她们回去。艾榴榴和谭晓娜坐进彭涛的“斯柯达”,一脚油门就跑了。跟在后面的吴晓军早就醋意大作,心里对那个男人也充满了愤恨,他冷笑:“看见没,找了个有车的男人,这种势利的女人咱能要吗?”

前面高楼林立,道路四通八达,汽车川流不息,一片繁华景象。梁峥意味深长地感叹着:“演砸了吧!既没有演技,又不是偶像派,你去演什么戏?别再躲猫猫了,赶紧去追回来吧,女人变了心,就是超人都拉不回来。”

“诶,先前那两个女人呢?”吴晓军梦游似地问道。

梁峥笑:“早就跟别人走了……”

当天晚上,吴晓军就有点坐不住了。他在客厅里踱来踱去的,抓耳搔腮,好像浑身都不舒服。梁峥正在看凤凰卫视的一档访谈节目,而吴晓军在他面前晃来晃去的,很是不耐烦。换以前梁峥早就开骂了,但是今天不一样,他知道吴晓军这次是真的着急了,本来买不了房子就承受了很大的压力,现在又有丢掉女朋友的危险。

几分钟后,吴晓军在阳台上打了一个电话,接着就气呼呼地跑出去了。半小时后,梁峥接到了艾榴榴的电话,说吴晓军在她们那边闹事,让他赶紧过去。

梁峥推开门,发现吴晓军呆呆地站在谭晓娜的房门口,戴着一个破眼镜,嘴角也紫了一块。梁峥突然觉得有点伤感,点了一支烟给吴晓军,自己也点上了一支,然后坐在沙发上,沉默不语。艾榴榴见梁峥过来后又不把吴晓军带走,反而在这里吞云吐雾,心里十分烦躁:"诶,那个谁,你们两个可以走了吧?"

"让他们都好好想想吧,能走到一起是缘分,不能在一起了那也还是朋友。"梁峥说完后,站起来又去敲了敲谭晓娜的房门,继续说着:"房子的问题慢慢来解决,即使没有,那日子也能过。如果你们还想在一起,就应该好好珍惜,不想了,那就好聚好散……"

梁峥说完后就一个人来到了阳台上,点燃了第二支烟。艾榴榴第一次听见梁峥这么严肃地说话,心里觉得怪怪的。见谭晓娜披头散发地走了出来,她觉得自己也有必要回避一下,就下意识地来到了阳台。梁峥转过头来见艾榴榴悄无声息地来到自己的身旁,还一副若有所思的样子,拿眼斜她,看着她熟悉而俏丽的脸庞,居然有种怦然心动的感觉。

城市的夜晚璀璨夺目,繁华如梦。艾榴榴发了一会儿呆后,才发现梁峥正盯着自己看。她有点局促不安,暗暗叫苦,自己怎么这么笨,为什么不回自己的房间呢?正是旁边有混蛋,屋里有纷争,艾榴榴一时进退维谷。

"谭晓娜打他了?"还是梁峥先开口说话了。

艾榴榴小声说道:"没有。他和那个男的先是吵了起来,后面……"

"吴晓军先动的手吧?"

"嗯。"

梁峥笑:"你觉得他俩还有戏吗?"

艾榴榴白了梁峥一眼:"不知道!"

"得,让他们自己去折腾吧。咱俩说点正经的,你当初选择这座城市,有没有后悔过？”

“请问这与你有什么关系？”

“我已经知道答案了。”

“真臭美！”

“唉——忒没劲，我觉得他俩没戏了……”

“……”

两个人都不说话了，只是静静地望着前面城市的一角，大楼灯火阑珊，楼下的马路车水马龙，霓虹灯正卖力地闪烁着。一切都变得虚无缥缈起来，一切又那么真实地伫立在眼前。夜渐渐深了，梦想，城市，还有这该死的爱情，相拥——入眠。

那天晚上，吴晓军和谭晓娜互不妥协，甚至都恶意挖苦对方，直到谭晓娜狠狠地扇了吴晓军一耳光，吴晓军趾高气扬地摔门而出才告结束。出乎意料的是吴晓军尤其坚强，在回家的路上，还给他远在四川的父亲打了一个电话。

一小时后，吴晓军喝醉了，梁峥舍命陪君子，也喝得迷迷糊糊了。吴晓军的话开始多起来，从他苦命、早逝的母亲说起，然后说到他那乐观豁达的父亲，再说到一事无成的自己，说他曾经是乡里的第一个大学生，说他一直都是他父亲唯一的骄傲和支柱。后面，吴晓军一把鼻涕一把眼泪的，扯着嗓子大哭。梁峥也不知道怎么来安慰吴晓军，心想让他发泄一下也好。闲着无事的他，干脆拿出了手机，对着吴晓军就是一顿猛拍……

星期二，北京西站，21点43分，梁峥和钟晓慧站在候车室里。钟晓慧今天化的是淡妆，仍然是一副都市丽人的装扮，头发自然地铺在肩上，知性、迷人。只是白皙的脸蛋儿，加上血红的眼丝，透着几分淡淡的忧伤。候车大厅闹哄哄的，梁峥觉得浑身不自在、压抑，想出去抽支烟。梁峥摸出烟,在钟晓慧面前晃了晃:“我出去抽支烟……”

“一起呗!”

“不怕东西被别人拎走啊?”梁峥望了望钟晓慧 LV 的旅行箱。

钟晓慧笑了笑:“无所谓了,我现在穷得只剩下钱了。”

“……”

两人来到一个走廊下面,都点上了烟。梁峥抽了一口烟,问:“干吗不让我给你订张机票呢?”

钟晓慧笑:“我当初来北京的时候坐的就是火车,从哪里开始就从哪里结束吧……”

“你不是说回家休息一段时间吗?怎么说得跟永别似的。”

“几年没有回家了,我想回去好好陪陪父母。有时想想,自己挺不孝顺的!”

梁峥心里咯噔了一下,原来钟晓慧上次国庆节的时候真的没有回江苏老家,感叹道:“这不都是背井离乡,求生存、奔发展吗?做父母的都理解!”

“可是谁去理解他们呀?”

“嗯,这倒是。”

钟晓慧抬起手来看了看表,叹了一口气:“还有 27 分钟!”

梁峥猛吸了一口烟后,丢掉了烟头,然后又把烟头碾得支离破碎:“还回北京吗?”

“回啊!”

“那——到时候我给你接风……”

“一言为定。”

“西站作证……”

“呵呵,我得走了。”

梁峥有点浑浑噩噩的,当钟晓慧的身影消失在检票口的时候,他突然想起了和艾榴榴的那个关于元旦的约定,心里酸酸的,很不是滋味儿。当他坐进出租车后,看着路边早已熟悉的夜景,再想起和钟晓慧的那些点点滴滴,无奈地合上了双眼……

跟地球少了谁都一样转的道理一样,大家的生活依然继续着,不会因为谁的离开或者谁和谁的分手而停止。接下来的几天,吴晓军消瘦了许多,他总是把自己关在房间里。买房子的计划总算彻底搁浅了,钱也如数奉还给了大家。日子突然就没有了盼头似的,吴晓军茫然失措,度日如年。

由于11月份是销售旺季,梁峥整天忙着出差和签单,他把所有的精力都放在了工作上,这样他就不会胡思乱想了,而且每天都过得很充实。吴晓军和谭晓娜发生冷战后,艾榴榴就再也没有来串过门了,梁峥会莫名的想她,但是这种感觉并不持久,因为梁峥刻意不去想她,还告诫自己当下最重要的就是签单、挣钱。

艾榴榴在朱祥玲和谭晓娜的身上看到了太多不和谐的因素,想到了同是女人的自己,可谓是顾影自怜。再加上谭晓娜失恋后脾气怪异,同处一室的她,心情也好不到哪儿去。艾榴榴和林强的关系还是扑朔迷离,没有质的飞跃。她现在开始躲林强,和他在一起艾榴榴觉得不自然。

程百万和刘瑜霞两个依然吵吵闹闹,小日子过得很江湖。程百万的股票有升有跌,但是总体上来说还是亏着的。刘瑜霞的工作很程式化,她想换个工作,换个环境,但是程百万不同意,他认为稳定压倒一切,这句话尤其适合女人。

至于谭晓娜,她和彭涛开始频繁接触。刚刚失恋的人心灵孤独脆弱,需要人安慰陪伴,而彭涛正好抓住了这个契机,大献殷勤。而且彭涛去年在天通苑买了一套房子,今年又买了一辆代步的车。他能给谭晓娜一个舒适稳定的环境,女人需要安全感,这是吴晓军无法给予的。也许,还是物质更可靠一些,精神层面的东西太玄乎了。比如说爱情,是最不靠谱的东西了,更何况在北京这样繁华现实的大都市里呢?

又是一个礼拜六,在国美小区门口,一辆Q7缓缓停了下来。戴着墨镜的林强下来拉开了车门,提着大包小包的。接着,艾榴榴也下了车。穿着一件红色羽绒服的她,愈发显得妩媚动人,她拎着一个大的生日蛋糕。正准备往里走的时候,听见有人喊她,转过头来才看见是刘瑜霞和程百万。他们夫妇也刚从车里出来,都穿得跟熊似的,冬天已经悄无声息地来了。

今天是谭晓娜的生日,他们都是过来玩的。此时的梁峥正在家里左右为难,谭晓娜喊他过去玩,但是吴晓军又要梁峥待在家里陪他喝酒。梁峥知道谭晓娜之所以喊自己过去,绝不是自己有多么重要,而是为了向吴晓军传递某种信息,比如:我男朋友今天帮我庆祝生日,我很幸福,失去了我,你丫后悔了吧?或者是和吴晓军赌气,一起玩的朋友都喊了,就是不喊你吴晓军,孤立你……

吴晓军知道这件事情后,偏偏又不让梁峥去参加生日宴会。这纯粹是心理不平衡,他去不了,也不让梁峥去。或者说也是赌气,吴晓军不想让梁峥去见证他们的快乐,他嫉妒,他恨。吴晓军把自己关在家里有一段时间了,怎么就非要赶在这个时候喝酒呢?

梁峥企图说服吴晓军:"我去打个招呼就回来,回来陪你慢慢喝?"

吴晓军冷笑:"别,你去玩你的,那边多好玩啊,有你的艾妹妹,还有好吃的好喝的好玩的!"

梁峥也笑:"嘿嘿——还是兄弟了解我。给你前女友捎个话儿不?"

"滚!"

"嗯,简单明了,我一定帮你传达。"

"你大爷,梁峥!"

“哦,你还要问候她大爷啊?”

梁峥躲过了吴晓军扔过来的沙发垫子,跑出了房间。梁峥最终还是抛弃了吴晓军,因为他害怕看见吴晓军喝酒后的狼狈相,更怕听见他那要人命的哭声。当然,梁峥还想去看看艾榴榴,好久不见她了,思念却与日俱增。可是他又不能与人言说,这种隐隐的痛楚他只能独自一人默默地承担。

谭晓娜来开的门,另外两对儿正坐在沙发上聊天,大家都望着他。梁峥一走进屋里就后悔了,自己是真不该来的。不过,他很快就调整好了情绪,大方地笑了笑,把自己买的蛋糕放在了桌子上:“生日快乐,美丽可爱的娜娜!”

“谢谢! 咋一个人来啊? 钟小姐呢?”谭晓娜一边给梁峥倒水,一边问着。

“她有事回家了……”

程百万有点不识趣,调侃道:“你们该不会是吹了吧? 要不我再给你介绍一个。”

梁峥笑了笑:“可以啊,不过这回得找个靠谱点的。”说完后,他故意看了看艾榴榴。坐在林强旁边的艾榴榴见梁峥望着她,脸刷地一下就红了,立即拿起水杯喝水,以掩饰自己的尴尬。

程百万叹了口气,说:“其实哥们我介绍的哪一个不靠谱? 是你和吴晓军都太能装了。结果呢,都便宜了别人!”

谭晓娜听到这儿,很不是滋味儿,借口去房间拿东西,闪了。刘瑜霞知道程百万说话没有个遮拦,递了好几个眼色,都不管用。想去掐他吧,他又坐在自己的对面,急得跟热锅上的蚂蚁似的。还是艾榴榴聪明,她提议大家斗地主。彭涛、林强、程百万参加了战斗。这下总算堵住了程百万的臭嘴。

梁峥在程百万旁边观战,艾榴榴则挨着林强坐着。林强有意无意地把手搭在艾榴榴的肩膀上,艾榴榴又不好当面拒绝。梁峥看在眼里,十分别扭,真是如坐针毡。他想起了钟晓慧曾经也这样靠着自己,现在也不知道她在干什么,过去的一切真是跟做梦一样。再加上程百万先前的冷嘲热讽,梁峥心里一时间起伏跌宕,感慨万千……

晚饭是在一家高档餐厅吃的,真是色、香、味俱全,环境舒适优雅,胃口似乎也好了许多。彭涛嫌家里弄麻烦,虽然谭晓娜的厨艺精湛,但是他认为过生日就应该好好放松一下。之所以彭涛能这么快俘虏谭晓娜的芳心,这与他的细心和体贴是分不开的。两个人在一起生活,是个旷日持久的"合作",相互理解和包容是必不可少的。

吃饭的时候,彭涛和谭晓娜互相夹菜,就跟老夫老妻似的。梁峥想起了一个人在家孤苦伶仃的吴晓军,觉得惋惜。而看着林强和艾榴榴坐在一起,郎才女貌,卿卿我我的,自己何尝又不是可怜人呢?很快又是一年了,难道又要走上相亲这条老路吗,梁峥心里一声叹息。

饭后,林强说他请大家去钱柜 K 歌,大家都兴趣高涨,跃跃欲唱。梁峥借口自己还有事儿,一个人坐车回了国美小区。他打开门,发现吴晓军正歪在沙发上看电视,一把拽着他就往外走:"喝酒去,哥们我够意思吧,胡乱吃了几口饭,甩开了美女的纠缠,也要回来陪你一醉解千愁!"

"够意思就不会扔下我了,你肯定是受了冷落,或者是看见艾榴榴和那姓林的在一起,羡慕嫉妒恨了!"吴晓军还记恨着先前被抛弃的事,毫不留情地打击梁峥。

"我用心良苦,你却狼心狗肺,不去了!"

吴晓军腆着脸:"得,算我失言。走吧,咱们一醉方休……"

走出电梯,梁峥停了下来,郑重其事地说道:"告诉你一事儿,可得挺住了。"

吴晓军顶了顶眼镜,故作镇定:"他们同居了?"

"比这个严重多了,看他们那阵势,估计快要结婚了……"

“哦,也该结了!”

“兄弟,有想法还来得及。”

“有想法,想喝酒——”

那天晚上,吴晓军一直很安静,酒喝了很多,话也说了很多,却没有醉。相反,梁峥静静地喝着酒,却醉了,比向海来北京玩那次醉得更厉害。当吴晓军扶着梁峥回小区的时候,他还嚷嚷着要去找艾榴榴,他要亲口去问她在星巴克说的那个约定是否还有效。吴晓军哈哈大笑,并没有搭理梁峥,而是粗鲁地把他拽进了电梯……

第二天中午,梁峥起床后,头依然是昏昏沉沉的。见吴晓军坐在沙发上怡然自得地看着电视,摸着头叫苦:“你头昏不昏,我怎么感觉像喝了假酒呢?”

吴晓军望了望梁峥:“不昏啊,酒是真的,人有点假。”

梁峥莫名其妙:“人假?”

“这个星巴克约定是个什么约定?”

“什么星巴克?”

“所以我说是人假……”

吴晓军说完后独自去了阳台,斜倚在窗户上审视着这座城市。窗外吹进来的风淡淡的,很冷,但是却令人精神抖擞。自从房内24小时供暖后,空气就显得黏稠起来,偶尔需要开开门窗,透透气儿。外面的阳光很明媚,照得玻璃亮晶晶的。前面的街道上依然车水马龙,隐隐地传来噪动声,这是城市在浅浅地呼吸。下面的公园里,一堆堆的小孩在嬉戏着,大人在旁边手舞足蹈的,仿佛回到了童年。吴晓军不知道还有几年才能牵着自己小孩的手去散步,深深吸了一口气,喉咙发痒,接着是一连串的咳嗽,接着眼泪就呛了出来。

“想哭就哭出来吧,哥们不笑话你。”不知道什么时候,梁峥也来到了阳台,一副心事重重的样子。

“你和艾榴榴有个什么约定啊?我挺好奇,真的。”吴晓军下意识地后退了一点,和梁峥站在一起。

“元旦一起去看烟花咯!”

“在北京?元旦能放烟花的吗?”

“去燕郊看!”

“真够烂漫的,就怕姓林那孙子不答应。”

梁峥苦笑:“与姓林的有什么关系,关键还得看艾榴榴的。”

吴晓军叹了一口气,冷冷地说道:“听说艾榴榴和姓林的也快结婚了,他的母亲还专门从上海来看过她。”

“你丫什么时候加入狗仔队了?”梁峥尽量克制着自己的慌张,不露声色地问道。

“程百万给我说的。你到底和艾榴榴什么关系啊,搞得我们大家都是云里雾里的。”

“你觉得我和艾榴榴般配吗?说实话。”

“如果你们互相迁就一点,都放下架子的话,还是挺般配的。”

“无所谓,别人有了好归宿,咱就别瞎掺和了。姓林的比我强,各个方面!”

“自卑了?”

“艾榴榴说她对我没有感觉。感觉这东西太玄乎了,我不知道该怎么办,有劲儿使不上,你知道吧?特无奈……以前没觉得她有多好,有多重要。但是昨天晚上看见她和那家伙腻在一块儿,我就不爽。不爽什么呢?早前那么多次机会,都没有去珍惜。包括那一次后,自己也没有去真情告白,也许是我怕陷进去受到伤害吧,自我保护意识太强了!”

“什么那次?”

梁峥拍了拍吴晓军的肩膀:“你还是多为你自己的事情操操心吧,别整天萎靡不振的。这次生日聚会,谭晓娜把我当枪使,这说明她还是在乎你的,别把自己宅在家里了,放手去爱!”

“你也别硬撑了,艾榴榴是个好女孩,她也不像那种贪财的女人,只要你真诚地对待她,我相信她不仅会陪你去看烟花,还会陪你去看流星雨……”

“人之将死,其言也善啊!”

“哈哈哈——”

梁峥笑了,吴晓军也笑了起来,两人目视前方。城市依旧喧嚣着,正如他的繁华一样,从来没有停止过——如野草般疯长。

周二,梁峥的公司组织大家去走京西古道,目的是为了培养大家的团队意识和集体协作精神,为销售旺季的到来呐喊助威,加油鼓劲。

京西之山,统称为西山。从元代开始,京城的人家就以这里的石炭为柴薪。加上这里石材丰富,拉煤运货的队伍络绎不绝,日复一日、年复一年,久而久之便形成了从北京城到西部山区,再远至内蒙古、山西的商旅通道。故称之为京西古道。京西古道以“西山大路”为主干线,其中的中道、南道、北道为其主要组成部分。京西古道横纵门头沟全境,道路多而且长,这些古道主要有商运道、军用道、香道,其中商用道的历史遗迹最多。

一路上见多识广、阅历丰富的老黄就给大家讲解这条古道的历史,间或还掺杂一些民间的传奇故事,颇有意思。这给大家的京西古道之行平添了几分情趣。历史总是让人着迷,惹人深思,就像老黄说的:大家踩在脚下的每一块石头,每一寸土地都是一段历史,一个故事,只是花开花又落,物是人已非……

登上一个小山坡后,大家各自休息。老黄和梁峥坐在一块石头上聊天,向丽拿着吃的和喝的走了过来。

“马上2010年了,有什么打算?”老黄问梁峥。

梁峥接过向丽的水,笑:“能有什么打算,还有两年地球就毁灭了。”

“哈哈——那是电影,不靠谱。有没有想过自己出去单干?”

“出去想过,至于单干,目前还真不成。要不你开个公司,我来给你打工啊……”

“好,你得说话算数!”

梁峥半信半疑:“你真要自立门户了?”

老黄笑:“快了,我已经注册了公司,下个月就开业!”

“领导,开玩笑吧你?”梁峥还是不相信老黄要单干。

“是真的!”向丽凑过来说道。

“注册资金多少?”

“600万!”

“行啊老黄,你真是深藏不露……”

“让一家专门运作注册的公司搞的,花了几万元。我哪儿有那么多钱,到时你可得过来,咱们一起好好干它一番事业!”

梁峥拍了拍老黄的肩膀:“恭喜你! 到时再说吧,我最近脑子有点乱……”

“大家休息够了吧,咱们该走了!”随着队长的一声吆喝,大家拍拍身上的尘土,继续前行。没有过不去的坎儿,这话不假,可是有难过的和不难过的分别。梁峥现在就很迷惘,感情没有着落,事业没有方向。他现在每天的工作都是做单、拜访客户,存款是增加了,自身的能力却没有大的突破,梁峥已经开始厌烦这样的工作,梁峥不希望自己这样日复一日、年复一年浑浑噩噩地走下去。

他需要更好更高更大的一个平台,去锻炼自己,把自己的潜能激发出来。只有这样,梁峥才会有斗志,才会觉得自己的存在有意义。也只有这样,他才有安全感,才觉得自己的生命没有虚度。目标不明确,会走很多的弯路。人生就是一连串的抉择,错误的抉择会导致错误的人生。梁峥的迷惘在于他没有一个明确的目标,或者说是方向,他不知道要走向哪儿,他的人生才会更加完美……

海明威曾经说过:生活就像斗牛,不是你战胜牛,就是牛挑死你!所以,我们得时刻警醒着,生命不止,奋斗不息。

林强频繁约会艾榴榴,很显然,他加强了攻势。艾榴榴一开始还觉得别扭,后面也就无所谓了,中午基本上是和林强一起出去吃饭,两个人加深了解,总是有益无害的。可是,结果却是彼此了解得并不多,艾榴榴的体重却增加了三斤。这让艾榴榴惊慌失措,她暗下决心,必须管好自己的胃。

一天下午,两个人一起坐车回国美家园小区。林强几次要求艾榴榴搬到他那儿去住,她都以时机不成熟而拒绝了。她得守住自己最后的一道防线,女人越是随便,男人就越是看低你!得不到的东西,才是神秘而珍贵的。林强的母亲给艾榴榴打过两次电话,邀请她去上海玩,她也婉言谢绝了。

林强采取了逆向思维,即去艾榴榴家见见家长,通过家长的认可,反过来给艾榴榴施加压力,或者说是催促艾榴榴做出判断。艾榴榴一开始是不同意的,她的直觉告诉她,她和林强走不到一块儿。因为林强太优秀,所以艾榴榴总觉得这一切不太真实。可是直觉不一定可靠,见见家长也无伤大雅,何况目前来说,林强还是很适合自己的,他几乎是一个无可挑剔的男人,自己总不能去找一个差劲的男人吧?至于那种特别的感觉,是可以慢慢培养的。

艾榴榴准备在今年回家过年的时候,把林强带回自己的家里,让爸爸妈妈也过过目、把把关,毕竟老人经历的事多,眼睛也"毒"一些。当她把这个消息告诉家人的时候,家里都沸腾了,她妈当时就在电话里感慨:

哎——老姑娘终于要嫁出去了哦，谢天谢地啊！气得艾榴榴在这边直跺脚，红透了脸。

星期四的晚上，艾榴榴和谭晓娜窝在沙发里聊天。两人从过去聊到现在，然后又从现在展望到将来。谭晓娜望了望整个客厅，感叹："马上就要搬走了哦，还真有点舍不得！"

艾榴榴笑："真羡慕你，即将入住天通苑的豪宅。"

"豪宅就算了吧，总算在北京有了个落脚的地方。"

"你怎么一点儿也不兴奋啊，还是放不下吴晓军吧？"

"说放下，那是自欺欺人。可是我不希望自己和朱主任一样，最后什么都捞不着。爱情不能当饭吃的，女人啊女人，就得对自己狠一点！彭涛也不错啊，对我又很好。"

"丫头啊，怎么感觉你像变了一个人似的？"

谭晓娜站起来倒了两杯水，又看了看手机，意味深长地说道："都是被逼的。你看看，我和吴晓军为了个房子就吵得不可开交，而且整天压力巨大，一想到这样憋屈的日子要过几十年，我就不寒而栗！这还没有结婚呢？结婚有小孩了，困难更多，你说今后的日子还怎么过？为了一间房子绑架自己一生甚至子女的幸福，值吗？"

艾榴榴笑了笑："面包会有的，慢慢来呗，其实房子也不是非买不可！"

"得了吧，你怎么不慢慢来？你为什么要选择林总，而不选择梁峥呢？"

"怎么又扯到我了，我干吗要选择梁峥，他就不像个男人。"

谭晓娜挨着艾榴榴坐了下来，揪了揪她的脸蛋，坏坏地笑着："嘿嘿——那次你说的酒后乱性，应该是你和梁峥之间发生的故事吧？还骗我说是你的大学同学呢！"

艾榴榴心里有鬼，据理力争："你，你有病吧！我怎么会和他有什么故事，我那几天根本就没有出门儿……”

“越描越黑，我说你就招了吧。给我讲讲案发经过，好不好？”

艾榴榴脸都红透了，生气地歪在一边：“你个死丫头，和彭涛在一起才多久啊，就变成了女流氓！”

“哈哈哈哈，脸都红了，还狡辩呢！哈哈哈——笑死我了！”

艾榴榴正要扑上去教训谭晓娜的，手机就响了，是条彩信。艾榴榴打开一看，惊呆了，她无法相信自己的眼睛。这是一张照片，里面一男一女赤裸着身子躺在床上。男的不是别人，而是她正在交往的林强，女的是伍倩倩。艾榴榴觉得很恶心，想吐，打了几个干呕，立即往卫生间跑去……谭晓娜也跟着跑到了卫生间，敲了敲门：“没事吧，榴榴，是不是想吐啊？”

“啊——”里面传来艾榴榴的呕吐声。

第二天，艾榴榴没有去上班。谭晓娜问她为什么，她也不说。难道她怀孕了，那小孩是梁峥的还是林总的呢？谭晓娜在办公室里梦游了一整天，想和朱主任、邹惠探讨一下这个爆炸性的问题吧，她又觉得出卖了艾榴榴。可是不说出来呢，她一个人憋在心里又着实难受，她生平第一次觉得上班跟坐牢似的，度日如年。下班后，她就匆匆忙忙地往家赶。到小区后，她先是在超市买了一些新鲜的水果，当路过一家药店的时候，谭晓娜还突发奇想地买了一只测孕棒。

谭晓娜刚走出药店，吴晓军也从里面钻了出来。他顶了顶眼镜，满脸的鄙夷之情。

谭晓娜打开房门后，发现艾榴榴的门关着，敲了敲，没有反应。又使劲敲了敲，里面传来艾榴榴的怒吼声：“别烦我！”

“榴榴，是我呀！我给你买了水果，快点出来吃吧。”

“不吃，烦着呢！”

“到底怎么回事啊？你可别吓我。”

“我就是有点恶心……”

听见艾榴榴的抱怨，谭晓娜觉得自己猜了个八九不离十。如果是林总的，奉子成婚嘛，多好的事儿啊！这孩子一定是梁峥的，否则榴榴不会这么痛苦。谭晓娜做出了一个大胆的决定，她决定给梁峥打个电话，旁敲侧击一下。

谭晓娜躲到阳台，拿出了手机，清了清嗓子：“梁峥啊？我问你个事情……”

电话那边传来梁峥戏谑的声音：“问吧，知无不言言无不尽，我这里有吴晓军生活的第一手资料！”

“狗屁，与他无关！你国庆的时候是不是和艾榴榴去喝酒了？”

“喝了怎样，没有喝又怎样？”

“到底是喝了还是没有喝呢？我听说你把她给灌醉了，对吧？”

“胡说八道，是她自己喝的，我可没有灌她——对了，你问这个干什么？”

“哼哼，你干的缺德事儿，你害了她一辈子！”

谭晓娜根本不给梁峥解释的机会，果断地挂断了电话。她愈发相信自己的猜想是正确的了，她想进去安慰安慰艾榴榴，可是又不知道从何说起。一时间，浑身不自在，那种有劲使不上的感觉让她难受。

正在沙发上躺着的梁峥很是莫名其妙，难道是艾榴榴把那天晚上的事情告诉谭晓娜了？不可能，这种事怎么会随便告诉别人呢？无所谓，她想给谁说是她的自由，可是谭晓娜有什么资格来质问自己呢？有这个必要吗，她有什么企图呢？梁峥越想越迷糊，干脆不去想了，抓了一本杂志躺倒在沙发里，看起书来。

“谁啊？”正看着电视无精打采的吴晓军明知故问。

梁峥有点不耐烦，说：“还能有谁，你的旧情人，谭晓娜女士！”

“狗屁情人,老子当初是瞎了眼。”

“好和好散哈,别搞人身攻击!再说了,你要是不服气,可以去把她给追回来啊,整天阴阳怪气的,算怎么回事啊?”

“人家都要奉子成婚了,还关我屌事。”

“这又是程百万那厮造的谣吧?”

“先前我去药店买眼药水,不幸的是碰见了谭晓娜。你猜她在里面买了什么?”

梁峥坐了起来,很严肃地说着:“避孕套?”

“测孕棒!”

“看来大势已去哦……”

“……”

此刻,吴晓军的心里有种说不出来的痛!他跟掉了魂儿似的走进了房间,然后倒在了床上,海阔天空地遐想起来……和谭晓娜在一起的日子,历历在目,每一个笑脸,每一次笑声,都让他伤心欲绝、疼痛难忍。

她艾榴榴凭什么把这么隐私的事情告诉给谭晓娜呀,还让她来质问自己,这唱的又是哪出戏呢?躺在沙发上的梁峥越想越不服气,他决定把事情弄个水落石出。梁峥拨通了艾榴榴的电话,不过没有人接,他又连续拨了几次,电话终于通了,里面传来艾榴榴很不友好的声音:“干吗?”

“非要有事才能给你电话啊?”

“我不舒服。你有话快说,有屁快放!”

“你把我们两个那晚上的事情告诉谭晓娜了?”梁峥尽量把语调压得低一些,先问清楚情况再发飙也不迟。

“哪晚上,什么事?”

“就我同学向海来的那次,那晚上我们都喝醉了……”

“怎么了?!”

“谭晓娜说我把你灌醉了,还干了缺德事!”

“是你把我灌醉的啊,你还图谋不轨呢,怎么着,还冤枉你了?”

“这个事情有必要满世界喧哗嘛! 我那也是喝酒后不懂事……”

“你怎么不说你那时穿越到了婴幼儿时期,不仅想撒娇,还想吃奶呢?”

“艾榴榴,你狠,给我记着!”

“记不住,回头你提醒我好了!”

还没等梁峥回过神来,艾榴榴已经挂了电话。

第二天晚上,上岛咖啡吸烟区。谭晓娜呷了一口咖啡:“说吧,什么事?”

吴晓军抬起头来望了望谭晓娜,笑了:“没什么事,就是想看看你,和你说说话。”

“你有这个闲心还不如多写写你的书,真的。”

“书正在写啊,这不出来找灵感吗。”

谭晓娜莞尔一笑:“你不会把我写成女主角了吧?”

“他对你好吗?”吴晓军突然转移了话题。

“挺好的……”

吴晓军点了一支烟,叹了口气:“我对他还真是羡慕嫉妒恨啊……”

“不明白!”

“羡慕你们能在一起,嫉妒他能得到你的爱,恨自己没有用,不能留住你的心……”

“你怎么知道他就得到了我的爱呢——算了,不说这个了,咱们换个话题。”

“你们什么时候结婚?”

“快了吧,时间还没有最终确定。”

吴晓军弹了弹烟灰:“我祝福你们!”

“谢谢,希望你也能早点找到幸福。”

“其实,我还是习惯一个人……”

十分钟后,国美小区的一个角落里,吴晓军紧紧地抱着谭晓娜,两个人号啕大哭。直到分别的时候,吴晓军都没有勇气去挽留谭晓娜。原因很简单,他知道自己现在给不了谭晓娜想要的幸福。有时候,放手也是一种爱。正如吴晓军曾经说过的,相濡以沫不如相忘于江湖,两者都需要勇气。不过,后者来得痛快、洒脱一些,也更加无奈。

回到家里后,吴晓军就把和谭晓娜相见的情景一五一十地讲给了梁峥听。梁峥一开始还觉得挺有意思,后面就觉得不是滋味儿了。他把自己想象成了吴晓军,要是艾榴榴即将和别人步进婚姻的殿堂,自己将会是什么感受。不会和她抱着痛哭,但是肯定会难过的。因为,自己心里一直都有她,只是现在才发现而已……

梁峥琢磨了两天,觉得还是应该主动出击,要让艾榴榴知道自己的心意,不能再一副高高在上的姿态了,那样只会留下遗憾。梁峥给谭晓娜打了一个电话,委婉地说自己想去看看艾榴榴,听说她好像不太舒服。谭晓娜以为梁峥是良心发现了,也就乐于帮助梁峥赎下罪。

谭晓娜打开门后,发现梁峥捧着一大把玫瑰。她第一次看见梁峥紧张、尴尬的样子,心里觉得好笑,但是又不好意思笑出来。梁峥跟着谭晓娜走了进去,规规矩矩地坐在沙发上——装矜持。谭晓娜敲了敲艾榴榴的门,没反应,又敲了几下,还是没有反应。谭晓娜以为艾榴榴不在家,正要拿出手机的时候,房门开了。艾榴榴散乱着头发,披着一件丝质的透明睡衣,里面红色的内衣若隐若现,她打了一个呵欠,懒懒散散地走了出来,跟刚起床似的。

艾榴榴没有发现坐在沙发角落里的梁峥,一边往卫生间走,一边冲谭晓娜说着:“傻站着干吗呀,吃了晚饭没?”

“没呢,白开水倒是喝了一杯。”谭晓娜笑了笑,又朝梁峥轻声说道:

"这几天她有点自暴自弃,以前不这样的。"

梁峥不知道说什么,关心地问道:"你和吴晓军真没戏了?"

"怎么你们都这么问?戏呢,是有的,不过早已经剧终了!"

"有情人不是终成眷属吗?不应该啊,你们还是从长计议吧,分了挺可惜的。毕竟,你们曾经也算是郎才女貌、情投意合……"

"人得向前看的,对吧?"

"嗯,有道理。因为人生没有回头路可走嘛。"

"啊——"突然,艾榴榴捂着胸朝房里跑去,连门都忘记了关。谭晓娜哈哈大笑,颇有点幸灾乐祸的意思。房间里传来艾榴榴的叫骂声:"你个死丫头片子,带个男人回来也不吭一声儿!"

谭晓娜手一摊,耸了耸肩,很无奈的样子,冲梁峥喊道:"去吧,好好沟通沟通,这儿没我的事了。"

谭晓娜提着桌上的包,万种风情地走出去了。房门"嘭"的一声关上了,梁峥的心也绷得更紧了。该说什么好呢?梁峥在沙发上琢磨了半天也没有个头绪,后来心一横,还是决定豁出去了。自己就应该主动一点,坦诚一点,得像个男人。哪怕就是被拒绝,又有什么关系?现在开诚布公还不晚……

梁峥捧着那束花来到了艾榴榴的门口。他轻轻敲了敲门,小声说道:"听说你不舒服,我来看你了……"

艾榴榴已经披上了外套,打开门后,扫了一眼门口站着像鹌鹑的梁峥,见他捧着一大把花,觉得十分滑稽:"太阳打西边出来了,还是你的脑子烧坏了,我有什么好看的?"

"你不是说你身体不舒服吗,我过来看看……"

"哎呀,托您的福,一时半会儿还死不了。别假惺惺的,我受不起!"

"我知道你还生我的气,以前都是我不好……"

艾榴榴有点莫名其妙,她觉得今天的梁峥有点不对劲。这是她自从认识梁峥以来,第一次听见他这么低三下四地说话,而且是在自己面前。她拉开门,摸了摸梁峥的脑袋:“没有烧坏呀?赶紧回吧,我要关门睡觉了……”

梁峥死乞白赖地紧靠着门,直直地盯着艾榴榴,一字一句地说:“不回,我得把我的心里话全讲出来。”

艾榴榴翻了翻白眼,见梁峥很真诚的样子,笑了:“看你疯到什么时候,你讲吧,千万别太肉麻!”

梁峥把花拿开了,盯着艾榴榴:“其实自从我们第一次见面开始,我就有点喜欢你了。只不过当时不是很确定,而且中途又发生了很多误会……”

“哼——我们之间没有误会,是你当时色迷心窍,看上了别的女人!”

“程百万过生日那天晚上,我在车上抱着你,我觉得我们……”

“打住,你还有完没完?”

“没完,我得把话说清楚!”

艾榴榴推开梁峥就要关门,梁峥急了,使劲顶着门,连花都碰掉了一朵:“那天看见你和姓林的那孙子腻在一起,我吃醋了……”

艾榴榴冷笑:“你吃醋关我屁事啊?”

“你得给我一个机会,去证明我对你的……”梁峥越说越激动,见艾榴榴瞪大了眼睛望着自己,又说不下去了。

“哎哟!”梁峥大叫了一声,原来他的脚被艾榴榴给踩了。紧接着艾榴榴推了他一下,“嘭”的一声门被关上了。梁峥气得直咬牙,把花扔在了门口。他很不甘心,但是也知道现在是多说无益。而且,自己今天就像个无赖一样,有点虚情假意的,真要打动艾榴榴这种爱较真的女人,还得下点工夫。至少,这并非是一朝一夕的事情。

走下楼后,梁峥冷静了许多。刚才的一切就跟做梦似的,自己有多少年没有这样冲动过了。虽然行为幼稚、夸张了一点,但是这种感觉却非常好,这就是生活需要的那份激情。梁峥下定了决心,他要和林强竞争,而且必须在元旦之前抢回艾榴榴。即使最后落得个惨淡收场,他也必须像个男人一样去战斗。

接下来的几天,艾榴榴似乎恢复了正常,有说有笑的,每天准时上下班。只是她和林强疏远了许多,林强几次约她,她都以各种理由拒绝了。这些都看在谭晓娜的眼里,而她把这一切都及时地汇报给了梁峥。梁峥喜出望外,不过他觉得自己也不能大意,必须得趁这个好时机一举拿下艾榴榴,绝不给林强一点儿"翻盘"的机会。

一天晚上,艾榴榴抵不住林强的软磨硬泡,终于还是同意和他见面了,地点就在国美小区外面的上岛咖啡。奇怪的是今天艾榴榴没有点咖啡,而是要了一杯铁观音茶。

"在咖啡厅喝茶?"林强笑着问道。

艾榴榴不以为然:"不可以吗?人家能卖我就能喝!"

"可以,怎么不可以。你这段时间是怎么了,见着我就躲,出啥事儿了,还是我做错了什么?"

"没事儿,心里堵得慌,不想见人……"

"要不我们去上海玩几天吧,我给你批假!"

艾榴榴斩钉截铁地说道:"不去!"

林强望了望面前满腹心事、带着情绪的艾榴榴,有点不知所措。他喝了一口咖啡,然后小心翼翼地问道:"你能告诉我原因吗,到底发生了什么事情?不然我妈老惦记着这个事儿,我都不好意思再找借口了……"

艾榴榴望了望一脸温柔的林强,咬了咬嘴唇,好像费了很大力气才说出一句话:"伍倩倩给我发了一张你们的照片!"

"……"

还没有等林强反应过来,艾榴榴已经悄然离开了咖啡厅。那淡淡的音乐,笼罩着周遭,窗外的夜色变得也似乎更加迷离困顿了。

皮包里的手机一直在“嗡嗡”响着,艾榴榴拿出来,用力地关了机,就像按下一个定时炸弹的开关一样,那么酣畅淋漓。走在路上的她觉得心里很累,昏黄的路灯和她的心情一样,无精打采,却又不能睡着了。不就是和以前的好朋友睡了一觉吗?玩了“一夜情”吗……可是艾榴榴一想起那照片里的画面就恶心,她企图去说服自己,就当什么事儿都没有发生一样,但是她做不到。她又一次清楚地认识到,自己就是一个纯粹而简单的人。在这个混沌的世界里,艾榴榴有种无处安身,呼吸急促的感觉,这很无奈,也很悲哀。

过年回家“探亲”的事情肯定是夭折了,艾榴榴却又不想影响父母的心情,只能顺其自然,走一步算一步了,暂时不告诉他们这个结果。父母的心从来就是这样宽容,也是这样仁慈,他们生怕自己的儿女在外面受委屈,担心他们孤孤单单的一个人。但是,他们又不想把自己的那份担心表现出来,把自己的想法强加给子女,从而加大他们的压力。

艾榴榴的内心备受煎熬,自己是不是太自私了呢?为了自己的幸福,谨慎选择婚姻,却不顾及家人的感受。可是家人不都是希望自己幸福的吗?没有美满的婚姻,哪儿来的幸福呢?艾榴榴自己也迷惘了,和这个城市一样,浑浑噩噩起来。

接下来的几天,艾榴榴关了手机,也不再上 QQ。林强跑到国美小区来找过她几次,她都闭门不见。倒是她写博客的习惯依然保持着,不过文字简练了许多,也多了几分惆怅。

一天下午,梁峥下班前接到了程百万的电话。程百万说他要去国美小区那边,顺便捎梁峥一段。梁峥一坐进车里就后悔了,只见前面坐着一脸无奈的吴晓军,后面的座位上放着一个大包。很显然,程百万又“离家出走”了,而且做好了打持久战的准备。程百万一边开车一边做着解释,原来刘瑜霞背着他怀孕了,他们为此大吵了一架。

“怎么叫背着你怀孕了,她偷人?”吴晓军顶了顶鼻梁上挂着的眼镜,咬文嚼字。

“我们说好暂时不要小孩的,谁知道她做了手脚……”

吴晓军转过头冲梁峥笑了笑:“那就生呗,这也是缘分!对吧,峥哥?”

“对什么对,生什么生?这种不靠谱的男人就不应该嫁,更不应该给他生小孩……”

“哈哈——”

程百万加大了油门,连续超了三辆车,跟赌气似的,吓得梁峥和吴晓军再也不敢说话了。梁峥望着车窗外,只见路边一对夫妇牵着小孩的手在散步。转瞬即过,却让他的心隐隐生疼。三十而立,成家立业,一种迫切的使命感,令梁峥的心情再也轻松不起来。

吴晓军和程百万上了楼,梁峥借口去超市买东西,一个人耍了单边儿。他看了看时间,还早。心想艾榴榴一定还没有回来,在门口堵她,万无一失。时间一分一秒地过去,梁峥左等右等都不见人,他一支烟接着一支烟地抽,这依然无法缓解他内心的紧张,以及等待带给他的烦闷。就在他快要放弃的时候,电梯“叮”的一声响了,接着传来谭晓娜和艾榴榴的说笑声。

梁峥见她们两人都拎着东西,立即跑了过去,伸出了手。艾榴榴白了他一眼,身子一歪就朝前走了,倒是谭晓娜一点也不客气,把东西全都扔给了梁峥。门“吱呀”一声开了,梁峥小跑几步,钻了进去。

谭晓娜接过梁峥手里的东西,说了声谢谢,就钻进了自己的房间。不一会儿,里面就传来说话的声音,估计是在给彭涛打电话。艾榴榴当梁峥不存在似的,先是整理房间,然后是洗衣服。梁峥在沙发上坐着,脑子里算计着怎么说话,可是想好的台词儿,他又说不出口。反倒是艾榴榴主动出击了,她先是给梁峥倒了一杯水,然后坐在了他的对面,跟审讯犯人似的，她问梁峥："有事儿吗？这次怎么不捧一把鲜花装情圣了？"

面对艾榴榴超强的气场，梁峥小声地说着："要不我再去买一把……"

"谁稀罕啊？是不是你家里把你逼疯了，然后你又没有合适的人选。So，就跑我这儿来骗婚了！"艾榴榴指着梁峥的鼻子，毫不留情地骂道。

梁峥望了望艾榴榴，郑重其事地说道："我知道你疑点重重，困惑多多……自从那次我酒后行为过激，我就明白了一件事儿，其实我的心里还是有你的。也不是有，是已经生根发芽了。而且，我们也挺般配，不在一起太可惜了，老天爷都有意见……"

"不准再提那件事！般配，哪点儿般配呀，说说？"艾榴榴居高临下，一副得理不饶人的样子。

"咱俩在一起靠谱！首先，都是北漂，有共同语言，人生轨迹有重叠的地方。北京有几千万人，我们两个相遇相知很快就要相爱了，容易吗？不容易，这就叫缘分。缘分，是老天爷安排的，你不能抗旨不准吧；其次，我仪表堂堂，你窈窕淑女，咱俩是郎才女貌，在一起都不吃亏，相伴而行也没有人说三道四，和谐才能发展嘛；再次，咱俩都是乐天派，喜欢掐架逗贫，说白了就是刀子嘴豆腐心，以后结婚过日子不会枯燥，每天都是崭新的，越过越顺畅不是；最后，我会做家务，这块是你的弱项，我们要是组合在一起，这就叫优势互补，资源优化配置；补充一点，你伶牙俐齿，尖酸刻薄，我厚脸皮，抗压能力一流，不会出现河东狮吼的悲剧……有点乱，你就凑合着听吧，回头我整理一下，再给你做全面细致的汇报！"

"梁峥，你不去做骗子，真是太浪费了！"

"艾榴榴，你怎么可以这么冷静呢？是不是太过分了，你就不能和我互动一下，给我点 feel？哪怕就是笑一下呢，对我也是一种莫大的鼓励啊！"

艾榴榴实在是忍不住了，笑了出来："抱歉，我对你真的没有感觉。你说这些话挺逗的，我只想笑！"

梁峥盯着艾榴榴看了看："口是心非，其实你蛮喜欢我的，对不对？那晚上我亲你，你就……"

"呸呸呸，我不想听，你可以走了！"艾榴榴推着梁峥就往外面走。

梁峥回头望了望把他堵在门口的艾榴榴，故作深情地说道："我还会回来的……"

艾榴榴关上了门，情不自禁地又笑了起来。谭晓娜不知何时已经来到了客厅，说："你们两个真搞笑，像在搞论文答辩似的。没见过这么谈恋爱的，也太严肃了吧？"

"甭理他，就一神经病！三天两头地往这儿跑，献什么殷勤啊，早干吗去了。你看他那吊儿郎当、嬉皮笑脸的样子，靠谱吗？"

"哦，意思是靠谱的话，你就会考虑咯？"

"我和他不合适，要在一起早就在一起了，怎么会蹉跎到现在？"

"唉，众里寻他千百度，蓦然回首，那人却在，灯火阑珊处！"

艾榴榴冷笑："很有点吴晓军的范儿呢，看来你还是没有忘记他……"

谭晓娜叉着腰，一脸的不屑："切，说得我好像没有上过学堂似的！"

"不是的！那味道，那神情，真的是像极了。"

"不和你贫了，我去换被子了。你呀，好好想想梁峥对你说的话吧。都是老姑娘一个了，还挑三拣四的，装什么装啊，有人要就不错了！"

"谭晓娜……你要死啊！"

"对了，送你一个东西。"

谭晓娜说完就跑进了房间，拿出了测孕棒。她高举着测孕棒，在艾榴榴面前晃了晃："专门给你买的，够贴心吧？"

艾榴榴看了看谭晓娜手里的东西，哭笑不得："你有毛病啊，我要这个干吗？"

"看看是不是有了，做到心中有数，接下来可就不能乱吃乱喝了。"

"有什么？"

“Baby 啊！”

“啥？天，我要崩溃了……我怎么可能会有了宝宝呢？”

谭晓娜疑惑地望了望艾榴榴，指了指卫生间：“你那天不是想吐吗？这事可不能马虎。”

“嗯，吐了，那又怎样？吐了就是有了？”

“你不是有天晚上和梁峥喝醉了吗，对吧？”

“嗯，也吐了，那又怎样？”

“那你就有可能怀上了……”

艾榴榴抓了抓自己的头发，笑道：“谭晓娜，你的想象力可真丰富，我和他可什么都没有做！”

谭晓娜狐疑地望着艾榴榴的眼睛：“你确定？”

“我相当地确定。这个玩意儿你还是留着自己享受吧……”

“……”

程百万住过来后，老实了不到两天，就带了一个穿着讲究、身材姣好的女孩回来。程百万看着梁峥和吴晓军异样的眼神，立即解释，说是他一哥们的妹妹，在朝阳的一所艺术院校里读大三，出来体验合租生活的。吴晓军阴鸷地笑了笑，凑着梁峥的耳朵小声说道：“现在是大三上学期，准确地说她现在应该是‘小三’才对！”

梁峥自从被艾榴榴一次又一次无情地拒绝后，对什么都提不起兴趣了，心情跌到了低谷，对程百万的卑劣行为也是睁只眼闭只眼，不闻不问。倒是吴晓军坚决反对他和那个学生妹媾和在一起，不断提醒程百万，作为已婚之人，一定要慎重行事，对家庭要有担当，要做一个有责任感的男人。程百万唯唯诺诺，既不反驳吴晓军，也不收敛自己的行为。

这个大三女孩叫徐靖，长得漂亮，性格也活泼开朗。她对吴晓军的冷嘲热讽丝毫不在意，我行我素。徐靖有着一口标准的京腔，听着特别带劲儿，偶尔还会爆出一两句粗口，给梁峥他们的感觉居然是新鲜。虽然梁峥和吴晓军生活在北京好几年了，但是真正近距离接触北京女孩的时间还是蛮少的。因此，徐靖的到来，就像一阵春风，沐浴了两个感情纠结的男人，更是吹跑了屋子里原本压抑沉闷的气味儿。

不出几天，吴晓军居然就和徐靖有说有笑了，两人时不时还讨论一下哲学、文学、人生什么的。有时候梁峥半夜醒过来，还听见他们仨在客厅斗地主，有说有笑的。这简直就是同流合污、狼狈为奸嘛，梁峥几次都想爬起来，把三个人训斥一顿。而且，梁峥有把吴晓军拎起来暴揍一顿的冲动。可是他提不起劲儿来，全身软乎乎的，心累体乏。

还没有等梁峥从情感的漩涡里爬出来，公司又出了状况。老黄和向丽一起离开了公司，另起炉灶了，而且抢走了部门里大部分的客户资源。城门失火，殃及池鱼，梁峥的几个客户也被向丽给顺手拿走了。向丽通过公司的客户资料库，私下联系了客户，然后以较低的折扣签下了他们，兵不血刃。

总监刘德才对这两人的"叛逃"深恶痛绝、暴跳如雷，命令财务室立即联系老黄和向丽的客户，及时收款，把他们的公司账户也冻结了。公司也下了紧急文件，任命梁峥为华东大区销售一部的代理主管，全权处理部门事宜。忙了一整天的梁峥，刚走出办公室，就接到了一个陌生电话。电话是老黄打来的，声音刻意低沉了些，但是无法抑制他胜利者的姿态。

"向丽让我代她向你说声对不起，她签了一大批公司的客户，其中有几个是你一直在负责联系的。"

"没事儿，谁签不都一样吗？你们出来开公司，很多地方都要用钱。换我，我也这么干了。"

"梁峥，出来和我们一起干吧！我分几个省给你做，以你的才干，完全可以轰轰烈烈地干一番事业……"

"谢谢领导这么赏识我。你们刚走，我现在再出去不太合适吧，反正马上要过年了，年后我再出来也不迟，对吧？”

“哈哈，你不是在敷衍我吧？你可是我手里的一员大将，而且我一直把你当兄弟看待，下面没有信任的人干不了事哦！”

“老黄，你就放心吧。我会慎重考虑的，而且真要离开公司的话，我也得提前准备一下，总不能把手里的客户资源都丢了吧……”

挂电话的时候，两人又客套了一番。回来的路上，梁峥想了很多。他面临着两难的选择，要么跟老黄他们去干，成为新公司里的元老，一切从头开始，平台小，但是发挥的空间大；要么继续留在公司，争取到主管这个位置，学习好管理知识，然后带领着部门的人冲锋陷阵，让自己的事业上一个台阶！

梁峥最后还是决定“按兵不动”，等过完年了再做打算。毕竟，百足之虫，死而不僵，大公司有完整的营销体系和管理模式，能学到的东西更多，抗风险的能力也强一些。也可以借这段时间看看老黄的公司运行得如何，他们将采取什么样的销售模式，准备如何发展壮大公司。如果是小打小闹，那就不用去了，如果真的准备干一番事业，自己还是可以去锻炼锻炼的，就当自己提前创业了。

第二天早上，晨会开完后，刘德才把销售一部的人员召集到了会议室，开了一个动员会，目的很简单，稳定军心。他首先否定了老黄和向丽背叛公司的行为，还说公司有可能采取法律手段，控告他们两个损害公司利益，窃取公司的商业机密；接着，他肯定了大家一年来的工作，还说公司今年发展得很好，公司的年终奖也十分丰厚，比去年多了很多；最后，他又把公司明年的发展规划向大家讲解了一下，说得大家是热血沸腾，激情四射，恨不得立即冲上前线，为公司抛头颅、洒热血。

散会后，刘德才喊住了梁峥，说是要和他单独聊一聊。梁峥跟着刘德才来到了他的办公室，秘书立即进来泡了两杯茶。刘德才拍了拍梁峥的肩膀，挨着他坐了下来，拿出了烟。两人都点上了烟，刘德才吞云吐雾之后，叹了一口气："这几年公司发展得很快，步子迈得有点大，以至于管理跟不上哦。这次老黄离开公司，就暴露了很多问题。也说明我们华东大区管理滞后，人心散了哦。小梁啊，你来公司也有段时间了，说说你的看法……"

梁峥想了想，说道："我觉得这很正常，公司大了嘛，部门增加，人员繁杂，难免会出现各种各样的问题。员工离开公司，另起炉灶，然后和公司成为竞争对手，抢公司资源，这只是问题之一。"

刘德才笑："是啊，公司从成立的那天起，就会面临各种各样的问题。你觉得应该怎么处理这种突发状况呢，将公司的损失降到最低？"

"我觉得刘总已经处理得很好了，将公司的损失降到了最低。先是设立了代理主管，保证了部门工作的正常开展，杜绝了群龙无首的现象发生；接着，又召开了部门会议，稳定了员工的军心，还调动了大家的积极性，没有让离职的这种恶性情绪影响到大家。我觉得我们华东大区氛围还是很好的，老黄他们这次的事件，不具有普遍性，影响并不大！"

"哈哈，梁峥啊，你这是变相在拍我马屁哦？"

梁峥喝了口茶后，立即摆了摆手："刘总，我这叫有一说一。不过，我倒是想提两个建议……"

刘德才点了点头："嗯，你说。"

"我觉得公司以后的客户资料要适当地保密，采取分级的制度，不能谁都能看到、拿到。大区总监掌握 VIP 客户的资料，各部门主管掌握重点客户的资料，员工掌握少量意向客户的资料。另外，所有公司员工从踏入公司的那天起，就得签订保密协议，以及在劳动合同中约定竞业限制条款，从而保证公司的资源不外流，利益不受到损害……"

刘德才拍了拍手，赞叹道："很好嘛，这两点我居然没有想到。很多公司都有这样的制度，咱们公司没有贯彻实行，这回就出问题了不是？真是后生可畏，梁峥啊，你将来大有可为。很好，待会儿我就把你的建议拟成文件上报给公司总部！”

“刘总，您就别夸我了，我也是昨天晚上‘百度’了一下，才知道的。”

“好，看来你一直在关心公司的发展嘛，也说明你对企业管理有兴趣。原来我就给你说过，你是公司重点培养的对象，现在你是代理主管，抓住机会锻炼自己，说不定哪天就转正了。打工打不了一辈子，但是管理呢，可以用一生去学，一生去做！等你到了管理这个阶层上，你会发现自己以前看问题很片面、很狭隘，这个不同的起点有不同的境界，只有站得高才能看得远啊！这个销售一部就需要你多费心了，公司相信你，我也相信你。有什么问题一定要多问，问我，问其他部门的主管都可以。一定要相信自己的能力，知道吗？”

“谢谢刘总，我会尽力而为的。”

刘德才站了起来，紧紧地握住了梁峥的手：“待会儿公司还有一个会议，我得去一下。你先回去，待会儿我让宋秘书送几本管理类的书籍给你，好吧？这个部门的工作就辛苦你了，我代表公司感谢你！”

梁峥立即也站了起来：“不辛苦，感谢公司和刘总对我的信任，也感谢你们的关心和支持！”

“和你刘哥客气了不是？快去吧，好好干！”

所谓好景不长，程百万和女大学生徐靖的浪漫旅程持续了一周多，终于还是夭折了，刘瑜霞跑到国美小区和程百万大打出手。徐靖见势不妙，拉开门就跑了。程百万知道刘瑜霞有身孕，这回打骂都不还手了，一张俊脸被刘瑜霞抓得红一道紫一道的，吭都不吭一声儿。刘瑜霞打完闹完了，还不解气，指着梁峥和吴晓军的鼻子破口大骂：“真他妈的不是东西，藏污纳垢的，你们干吗不召集几个小姐来开个窑子啊？房租省了不说，还能赚一笔！”

吴晓军讪讪地笑了笑，辩解："我们也是没有办法，一开始是他一个人住这儿的，谁知道后面又领了一个进来……"

刘瑜霞早就打红了眼，逮谁骂谁："难怪谭晓娜不要你，你这种男人就活该找不到老婆！你就不知道给轰出去啊，你不知道他是有老婆的人啊，知道什么叫窝藏罪吗？"

吴晓军被刘瑜霞骂得无地自容，欲哭无泪，他瞪了一眼歪在一边的程百万，气冲冲地走进了自己的房间里，"嘭"的一声关上了门。有了前车之鉴，梁峥识相，不给刘瑜霞做任何解释，以迅雷不及掩耳之势溜进了自己的房间，然后轻轻地关上了门。

客厅里传来程百万夫妇的吵骂声："刘瑜霞，要打要骂随你便，这事儿与我兄弟无关。你要再撒泼，别怪我翻脸不认人了！"

"我就撒泼了，你想怎样？你到底想怎样？"

"我他妈的想抽你！"

"你抽啊！程志辉，你不抽，你就是王八蛋……"

程百万最终还是妥协了，乖乖地回了家。原以为这事就算完了，谁知道刘瑜霞告了御状，程百万又被他当过兵的老爹狠狠地抽了几皮带，疼得程百万双脚直跳。"踢猫效应"终于发生了，程百万把气全撒在了刘瑜霞身上，甩了她一耳光。刘瑜霞哭了一夜，心里堵得慌，无处发泄，她偷偷地跑到一家女子医院去做了人流。

程百万得知自己的小孩没有了，气急败坏，扬言要和刘瑜霞离婚。程百万的父母知道这件事后也是气得不行，都责怪刘瑜霞太任性了，没有责任心，这么大人了还像个小孩子。刘瑜霞受不了众人的指责，一气之下就跑回了娘家。程百万采取了冷暴力，开始对刘瑜霞不闻不问。他巴不得刘瑜霞主动离开他的视线，当然，更不会主动去接她了。

在"无政府状态"下，程百万在徐靖学校的外面租了一间房子，两人玩起了同居。两天后，程百万接到了梁峥的电话，梁峥问他们两口子现在怎么样了。程百万在电话里夸夸其谈、洋洋自得,说他总算彻底自由了,终于像个爷们儿一样生活了。程百万还说他现在和刘瑜霞共同努力的方向就是散伙,也就是说离婚只是时间早晚的问题了。

梁峥难以掩饰内心对他们夫妇的失望,匆匆挂了电话。吴晓军得知后,苦笑了一下,联想到自己的处境,一边摇头,一边感叹:“真是世风日下,人心不古哦。”

梁峥:“真是好兄弟,这下公平了,仨都成光棍了!还是光棍好啊,一人吃饱全家不饿不说,床一个人睡,钱一个人花,整个艳遇绯闻什么的,还不需要偷偷摸摸地……”

“你这人人品有问题,人家妻离子散,你还在这儿幸灾乐祸!”

“清官难断家务事,咱们就别瞎掺和了。程百万的确不该结了婚还到处拈花惹草,但是刘瑜霞也有问题啊,她怎么能迁怒于孩子呢,孩子是无辜的!人家老人家天天盼着抱孙子,她倒好,直接就扼杀了别人的希望,有点儿残酷,不是吗?”

吴晓军义正词严:“那也是程百万不对在先!”

“关键是结婚过日子不能赌气,而且要以大局为重。你那几天不是和那小妮子打得火热吗?现在怎么又这副德行,充当起仁义道德的先锋了,假惺惺的。”梁峥斜了吴晓军一眼,有点不屑。

“人家来者是客,我能不陪下么?”

“你这人啊,就是没有原则,而且迂腐,假正经,我算看明白了……”

“总比你两面三刀、虚与委蛇的要好吧!”

“得,咱们还是多操心自己的事儿吧,别猫哭耗子假慈悲了!”

梁峥说完就郁郁寡欢地回了自己的房间。表面上他对自己的单身生活很满意,其实内心焦急万分,既担心过年回家无法向老头子交差,又无法忍受年龄和心理所带来的越来越沉重的压力。他是真的想有一个伴侣,有一个家了。接下来的几天,梁峥又给艾榴榴打过几次电话。艾榴榴要么不接,要么就不好好说话。梁峥也厚着脸皮去找过艾榴榴,不过每次都是不欢而散。去之前他就告诫自己一定要沉住气,不能图嘴上快活,结果呢？两人说不上几句话,就掐起架来——冤家,也许这是前世就已经注定了的。

光阴荏苒,日月如梭,转眼就要到圣诞节了。圣诞节和情人节一样,在中国特别有市场,这是情人的狂欢节,也是商场的胜利日。在圣诞节的前一天,林强利用职务之便,把艾榴榴叫到了自己的办公室里,送给她一盒巧克力,然后又邀请她去后海的酒吧里坐一坐。艾榴榴犹豫了一下,觉得却之不恭,何况她现在只把林强当成领导,以前的一切就像是过眼云烟,没有必要再去计较了。而且,他们本来就没有发生过什么。即使有过还算美好的开始,过程还没有展开,就已经夭折了。

放着轻音乐的酒吧里,暖气十足,但是空气并不浑浊,透着淡淡的啤酒味儿。艾榴榴恭恭敬敬地坐在林强对面,她喝了一口苏打水,然后就低着头望着酒杯,装傻充愣,以掩饰内心的焦灼。林强已经喝了三杯洋酒了,他那棱角分明的脸显得更加苍白。他先是叹了一口气,然后又沉默了一会儿,才轻声说道:“我给你讲一个故事,要听吗?”

艾榴榴点了点头:“嗯——”

“上个世纪70年代,上海一批知青被派到偏远地区去锻炼、学习。其中有两男一女,他们是同学,被派到了同一个地方。他们在一起生活学习了几年后,彼此之间已经感情深厚,两个男的都深深地喜欢着这个女人。70年代末,三个人都返回了上海。几个月后,女人怀孕了,她嫁给了其中的一个男人。半年后,另一个男的放弃了工作,‘下海’去了深圳。五年后,女人已经成为两个孩子的母亲,不幸的是她的老公出了车祸,丢下她们母子三人,走了。走投无路的女人带着两个孩子去了深圳,投奔了当初她抛弃的那个男人。男人事业有成,却一直未婚,很快就和这个女人住在了一起，并登记结了婚。男人对这个女人很好，对她带来的两个孩子也不错，尤其是对这个小男孩很严厉……”

林强说到这里好像有点紧张，喝了一大口酒，又才望着窗外说道：“小男孩一天天长大，上了高中，寄宿在学校。有天下午，他生病了，请假回家休息，打开门后，发现妹妹躲在角落里哭泣……那个男人酩酊大醉、满身酒气，早已经人事不知。男孩拿着刀冲了过去，却被赶回来的母亲给抱住了。一周后，母子三人离开了深圳，回了上海。母亲努力工作，自己开了一家外贸公司，生意越做越大；男孩努力读书，出国留学了；妹妹在高中就辍学了，学校说她和一个女生谈恋爱，就把她给劝退了。有一天，男孩发现母亲还在和那个男人来往。在男孩的逼问下，母亲只好说出了一切。她告诉自己的儿子，她开公司的钱都是那个男人给的，而且包括他出国留学的所有费用。男孩不想用这个男人的钱，他决定去快餐店打工挣钱，可是母亲说那个男人才是他的亲生父亲……男孩接受不了这个现实，从此就患上了忧郁症，需要定时去看心理医生。病情虽然得到了控制，但是他却不再相信亲情、爱情，他开始游戏人间，视男女感情为儿戏……”

林强喝了一口酒，看了看面前低着头的艾榴榴，继续说道：“直到有一天，一个简单、勇敢、可爱的女人出现在他的面前。她不卑不亢，正直善良，这个女孩像匕首一样击中了他的内心深处，开始改变他的一些根深蒂固的想法。不过，他最终还是失去了这个女人，因为他曾经的一些不好的行为……故事讲完了，其实我不太会讲故事，这个故事也是我第一次告诉别人——对不起，耽搁了你宝贵的时间！”

讲完故事后的林强如释重负，好像一下子轻松了许多。见艾榴榴呆呆的说不出一句话来，笑了笑：“走吧，我送你回家……”

林强拦了一辆出租车，拉开车门，很绅士地请艾榴榴坐了进去。然后他自己坐在了车的前面，对司机说道：“麻烦您，国美小区！”

车里放着莫文蔚的《外面的世界》：

在很久很久以前
你拥有我
我拥有你
在很久很久以前
你离开我
去远空翱翔
外面的世界很精彩
外面的世界也很无奈
当你觉得外面的世界很精彩
我会在这里深深地祝福你

艾榴榴倚着车窗，听着歌。她呆呆地望着外面这个色彩斑斓的城市，想起刚才那个并不动听的故事，默默地流下了眼泪……

出租车停在了国美家园小区门口，艾榴榴正准备下车的时候，林强喊住了她，从公文包里拿出了一个新款的巴宝莉挎包："送给你的圣诞礼物，希望你喜欢！"

艾榴榴使劲地摇了摇头："对不起，我不能要，我今天已经收到了一份最美的礼物。我祝福故事里的母子三人，希望他们永远幸福、快乐！"

艾榴榴说完就跑进了小区，生怕自己会控制不住，留下来似的。林强一直望着小区的门口，直到艾榴榴消失在昏黄的灯光中。他笑了笑，轻声说了句"谢谢"，然后钻进了出租车……

圣诞节这天，吴晓军、梁峥、程百万又聚到了一起，不过这回不是去打台球了，也不是去吃烧烤，他们的目的地是四惠的一家酒吧。这次聚会是由程百万发起的，他说新的一年就要到了，为了辞旧迎新，大家得放纵一下，宣泄一下，舒坦一下。服务员把他们带到了三楼一个靠近角落的包厢里，包厢不大，但是装修得十分豪华。一看就知道，这种包厢不仅音响效果好，而且隔音效果也非常棒。

程百万将腿搁在桌子上，拿过服务员递过来的本子，点了喝的和吃的，然后望了望若有所思的梁峥和一脸哭相的吴晓军："怎么都变成驴脸了，出来玩就要开心嘛！我这马上就要离婚的人了，还乐观地面对着这个肮脏的世界，你们二位就不能苟活于人世么？"

"真要离？"吴晓军盯着程百万，半信半疑。

程百万拿出烟，抽出一支，咬在嘴上："就等刘瑜霞签离婚协议了。不过，她还在等我回心转意！"

吴晓军也点上了一支烟："放屁，你家那老古董会同意？"

"她千不该万不该怀了孕，又把小孩给拿掉了。老头子早就盼着抱孙子呢，这下可好，变成抱恨终生了。所以我提出离婚，他们既不反对，也不支持，显然是已经对我们彻底失望了。这样也好，大家都解脱了！"

"你们家的人可真够邪乎的……"

"唉，这孩子也是与我们无缘。有时想想，这事儿自己也有责任，虎毒还不食子呢，我是不是禽兽不如？"

"是不如禽兽吧……"

服务员端来了酒水，三个人一人端了一杯酒，碰了一下，全干了。一直没有说话的梁峥，砸吧了一下嘴，点着了烟，吐了一口烟雾，然后歪在沙发里叹气。吴晓军和程百万都把注意力转移到了他的身上，知道梁峥要发表高见了。梁峥又吐了一个烟圈，这才懒洋洋地说道："兄弟三人啊，就数你自尊心最强，条件最好，人也最洒脱。所以，什么你都要争个第一。这不，结婚你最早，现在离婚你也要最早，丫的还让不让我们活了？"

程百万苦笑："有些事情啊，我也是情非得已……我奉劝你们二位，以后要是结婚啊，一定得找个性格合得来的，有共同话题的，这真的很重要，太他妈的重要了！"

梁峥吃了一片水果，又才意味深长地说道："不是当哥哥的发马后炮，结婚了就得定性，不能朝秦暮楚、见异思迁、随心所欲。结婚前我们得两只眼看人，这结婚后，还就得睁只眼闭只眼。你的爆脾气也得改改了，有时看起来你就特别幼稚，知道不？你要是真的和刘瑜霞过不下去了，早离早好。她好嫁，你好娶，对不对？结婚自由，离婚也是自由的。人啊，还就得为了自由而活……不过，你可得想清楚了。我觉得刘瑜霞还是不错的，配你配得上，也对得起你程百万！你说你除了会玩股票，会把妹子，会吹牛，你还会个啥啊，你对这个社会贡献什么了？特不靠谱！"

程百万知道梁峥在挖苦自己，不过说的也都是心里话。他笑了笑："峥哥，你知道我最佩服你什么吗？你看你轰轰烈烈地相亲，相了一年都没有结果，估计明年还得继续相下去。这份耐心，这种坚持到底的精神，尤其令我感动，值得我和军哥学习！还有就是，你装逼的本事天下一流啊，明明喜欢我们艾姐，偏偏又不承认，还整天和人家过不去。抖什么机灵啊？就你那点口才，有什么好显摆的，把谁都当成你的客户了吧，自吹自擂。你肯定以为自己多帅呢是吧？人家还要来倒贴你，以身相许？我程百万再不靠谱，但是有自知之明，而且活得真实……"

吴晓军在一边哈哈大笑，有点坐山观虎斗的意思。梁峥白了吴晓军一眼："看看咱们军哥，前女友马上都要奉子成婚了，还笑得这么欢畅。这才是真正的坚强，这才是纯爷们儿，咱俩得向他看齐！"

"你两个狗咬狗也就得了，干吗要扯到我呢？我好欺负是不是？"吴晓军喊冤。

"都别墨迹了，咱今天不是来开批斗会的，也不是来玩儿忏悔的。哥儿个为了自由、为了坚持到底、为了纯爷们儿，把这酒喝了！"程百万拿过服务员倒的酒，一人给了一杯，"干杯，为了这该死的婚姻！"

"干杯，为了这该死的友谊！"

“干杯，为了这该死的人生！”

三个男人先是喝着闷酒，瞎聊一通，接着就开始扯着嗓子唱歌。几个家伙点的全是一些老歌，仿佛把这次聚会当作了一次集体怀旧和疗伤。吴晓军唱了一首罗大佑的《光阴的故事》，程百万唱了一首童安格的《把根留住》，梁峥则唱了一首崔健的《一无所有》。当吴晓军正在卖力地唱张宇的《用心良苦》的时候，包厢里闯进来了三个头上长着红色犄角（圣诞节卖的一种发光的饰品）的女孩。吴晓军以为是酒吧里的DJ公主，紧张得不行，很快就唱跑调了，再到后面就没音了。原来吴晓军撂下了话筒，坐到了沙发上。

其中一个穿红衣服的女孩坐到了程百万的身边，程百万一把就搂住了她的小蛮腰，还夸张地亲了她一下……另外两个女孩一高一矮，一瘦一胖，都穿着黑色的外套，她们冲着程百万甜甜地喊了一声“辉哥”后，就紧挨着坐在了沙发上。程百万站起来一一做了介绍，红衣女孩正是他上次带过去的徐靖，只是今天化了浓妆，有点让人认不出来了。另外两个女孩是徐靖的同学，她们三个是程百万事先就约好了的，来过圣诞节。

包厢里开始放着强劲的迪曲，灯光也暗淡了许多，只见桌子上的东西全部都被撤掉了，多了一瓶红酒和六个高脚杯。程百万用卡片在一张纸上刮着白色粉末状的东西，然后几个女孩就用一根吸管很娴熟地给吸进了鼻子里……她们一人吸了一圈后，就脱掉了外套，先是甩着头发，然后就跟着音乐节奏全身“抽搐”起来。那曼妙的身段儿，在音符和光影的缠绕下，性感而妖娆，让人有上去搂着一起摇摆、一起沉醉的欲望……

梁峥知道这白色粉末是什么东西，所以没有吸，而是静静地看着眼前的一切，觉得混乱而燥热。他一杯又一杯地喝着鲜艳欲滴的红酒，眼前的一切开始迷离起来，心中的欲望一圈一圈地被放大，就像心海里被投进了一粒石子一样，激起了万千涟漪，不断荡漾开来，冲击着全身的每个细胞。

程百万和吴晓军随着音乐轻轻晃起了头，然后跑到包房前面和几个女孩一起，跳起来、扭起来，这反倒显得正襟危坐的梁峥不正常了。渐渐地，梁峥也恍惚了，醉眼蒙眬中，只见那个高个女孩微笑着向他走了过来，伸出了纤细的小手。他趺趺撞撞地站了起来，然后抱着那个女孩，蹦着、摇着、笑着，一起奔向圣诞的春天……

这是一个沉醉不知归途的夜晚，这是一个癫狂迷离的夜晚，这是一个透支激情的夜晚。三个女孩肆意挥洒着青春，三个男人则刻意宣泄着欲望。连一如既往地清醒着的城市似乎也醉了，直到第二天，所有的街道和角落被车流和人群填满，它才睁开眼睛，睥睨这个琐碎而虚荣的世界。

元旦悄无声息地来到了，等人们恍然大悟，感慨又过去了一年的时候，2010 年的钟声已经敲响。过去已经成为回忆，将来仍然需要展望，而今天需要的是什么呢？铭记——从 2010 年开始，直到 2010 年的所有再次成为回忆……

在天通苑的一家星级酒店里，梁峥怀着很复杂的心情参加完了婚礼，当他向谭晓娜转告吴晓军的祝福的时候，谭晓娜的眼神瞬间就黯淡了下来，接着就跑去了卫生间。梁峥知道，这一生，谭晓娜是无法忘记那个戴着眼镜的“酸秀才”了。艾榴榴也在婚礼的现场，还是伴娘，穿着白色纱裙的她，优雅而高贵。在梁峥的眼里，艾榴榴才是今天的主角。远远的，两个人对视——几秒钟后，彼此浅浅地笑了笑，然后各自潇洒地转身……

也许是印证了“每逢佳节倍思亲”这句话，一到节假日，大家都会想着各种由头聚会，既逃避了思亲念家的痛苦，也排遣了身陷城市森林的孤独寂寞。每年在北京工作生活的一小撮湖北人都有那么几天，他们聚集在一起吃喝玩乐，联络感情，这就是所谓的老乡聚会。梁峥是湖北人，不过，他来北京几年了，却从来没有参加过这种聚会。这次元旦聚会他不仅参加了，还拉上了吴晓军。这是为什么呢？

首先是为了多认识一些老乡，拓展一下人脉，梁峥觉得这对自己以后在北京的发展多少会有裨益。以前没有积聚人脉的意识,现在得有意识地去拓展了;其次,吴晓军的爱人结婚了,新郎不是他。梁峥既不想抛弃吴晓军,又害怕吴晓军折腾自己,不如把他带到人群中来,让他感受一下真善美,分散注意力;最后,也是最关键的,梁峥的心情也不咋的。换句话说,他也把这次老乡聚会当成了一个心情出口,而不是郁闷地待在家里,想着那些得不到的人,徒增悲伤。

在湖北大厦旁边的一家星级酒店里,每人先交了两百元,算是入场费。老乡们走进一个大厅里,开始自由活动,彼此交换名片,寒暄客套一番。梁峥和吴晓军坐在角落里,耷拉着脑袋,两双眼睛贼溜溜地,浏览着眼前的一切。他们一点儿也没有和大家互动的意思,偶尔有那么一两个热情的男女过来递张名片、打个招呼,两人也是意兴阑珊,郁郁寡欢。就像是站立在旁边的服务员一样,这场聚会再热闹,他们也只是看客。

老乡们都聊得火热,个别人还挺兴奋,貌似找到了久违的组织一样。两个人第一次参加这样正式的聚会,不习惯,都有点局促不安。梁峥干脆拿出了手机,嘴里叼着烟,悠闲地看起手机小说来。吴晓军东望望西瞧瞧,见前面有吃的,碰了碰梁峥:"傻吧,咱交四百块钱来凑热闹了?"

梁峥头也不抬:"要的就是这个气氛,不然怎么排遣你心中的那份愤懑和孤寂呀!"

"嘿,还是为我好了?你要是有约会,你早玩消失了,别把自己说得那么伟大!我去拿点水果来消费消费,不然就亏大了……"

吴晓军在前面选了几样水果,放满了两个盘子,正准备端走,肩膀就被人拍了一下。吴晓军被吓了一跳,手中的盘子差点掉地上了。定睛一看,原来是艾榴榴和一个戴着亮瞳的时髦女孩,他好奇地问道:"难道你也是湖北佬?"

艾榴榴笑:"我是南边的,生在岳阳,长在岳阳。"

吴晓军:"活在北京——那你来凑什么热闹啊,没有去参加小谭的婚礼吗？”

“你四川人就能来，为什么我湖南人就不能来呢？婚礼早举行完了，我们总不能赖在那儿，不允许新郎新娘入洞房吧……”

艾榴榴旁边的女孩笑出了声，吴晓军发现两个女人都盯着他，脸“唰”地一下就红了，立即转移话题，招呼她们过去坐。艾榴榴她们正愁没有熟人，也就跟着吴晓军走了过去。艾榴榴旁边的女孩不是别人，正是她的同事邹惠。邹惠也是湖北人，她们参加完谭晓娜的婚礼后，就直接坐车过来了。

艾榴榴跟着吴晓军走了一半就后悔了，她发现梁峥正懒散地坐在那儿玩手机。一副玩世不恭的样子，看着就让人生厌。怎么到哪儿都能碰见这个家伙呢？真是冤家路窄！梁峥发现面前多了几个人，觉得奇怪，抬眼一看，惊诧不已。他的一双眼睛全招呼在艾榴榴的身上了，好像要把她给看透似的。

邹惠笑了笑，很大方地坐了下来，见艾榴榴站着不动，一副若有所思的样子，拉了拉她的衣角：“坐啊，艾姐，顺便也给我介绍介绍这两位帅哥……”

艾榴榴白了梁峥一眼，背对着他坐了下来：“这是我们办公室里的小美女——邹惠。这位是作家吴晓军，另一位不熟悉！”

吴晓军望了望邹惠，礼貌地笑了笑：“什么作家啊，别听她的，没事儿胡乱写点东西而已……”

邹惠：“你就别谦虚了，我猜另一位是梁帅哥吧。你们两位我可太熟悉了，老听艾姐和晓娜姐在办公室里说起你们，真是久仰大名啊。今天眼见为实，幸会、幸会！”

邹惠一时口快，揭了艾榴榴的老底儿。艾榴榴急坏了，立即冲着邹惠挤眉弄眼。邹惠却丝毫不在意，装作没有看见，反而站起来和梁峥、吴晓军握了握手。

梁峥大发感慨："吴晓军，看见没，这才是新时代的女性，大方、干练、真诚。不像有些人，明明认识对方，天天惦记着对方，偏偏要说不熟悉……"

艾榴榴猛地转过身子，指着梁峥的鼻子："谁惦记你了，你以为你谁啊？"

梁峥面对艾榴榴的指责，并不在意，而是对着邹惠耐心地解释着："我和你艾姐相亲认识都快一年了，期间老是在闹小别扭，不是我刺激讽刺她，就是她挖苦打击我。没有正正经经地约个会，更没有机会去谈什么恋爱了。现在想想，挺浪费的。你知道吗？我真的很喜欢你艾姐。当然，她其实也蛮喜欢我……"

"呸——真不要脸，谁喜欢你了！"艾榴榴的脸涨得通红，咬牙切齿地据理力争。

梁峥无奈地摊开双手："可是现在，你也看见了，搞得不痛不痒的，有时见了面还跟仇人似的，这算怎么回事儿啊？一对佳人生生地变成了仇人，彼此朝思暮想吧，却又不能在一起。美女，给我支个招儿吧，哥哥我先谢谢了……"

邹惠在旁边早就笑弯了腰："哎哟，笑死我了。你们两个真逗，像在演小品。我们艾姐向来就是口恶心善，你只要是真心的，她肯定能感受到。对吧，艾姐？"

艾榴榴无地自容，一时也不知道怎么回答。正要走开，就被梁峥一把给拖住了："咱们安安静静的聊一聊，好不好？算我求你了……"

吴晓军和邹惠相视一笑，借口要去拿水果，走了。艾榴榴将衣服一扯，挣脱了梁峥的手，仍然背对着他坐了下来。梁峥嬉皮笑脸地靠了上去，见艾榴榴目视前方，一身正气，本想说点轻薄的话儿，却也不好意思开口了。梁峥叹了一口气，点上了一支烟，刚抽了一口，就被艾榴榴抢过来给掐灭了。梁峥并不生气，讨好地说道："掐得好，够环保。其实何必你亲自掐呢？你只要吱一声儿，我把整包烟都给丢了，你信不信？”

“有本事你就把烟给戒了！”艾榴榴早已不再生气，但是口气还是很生硬。

“你要是答应做我的女朋友，我就戒烟。而且授予你独一无二的监督权，每天24小时，少一分钟都不合适……”

“再没个正经，我可真走了！”艾榴榴作势要走的样子。

梁峥立即拦着她：“别闹了，乖！咱上次不就说好了吗？如果元旦咱俩都还没有着落，我们就比翼双飞、海枯石烂、天长地久的……”

“什么时候的事儿啊，我咋不记得了。”艾榴榴装作一脸无辜的样子。

“星巴克，星巴克可以作证！”

“好啊，你去喊他来，我们当面对质！”

“我的姑奶奶，你这不耍赖吗？”

“有本事你也耍呀。”

“可惜哦，我只会耍太极……”

艾榴榴看着一脸无辜的梁峥，“扑哧”一声笑了出来。

另外一边，吴晓军和邹惠正聊得起劲。邹惠咬了一口苹果，问吴晓军：“你当初怎么和晓娜姐分的手呢，难道就为了一间房子？”

吴晓军故作深沉地说道：“房子只是诱因，关键还是我们的人生观不一样，对婚姻和生活的看法迥异。她希望婚姻能建立在一定的物质基础上，认为这样才稳定，才有安全感。而我觉得婚姻必须以两个人的情感为基础，比如相互欣赏、爱慕、信任、理解、包容等等……”

邹惠想了想：“我觉得都重要，毕竟这个社会是由物质构成的，我们的吃穿住用行，都是靠物质来支撑的。当然，感情也很重要，这是婚姻的一个前提，没有感情的婚姻是不道德的。对吧？”

“的确，可是什么更重要呢，我们拿什么去衡量一场婚姻是否美满呢？我觉得是两个人的感情，无论富贵还是贫贱，都不改变。”

“嗯——我基本同意你的说法。不过，物质基础也得考虑。最好的莫过于门当户对，然后两个人有感情基础，人生观、世界观也大致相同。只是要找到这样的人太难咯……”

“我认为啊，首先是这个人你不讨厌，你对他产生某种奇妙的感觉，你才会想和他在一起。而不应该是他有几套房，他一个月有多少收入。”

“可是，那些傍大款的和找富婆的，那就是直接奔人家钱去的……”

“那就不是结婚了，而是挣钱、骗婚。”

两人越聊越来劲儿，颇有点相见恨晚的态势。老乡会的暖场结束后，就是一起用餐。大家都没有客气，毕竟都是掏了钱的，不多吃点就好像对不住自己似的。最后，还有一场晚会，先是赞助的企业领导给大家讲话，接着是老乡会的会长讲话，然后就是一些娱乐活动，十分幼稚。比如，几个人拿着卫生纸来缠自己，看谁缠得更像“木乃伊”。梁峥他们几个则围成一圈儿，边吃边聊，不亦乐乎。

新的一年，就在这种喧嚣和慵懒中，徐徐地拉开了序幕。

凌晨，吴晓军和梁峥才回到家里，两人都没有睡意，窝在沙发里抽烟。吴晓军嫌客厅里太安静了，打开了电视，然后把频道调到了凤凰卫视。他看了看闭着眼睛抽烟的梁峥，问道：“一年又这么过去了，是不是特复杂呀？”

“什么复杂？”梁峥依旧闭着眼。

“心情呗。一晃一年哦，我都不知道我在过去的这一年里都干吗了？”

“先是恋爱，幸福了一把；接着，又为买房冲动了一次；最后呢，失恋心碎了一回……”

吴晓军吐了一个烟圈，不以为然：“我是不是特没用，最后落得个人房两空！”

梁峥弹了弹烟灰，笑了笑：“这才是生活嘛，酸甜苦辣咸，五味杂陈。

其实我比你混得还差呢，根本就没机会打房子的主意。去年一开始就嚷嚷着相亲，想早点结婚，结果呢？”

“结果——两个好女人都和你擦肩而过了。”

梁峥仰着头，望着屋顶：“错过就是过错啊！”

吴晓军霍地站了起来，在客厅里走了几圈，然后突然说道：“我想回家了！”

“回呗，春运马上就要紧锣密鼓地开始了！”

“不是的，我想离开北京，回家里发展……”

“想好干什么了吗？”

“没有！”

“是考公务员整个铁饭碗呢？还是承包一座山，圈养点土鸡？”

吴晓军使劲摇了摇头：“现在干部都要求年轻化，让我进去伺候那些小老爷，没门儿。至于养鸡嘛，我不专业啊！说实话，哥们我暂时还真没有勇气回去。以前的同学在家里都发展得那么好，有车有房有地位的，我这个来首都混的人，居然最后落得个一无所有，丢人丢到家了不是？”

梁峥把烟头抛进了烟灰缸里，又倒了两杯水，见吴晓军还傻站着在想些什么，递了一杯水过去：“你得想好了，是为自己活呢，还是为别人活？”

“唉——甭管为谁活，不都希望活得精彩点吗？”

“那就喂马，劈柴，周游世界……”

“做一个幸福的人！哈哈——”

梁峥和吴晓军都哈哈大笑起来，笑得热泪盈眶……

元旦假的第二天，彭涛和谭晓娜从天通苑跑了过来，两人准备把谭晓娜屋里的东西给搬到自己家里去。彭涛先是在房里收拾整理东西，然后又一件件的往楼下的车里放。谭晓娜则和艾榴榴在客厅里嗑瓜子，一副事不关己，高高挂起的态势。艾榴榴望了望一脸幸福的谭晓娜，问她：“结了婚是啥感觉呀?"

"踏实啊,真的。我第一次感觉到我拥有了这座城市,而且有了一种前所未有的安全感!"

"有那么悬乎吗?"

"不信你结次婚试试……"

"我才不试婚呢!"

突然,屋里"嘭"的一声响,吓了两人一跳。谭晓娜冲着屋里吼道:"彭涛!你给我悠着点儿,急着和美女去约会呀?"谭晓娜回过头来,冲艾榴榴笑了笑,"试婚有什么不好?很多盲点你都能找到。比如,有的男人有那个情结的,你不试,回头结了婚就给你玩冷暴力,那多遭罪呀!"

艾榴榴望着谭晓娜半天,像不认识了一样:"谭晓娜呀谭晓娜,我怎么发现你现在说话做事跟吴晓军一样了呢?有了痞劲儿,邪乎!"

"狗屁!吴晓军要是能有你家梁峥一样痞,一样邪乎,我早就嫁给了他!"

"什么我家的梁峥?吴晓军还不痞啊,看上去是斯斯文文的,其实一肚子的坏水儿!"

"唉,你是不了解他哦,他其实蛮善良老实的一个人。屋里那个才厉害呢,要手段的高手,不然我也不会这么快就着了他的道儿!"

"别说得自己多纯情似的,这就是传说中的周瑜打黄盖吧……"

"你和梁峥那天晚上呢,又是谁打谁了?"

"那是我喝醉了……"

"呵呵——那我就是意乱情迷了!"

两人正聊得起劲,见彭涛抱着一箱子东西走了出来,都不说话了,继续嗑瓜子。谭晓娜见彭涛开门走出去后,又才说道:"话说回来,不是我不会纯情,也不是我不爱吴晓军!可是,婚姻是婚姻,爱情是爱情,女人真正需要的还是一个幸福美满的家庭,而不是雾里看花的爱情!"

“哟哟,还学会吴晓军那样理论指导实践,再从实践中总结理论那一套了!”

谭晓娜忍不住笑了出来:“你以前多冰清玉洁、端庄贤淑呀,现在还不是喜欢插科打诨、耍贫斗乐子了,都是跟梁峥学的!”

“哎呀,说不过你,昨天我看见吴晓军了。他跟没事儿似的,还和邹惠两个谈笑风生呢!”

谭晓娜吃完了瓜子,又拿出了一盒薯片,边吃边问道:“他们俩怎么凑一块儿了?”

“湖北佬聚会,他跟着梁峥去凑热闹呗!”

“哦——对了,你又跟着邹惠这个‘九头鸟’去凑热闹!其实我还真希望他找个好女人,然后过点安稳日子。有时想想,自己挺自私的……”

总算搬完了,原来塞满东西的房间,现在空荡荡的。人去楼空,陡升出几分悲凉来。艾榴榴和谭晓娜紧紧地拥抱在一起,不忍分离,可是天下没有不散的筵席。每个人的生活里的主角只有一个,那就是自己。其他的都是配角,更多的是过客。

艾榴榴一直送他们到楼下,直到斯柯达载着谭晓娜夫妇消失在街角,她才一个人慢慢往回走。走着走着,她突然想去“上岛”喝一杯咖啡。咖啡厅里的人不多,音乐慵懒无力,艾榴榴独自坐在角落里发呆。一种前所未有的失落感裹挟着她,让她羸弱无力。苗条的女服务员端来了咖啡,还笑着说了一句“新年快乐”!

是啊,又是一年了,物是人非。艾榴榴呷了一口咖啡,想起了去年和她的生活有过交集的那些人。她还想起了远在湖南的父母,又要回家过年了,七姑八舅又得盘问自己的个人问题了,特别热心的肯定还会安排一两次相亲,甜蜜的负担……

艾榴榴刚喝了一半咖啡,手机就响了,是梁峥打过来的。艾榴榴告诉自己,不接,等手机响第三次的时候再接。手机响了几声,停了;过了几秒钟,手机又响了,几声后又停了。此刻,艾榴榴的内心却开始矛盾起来,她既不愿意手机响第三次,又盼望着手机能响第三次。不愿意,那是因为她不想在这个时候接听任何人的电话,和任何人说任何话,她正享受着这静谧的独处时刻;而盼望呢?是她内心里希冀着,梁峥现在有足够的诚意和耐心去表达他对自己的爱意。而不是像以前一样,一会儿热情似火,玩暧昧,弄得你心尖儿痒痒的;一会儿又冷若冰霜,说点刻薄话,干点缺德事儿,让人恨得牙痒痒的。让人猜不透的男人,给人的感觉就是不靠谱,没有安全感,却又让人着迷。这很纠结,艾榴榴告诫自己一定要控制住情绪,绝不能去爱上一个危险品。

两分钟后,手机又响了。艾榴榴的心为之一紧,在手机响第三声的时候,她赶紧接通了电话,生怕手机再也不响了似的:"干吗?"

手机那边传来梁峥低沉的声音:"没干吗。给你一个电话,问候一下你——新年快乐!"

"刚才已经有人说过了!"艾榴榴并没有撒谎,她想到了那位服务员。

"谁呀?新交的男朋友?"

艾榴榴捂着嘴笑了笑,又才说道:"说了你也不认识!再说了,你管得着么?"

"并不是我想管你,怎么说呢,你这人缺心眼儿,我怕你上当受骗……"

"你才缺心眼儿呢!"艾榴榴冲着电话吼道。

"那倒是,我不缺心眼儿,能被你搞得神魂颠倒的吗?"

"你再胡说八道,我可挂了哦!"艾榴榴威胁梁峥。

梁峥的口气瞬间弱了下来:"千万别!你说咱俩是不是该正式约会了,元旦都过去一天了。咱们何时比翼双飞、海枯石烂啊?"

"你就安心地等候通知吧!就这么着,我喝咖啡了……"

"诶,你在哪儿喝,我来请客?"

艾榴榴莞尔一笑，挂断了电话，然后轻轻地呷了一口咖啡：油滑爽腻，甘苦醇厚，味道正好。这就是人们爱喝咖啡的原因，品咖啡，亦是在品味人生。

刚吃了闭门羹，正在家里郁闷的梁峥，手机又响了。梁峥以为是艾榴榴打过来的，喜出望外，抓过手机一看，见是公司的财务室主任打来的电话："喂，曹主任！"

"梁峥啊，晚上有空吗？"

"有空，啥事儿您说吧……"

"来公司一趟吧，有点事儿要和你谈谈！"

挂掉电话后的梁峥，知道公司肯定出了什么事情，而且是财务上的。会不会与老黄他们有关呢？梁峥匆匆披上羽绒服，就出了门儿，后面传来吴晓军悲壮的叫喊声："约会去呀？你倒是带上我啊！"

也许是元旦假又赶上周末的缘故，路上堵得厉害，出租车司机是个"老北京"，对路况倍儿熟悉。饶是如此，梁峥赶到公司也是一个小时后的事情了。办公室文员小张正在公司门口等着梁峥，梁峥冲她打了个招呼，就跟着她来到了公司的接待室里，梁峥一看就知道真出事儿了。

公司的大区总监刘德才旁边坐着一个戴眼镜的中年男人，两个穿制服的年轻警察则坐在另外一边。很显然，这中年男人才是领导。几个人都拿眼打量着刚进门的梁峥，刘德才招呼梁峥坐在了他们的对面，然后又一一做了介绍。三个人来自某省下面的一个地级市，其中两个是公安局的干警，另外一个则是纪委监察局的。梁峥心里一咯噔，肯定又是哪位领导下马了，可是与自己这个良民又有什么关系呢？

中年男子清了清嗓子："梁同志，是这样的，我们市的原教育局长前段时间因为贪污腐败被双规了。近期又接到了群众举报，说是教育局曾经向你们公司采购了一套产品，包括视频会议软件和图书。采购的实价呢，居然高出了市场价的一半还要多。我们怀疑你们公司高价销售产品,行贿国家干部,从而牟取暴利!”

梁峥纳闷了,问:“图书?咱们公司不销售图书啊。你们是不是搞错了?”

刘德才也立即解释:“的确,我们公司是一家软件公司,从来没有开展过图书方面的业务。”

中年男子斜了梁峥一眼,充满了鄙夷,接着就从一个黑色的公文包里掏出了一张纸,扔在了茶几上:“口说无凭是吧?那你们看看这张采购单!”

采购单在茶几上飘了一下,旋即就落到了地上。梁峥只好弯着腰拾了起来,仔细看了看,这是教育局的采购报表。上面写着在2009年10月12日,该教育局向北京杰讯软件有限公司采购了780万的图书和软件。哦,梁峥这才想起,这个客户当初是自己辖区的,他去谈过几次,不过最后没有签单,因为对方胃口太大了,明着说要多少个点的回扣。这个客户后面被老黄划给了向丽,梁峥就再也没有联系过。

梁峥见大家都望着自己,他把采购单放在了茶几上,扫了一眼众人:“看了,我们确实和该教育局联系过,不过,我们并没有签单,而且这图书也不是我们提供的!”

其中一个胖点的警察霍地一下站了起来,指着梁峥,质问道:“你拿什么证明这不是你们公司卖的书呢?合同上还有你们公司的印章!”

梁峥叹了一口气:“前段时间公司走了几个员工,把我们的资料和公章都拿走了,我们正考虑要不要报警呢!”

刘德才也附和着:“我们梁主管说的是事实,这两个人给我们公司造成了巨大的损失!”刘德才从小张手里拿过了两张纸,递给了那个中年男子,“这是他们的身份证复印件。可惜,电话已经联系不上了。真是个误会,我们公司没有卖过图书,你们可以通过银行查我们的账户。这是极个别的业务员利欲熏心,擅自利用公司的平台销售其他产品,从而牟取暴利的案例,其实我们也是受害者！我们希望你们早日捉拿他们归案,决不让这些蛀虫逍遥法外!”

中年男子冲刘德才点了点头,望了望梁峥:“梁同志啊,这两个人原来都是你的同事,你们一个部门,关系也很密切。我希望你配合,把你知道的情况都告诉我们!”

梁峥总算心中有数了,向丽以公司的名义在外面接私活,行贿了教育局长,而局长被抓了,办案人员也就顺藤摸瓜地找到了公司。刘德才知道这是向丽和老黄搞的鬼,可是向丽已经离开了公司。鉴于自己以前和向丽是同事,和老黄关系也要好,现在又是代理主管。于是,就把这棘手的事儿推在了自己的身上,让自己来解决。

梁峥这一琢磨,心里也就不慌了:“如果这书确实是我们公司卖的,我们一定坦白交代,承担一切刑事责任。不过,我们公司只卖视频软件,而且价格合理,业务员最多请客户吃个饭,绝对不会有贿赂行为。这个你们可以查公司的收款记录,刚才刘总也说了。至于我们原部门的两个销售人员,现在已经离职了,公司也在找他们。如果他们私下联系我,或者公司找到了他们,我一定以最快的时间通知你们,尽量配合你们办案,把这些违规分子绳之以法,绝不姑息!”

中年男子站了起来:“这次调查就到这儿吧,把你的联系方式留下来,保持 24 小时开机。另外,这个小梁啊,你近期不能离开北京,必须配合我们的调查,知道吗?”

梁峥也站了起来,笑道:“行,您放心,我最近哪儿也不去。”

刘德才冲小张招了招手:“这个小张啊,你打电话在宾馆订三个房间。另外,让王师傅把车开在公司楼下等我们,赶紧的!”

梁峥回到国美小区已经是晚上十点钟了,一路上他都在想要不要给老黄打个电话。回到家后,他躺在沙发上就不愿意动了,觉得身心俱疲。吴晓军从卫生间走了出来,见梁峥老老实实地歪在沙发上,有点奇怪,问:“约会结束了?”

“结束了!”

“和谁,艾榴榴?”

梁峥苦笑:“几个警察。”

吴晓军一下就蹦到了沙发上:“大哥,你被跨省了?是不是在网络上瞎发什么东西了?”

“我有那么愤吗我?一个同事在外面接私活,吃暗扣。客户被抓了,公安顺藤摸瓜找到了公司,公司又找到了我!”

“找你干什么?”吴晓军不明白。

“这个同事是我们部门的,而且我们关系一直还不错。我现在又是部门的代理主管,负有连带责任,明白了吧?”

“哟,还升官了,可喜可贺啊,要不喊程百万过来聚聚?”

“是代理,知道吗?最近部门出了一堆的破事儿,得找个人来擦屁股、善后,it's me.”

“明白了,你成了替罪羊!那怎么不抓你呢?”

梁峥不解:“你很希望我被抓吗?”

吴晓军笑:“那倒不是,我一直想去监狱探监,写本监狱题材的小说,苦于没有这样的机会。”

“你随便犯点事儿进去蹲他个十来年不就得了,然后写一监狱风云。用你们作家的话来说,这叫体验生活!”

“等我哪天想杀你的时候再说吧!”

“好的,我等着你丫自投罗网……”

梁峥翻来覆去的睡不着,觉得还是应该给老黄打个电话。他拨了个电话过去,可是老黄已经关机了。

礼拜一,刘德才又把梁峥叫到了办公室里。他指了指旁边的沙发,让梁峥坐下,叹了一口气:“还好,没有出什么大事儿,这个向丽真的是太厉害了。你说这个老黄也是的,就不知道把把关,任凭她去疯!”

梁峥:“刘总啊,公司的公章难道没有专人保管吗?”

“有啊,只是有时候业务代表会拿去竞标,做标书什么的。这样也就失了控,被有企图的人滥用了……”

“难怪,向丽钻了公司的漏洞,真聪明!”

刘德才点了点头:“向丽已经离职了,我们也没有证据,如果是别的人冒充我们公司搞的鬼呢?另外,真查出来了是我们公司的人行贿,那公司也是脱不了干系的,毕竟产生这种业务关系的时候,向丽还在我们公司!所以,这个事咱们悠着点儿,该配合的配合就可以了,知道吗?好了,你先回去工作吧。”

“好的,刘总!”

走出刘德才的办公室后,梁峥又给老黄打了一个电话,还是关机。梁峥总觉得心里不踏实,但是又没有别的方式联系老黄。他打了一下向丽以前的电话,早就欠费停机了。办公桌上多了一份公司文件,仔细一看,是总部嘉奖刘德才的。文件上说刘德才积极为公司出谋划策,以企为家,提出了保密分级制度和竞业限制条款,特授予刘德才为“卓越杰讯人”,奖励5000元,并号召公司全体员工向他学习。梁峥笑了,心里感叹着,姜还是老的辣啊!

吴晓军放弃了《你为什么剩下了?》这本书,而是改写成了一本小说,名字就叫《剩男宅女》,小说主要是探讨都市剩男剩女情感生活的,里面的男女主角都能在吴晓军的身边找到影子。或者说,某种意义上吴晓军把自己的情感遭遇巧妙地融入了小说中,他既写的是自己,又不是写的自己。他想把自己的痛楚通过别人的故事淋漓尽致地展现出来,倾诉心声的同时，又能和大家交流、共鸣。

小说终于完成了初稿，吴晓军迫不及待地用 QQ 发给了一家出版社的编辑。该编辑说她会尽快看完，然后再看看有没有出版价值，还说即使有出版价值，那也还需要大幅度的修改。吴晓军自己也是从事图书行业的，他主要编辑社科类和各类考试用书。因此，他十分熟悉出版流程。不就修改吗？只要能出版，即使是重新写一遍，那也值得啊！因为这本小说就是他现在唯一的寄托和希望。换句话说，他现在全靠这本小说活着了。

自从谭晓娜搬走了以后，艾榴榴就开始了独居生活，房子里突然就这么少了一个人，还真有点不习惯，说话都只能自言自语了。艾榴榴又习惯了宅在家里，以至于她的生活似乎也更加封闭了。艾榴榴决定把另外一间卧室给租出去，因为她一个人住着实在是太无聊，她需要一个说话的人。这样，房子也才更像一个家。一天晚上，艾榴榴在网上发布了合租启示：本人单身，女性，想找一单身女性合租，无不良习惯，爱卫生……

结果艾榴榴整天都被电话骚扰，男的居多，也有女的。但是，可以确定的是没有一个是真正想来租房的。更夸张的是，一女孩打电话来，问她对同性恋有什么看法。没辄，艾榴榴只能火速删掉网上的合租启事。网上太虚拟，还是现实中靠谱一些。艾榴榴找了一家复印店，打印了几张合租启事，贴在了小区的公告栏上。艾榴榴怕不够引人注意，待到天黑的时候，她准备在公交站的站牌上也贴那么几张。

华灯初上，夜色阑珊。艾榴榴走到站台一看，到处都是等车的人，她反而不好意思了。艾榴榴做贼心虚，只好站在一边等着。十来分钟后，她瞅准了一个机会，正准备往站牌上来一张，一老大爷就蹿了出来，像早先就埋伏好了似的，指着她吼道："姑娘，乱贴小广告啊你？"吓得艾榴榴一路狂奔，跟百米赛跑似的，她气喘吁吁地一直跑进国美小区才停下来。艾榴榴一屁股坐在台阶上，想想刚才那搞笑的一幕，这算什么事儿啊，忍不住笑了起来。

断断续续来了几拨儿看房的,艾榴榴都觉得不合适。不是嫌人家妆化得太浓,就是嫌弃别人有男朋友,心里总不踏实。她告诉自己不能把她们拿来和谭晓娜相比较,可是,她的确是这样做了。艾榴榴想来想去,还是决定在公司内部挖掘一个合租对象。

财务室里,几个人都忙得团团转。艾榴榴扫了大家一眼,叹了一口气:“命苦啊!以前还有个说话的,现在孤苦伶仃一个人哦。房间空荡荡的,真要有个三长两短的,连叫救护车的人都没有……”

“那就租出去呗,又节约钱,又多一伴儿。”邹惠从现实的角度出发,为艾榴榴提出了可行性的建议。

艾榴榴:“找了,没有一个看得顺眼,总觉得住在一起别扭。”

谭晓娜笑:“又不是找男朋友,你还要挑三拣四的啊。话说回来,真要找我这样色艺俱佳的,难哦!”

艾榴榴不以为然:“呸!还好意思说,说走就走,重色轻友的家伙!”

邹惠:“艾姐,我看你直接找个男的同居得了,费那么多事儿干吗,一步到位!”

“这个建议可操作性最强!”朱祥玲哈哈大笑。

“要不邹惠你搬过来住吧?”艾榴榴气定神闲,终于发出了邀请函。

邹惠立即摆手:“不行,我和大学同学住在一起的,咱不能始乱终弃。当然,更不能脚踏两只船……”

朱祥玲站了起来,故作沉思状,将手插在衣袋里晃悠了一圈,然后来到艾榴榴的办公桌前:“我倒是有一个两全其美的办法……”见大家都望着她,十分得意,“搬进林总的家里,什么都省了。何况,舍不得身子套不着狼啊,女人早晚都有这么一天的。只要是为了幸福,主动点,并不为过!”

邹惠:“唉,领导,你OUT了吧,他们早就各奔东西了。”

朱祥玲瞪大了眼睛:“分了?”

谭晓娜点了点头:“分了!”

朱祥玲摇了摇头:“真是难以置信!妞啊,你会后悔的。看看我现在,那叫一个凄凉……”

三个人都不说话了,埋头做事儿。知道朱祥玲这一诉苦就没完没了,先是给你讲她现在过得多么憋屈,然后又带你一起回忆她曾经美丽青春辉煌灿烂的时光。说到动情处,她潸然泪下,你还得拿上纸巾去安慰她。这一折腾就是一个多小时,你啥事都别想干了。到了饭点,你还得掏腰包,请她美美地吃上一顿,边吃你还得边安慰她,照顾好她的情绪。几个人都被折腾过,怕了,所以不接她的话茬儿,佯装没有听见。

中午,梁峥刚吃完饭,正准备在电脑前打个盹儿,手机就响了,一个陌生号码。响了两次,梁峥接了:“谁啊?”

“我,老黄。”

“怎么又换号了?领导,你整天鬼鬼祟祟的在干吗啊,不会是躲债吧?”

“公司在后面搞鬼,找人查我的账,我的公司一直开不了业。向丽上个周就回老家了,现在也联系不上她。唉,多事之秋啊。公司最近有没有什么动静?”

梁峥叹了口气:“向丽在外面接私活,刚好这个客户又被双规了,公安和纪检的都找到公司来了。我觉得她胆子也太大了点吧,有点急功近利的感觉,你可得清醒点,别被她牵着鼻子走……”

“我有几笔款是她帮忙收的,她一直说客户手头紧。但是我昨天打电话过去,客户都说他们早就汇款了……”

“那你现在怎么办?”

“走一步算一步吧……如果这次玩砸了,我就正式退休,关上门儿著书立说,也算是对自己的人生有了个交代。”

“没必要这么悲观,否极泰来,好事多磨嘛。有什么我能帮上忙的,你尽管说,我尽力而为!”

“呵呵,谢谢你,梁峥。好了,我有事先挂了啊,回头再联系……”

挂掉电话后,梁峥想到向丽曾经的遭遇,和她现在的所作所为,心情十分复杂。生活就是一座大熔炉,有的人随波逐流,堕落沉沦了,有的人凤凰涅槃,浴火重生了,这就是人生的幸与不幸。幸,固然让人振奋鼓舞,不幸,却也令人扼腕叹息。

星期五的下午,吴晓军的小说得到了出版社编辑的认可,对方要求他尽快修改完毕,争取在2010年上半年整理出版。吴晓军听到这个期盼已久的消息后,却没有当初预想的那么激动,相反却多了几分惆怅。与其说自己写了这本小说,还不如说是自己的失恋遭遇、人生悲剧,成就了这本小说。

吴晓军回家后,把自己的小说要出版这件事情告诉了梁峥。梁峥见吴晓军愁眉苦脸的,觉得奇怪,笑着问道:“难得啊,大作家,怎么突然变得这么老成了!写的你和谭晓娜那些破事儿吧?”

吴晓军感叹着:“我宁愿这本书出不了,也不想有此劫数。总觉得自己当初不应该放手,现在想起来,还揪心的疼……”

“都过去了!她现在过得很幸福,这不就够了?爱一个人,不一定要拥有的。你曾经不是说过吗,相濡以沫不如相忘于江湖!”

吴晓军笑:“其实,我没有那么大方的。不过,你说得对,她过得开心就好了。相见不如怀念,有情还似无情啊!”

“好好写吧,兄弟看好你。等你出书了,给我签上名儿,然后我去帮你推销。至于利润嘛,三七开。”

“那多不好意思,还是五五分吧!”

“我想你误会了,是我七你三……”

“行啊梁峥,丫的真是越来越奸诈了!”

梁峥哈哈大笑,似乎很享受这个评价。突然,他裤兜里的手机响了,梁峥摸出来看了看,是钟晓慧打来的。钟晓慧在电话里说她已经杀回北京了,这次是专门来办出国手续的。梁峥好奇:“怎么了,要移民,去哪个国家呀?”

“你以为移民像搬家啊,没那么简单的。我也就出去溜达溜达,学点东西,长点见识。”

“唉,你总是让人捉摸不透,让我说你啥好呢!”

“所以我们不能在一起呀,对不对?”

真是哪壶不开提哪壶,梁峥转移话题:“你刚到吧?我替你接风,咱们找一地儿边吃边聊。”

“好啊!对了,我找你问个电话。就是那个姓林的,你们都喊他林总……”

“哦,你说那个钻石王老五林强?”

“嗯!听说他在国外生活过多年,我想找他咨询一些东西。”

“待会儿我负责把自己和电话号码送到你面前,如何?”

“呵呵,我一定笑纳!”

挂了电话后,梁峥瞟了一眼窝在沙发里胡思乱想的吴晓军,问:“吃饭,去吗?”

“不了,没胃口。刚才是冰山打过来的吧?”

“嗯,她想出国,来办相关的手续吧。”

“你就不挽留一下,也许人家出国是假,投怀送抱是真呢?”

“还是留着你的丰富想象力写小说吧,我先撤了……对了,你知道那个林强的电话吗?”

吴晓军不屑:“我哪儿知道那孙子的电话呀。”

“吴晓军,你也够损的啊,以前和谭晓娜好的时候,就客客气气地叫人家为林总。现在一拍两散了,就露出了狰狞面目,骂人家孙子了!”

“这才叫与时俱进……”

梁峥只好给艾榴榴打电话求助,打了两次,艾榴榴都不接。这人怎么这样呀?梁峥强压住内心的愤懑,又打了一次,电话通了:“不接我电话,你倒是给我说一声呀?”

“笑话!不接你电话就是因为不想和你说话,我还说什么呀?”

“我怎么就那么爱和你说话呢?”

“你问问你自己呀,难道是有的人天生就犯贱?”

梁峥内心在剧烈地挣扎着,是反唇相讥呢?还是腆着脸讨好一番?算了,还是忍让一下吧。小不忍则乱大谋,以前自己就是太实在了,由着自己的性子,全然不顾人家的面子,图嘴上痛快。结果呢,与美女无缘,至今凄凄惨惨戚戚,孤家寡人一个。梁峥平静下来后,口气温和了许多:“其实今儿打搅你是有正事儿,有人想知道林强的电话。请告诉我吧,先谢谢了!”

“哎,我删了呢?”

“请你问问其他人,然后再告诉我吧,先谢谢了!”梁峥低三下四地问艾榴榴,一改往日的大男子主义作风。

“记着,就说一遍:139……”

晚上,蓝岛大厦。梁峥在一家西餐厅门口见到了钟晓慧,还是那么漂亮,脸蛋儿被冻得红红的,平添了几分妩媚。只见钟晓慧一身明星范儿,黑色的羽绒夹克加上修身的牛仔裤,下面配着棕色的雪地靴——酷,靓。两人在楼上靠窗的位置坐了下来,服务员递上了菜单,钟晓慧毫不客气,一连点了好几个菜。钟晓慧见梁峥盯着她看,抗议了:“别这么看着我,我饿了呀!”

梁峥笑:“秀色可餐,你是越来越漂亮了。”

“那待会儿菜上了你可别吃哦。”

“不!荤素搭配嘛,我边看边吃……”

钟晓慧的脸蛋似乎更红了,似笑非笑地望着外面。此刻的窗外灯光璀璨,霓虹闪烁。圣诞树歪在一边,商家促销的条幅随风摇摆,既彰显着新年的喜庆,又透着点儿喧嚣之后的落寞。

晚餐结束后,梁峥送钟晓慧回酒店。刚走进酒店的大堂里,服务员就走了上来,微笑着:“先生,请问你们是要订房间吗?”

钟晓慧立即摆手,解释道:“我朋友送我过来而已,我订了房的,708。”

两人各怀心事,往里面走。梁峥按了一下电梯:“我就不上去了,你好好休息。有事儿随时招呼我,鞍前马后,为您效劳。”

“怎么突然和我这么客气了?”

梁峥笑:“一想到你要出国了,心里酸酸的,也许是舍不得你吧。”

“别酸,说不定我出不了呢?对了,你帮我看看国美小区附近有没有短租的房子,我不喜欢住宾馆。合租也可以,不过得是女的,还要爱卫生……”

梁峥想起了上次钟晓慧说要去自己那儿住的事情,点了点头:“嗯,我待会儿回去就帮你看看。对了,你房间里有电脑吗?”

“没有,不想用。”

“哦,如果想用的话,我把我的给你拿过来。”

“别这么体贴入微,那样我更舍不得走了!”

“那就别走了吧。”

“呵呵……”

电梯门开了,钟晓慧走了进去,然后转身冲梁峥礼貌地笑了笑,梁峥立即冲她挥了挥手。门关了,梁峥还回不过神来。如果自己现在要挽留钟晓慧,她应该会考虑吧。但是,理由是什么呢?梁峥却找不出来。

回家打开电脑后,梁峥在网上查了下租房信息,没有满足钟晓慧条件的。他来到隔壁房间,见吴晓军正趴在电脑前写东西。看了看,好像是新写的那部小说。吴晓军发现梁峥站在背后,猛地抬起头来,关掉了 Word 文档,冷冷地问道:“干吗?”

“你在这边小区的朋友多,帮我问问有没有房子出租啊,最好是短租的。合租也成,不过得是爱干净的女住户。”

“你想搬出去了,玩异性合租?”

“我舍得离开军哥你吗?我是帮钟晓慧找。”

“小区的公告栏上,多了去了,自己去看呗……”

吴晓军摆出一副事不关己,高高挂起的态势,梁峥想臭他几句,想了想,又犯不着,还是干正事儿要紧。梁峥不知道为什么,现在总觉得自己欠钟晓慧的,她这次要出国好像也是自己给逼的。不为她做点什么吧,心里就不踏实。

梁峥来到小区的公告栏前,拿出手机照了照,房屋出租的广告还真不少,还有几份是卖房的。只有一则合租启事入了梁峥的法眼,他照着联系方式拨了过去。突然,手机上出现艾榴榴三个字,梁峥傻了。正准备挂,谁知道电话已经通了,里面传来艾榴榴的声音:“姓梁的,又怎么了?”

“是这样的,我给朋友找房子,刚好在公告栏上看见你贴了份合租启事……”

“哦,符合我要求吗?”

“符合倒是符合——”梁峥无法想象艾榴榴和钟晓慧住在一起的情景。

“行,明天你让她过来吧,我面试一下……”

梁峥正准备说要租房的人是钟晓慧的时候,艾榴榴已经挂了电话。怎么现在挂电话还挂上瘾了,拽什么拽呀?还面试一下,真把自己当女王了啊！梁峥啊梁峥，你离开她艾榴榴还活不下去了吗？梁峥觉得窝囊，气得一把就扯下了那张合租启事。可是，艾榴榴越是不理梁峥，梁峥就越来气，他也就越想证明自己。欲罢不能的痛苦，深深折磨着他。

回去的路上，梁峥心里就琢磨着，到底告不告诉钟晓慧呢？难道真让她们合租在一起？还是让她们自己决定吧。钟晓慧愿意和艾榴榴住一起，那是她的事儿；而艾榴榴要是同意钟晓慧住过去，也与自己无关。自己只不过是本着服务人民的精神，牵个线搭座桥而已。

第二天早上，十点多的样子，梁峥给钟晓慧打了一个电话，说房子找着了，不过合租对象却是艾榴榴。没想到钟晓慧竟然十分感兴趣，还说中午就去"应聘"。钟晓慧似乎并不知道梁峥和艾榴榴的暧昧关系，所以再三要求梁峥陪她一块儿去。这个结果有点出乎梁峥的预料，他担心艾榴榴不搭理自己，到时候自己就是腹背受敌，两头都不讨好了。这种风险蛮大的事儿，梁峥是不会干的！

吴晓军听了梁峥的诉苦之后，不但没有同情，反而哈哈大笑："你是不是被上次来的几个 Police 吓出毛病了，居然把自己的情人和爱人安排到了同一个屋檐下，想一石二鸟啊？"

"什么情人爱人的，我有那么滥情吗？这完全就是个巧合。要不中午你带钟晓慧去吧，怎么说你曾经也暗恋过艾榴榴，她至少会给你一点面子的！"

"你是觉得我傻呢，还是你傻呢？"

"……五十元，干不干？"

"对不起，这不是钱多钱少的问题！"吴晓军叼着梁峥给他装的烟，一副淡泊明志的范儿。

梁峥咬了咬牙，摸出了钱包："一百？两百！我数到三，你不要我就自己上了！"

吴晓军抢过了钱:“成交！兄弟是干吗的,即便是两肋插刀也要顶上啊。我甘愿当你们的炮灰……”

“你马上消失在我眼前,越快越好,我已经后悔了!”

“峥哥,有事尽管使唤,我先去消失一会儿。”吴晓军攥着钱,一阵风似的跑回了自己的卧室。

中午,梁峥借口公司有急事要处理,躲了。吴晓军满面春风,怀揣着两百元人民币,带着钟晓慧粉墨登场。门开了,当艾榴榴看见吴晓军旁边还站着钟晓慧的时候,是真的懵了。

“你们来找谭晓娜?”艾榴榴的脑子里全是问号。

吴晓军嘴角上翘:“谁找她呀!”他一脸的不屑,其实心里早已渗出鲜血,“你这里不是空了一间屋子要出租吗？刚好钟小姐要租房,而且你们又认识……”

艾榴榴尽量控制住自己的情绪,望着钟晓慧笑了笑:“哦,钟小姐,是你要租房呀?”钟晓慧点了点头,笑:“是的,有可能要打扰你一段时间了。”

“呵呵,你客气了。先进来再说吧!”艾榴榴一边关门,一边咒骂着梁峥,这个王八蛋到底想干什么呀！怎么把她的前女友安插到我身边了,这到底是唱的哪一出戏啊?

吴晓军带着钟晓慧在谭晓娜原来的房间里逛了一圈,俨然房主似的:“我前女友住这儿,你应该认识的吧,小谭!”

钟晓慧想了想,记起来了:“哦,她呀。你们——”

“散了！她找了一有车有房的男人,而且那男的对她又无微不至,干吗不嫁呀,对吧?”虽然吴晓军说得风轻云淡的,但是仍然透着股酸味儿。

“我觉得你也挺好啊,其实你们蛮般配的。唉,可惜了!”

吴晓军苦笑:“可惜只是般配,不是绝配!”

“呵呵……”

两人谈笑风生，艾榴榴在后面冷冷地望着这一男一女，心里充满了鄙夷。女的还没入住，就喧宾夺主了，那以后还不得上屋揭瓦啊？男的失恋了，还能这么豁达，很显然没有动什么真情，这样的男人就活该找不到老婆，孤独终老！

吴晓军觉得背脊凉飕飕的，感觉有点不对路。回头望了望表情凝重的艾榴榴，赶紧收敛了笑容："那个什么，我有事先走了，你们好好聊聊吧！"

"玩呗，周末又没有什么事儿！"艾榴榴不想吴晓军走，她害怕单独和钟晓慧待在一起。因为她不知道要说什么，这是件很尴尬的事儿。

"小说还得改稿，出版社催得紧哦！"吴晓军很隐晦地炫耀了一下自己，这就是知识分子的通病，高傲地虚伪着。

梁峥在"家乐福"逛了一圈，又去几个服装专卖店看了看，结果只买了一打袜子。终于等到了电话，却不是吴晓军打来的，而是钟晓慧。钟晓慧说她很满意那房子，艾榴榴也同意她入住了，还说晚上要请他们两个吃饭，感谢感谢。是自己听错了，还是她们都疯了，她们两个能好好相处吗？艾榴榴知道我和钟晓慧的关系呀，她能接受？还是她故作大方，怕我笑话她不敢和钟晓慧住一起，以至于咬紧牙关挺起腰板儿做人？

梁峥觉得一个人去太尴尬，还是拖着吴晓军的好。于是，他对钟晓慧说道："只要你满意就好。要不要喊上吴晓军啊，我一个男人去没意思，得找个喝酒的。"

"好啊，差点忘记他了，那你帮我邀请一下吧……"

梁峥匆匆赶回国美小区，他急于知道钟晓慧和艾榴榴见面的经过。吴晓军骗他说一切正常，两人聊得还特别融洽，就跟多年没有见过面的好姐妹似的。趁梁峥走神儿的时候，吴晓军顺走了两双袜子，然后猫着腰回了自己的房间。

晚上，重庆“刘一手”火锅店里。梁峥和吴晓军走进去的时候，钟晓慧和艾榴榴已经到了好久了，她们正坐在一起聊天。

“哟，姗姗来迟呀，二位？”艾榴榴讽刺他们来晚了。

梁峥有点人来疯，人多的场合喜欢表现自己。何况前段时间压抑得太久了，决定好好轻松轻松：“就一位，我走路从来都是大步流星。”

“说得我好像弱不禁风似的……”吴晓军顶了顶鼻梁上的眼镜，挺直了胸膛，力证自己也是个纯爷们。

钟晓慧笑，把菜单递给梁峥：“又咬文嚼字了不是？吃什么，自个儿点！”

梁峥接过菜单，转手就递给了吴晓军：“还是猛男来吧，我无所谓。”

“你不会又要说秀色可餐了吧？”钟晓慧幽了梁峥一默，说完后看了看旁边的艾榴榴。

梁峥见对面二位女士都瞪着自己，也有点不自然了：“这天冷的，来点酒，润润身子吧？”

菜上好了，火锅也熬出了味儿。梁峥倒了两杯白酒，然后举起酒杯：“恭喜钟同学乔迁之喜，也恭喜艾同学不再孤独，顺便恭喜吴同志小说即将大卖，同时也恭喜自己又单身了一年，来咱们喝一口！”

艾榴榴和钟晓慧都喝果汁，也端着杯子，异口同声地说道：“同喜，同喜！”

吴晓军站了起来，一口把杯中酒喝了个精光，然后喊了句：“预祝我们今年都被处理了！”

钟晓慧和艾榴榴两人联想到了自己，脸都红了，面露不悦。梁峥发现了这微妙的一幕，立即指责吴晓军：“罚酒一杯，你这话有歧义啊，指代不明……”

吴晓军也发现了自己的话不妥当，立即纠正：“是我和你，与两位女士无关！”

梁峥拼命想喝醉，身体却不遂他的意，突然变得海量起来。以至于他想装疯卖傻，都没门儿，因为脑子清晰无比。酒越喝越糊涂，那是享受；而酒越喝越明白呢，那就成难受了。对面的两位女士与自己纠缠了差不多大半年，通过相亲认识的，最终却没有走在一起。现在两个人都坐在他的对面巧笑倩兮，还即将合租在一个屋檐下，这个世界真小，也很奇妙。

新的一年，有太多的梦想需要放飞。梁峥希望自己在事业上有质的飞跃，而不再是到处出差，陪陪客户，像个跳梁小丑似的。努力学习管理知识，然后自己创业，这不失为一个好的发展方向，虽然困难重重。在感情上，梁峥希望自己能和另一半走进婚姻的殿堂，携手走完余生。艾榴榴就是他的理想对象，要俘获她的芳心，却没有那么简单。这是一场持久战，自己得有耐心，还得适时地把握住机会。

钟晓慧一边吃着东西，一边也在想着心事。这次请客吃饭，是出于她的礼貌待人。艾榴榴是她的新邻居，她需要拜拜"码头"，搞好关系，这样住在一起才不别扭。而且她隐隐觉得梁峥和艾榴榴的关系特别，这是一种女人的直觉，准不准不重要，但是她会以这样的心情去衡量。吴晓军是梁峥的朋友，一个老实巴交的文化人，是可以作为异性朋友好好结交的。至于梁峥，她还是喜欢单独和他待在一起的感觉。喜欢听他侃天说地，喜欢看着他爽朗的大笑，喜欢他自信满满却又带着点羞涩的样子。每次和他独处，自己都很放松，不需要去想太多，那种感觉实在是太美妙了。

可是，现在坐在她面前的梁峥一点都不真实，好像他戴着一张面具，看着坚强，实则脆弱；看着欢快，实则愤懑。这让她心里难过。钟晓慧想起了第一次和梁峥见面的情景，虽然陌生而局促，但是却简单而温馨。变了，人变了，心情也变了，一切都变了，再也回不到过去……

艾榴榴看着梁峥一副故作轻松的样子，大口吃菜，小口喝酒，心里就别扭。这两个人不是分手了吗？现在怎么又搞到一块儿了，这家伙还别出心裁地把女的弄到了我的家里。如果他真的在乎我，难道就不怕我会生气吗？如果他不在乎我，最近又干吗老是给我电话，向我献殷勤呢？艾榴榴心里十分矛盾，她知道自己对钟晓慧没有好感，虽然谈不上讨厌，但是根本就不想和她住在一起。因为她每天看到钟晓慧就会想起梁峥，进而想起这两个人曾经腻在一起的情景。可是她又不好意思拒绝钟晓慧，那样显得自己太小气，她也怕梁峥笑话自己吃醋。自己索性大方一点，住在一起就住在一起吧，好歹也有了个伴儿。

吴晓军想得最少，他一开始还想调侃下梁峥和他的两位相亲对象，但是一联想到自己的处境，就打消这个念头了。同是天涯落单人，相逢何必要自残！吴晓军的脑子里想得更多的还是他的小说，小说情节如何发展，如何让小说里小众的世界体现这个大众世界，进而上升到揭露社会复杂性和生命本质意义的层面。没有内涵的作品，就跟人一样，外表再光鲜，也只能灿烂一时，不具有持久的生命力，也就更无法去感动、影响别人了。

大快朵颐、酒足饭饱之后，大家都不希望把更多的时间浪费在这个无聊的饭局上。随着梁峥的一声"咱散了吧"，几个人先后走出了餐厅。

走出餐厅后，外面冷飕飕的，风像刀片一样割着脸。两个女人缩成了一团儿，在霓虹的映照下，妩媚而可爱。喝了酒的两个男人，则满脸通红，身子正燥热着，挺胸抬头，大口呵着白气，跟刚赶了几里路似的。梁峥本来是想送钟晓慧回宾馆的，让她一个人回去好像不太合适。可是他担心自己酒后坏事，即使不坏事儿，说错话也不成。去还是不去呢？当他瞥见艾榴榴孤傲地站在一边时，心里就决定了：哪儿都不去了吧，踏踏实实回家睡觉。

一辆出租车跑了过来，梁峥招了招手，车靠边停了下来。梁峥立即冲了上去，拉开车门。见钟晓慧走了过来，问："要不我送你吧？"

钟晓慧见梁峥根本就没有送的意思，嫣然一笑："别，车拐个弯儿就到了，回头你还得往回赶，多累呀！"

"那你慢点？"

“你应该给司机说……”艾榴榴插了一句进来，这个幽默真的很冷。

梁峥瞟了一眼艾榴榴，还真冲着车里喊道：“师傅，您慢点开，安全才能到家！”

师傅转过头，笑：“好嘞……”

三个人往小区里走，一路上都不说话。吴晓军在谭晓娜的调教下，已经不那么迂腐了，他中途变了道儿，径直去了路边的小商店。梁峥和艾榴榴两个人慢慢往前面走着，都有点儿紧张，以至于空气似乎都凝固了一般。两人隔得不远，梁峥只要伸出手就能够着艾榴榴的手。醉眼蒙眬的梁峥悄悄伸出了手，却不敢去牵她。艾榴榴好像感觉到了这种微妙的气氛，她越走越快，有意摆脱梁峥。

“慢点，咱俩聊聊。”梁峥首先开口说话了。

“干吗不送送人家啊，以前不是挺热乎的吗？”

“也没有多热乎，手都没有怎么牵过……”

艾榴榴冷笑：“那你不是很失败，是不是琢磨着干其他的了？”

“还真没有。我觉得挺好的，两个人不能相守在一起，就不要破坏应该有的距离。即使分开了，还能做朋友，对吧？”

“是距离产生了美吧……”

艾榴榴越走越快，梁峥快步跟上：“咱俩这距离是不是太远了点儿，都影响交流了。其实，这事儿不怨我，我正准备告诉你是钟晓慧要过来住，谁知道你咔嚓就挂了电话。我肯定得征求你的意见啊，对不对？还好，你大人有大量，不计前嫌。”

“怨你干吗？挺好的，多了一姐妹儿。我还和她一见如故呢！”

“你这么想我就解脱了。咱俩呢，一见钟情？”

艾榴榴停了下来，瞪着梁峥，像不认识了似的：“至于吗？老在我面前低三下四的，你还是该打击打击、该讽刺讽刺，我扛得住。咱们还是回到从前那样，别在我面前装孙子，我不习惯。再说了，你除了拿我开涮取乐，你还会干什么呀？”

“我还会疼你……”

“可是我不需要！”

“你总得嫁人不是？我来北京前就有一种直觉，会在这里找到自己的另一半。今天直觉应验了，原来你就是那个人……你别笑呀？难得咱俩藕断丝连的，这是缘分，咱不能辜负了，对吧？”

“我也给你说点真心话吧。首先，我只对你有好感，没有爱意；其次，你刚和别的女人分手，就向我投怀送抱，你对待感情太随便了，我讨厌这种男人；最后，你逢场作戏惯了，我不知道你什么时候是真，什么时候是假，这让我很没有安全感。我不想和感情捉迷藏，那样很辛苦的。我要的是一个爱我和我爱的男人，知道吗？很显然，你都不是！我已经等了这么多年，不在乎多等一两年，我不会对婚姻妥协的，哪怕就是剩一辈子，我也无怨无悔。这下，你该死心了吧？”

“是痴心。我就是你要等的那位 Mr Right 啊！”梁峥打起精神，拍了拍胸脯。

“那你证明给我看呀？”

梁峥一把拉过艾榴榴，嘴就凑了上去。刚突突地亲了两下，就被艾榴榴用力给推开了。梁峥还以为艾榴榴又要甩他一耳光，赶紧护着脸。谁知道艾榴榴一抬脚，就踢中他的膝盖，梁峥疼得差点没有蹲下去，大喊：“你要诈！”

“你还要赖呢！”艾榴榴抿着嘴笑了笑，钻进了大楼。

梁峥冲着艾榴榴喊道：“喂——好感是什么意思啊？”

“就是女人的直觉啊……”

“……死丫头，越来越狡猾了，居然学会了咬文嚼字！”梁峥一边自言自语，一边往回走。虽然感情上又受了点挫折，膝盖也还隐隐作痛，但是心情并不差。主动承认对我有好感，看来自己还是有戏的。梁峥想着想着，美美地笑了。

“迄今为止，还只是好感，危险哦！”梁峥回头一看，发现吴晓军正望着他笑，急了：“你啥时候冒出来的，偷听我们说话了？”

吴晓军不以为然：“你们说话这么大声，我还需要偷听吗？”

梁峥咬牙切齿地指着吴晓军：“你不仅闷骚，还猥琐，我以前真是看走眼了！”

“还以为你俩发展到什么地步了呢，原地踏步，哈哈——”

“吴晓军，你大爷的，看我不收拾你……”吴晓军跑上了楼，梁峥追了上去。

第二天中午，梁峥去酒店接钟晓慧，帮她拎箱子。女人到哪儿都是大包小包的，哪怕很多东西没有用，她们也要带上，据说这样才有安全感。到艾榴榴住的大楼后，梁峥快步走出电梯，就急匆匆地拖着箱子往前走，用力地按了几下门铃。梁峥有点紧张，自己送钟晓慧过来，艾榴榴会不会生气呢？梁峥的想象力似乎越来越丰富了，甚至变得有点患得患失。

艾榴榴好像刚起来，披头散发的，多了一种风尘味儿，梁峥看傻眼了。艾榴榴很热情地邀请钟晓慧进来，又帮她拎东西。见梁峥呆呆地望着她，白了他一眼后，就扭着小蛮腰回了房间。梁峥把东西全部放到了钟晓慧住的房间里，先是把窗户全给打开了，通风换气。钟晓慧则全副武装，戴着口罩和袖套开始打扫房间卫生。

艾榴榴只在房间里待了几分钟，就忍不住好奇心走了出来，她斜倚在门口，看着这曾经的一对儿在房间里面扑腾，有种恍若隔世的感觉。艾榴榴有点不明白，这梁峥和钟晓慧现在到底是什么关系，两个人看上去好像关系非常亲密，可仔细一琢磨呢，貌合神离要多一点儿。看这样子，梁峥以后肯定会常来常往了，那自己和他们又将会是什么关系呢？

艾榴榴自己也不清楚，以前多少有点嫉妒他俩的关系，现在却可以冷眼旁观了。也许是梁峥感情的天平开始倾向于自己的原因吧，也许是自己有点同情钟晓慧的遭遇。我要是和谁分手了，绝对不会和前男友再这么黏糊在一起，多奇怪呀！艾榴榴又往房间里瞄了几眼，见梁峥干得满头大汗、不亦乐乎。这男人嘴上总是“跑火车”，但是干点事儿挺认真，还透着那么点儿可爱。艾榴榴习惯性地挠了挠头发，慵懒地回了房间。

就这样，在梁峥的误打误撞下，钟晓慧和艾榴榴这两个女人神奇地合租在了一起。

钟晓慧通过梁峥给的电话号码联系上了林强，两人还见了面，这次他们又约在上岛咖啡见面。因为他们曾经生活在相同的圈子里，又都从事过企业管理，现在又有了共同的话题——出国生活，所以两人俨然已经成为了无话不谈的好朋友。

林强从包里拿出一个文件夹，递给钟晓慧："这是你要的出国手续的相关资料。"

钟晓慧接过文件："谢谢！"

"你说你和艾榴榴住在一起？"

"是啊，刚好她那儿空了一间房。而且我们都是单身女性嘛，住在一起也方便。"

"嗯，她人挺好的……你准备出国待多久？"

钟晓慧用汤匙搅动着咖啡："我也说不准，先出去再说吧。想换个大环境了，老是待在一个圈子里面，久了就会看不清楚形势，也不知道自己到底该怎样走下去……"

"是啊，不识庐山真面目，只缘身在此山中。关于这一点，我深有体会。适当地走出自己这个角色，跳出自身来看一些事情，会更清楚，也才能更好地做出判断！"

钟晓慧点了点头，感叹着："我这几年走了很多弯路……有时想想，挺浪费的,人生苦短哦,还能折腾几个回合!”

林强从精致的名片夹里掏出一张黑色的名片:“这是我朋友,做私家侦探多年了,也值得信赖。”

钟晓慧接过名片:“好的,我会尽快联系他!”

一天晚上,一位不速之客出现在了梁峥和吴晓军面前。两人一脸无辜的样子,紧紧地靠在一起,窝在沙发里。像犯人似的,都耷拉着眼皮儿,没精打采、蔫儿吧唧的,等着审判长宣布罪状。坐在他们对面的是心如止水的刘瑜霞,她正盯着吴晓军,有气无力地问道:“他真的没有住在这儿?”

“真没有来,不信你搜呗。”吴晓军指了指他自己的卧室。

刘瑜霞的眼睛飘向梁峥:“一直没有来过?”

梁峥不答反问:“你找他有事?”

刘瑜霞淡淡地笑道:“上次我们打了一架,我赌气回家里住了几天,谁知道我一回来他就不见了。玩儿失踪,电话也关机!他一直想和我离婚,我没有同意。平常他玩冷暴力,这次干脆离家出走了……他要是真的想离婚,我同意!我父母也觉得这样猪狗不如的男人,趁早甩了的好。这次我过来,就是说这个事儿的,我知道他肯定会联系你们……我刘瑜霞不会缠着他程志辉不放的,我还没有沦落到无人要的地步!你们记得转告他,咱们好聚好散,喊他像个男人一样滚回来,把这婚给干干脆脆地离了……”一直努力克制着自己的刘瑜霞,说着说着眼泪就不争气地流了下来。

吴晓军听刘瑜霞这么一说,恨得牙痒痒的。后面又看见刘瑜霞哭得这么伤心和委屈,早就热血澎湃、同仇敌忾了:“这家伙怎么这么不让人省心呢?不应该啊,好歹也是二十好儿的人了。下次再见面,你看我怎么收拾他。就是不做兄弟了,我也不能让他整天这么胡来。再爱玩,总得归个家不是?这也太不靠谱了!上次他跑过来,我和梁峥就狠狠地批评他了,找了这么一贤惠漂亮的媳妇,是前世修来的福分,还不知道珍惜。就知道整天开个破现代,到处晃悠,拈花惹草!”

梁峥干咳了几声,又故意碰了吴晓军一下。吴晓军这才意识到自己的言语有点过激,说错话了。长长地叹了一口气后,就再也不说话了。

原来闹哄哄的客厅突然安静了,没有人说话。气氛有点尴尬,梁峥只好接过话茬儿:“离婚?真要离了他程百万能找着谁?那些小姑娘不靠谱,成天就知道玩,居家过日子,根本不会,也没有那心思。我不是在这儿瞎忽悠你,我当着程百万的面都骂过他几次了。他能找着你,已经是前世修来的福分了,别以为自己多能耐似的。现在倒好,不知道珍惜。不过,我希望你呢,一定要冷静一点,还是要以家庭为主。我是发自内心希望你们和好如初,不要走极端,宁拆一座庙,不毁一桩亲嘛!程百万这人看上去不靠谱,其实只是玩性太大,本质不坏,心地也善良,我们当兄弟的说多了,他也烦躁。所以,还得让他自己去发现你的好。这方面,你要多担待,多包容,他不上进,但是你得挺住了。我们都知道你是一个非常优秀的女人,能者多劳嘛,不管是劳心还是劳力。为了这个家,受点委屈,只能说明你识大体、顾大局!”

梁峥一口气说了这么多,想缓缓,再构思构思接下来的词儿,他悄悄掐了一把吴晓军,吴晓军心领神会,立即说道:“大家的眼睛都是雪亮的,我们都明白你的苦衷,你的确受了很多委屈。可是清官难断家务事,有些事情啊,还得你们夫妇自己去面对,去解决。你是一个有智慧的人,我相信你能力挽狂澜,和程百万重修于好!这才是我们愿意看到的,我们不希望你们劳燕分飞、各自天涯……”

梁峥和吴晓军一唱一和,跟表演双簧似的。刘瑜霞知道这两人也不是省油的灯,他们说的话可信度只有一半。不过,话说回来,这件事与他们的确是没有什么关系。说到底,自己和程志辉走到这一步,两个人都有问题。刘瑜霞不想再难为梁峥他们了,也不想再看他们演戏,站了起来:

"如果程志辉联系了你们,就告诉他,我同意离婚,让他别再关机了,没有这个必要。离婚之后,他可以放心大胆地去疯,去狂……"

两人把刘瑜霞送走之后,都舒了一口气。吴晓军摇了摇头:"太不像话了,把一个这么好的女人生生地折腾成这样,憔悴得我都差点没有认出来……"

"程百万最近联系过你没有?"梁峥问吴晓军。

"没有啊,上次圣诞聚会之后就杳无音信了!"

"你不是有那女大学生的电话吗?问问。"

果然,程百万和徐靖正腻在一起,早就乐不思蜀了。电话里传来程百万喜庆的声音:"嘿!终于想起哥们儿了,是不是又想开个Party啊?"

吴晓军冷冷地说道:"刘瑜霞让我给你捎个信儿,她要和你离婚。还有,你老爹快断气了,赶紧回家吧,说不定还能赶上追悼会……"

吴晓军还没有等程百万反应过来,就果断地挂了电话。见梁峥瞪大了眼睛望着他,摊开双手,很无奈的样子:"你看什么看,我这叫激将法,让他也紧张紧张。那老头子不是当过兵吗,不会那么脆弱的,我肯定咒不死!"

"百无一用是书生,看来你这个书生还是有用的,至少出歪点子你很拿手。"

"过奖过奖!"

"你就等着程百万来操你大爷吧……"

"……"

礼拜六,梁峥应邀参加了一个婚礼。新娘就是他去年遇见的那个在动物园开服装店的大龄女人,她在电视上相亲成功了,和一个在北京工作的老外走到了一起。梁峥来到婚礼现场,看见这对新人微笑走过的时候,才恍然大悟。原来自己那次看见的相亲节目,里面那张熟悉的面孔正是新娘,难怪会这么面熟呢。

新娘甩开了新郎,找到了梁峥:"喂,好久不见了,很奇怪我有你的电话号码吧?"

"一开始有点奇怪,当看见你在电视上相亲成功,又找了一个这么帅的老公的时候,我就觉得不奇怪了,你真的很棒,今天也很漂亮!"

新娘笑道:"你走之后,我找别人要了你的电话号码。当时我就想啊,哪天自己要是结婚了,一定请你来参加婚礼。因为你的幽默和乐观感动了我,你说的'酒要慢慢品,烟要慢慢抽,人要慢慢找'真的很有道理,我也是坚持这么去做,才找到了我人生的另一半,谢谢你!"

"谢谢你还记得我。非常开心你找到了幸福,我觉得我去年做了一件很成功的事儿,那就是认识了你。"

"呵呵,你还是一个人吗?"

梁峥笑道:"正在攻关,快了吧!"

"那我祝你早点拿下另一半,到时可得请我们参加婚礼哦。"

"一定一定,有情人终成眷属嘛!"

回家的路上,梁峥感慨万千。没有想到自己的一句玩笑话,间接地促成了别人的婚姻,这也算是干了一件好事儿。一定不要放弃,老天爷是公平的,只要你真诚去对待感情,对待别人,终究会有开花结果的一天。车内熙熙攘攘,车窗外人潮涌动,我们每天要和多少人擦肩而过啊,两个人要从相识、相知,再到相爱,实在是太不容易了。

最近,吴晓军下班后就把自己关在了房间里,专心致志地修改小说,就跟武学大师闭关修炼一样,必须心无旁骛。梁峥一个人待着,久了也无聊。梁峥突然想去看看艾榴榴和钟晓慧,再和她们说几句话,哪怕是废话也好。以什么为借口呢?去看看钟晓慧住得习不习惯,打个电话不就得了吗,还要亲自去串门儿?买点水果去看她们,这也太莫名其妙了吧,又不是节日？算了，不找借口了，就是过去玩玩、转一转，正大光明的。梁峥在镜子前整理了一下仪容，又喷了一点点香水，这才走出门外。

这个城市的冬天是属于北风的，凌厉、肃杀。小区在秾丽的夜色笼罩下，安静而神秘。几个路人都猫着腰、缩着脖子，匆匆而过。梁峥将风衣的领子立了起来，又使劲搓了搓手，再将手放进衣兜里。他先是在小区里转了一圈儿，然后又才朝艾榴榴她们住的那栋楼慢慢走去。

是钟晓慧来开的门，艾榴榴好像不在家里。梁峥在客厅里转了一圈，发现哪儿变了，原来是沙发上多了几个白色碎花的小抱枕，墙壁上多了一幅画。画不大，被小小的画框镶着。画里是一个光着脚丫的小女孩在沙滩漫步，头发被海风轻轻拂起；红彤彤的太阳挂在海的尽头，一道金色的光芒从海底渗出，看不出是傍晚还是清晨。梁峥深深地被这幅画吸引了，忍不住多看了几眼。

"Coffee or tea? please."钟晓慧俨然一副主人的模样，用英语问梁峥。

"还是 coffee 吧……和你的 style 很相近？"

"What?"

"It's nothing."

钟晓慧掩嘴而笑："呵呵，对不起，我最近在练习英语口语。"

"找对人了，我的口语特别烂，中英合璧。你只要能听懂我的，那对付老外基本上就 no problem 了！"

"Maybe."

钟晓慧煮咖啡去了，梁峥闲着无聊，随手翻了翻茶几上的杂志。他拿了一本《看电影》，摊开、阅读起来。刚看了几页，就闻到一股浓郁的咖啡味儿，只见钟晓慧笑盈盈地端着两杯咖啡走了过来。

"尝尝，我自己煮的……"

梁峥端着杯子闻了一下，又轻轻呷了一口："嗯，Yummy！"

"Cheers！"

“干不了，得慢慢 Drink.”

“呵呵，Cheers 不只是干杯，还有谢谢的意思。”

“是吗，看来老外也挺矫情的。”

两人正聊得惬意，门开了，艾榴榴拎着包、哼着歌儿走了进来。她脱掉黑色羽绒服，取下脖子上系着的白色格子的围巾，直到脱掉靴子换上拖鞋后，才发现沙发上还坐着似笑非笑的梁峥。

钟晓慧问艾榴榴：“美女，来杯咖啡？”

艾榴榴：“Yes，thanks！”

梁峥：“得，我来到英语世界了！”

艾榴榴笑：“总比待在动物世界要好吧。”

梁峥报以微笑：“Sure！”

艾榴榴去卫生间洗完了手，又在房间里折腾了一会儿，才走出来。她挨着钟晓慧坐了下来，一边喝咖啡，一边在茶几上找杂志。梁峥立即把《看电影》递给了她：“是在找这个吧？”见艾榴榴不说话，“嘿嘿，这就叫心有灵犀啊。”

艾榴榴：“少来，跑我们这凑什么热闹啊？”

梁峥：“过来探望一下你们……”

“以前你不经常来的啊？”

“是啊，一周也就那么几次，并没有天天来。”

“呵呵，我怎么不知道？”

艾榴榴见钟晓慧坐在旁边偷偷地笑，不说话了。梁峥这才发现自己现在和艾榴榴打情骂俏，根本不合适，因为钟晓慧也在。再加上他们以前复杂的关系，这一切都变得微妙起来。客厅里出现了短暂的沉默，艾榴榴心不在焉却佯装专心致志地看着杂志，钟晓慧似乎也发现了什么，只是呷着咖啡，淡淡地笑着。梁峥有点尴尬，只好望着那幅画。他看了一会儿，实在憋不住了，问道：“这画谁买的，意境挺深呀！”

艾榴榴白了梁峥一眼:“是钟小姐画的!”

梁峥有点难以置信,望着钟晓慧:“你还会画画？还画得这么好……”

钟晓慧笑:“这你也信啊?”

梁峥:“我觉得这也不是不可能啊。”

客厅又安静下来,三个人都不知道再说什么。梁峥觉得还是三十六计,走为上策,杵在这儿又没有话说,又没有事儿干,多傻呀!正准备站起来的时候,钟晓慧的手机响了。钟晓慧看了看手机,径直去了卧室。钟晓慧一走,梁峥的胆儿似乎又壮了起来,往艾榴榴那边靠了靠,小声说着:“不是特地来看过你几次吗,有次好像还拿花了,记性真差。”

艾榴榴翻着杂志,不搭理梁峥的。梁峥也不在意,继续说道:“我今天其实是专门来看你的,你可以不领情,但是没有必要挤兑我吧。何况还是在我的旧情人面前,有这个必要吗?”

艾榴榴斜睨了梁峥一眼:“听不见,拜托你说大声点!”

梁峥又往艾榴榴那边坐了一点,一脸的坏笑:“调整一下距离不就得了。”

“别得寸进尺啊,我是看在你前女友的面子上,才没有轰你出去!”

“无所谓啊,你轰就是,大不了跑到前女友的房间里去。”

艾榴榴指着梁峥的鼻子,正想骂他,钟晓慧就急匆匆地走了出来,艾榴榴迅速调整为看书的姿势。梁峥也立即退回到原来坐的位置,而且端起咖啡就往嘴里灌。钟晓慧见这两个人神秘兮兮的,觉得可笑:“我有事要出去一会儿,你们先聊……”

梁峥霍地一下站了起来:“去哪儿,要不我送你吧?”

艾榴榴也关心地问道:“这么晚了还出去啊?”

钟晓慧笑了笑:“就在门口的上岛咖啡,一朋友找我谈点事儿。”

梁峥:“哦,那成。路上当心哦……”

艾榴榴:“Byebye!”

“嗯,我先走了。”

钟晓慧刚走出去,梁峥又靠了过去,还没有坐稳,就被艾榴榴一脚给踹开了。梁峥差点摔倒在地:“怎么这么野蛮啊?”

“你还赖在这儿干吗?”

“等你爱我呗……”

艾榴榴瞪着梁峥,有点生气:“你——你可不可以不要来骚扰我,都奔3的人了,还这么不靠谱!”

“你对我只有好感,没有爱意,你不喜欢逢场作戏,你觉得我表里不一,你要我证明给你看,我到底有多么在乎你? Ok,我这不就来了吗,实践出真知啊!”

“可是我希望你尊重我,也尊重钟晓慧,不管你们曾经是什么关系,发生过什么。在这样的环境里,你觉得咱俩这样合适吗?”

梁峥撸了一把脸,点了点头:“是有点不合适! 都怪我,我压根就不该把她给推荐过来,我怎么就这么傻呢? 我完全可以毛遂自荐啊。既当你的私人保镖,又当你的邻家大哥,同时又是你的准男友!”

艾榴榴冷笑:“现在后悔,好像晚了吧,早干吗去了? 我命令你现在回去,没有我的同意不准过来。滚吧!”

梁峥站了起来,往外走,刚走到门口又折了回来:“要是我来找钟晓慧呢,这不需要你同意吧?”

“最好是趁我没有在的时候,我才没有钟晓慧那么好的脾气呢,我的眼里可容不得一粒沙子!”艾榴榴嘴角上扬,瞟了梁峥一眼。

“诶,艾榴榴,你是不是来劲了?”

“就来劲了,怎么着?”

“好,算你狠,谁让我信了你的邪呢! 不过,你也中了我的毒。”

“是吗,那咱俩不成东邪西毒了?”

“明明喜欢我却不承认,也不嫌憋得难受……”

艾榴榴冷笑一声，然后就不再搭理梁峥，继续看她的杂志。梁峥不甘心，走回到艾榴榴的身边："你也别假清高，有本事这辈子就别嫁人呀！"

艾榴榴毫不示弱地瞪着梁峥："你这是威胁我吗？还好地球上的男人不只你一个。再说了，我嫁不嫁人管你狗屁事？"

"得，我就喜欢你这种道貌岸然的泛文艺妞。不把你弄到手，我就不姓梁！"

"别赌气，你存心想改姓可以，但是不能姓艾，我们艾姓族人不收流氓！"

"说话的思维方式和语气都和我一样了，还说不喜欢我，哈哈……"

"你——"

梁峥大笑着走了出去，根本不给艾榴榴反驳的机会。梁峥走进电梯后，眼神瞬间黯淡了，整个身体也懈怠下来。怎么现在和她发展成这种关系了呢？不痛不痒、不温不火的。自己到底又稀罕她什么呢，还越来越上心了？是不是她是自己的最后一根救命稻草，所以总是缠着她不放？不是，自己还没有到苟延残喘的那个地步……梁峥想不出个所以然，他对自己和艾榴榴的明天越来越茫然了。

"真是头猪，想要追求人家，还这种态度，做白日梦吧，什么人！"艾榴榴对着面前还盛着一点儿咖啡的杯子大骂道。

上岛咖啡的角落里，坐着钟晓慧和一个蓄着络腮胡的中年男子。中年男子叫邱瑾，是一家"事务调查所"的私家侦探。这哥们以前是搞摄影的，后来机缘巧合，改行进了调查所。钟晓慧和他坐着聊了好一会儿了，因为服务员都已经为他们添了两次茶水。

邱瑾："对不起，钟小姐，银行的谢经理我们是不能给你调查的。一是难度太大，二是有风险，这类人社会关系复杂，只有国家机关的特定人员才能去侦查他们。"

钟晓慧:"要多少钱?你开个价吧!"

邱瑾耸了耸肩膀,很是无奈:"这不是钱多钱少的问题,干哪一行都有个原则,或者说是行规吧。有些人和事我们是不能碰的……"

钟晓慧叹了口气:"嗯,我能理解。"

邱瑾拿出一个信封递给了钟晓慧:"最近他和陈祥东联系得很紧密,我拍了几张照片,也许会对你有所帮助。至于其他的,我们就爱莫能助了!"

"谢谢!"钟晓慧接过信封,翻了翻里面的照片。

"另外,我们已经安排人进了陈祥东的公司,一周后就能开始窃听电话和监视办公室的情况。"

钟晓慧从皮包里拿出一个纸袋:"这是预付的钱,事情完成后,一起付清。"

邱瑾接过纸袋,也不看,顺手就放进了他的公文包里:"钟小姐,有事情打我电话,以后没有什么特别紧要的事情就不要见面了。如果事情有新的进展了,我会来找你的。先走一步,再见!"

"谢谢你了,邱先生!再见……"

送走邱瑾后,钟晓慧拿出信封里的相片看了看,然后呆呆地坐了差不多十分钟,又才从包里拿出一盒"摩尔"香烟。刚抽了两口,钟晓慧浸满泪水的眼眶就滑下了泪水,流过脸庞,滴在了碧绿的茶杯里。一圈圈涟漪,渐渐漾开,接着又静如止水。

梁峥刚走进屋里换好鞋,就接到了程百万的电话。梁峥有点听不清楚,电话那头很吵,他来到阳台:"你在哪儿啊,怎么这么闹!"

"我在工体这边的一家酒吧里!信用卡刷爆了,你给我送点钱来……"

"好,手机你调为振动吧,来了我给你电话。"

梁峥换好了鞋，正准备开门出去，躺在沙发上的吴晓军问道："刚回来又跑哪儿去啊，鬼鬼祟祟的？"

"程百万找我有点事，你不整天闭关写作吗，这么快就破关而出了？"

吴晓军摇了摇头："不行哦，连着写了好几天，实在是扛不住了，脑袋里像灌满了铅似的……你们是不是出去喝酒啊，我跟你去，顺便向程百万赔礼道歉。我确实不该拿他老爹开涮，换了是我，我也急了！"

"他信用卡刷爆了，我去给他送点钱。你既然这么无聊，那我们一起去吧，路上也有个伴！"

吴晓军听说梁峥是去送钱的，赶紧摆了摆手："算了，不去了，我还以为是喝酒呢！下次再和他举杯共饮、对酒当歌、一笑泯恩仇吧。我突然想到了一个有意思的小说情节，得进去写下来……"

吴晓军说完就钻进了房间，梁峥只能摇头苦笑。梁峥在小区外面拦了一辆出租车，车朝北京工体的酒吧一条街疾驰而去。

酒吧里音乐刺耳、灯光昏暗、人潮涌动，梁峥在靠右边的过道上发现了满身酒气的程百万。程百万笑着拍了拍梁峥的肩膀，凑着他耳朵喊道："钱带了吗，拿2 000给我！"

梁峥摸出了招商银行的信用卡："没现金，待会儿我刷卡，记着你的账就是了。"

"那也成！走，过去喝两杯。嘿，还整了件风衣，你现在可是越来越有男人味了哦！"

"谁让你天天泡在脂粉堆里了，男性荷尔蒙严重缺失！"

"哈哈……"

红色小包间里，徐靖和一个短发女孩坐在一起，两人抽着烟，低着头在说着什么。程百万做了简单的介绍，梁峥冲他们点了点头，然后抓着服务员送来的一小瓶啤酒，就喝了个精光。梁峥砸吧了一下嘴，笑道："真他妈的过瘾！"

程百万又给梁峥拿了一瓶,问:“今天遇上好事儿了,喝酒这么爽快?”

“说了你都不信。钟晓慧又回了北京,准备出国,让我给她找房子。我去小区的公告栏上找房子,一个电话过去,你猜是谁?居然是艾榴榴,带劲儿吧!谭晓娜不是嫁人了吗,早就搬了出去,艾榴榴一人住着害怕。”

“让她们俩凑一块儿了,你可真够损的……”

“她们住一起有几天了,好像关系还不错。先前我过去坐了一会儿,艾榴榴对我还是不冷不热的,我就看不惯她假清高,明明对我有意思,偏偏又装着视而不见、听而不闻的样儿,至于吗!她在你们公司也是这副臭德行吗?”

“还好啊,挺随和的,艾姐和公司的同事一直相处得蛮好。她们财务室算是我们公司最干净的一片沃土了,其他部门都勾心斗角的。我就特烦这个,一个月拿那大几千,还明争暗斗的,没出息!”

梁峥举起酒瓶:“不说了,喝酒。两位小美女别看着我们啊,一起呗!”

四个人都举着酒瓶,碰在了一起。外面的音乐越来越强劲了,几个穿着三点式的 DJ 公主站在了台柱上,时而摇曳着身子,时而甩着一头的披肩长发。身姿曼妙的她们在镭射灯光的照射下,愈发显得性感妩媚。台下的帅男靓女在酒精和音乐的刺激下,也跟着摇晃起来,全场都 HIGH 了!

“吴晓军那个傻逼这几天在干吗?”程百万问梁峥。

“整天窝在家里的,折腾他那破小说。”

“居然忽悠老子!我打电话回去,老头子好好的,还在电话里把我爆啐了一顿。改天我得去会会这个骗子,出口恶气!”

“那也是为了你好,我们商量了才给你打的电话。再说了,不当你是兄弟,他管这些闲事儿干吗?”

“别说了,我不爱听!”

两人又闲扯了几句,徐靖觉得无聊,就拖着程百万去外面“蹦的”去了。短发女孩叫宋琦,也是徐靖的同学。她找梁峥要烟抽,梁峥瞅了瞅她："吸烟有害健康，不给！"

宋琦撅着小嘴儿，瞪着梁峥："这位大叔，咋这么小气呢？"

梁峥不屑："瞧瞧你那泡菜发型，韩剧看多了吧？"

宋琦反唇相讥："总比你那刺猬头要强吧，跟一二愣子似的。"

"一看就是90后，多大啊你，成年了吗？"

"还没有，前年满的18岁。"

"真看不出来，你们现在这些小女孩长得是越来越'萝莉'了，可是也越来越早熟了！"

"总比你要强吧，烟都舍不得给一支，哪里像个男人！"

梁峥也不生气，笑了笑，又喝了一口酒。想想和小姑娘这么胡诌也没意思，转移话题："你读的艺术系吧？"

宋琦有点好奇："你怎么知道？"

"如果我说是因为你的发型看出来的，你信不信？"

"怎么老盯着我的发型呀，你别不好意思，想看我就看呗！"

"真大方。其实是因为徐靖，她每次带出来的同学都很漂亮，所以我大胆假设你们是艺术院校的学生。"

"大叔好细心，逻辑思维也还蛮强。不过，你这是在变相夸我漂亮吧？"

"除了你这夸张的发型，还有煤灰一样的眼影，以及你那多余的亮瞳外，你应该算漂亮那类的……"

宋琦咯咯地笑了，拿着酒瓶喝了一小口："你年轻的时候肯定坏过不少女孩子吧，油腔滑调的，连我这样的小萝莉都不放过。"

"打住，我不喜欢你们这些90后的小姑娘，太嫩。尤其是那些整天就知道逛街扮靓，外表花里胡哨，内里一堆杂草的……"

"理解，你们老了嘛，回不去了，只有嫉妒羡慕我们。嫉妒羡慕不管用，就转为恨了。没办法，谁让我们有大把的青春可以挥霍啊？你们呢，想挥霍都没有机会了。不然,怎么70后瞧不上80后,80后瞧不上90后呢,其实我呀挺可怜你们这些不服老的前辈。唉——谁都有年轻的时候,你们管我们怎么个活法?非要较劲儿,按照你们的方式去发展,那就失去自我了。你们纯粹是给自己添堵,心理不平衡!"

"嗯,这话在理。有空我给70后、80后的那些老同志们说说,让他们少说多做!但是,我还是不喜欢你们……"

宋琦瞪大眼睛望了望梁峥,也转移了话题:"你结婚了吗?"

"结了。相亲相的一个,感情一般,老和我抬杠,显得她多能耐似的。不过,人漂亮,怎么看都舒服……"

"要不你和我谈恋爱,和她过日子?"

梁峥哑然失笑,望了望宋琦一副认真严肃的模样,不置可否。他拿起酒瓶碰了碰宋琦面前的酒瓶子,一口喝完了剩下的啤酒。

"嫌我太小,没有女人味?"宋琦不依不饶。

梁峥笑:"你觉得徐靖和程百万两个在一起,正常吗?"

"不正常,但是可以理解。"

"可是我理解不了。你们还小,觉得爱情大过天,为了爱情什么都可以不管不顾,所以这不能全怪徐靖。即使是面对程百万的老婆,徐靖肯定也是理直气壮的,她不会想到那个独守空房的女人整日以泪洗面、彻夜难眠是如何的一种痛苦,更不明白完整的家对一个成年的女人有着什么样的意义。但是,程百万不应该这样,他是家庭的主要成员,但是他却背弃了这个家庭,就为了自己那膨胀的欲望,你觉得这样的男人还可爱吗,还像个男人吗?"

"好像是有点不靠谱哦……"

"你希望我变成这样的男人吗?"

"不希望!"

"所以,我不能和你谈恋爱。"

宋琦撇着嘴，吐了吐舌头：“晕，你说了这么多，就是想拒绝我！”

梁峥站了起来，笑了笑：“不好意思，我去下洗手间，啤酒喝多了……”

梁峥在卫生间外面的过道上，用手机给艾榴榴打电话。他有点心虚，一是担心艾榴榴不接电话，因为他们刚吵了一次，有点不愉快；二是怕艾榴榴接了电话后又把他臭骂一顿，毕竟现在已经很晚了，她肯定已经休息了。谁知道电话响了两声后，手机里就传来艾榴榴迷迷糊糊的声音：“你干吗呀，还不睡觉？”

梁峥小心翼翼地说道：“想你了，所以给你打个电话。”

“怎么你那边那么嘈杂？”

“和程百万在酒吧里喝酒……”

“呵呵，借酒浇愁啊？”

“来帮他买单的。你先睡吧，做个好梦！”

“嗯，你也早点回来休息，别玩太晚了……”

程百万坚持要送梁峥回来，梁峥奉劝他酒后就不要开车了。两个女孩都指责梁峥，说他太小心。还说大半夜的，路上都没有什么车。回国美小区的路上，程百万开着车一路狂飙，梁峥心都提到嗓子眼了：“慢点，慢点儿……平常堵习惯了，现在路上这么顺畅，就忍不住发飙了吧？”

程百万笑：“我喜欢开快车，但是北京老是堵着，我都心肌梗塞了，憋得慌。”

徐靖在后面嚷道：“看看这些人都把北京挤成啥样儿了，以前咱们北京多好啊，蓝蓝的天儿，到处宽敞明亮的。现在倒好，灰蒙蒙的一片，连地下都掏空了，还是这么堵。”

宋琦：“嫌弃我们外地人了，是吧？你们还不都是沾了首都的光，首都不落户在这儿，谁来啊，漫天黄沙的……”

“也没有谁请你们来啊，明天就迁最好，咱北京人不稀罕这个！”

“要是这地不是首都，你们北京人还有什么好拽的。论勤奋，论聪明，论有钱,论有文化,你们一样都不占优势。而且房子没有人租了,地也换不成钱了,各种补贴都没了,腰板也就挺不直了……”

“好像说得我们北京人好逸恶劳、吃救济,占了全国人民多大便宜似的!”

“是全国人民占了你们的便宜,你们被首都,你们很无辜,行了吧?”

“即使占了便宜,那也是你们犯贱,谁让你们支持了,我们又没有求你们……”

两个女孩在后面争论不休,梁峥不发表任何意见,觉得她们的争论毫无意义。程百万也保持沉默,不时还笑上一笑。车开到小区后,梁峥本来想喊程百万下车来聊一聊的,顺便劝他早点回家,和刘瑜霞重修旧好。程百万知道梁峥要和他聊什么,以时间太晚为借口拒绝了。他一脚油门踩到底,车“嗖”地一下就蹿了出去,转眼就消失在街角,剩下昏黄的路灯和冷清的街道。

公司即将召开年终大会,梁峥作为代理主管,他必须对部门全年的销售业绩拟个报表出来,并做好新一年的销售计划,这花了他整整两天的时间。而部门的每个代表的订单他都要审核一遍,以便财务室入账后发年终奖,这又花了他一上午的时间。自从当上这个代理主管之后,梁峥就觉得时间不够用,有时别人都下班回家了,他还在公司忙。

本来销售一部的销售业绩是排在华东大区第一,全公司第二的,因为老黄和向丽的突然离职,卷走了一部分客户资源,导致他们的业绩作废,部门的名次也就掉了下来。这意味着销售一部的员工每人少了好几千元的奖金,梁峥觉得这事不公平,向刘德才写了份申请,尽量为部门员工多争取一点利益。

梁峥的申请获得了通过,不过,老黄和向丽的业绩只算一半。饶是如此,部门的员工仍然很高兴。几个老员工原本是不服梁峥的,因为这件事,他们也对梁峥刮目相看。毕竟,一个为员工为部门积极争取权益的主管,即使资历差点儿,那也是位好主管。

这件事情刚解决,新的问题又来了。部门一位女员工投诉另一位员工在上班时间玩游戏,聊 QQ,导致网速变慢,影响了她的正常工作。这是一件很小的事情,但是又必须解决。销售工作是一项比较特殊的工作,有时很忙碌,有时又很清闲。没事儿或者休息的时候,大家习惯了用用电脑,看看新闻,在 QQ 上聊下天,也有个别的玩一些小游戏,这都是可以理解的。如果禁止大家上网,或者不让员工玩游戏,这是可行的,但是不够人性化。梁峥从公司的网络中心那里了解到每个部门的带宽流量只有 1M,的确是小了点。一个部门的编制现在是八个人,以前是五个人,现在经常用电脑的人在六个左右,以前是三个人。也就是说,问题的关键,并不是大家上网、玩游戏影响了工作效率,或者说导致销售业绩下降,而是人员增加,网速太慢,影响了大家的正常工作。

梁峥在公司的内部论坛上开了一个帖子,专门讨论公司的网络流量。从跟帖来看,大家都觉得网速太慢了,导致工作效率大大降低。帖子很快就转发给了网络中心的老张,老张又把这个情况汇报给了公司总部。公司得知这个情况后,在各个管区也调研了一下,结果将所有的网络流量都升级到了 2M。

梁峥得知这个消息后,很受鼓舞。虽然这是一件微不足道的事情,但是他在这里面发现了一些管理的窍门,也让他对管理这门学问产生了更加浓厚的兴趣。当天下午下班后,梁峥就打车去了西单图书大厦,他一下子买了好几本管理类的书籍。

回到国美小区的时候,梁峥发现了一个熟悉的背影。往前走了几步,才发现是林强。这家伙又来这里干吗?梁峥见林强走进了艾榴榴她们住的那栋大楼,由于好奇心作祟,梁峥也跟着走了进去。但是要进电梯的时候,梁峥犹豫了。他想了想还是不跟进去的好,别人去找艾榴榴,我跟着去凑什么热闹,还嫌上次不够丢人的吗?

梁峥走出了大楼,正准备往外面走,就发现艾榴榴满面春风地提着两袋东西走了过来。梁峥心里极其不平衡,假装没有看见她,低着头匆匆往前面走去。

“诶,那个谁?”艾榴榴见梁峥故意躲她,大声喊道,“梁峥!”

梁峥停了下来,转过身,故作惊讶状:“咦,你刚回来啊,我咋没有看见呢?”

“眼睛长屁股上了呗,你装什么装!去我们楼里干吗了,鬼鬼祟祟的。”

“我看见一个很熟悉的人进去了,又想不起来是谁,就跟进去确认了一下。”

“谁?”

“你猜?”

艾榴榴冷笑:“你去找钟晓慧的吧,没有关系啊,我又不会吃醋,搞得疑神疑鬼的,还编这种骗小孩儿的瞎话。”

艾榴榴说完不再搭理梁峥,径直往里面走。本来心里就有点小疙瘩的梁峥,这下再也忍不住了:“急着上去见你的林总吧,不需要掩饰,你这种迫切的心情我理解。年轻的时候,我也这样。”

“见谁?”

“林强啊。”

“他在楼上?”

“好像是……”

艾榴榴拎着东西就往小区外面走,梁峥丈二和尚摸不着头脑,也跟了上去:“没事儿,我不介意,人家在等你呢!”

“我不想见他。”

“为什么呢?”

“没有为什么，就是不想见。你吃饭了吗？”

“刚回来，好像还没有吃！”

“那你找个地方请我吃饭吧。”

梁峥喜出望外，接过艾榴榴提的东西：“没问题！辣妹子，我请你吃湘菜吧……”

梁峥带着艾榴榴来到一家湘菜馆里，里面人很多，刚好角落里有个位置。很窄，只够二人坐的。梁峥望着对面气定神闲的艾榴榴，小声问道：“这算不算咱俩的第一次正式约会？”

艾榴榴可爱地撇着嘴，不说话。梁峥看在眼里，美在心里：“真和姓林的决裂了，一拍两散了？”

艾榴榴的表情瞬间凝重起来：“不要再提他了好不好，我和他只是普通朋友而已，OK？”

梁峥笑了：“估计与我和钟晓慧现在的情况一样，以前有那么点意思，现在终于返璞归真了，关系正常化。”

艾榴榴白了梁峥一眼：“他是个很优秀的男人，我们在一起不合适而已。你是被人家甩掉的，不一样的！”

“谁说我是被甩掉的啊，我和她也是不合适……我一时半会儿也说不清楚，我也不会说。”

“是啊，这种丢人的事情你怎么说得出口呢！”

“你——”

“我？”

梁峥正着急的时候，手机响了，拿出来一看，是家里老头子打过来的。梁峥知道又是旧事重提，所以早就想好了怎么应付。不过让梁峥震惊的是老头子要他提前回家过年，说是大表姐给他介绍了一个女孩，让他回去相亲。梁峥担心的事情终于发生了，他立即在电话里告诉老头子，说他已经找了女朋友了。老头子不信，梁峥见对面的艾榴榴捂着嘴偷笑，急中生智,把手机塞给了艾榴榴,轻声说道:“我老爸,你随便和他聊几句就成……”

艾榴榴拿着手机,说也不是,不说也不是。听见手机里有人说话,只好拿了起来:“喂——伯父啊,您好！您身体还健康吧？哦,那就好。我家是湖南的,家里两姐妹。来过年啊？——到时间看吧,有时间我就过来……”

梁峥听着艾榴榴讲话,大概能猜到老头子说的是些什么话。见艾榴榴小脸红透了,一副娇俏可人的模样,既觉得好笑,又觉得幸福。要是她真的能和自己回家过年,那该多好啊。梁峥想象着艾榴榴和自己在一起的情景,越想越开心。

“傻笑什么呀!”艾榴榴把手机扔在了桌子上,“你故意整我的吧?”

梁峥这才回过神来:“这就叫父子连心啊,他都好久没有给我打过电话了。这不,刚好碰上我们第一次约会。缘分,真是妙不可言……”

“别陶醉了,谁和你约会啊!”

“有点诚信意识好不好,你都和我爸通过电话了,还想赖皮啊?”

“不行,我这是上了你的当!”

“谁上谁的当还不知道呢……要不过年跟我回去?”

“那得看你的表现。而且,即使要回去,你也得先跟我回湖南去啊!”

“明白！你怕我爸妈看不上你,不让你过门。所以你把我带回你家,来个生米煮成熟饭,对吧?”

“讨厌！你真是个幻想狂……”

“哈哈哈——”

吃完饭后,梁峥邀请艾榴榴去他那里坐坐,艾榴榴这才想起谭晓娜交给她的任务。原来谭晓娜得知吴晓军写了一部小说,据说是描写都市里剩男宅女的感情生活的。她想拿来看看,里面的角色有没有自己的影子。她也想知道吴晓军是怎么定义他们之间的那段感情的,到底吴晓军有没有恨过她。谭晓娜等不到出书的那天了,她急于想知道里面都写了些什么。可是,她又不好意思直接找吴晓军要小说看,所以,想来想去,她还是觉得指使艾榴榴去比较合适。

艾榴榴刚在沙发上坐了下来,梁峥就送上了一杯茶,还嘱咐她慢慢喝,别烫着了,像在伺候一位女王似的。梁峥在艾榴榴旁边坐了下来,手想搭在艾榴榴的肩膀上,但是又不敢,在旁边坐立不安的。艾榴榴瞟了梁峥一眼,往旁边挪了挪:“保持距离,今天已经够给你面子了。小子,见好就收哦……”

梁峥笑:“再坐远点都没事儿,关键是要咱俩的心越靠越近。”

“你这张臭嘴就不能消停一会儿?”

“遵命!”

艾榴榴望了望吴晓军的房间,见房门关着,问道:“吴晓军呢,怎么没有见着人呀。QQ 也不上了,不会又找了个女朋友吧?”

梁峥呆呆地望着艾榴榴,也不说话。艾榴榴又问了一遍,梁峥还是不说话。气得艾榴榴推了一把梁峥:“你哑巴了啊,问你话呢!”

“你不是让我闭嘴吗?”

“你——”

“我?”

“你再这样我可走了……”

艾榴榴作势要走的样子,梁峥立即站起来拦住了她:“和你开个玩笑嘛,你不觉得和我在一起很开心、很放松吗?”

艾榴榴使劲摇了摇头,坐了下来,叹了一口气:“唉,迟早得被你这个家伙气死!吴晓军呢?我找他有点事儿……”

梁峥来到吴晓军的房门前,使劲敲了敲:“吴大作家,艾美女有请!”

约摸两分钟后,吴晓军一脸疲惫地走了出来,见艾榴榴挨着梁峥坐在沙发上,有点不相信自己的眼睛。吴晓军顶了顶眼镜,夸张地说道:“哟,美女光临寒舍,真是有失远迎、蓬荜生辉啊!”

“大作家,别假惺惺的了。你不是写了一本小说吗,我想先睹为快……”

“还在修改,等后面出书了,我送一本给你。而且,我还让梁峥给你签个名儿。”

“谁稀罕他签名啊! 我等不及了,现在就想看,你赶快发给我。”

“好吧,既然你不嫌难看,那我就发在你的邮箱里。一定要多提意见哦,我看过你写的博客,写作水平那是相当的高!”

艾榴榴笑了,谦虚地说道:“我那就是瞎折腾,上不了台面的哦!”

梁峥小声说道:“写得确实可以,虽然小资了一点儿。”

“一边儿待着去!”艾榴榴怒目圆睁。

自己写的东西得到别人的认可,吴晓军本来就很开心,何况还是自己曾经心仪的女人。他斜了梁峥一眼,自豪地走进了房间……

梁峥坚持要送艾榴榴回去,刚走进电梯,梁峥就问她:“不是你想看这小说吧?”

艾榴榴的眼神里闪过一丝惊讶:“不是我,是谁呀? 神经!”

“是谭晓娜,如果我没有猜错的话。”

“就你最聪明,自以为是!”

“哎——现在的女人啊,不仅难伺候,更难琢磨哦……”

梁峥刚送到门口,就被艾榴榴赶走了。艾榴榴不想梁峥跟着她进屋去,她不希望钟晓慧难堪。艾榴榴走进客厅,发现有两个咖啡杯子,知道有外人来过,按照梁峥说的应该就是林强了。这时,钟晓慧从厨房走了出来,问艾榴榴:“吃晚饭了吗?”

“吃了,你还没有吃啊?”

“嗯。我在厨房煲了鸡汤,待会儿我给你盛一碗吧。”

“好啊,谢谢!”

“刚才林强过来的,他要我代他向你问好!”

“哦——你们熟悉呀?”

“最近才熟悉,我找他咨询一些出国方面的事情。”

“你算找对人了,他在国外生活过一段时间。而且,他这个人也很不错!”

“呵呵——他也说过同样的话,说你是个很好的人。”

艾榴榴泯然一笑,不说话了。

第二天早上,梁峥刚走进办公室,就接到了公司总部的通知,要求全体员工召开视频会议。会议的主题就是:人间正道是沧桑。这不是时下正在热播的电视剧吗?梁峥有点纳闷,难道公司号召大家看电视剧,这也太不靠谱了吧?梁峥猜对了一半,公司是要求大家看这部电视剧,学习里面的不畏艰险、不怕牺牲的革命精神,提高思想觉悟。但是更重要的是警醒大家踏踏实实做人,不要急功近利,老想着走捷径,一步登天。任何人想要成功都必须通过自身的努力,循序渐进,不断地和困难作斗争,才能最终实现。

接着意想不到的事情发生了,视频上出现以下一段文字:原公司销售代表向丽,与北京一家图书公司的销售代表瞿某狼狈为奸,利用公司的平台销售图书,行贿某市教育局局长,涉案金额高达80万元。现已被公安机关控制,望广大员工引以为鉴,洁身自好!

视频会议开完后,梁峥在休息室里给老黄打了一个电话。老黄说他昨天晚上就知道了这件事情,向丽拿他的那几笔钱肯定也收不回来了。因为流动资金短缺,新开的公司也无法正常运转了,只好关门大吉。而且“拔出萝卜带出泥”,老黄怕受向丽的牵连,决定提前回老家过年,一是避避风头,二是想想以后的路该怎么走。

梁峥在电话里安慰了几句老黄,又问他需不需要帮助。老黄笑着说工作了这么多年，还有点积蓄，这点事儿也算不上什么大事。最后，老黄奉劝梁峥好好在公司干，一定要老实做人，踏实做事！明年如果他能把公司做起来，还是希望梁峥过去给他帮忙。

财务室里，谭晓娜正在电脑上偷偷地看吴晓军写的小说。小说的前面写着这么几句话：

北上——列车哐当着
路过山川，路过河流
终于还是来了
梦里的所在

这是崭新的一页
我养精蓄锐
在这里流浪几年
再回南方

苍茫萧索的原野
林林矗立的树干
还有那坚硬的青春
随着风，一节节地远去

秋日懒洋洋地挂着
你在余晖里微笑
牵手走过的昨天
已经枯萎沉淀

哦，回不去了

时光在漫步

我们在老去

这是一场宿命

"领导，我们什么时间放假呀？"邹惠问朱祥玲。

朱祥玲望了望邹惠："你说你这上班的人，整天惦记着这个。才一月份呢，怎么也得二月七八号放假吧。"

艾榴榴抱怨："你们都还好哦，离家比较近，我就麻烦了……"

朱祥玲笑："以后嫁到北京不就行了，天天回家过年，你看晓娜现在多幸福。"

艾榴榴叹了一口气，酸溜溜地说道："没有她的命好哦，同时遇见两个爱她的男人，其中一个失恋后还专门给她写了本小说。"

朱祥玲："真的啊，谁呀？"

邹惠："不会是那个吴晓军吧？"

艾榴榴："嗯，就是他，都要出版了……"

朱祥玲很是羡慕："太浪漫了，可是又太伤感了。那个男人真是傻，你说他傻吧，又傻得这么让人心疼……晓娜，说说你现在的心情？"

谭晓娜正专注地看着小说，根本没有听见她们在说什么。现在听见有人喊她，立即答了声"有"，搞得大家都笑了。谭晓娜又不知道她们在笑什么，有点莫名其妙。

朱祥玲："走神儿了吧？"

谭晓娜："我咋的了？"

邹惠："那个吴晓军不是专门为你写了本小说吗？"

谭晓娜反驳："没有没有，根本就没有写我……"

邹惠质疑："你又没有看过，怎么知道不是写的你呢？"

谭晓娜哑口无言，红着脸不说话。

朱祥玲："那个吴晓军好像和你好过一段时间吧，你们还准备买房的，后来怎么散了呢？"

邹惠接过话茬儿："要不给我们讲讲你俩恋爱的那些事儿吧，让我们也分享分享，你也好追忆追忆……"

朱祥玲提醒谭晓娜："回忆可以，但是不能胡思乱想。你现在是已婚人士，可不能红杏出墙哦！"

邹惠笑："身体不能出轨，灵魂倒是可以出窍……"

朱祥玲和邹惠两个人一唱一和的，谭晓娜的脑子里全是吴晓军，想起他小说中字里行间透出的那淡淡的哀愁，忍不住想哭。谭晓娜站了起来，跑出了办公室。她这突然的举动，弄得财务室的另外三个人不知所措。

朱祥玲："这是咋的了？我们说错话了？"

邹惠站了起来，做出夸张的手势："肯定是伤心难过了。唉，'此情可待成追忆，只是当时已惘然'。问世间情为何物啊，直教人肝肠寸断。晓娜姐，你真是红颜女子多薄命哦！"

朱祥玲呵斥道："你玩诗朗诵还是演话剧啊？小屁孩知道个啥，还不快点出去看看你晓娜姐！"

艾榴榴站了起来："算了，还是我去吧，她应该没事的！"

艾榴榴走出办公室，找了几圈都没有找着谭晓娜，后面才发现她独自一人待在休息室里。谭晓娜正站在落地窗前，呆呆地望着面前这座灰蒙蒙的但是又异常繁华忙碌的城市。

艾榴榴走了过去，抚着她的背："没事儿吧你？"

谭晓娜用手背擦了擦泪水："没事，就是心里有点疼……"

艾榴榴给了她一张纸巾："都过去了，不是吗？"

谭晓娜转过身来："可是我还是无法忘记他。有时做梦都会梦见他，半夜醒过来，发现自己在流泪。榴榴，我真的好怕，我怕自己会疯掉！"

艾榴榴抱住了谭晓娜："傻丫头，怎么会呢？你偶尔想想他也很正常啊，毕竟你们曾经爱过。但是，现在你已经结婚了，有了丈夫，有了温暖的家，以后还会有聪明可爱的宝宝……你得把心态调整过来，把心思放在工作和丈夫的身上。"

谭晓娜抽泣着："我是不是很坏，很自私，为了自己过得舒服，背叛了他，背叛了我们的感情！"

艾榴榴安慰谭晓娜："你有选择幸福的权利。这也不是背叛，彭涛对你蛮好啊，而且看得出来你也喜欢他。别想太多了，乖！"

谭晓娜抬起了头："我想单独见见吴晓军……"

"啊——这不合适吧。"

"我想解开心里这个疙瘩，不然我老是觉得不踏实。"

"那你让我想想吧，我怕你一失足成千古恨啊，回头我还成了帮凶，那彭涛还不得找我拼命！"

打铁趁热，梁峥认为自己和艾榴榴的关系终于有了质的飞跃。不过，在这个关键时期还得加把劲，巩固巩固。下班回家后，梁峥在超市买了两袋水果，然后给艾榴榴打了一个电话，说他买了一些水果，让她下楼来。艾榴榴怕梁峥等不及了跑上楼来，挂掉电话后，就匆匆地走了下来。

梁峥腆着脸迎了上去："吃饭了吗？"

"吃过了！"艾榴榴见梁峥提着两袋水果，笑，"买这么多干吗？"

梁峥："慢慢吃呗，多吃水果皮肤好！"

艾榴榴摸了摸自己的脸："我皮肤很差吗？"

"不差，但是得保持，不是吗？"

"是不是不好意思买给钟晓慧，所以故意买给我啊？"

"我可不会曲线送物。反正是送给你的，你们一起吃也无可厚非。我和她还是朋友啊，即使给她买点水果也正常。你这么大方的人，又不会吃醋，对不对？”

艾榴榴皱着眉头朝外面走去，梁峥立即提着两袋水果跟了上去。艾榴榴走了几步，又突然转过身来，吓了梁峥一跳：“问你一件事情哦，不过你得保密！”

“啥事儿？说吧，我的嘴可严着呢！”

“谭晓娜最近老惦记着吴晓军，她想和他见个面，要我帮她把吴晓军给约出来。”

“约呗，这又不是什么大不了的事儿……”

“你说得轻巧。万一他们两个旧情复燃了，我不成了那个什么啊？”

“王婆？”

“要死啊你！”艾榴榴举起手要打梁峥。

梁峥躲开：“嘿嘿——没事儿，你不帮忙约，她有其他办法啊。还是顺其自然吧，两个人要散是迟早的事儿，不散就是有人从中作梗也没有用！只是……”

“怎么了？”

“谭晓娜有点过分，都结婚了的人，还玩这一出。唉，吴晓军又得备受煎熬了！”

“孽缘啊！”

“……”

梁峥拎着两袋东西，本来手就冷，现在好像脚也变冷了。他跺了几下脚，把东西放在了台阶上：“其实，谭晓娜这是心病。她觉得内疚，想让吴晓军原谅她。你别指望她对吴晓军投怀送抱，要投早投了。她现实得很哦……只有你傻，姓林的又帅又有钱又有地位，你偏偏不稀罕，要和我这个京漂儿混一起。”

艾榴榴撅着小嘴，斜了梁峥一眼：“我和你混一起了吗？那你怎么又舍得钟晓慧呢，她性感、漂亮，有气质，又有能力，那你不是更傻呀？”

梁峥笑：“想想也是的，咱俩都有点傻，不然也不会混一块儿呀。”

“不要脸！”

“脸要不要无所谓，我只要你！”

艾榴榴红透了脸，不理梁峥，径直往大楼里钻。梁峥跑上前，挡住了她：“别走啊，把水果带上去。”艾榴榴接过了梁峥的水果，走了几步之后，又走了回来，见梁峥疑惑地望着她，说道：“谭晓娜坐在楼上客厅里的，你去告诉吴晓军，就说她想见他一面。”

半小时后，上岛咖啡吸烟区。谭晓娜和吴晓军两个人面对面地坐着，都不说话，还是上次的那个角落里。谭晓娜见吴晓军低着头抽着烟，心里一阵抽搐，问道：“最近还好吗？”

吴晓军抬起头，笑了笑：“挺好的，很充实！”

“你的小说写得真棒，我很喜欢书里面的那个男主角。”

吴晓军有点惊讶：“哦，是吗，你哪儿看见的？”

“我让艾榴榴找你要的。最近老想知道你写了些什么，是不是特别恨我，连晚上做梦都梦见了你……你恨我吗？”

吴晓军顶了顶挂在鼻子上的眼镜，一脸苦笑：“有段时间特别恨你，后面慢慢就释怀了，也想通了。因为我们只适合谈恋爱，不适合结婚。我和你已经谈过恋爱了，还有什么可遗憾的呢？至于结婚嘛，我得去找命中注定的那个女人……”

谭晓娜：“你真是这么想的？”

吴晓军点了点头：“是的，我真心地祝你们幸福！”

“过年回家吗？”

“不回了，准备把小说修改完，然后把父亲接到北京来住。”

“嗯，这样挺好的。”

谭晓娜心情复杂地离开了上岛咖啡,她觉得自己已经彻底地失去了吴晓军。刚才见面的场景与她想象的完全不一样,谭晓娜以为吴晓军会黯然神伤,或者是抓着她的手,恳求自己回到他的身边。可是,吴晓军太冷静了,这让她难以接受。是他刻意隐藏了自己的感情,还是他真的不再爱我了呢?或者是正如他说的,他已经想通了。谭晓娜刚从电梯走出来,就接到了彭涛的电话,彭涛说他在国美小区门口,专门来接她回家的。

一路上,谭晓娜都没有说话,很是沮丧。彭涛则专心地开着车,也不过问自己的老婆为什么今天不开心。两人回到家,洗漱完毕后,就躺在床上睡了。可是,谭晓娜却翻来覆去地睡不着。彭涛也没有入睡,他闭着眼睛,背对着谭晓娜。谭晓娜轻轻地推了推他:"睡了吗?"

彭涛翻了个身过来,还是闭着眼睛:"怎么了,老婆?"

谭晓娜望着彭涛:"我今天去见吴晓军了……"

"哦——"

"我问他还恨不恨我,他说不恨了。"

"是吗?"

"老公,对不起,我不该背着你去见他,是我不好!"

彭涛睁开了眼睛,深情地望着谭晓娜:"傻丫头,我不怪你呀,想见就去见嘛,免得你这几天魂不守舍的……"

"你怎么知道?"

"我是你老公嘛,这几天你干什么都是心不在焉的。"

"以前总觉得欠他的,背叛了他,所以心里老是惦记着这事儿。今天和他聊了一会儿,他说他已经走出来了,还说祝福我们,我也就觉得轻松了许多。我是不是很坏呀?"

"坏,是有点儿,不过这也证明了我老婆魅力大啊!"

"去去去,没个正经。"

"哈哈,你还害羞了啊?"

谭晓娜拉过彭涛的手，躺在了他怀里："老公，以后我只想你，不再想别人了，好不好？"

"好——傻老婆？"

"嗯？"

"我爱你！"

"我也爱你，傻老公……"

钟晓慧的出国手续在林强的帮助下办得差不多了，随着中国国力的增强和国际形象的提升，出国手续也相比以前要简单了一些。钟晓慧准备先去美国的芝加哥上大学，然后争取在那里再找一份兼职的工作。待大学毕业后，再另做打算。当年林强就是在美国的芝加哥留学的，他对那个城市非常熟悉，那里还有很多他的同学和朋友，这无疑会为钟晓慧的芝加哥生活提供很多便利。

而邱瑾帮钟晓慧调查的事情还没有眉目，这让她十分焦急。因为，她决定在出国之前把这件事情彻底地解决了，只有这样她才能安心地在国外生活。钟晓慧还是忍不住给邱瑾打了一个电话，问他事情办得怎么样了。邱瑾有点不高兴，他认为欲速则不达，而且处理不好，还可能打草惊蛇。他让钟晓慧耐心地等待消息，如果怀疑他们的办事能力的话，大可以换人。

钟晓慧别无他法，只有等待。在家里闲得无聊的她，整天就是下厨房，这让艾榴榴大饱口福。

一个礼拜六的中午，梁峥接到了钟晓慧的电话，她邀请梁峥和吴晓军去她家里吃饭。一开始，吴晓军是不愿意去的，他说他是多余的，去了也是陪衬。最后，在梁峥的威逼利诱下，吴晓军还是跟着去了。艾榴榴来开的门，看她的样子好像在厨房帮厨。

梁峥像在自己家里一样，十分随便，拿了一本杂志躺在沙发上看书。吴晓军四处望了望，然后去看了看谭晓娜以前住的那个房间，发现已经被钟晓慧装饰一新，心里不由感慨起来。他想起了李清照的那句词：物是人非事事休，欲语泪先流。吴晓军正在发呆的时候，艾榴榴突然凑了过来，问他："你和谭晓娜那天晚上都聊了些什么呀？"

"没有聊什么啊，她问我还恨不恨她，我说不恨了，然后她就走了……"

"就这么简单？难道就没有说别的，或者发生什么？"

"还真就这么简单，什么也没有发生啊，也没有什么好说的！"

艾榴榴笑了笑："你们都还挺洒脱的嘛。不过，这样最好……"

吴晓军觉得艾榴榴有点奇怪，正准备问她是不是谭晓娜说了什么的时候，艾榴榴已经走回了自己的房间。梁峥见艾榴榴离开了厨房，他丢下了杂志，钻了进去。钟晓慧正在炒菜，看那姿势，还挺专业。梁峥好奇，问钟晓慧："难道你家也是开饭店的？"

钟晓慧望了望梁峥，笑："为什么这么问呢？"

"吴晓军的前女友，也是烧得一手的好菜，她家里就是开饭店的！"

"没有，我爸爸在报社，我妈妈是老师。我从小就喜欢下厨房啊，所以没事的时候，就喜欢拿着菜谱翻一翻，学几道菜。每当做成功一个，我就特别满足……"

"哪个男人找到你呀，是既享了口福，又享了人福。"

"那为什么现在还没有人要我啊？"

梁峥尴尬地笑了笑："是你人太优秀，要求太高，所以大家都自觉，远远地欣赏一下，却不靠近。"

钟晓慧颠了颠锅里的菜，又望了望梁峥："要是我告诉你，我并不优秀，而且要求也不高，你愿不愿意靠近我呢？"

"我现在离你不就很近吗？"

"呵呵——"

"我去把餐桌收拾一下……"梁峥怕钟晓慧提出别的问题,借机遁逃了。

一桌的菜,色香味俱全。吴晓军拿着筷子尝了尝,一副很享受的样子。梁峥就问他,这和谭晓娜做的饭菜相比,哪个更好吃?吴晓军说当然是钟晓慧炒的菜好吃一些,因为以前他吃谭晓娜烧的饭菜,带着感情,加了感情分的。这个回答把梁峥他们三个人都逗乐了。

钟晓慧拿出准备好的红酒,给每人倒了半杯,然后说道:"我虽然在北京上的大学,但是朋友并不多,一直忙着工作,所以忽略了很多东西。很高兴认识了你们,觉得和你们在一起很开心,也很放松。我过段时间就要出国了,可能要很久才会回来,也可能不会回来了……今天咱们有缘聚在一起,我也借这个机会,向大家表示感谢。今天真的很高兴——来,我敬大家,感谢你们这段时间对我的关心和照顾!"

吴晓军端起酒杯:"客气客气。"

艾榴榴笑道:"我也得感谢你,自从你住进来后,房间温馨了很多,我也不觉得孤单了!"

钟晓慧:"呵呵,应该是我感谢你,和你做邻居,很舒服!"

钟晓慧说完就端着酒杯干了,梁峥见钟晓慧一副心事重重的样子,也不知道说什么好,他端着酒杯只喝了一小口。钟晓慧又给自己倒了半杯红酒,然后举起酒杯,凑到梁峥和艾榴榴面前:"来,我祝你们两个人幸福!"

艾榴榴做梦也没有想到钟晓慧会这么直接,一时惊慌失措。她端起酒杯,很勉强地笑着:"我们都会幸福的……"

梁峥的鼻子有点酸:"出国了要好好照顾自己,洋鬼子都喜欢假讲究,别和他们较真儿,犯不着。不习惯了就赶紧回来,北京欢迎你!"

吴晓军也端着酒杯来凑热闹:"我们随时欢迎你回来……"

钟晓慧自斟自饮,一整瓶红酒,她至少喝了一半。满脸通红的她,话也越来越多,她一再强调梁峥和艾榴榴要幸福。艾榴榴一开始还有点害羞,后面就只剩下无奈了。她知道钟晓慧喝醉了,把她扶到了沙发上,然后就去收拾餐桌了。梁峥也来到厨房,帮艾榴榴清洗碗筷,两人在厨房里说起话来。

艾榴榴问梁峥:"我怎么觉得今天的钟晓慧怪怪的呀?"

梁峥洗着碗:"谁还没有一点心事,你喝醉酒了估计比她还丢人呢!"

艾榴榴盯着梁峥:"你和她到底是为了什么事情分的手,是不是你辜负了她?快说实话!"

"那你和林强又是为什么而分的手呢,是不是他辜负了你?告诉我,我去把那孙子给废了!"

艾榴榴一跺脚,气得把梁峥推出了厨房:"去去去,胡说八道的……这里不需要你帮忙!"

梁峥来到客厅后,给躺在沙发上的钟晓慧倒了一杯水。钟晓慧刚喝了几口,就倒在了梁峥的怀里,梁峥走也不是,不走也不是。吴晓军则在一旁幸灾乐祸,说了几句风凉话就先回去了。艾榴榴从厨房出来后,刚好看见这暧昧的一幕,梁峥做出一副很无辜的样子。艾榴榴给梁峥泡了一杯茶,笑了笑,轻声说道:"艳福不浅呀你!"

"要不我们给她弄进卧室里去,怕她着凉呢!"

"暖气这么足,怎么会?就这样吧,你太不懂女人的心了……"

"可是——"

"Shut up!"

梁峥见艾榴榴径直走进了卧室,他只好拿出手机发了条信息给艾榴榴:可是我也不能伤了你的心啊?

艾榴榴:不会的,我喜欢有责任感的男人!

梁峥:明白了。

艾榴榴:呵呵……

可能是喝了酒的关系,梁峥躺在沙发上昏昏欲睡,到最后真的睡着了。等他醒过来的时候已经是半夜,旁边的钟晓慧已经不知所终。客厅的角落里开着一个小台灯,发出柔和而温暖的光芒,梁峥记得这个台灯是钟晓慧房间里的。他正要站起来,发现自己的身上盖着一件羽绒服。这件衣服不是别人的,正是艾榴榴白天穿的那件……

梁峥走下楼来,寒风习习,路灯透着清冷的光芒。梁峥忍不住打了个寒战,想着最近发生的一切,喜忧参半。前面的路虽然曲折艰险,但是他有足够的信心能够一路走好!

第二天,钟晓慧很早就走了,她要回一趟江苏,回去见见她的爸妈。艾榴榴刚到公司,就听说程百万出车祸了。据说是酒后驾驶,把车开进了绿化带,撞到了一棵大树。车的前脸基本上报废了,程百万的右腿粉碎性骨折,现在正躺在西城区的积水潭医院里,估计一时半会儿都别想出来了。艾榴榴立即给梁峥打了一个电话,梁峥说他根本就不知道这事儿。接着,梁峥又给吴晓军打了一个电话。他们两个约好了下班之后,一起去医院看望程百万。

梁峥他们一行人在护士的指引下,走进了一间病房。只见靠窗的一张病床上,程百万的腿被高高地吊着,上面裹着厚厚的石膏,程百万头歪在一边,像在赌气似的,看上去十分滑稽。病床的旁边坐着刘瑜霞,她两眼红肿地望着白色的床单,刚才肯定是哭过了。脸色苍白的程百万见梁峥他们提着大包小包地来看他,兴奋异常,夸张地伸开了双臂:“兄弟姐妹们,过来抱抱我,赶紧的!我差点儿就见不着你们了……”

梁峥和吴晓军走上去和程百万一一拥抱,艾榴榴和谭晓娜、邹惠她们仨都站着不动。程百万一脸的委屈:“真是世态炎凉啊,你们几个美女也不来安慰安慰我这个病号!”

谭晓娜冷笑："好好躺着吧你，都这样了还要贫嘴！"

吴晓军看了看床头的病历卡，皱着眉头："程百万，你这次不会瘫吧？"

程百万气得差点坐了起来："你这乌鸦嘴怎么回事啊？上次咒我爹没了，现在又咒我瘫痪！"

吴晓军点了点头，望着大家说道："看来顶多是个瘸子。看你以后还折腾，给你个教训也好，真出了大事儿，那时候才有你哭的……"

程百万指着吴晓军骂道："你大爷的，存心在我伤口上撒盐是吧？"

"就撒盐了，平常说你，你不当回事儿，就该给你一个刻骨铭心的教训，你以后就消停了。"梁峥站在了吴晓军这边。

程百万苦笑："我说哥哥姐姐们，你们今天是来看我的，还是来踩我的啊？踩我就不必了，就我现在这状态，你们忍心吗？"

梁峥："主要就是来批斗你的，顺便来看看你而已……"

程百万把头歪在一边，又不说话了。艾榴榴她们几个和刘瑜霞聊了起来，无非就是问她最近在忙什么，然后让她不要担心程百万什么的。

吴晓军走到病床的另一边，问程百万："就你一个人在车上啊，其他人没有事吧？"

程百万不说话，吴晓军摇了摇头，叹了一口气。刘瑜霞转过头来说道："那个小骚货也在车上，一出车祸她就跑了。你说怎么不把她给撞死呢？"

程百万扭过头来："少说两句，成吗？"

刘瑜霞："我偏要说，她不是爱你吗？怎么现在伺候你的还是我呢？你有本事喊她来啊！"

程百万翻白眼："我又没有叫你来。你不想照顾我，你随时可以走啊，没人拦着你！"

眼看两人又要吵起来了，梁峥立即挡在他们中间："程百万，人家好心来照顾你，你这什么态度啊！"

艾榴榴也批评程百万:“就是！你也太不靠谱了,到现在还不检点自己的行为……”

迫于大家的压力,程百万不说话了,又把头歪向了另一边。

梁峥问大家:“谁有笔啊？借一下！”

邹惠举手:“我有！”接着,她从包里摸出了一支中性笔,递给了梁峥。

梁峥摸了摸程百万缠着石膏的腿,笑:“签个名作为纪念……”接着,他就在程百万的腿上写下了“还是瑜霞好”这几个字。程百万好奇,抬着头想看又看不着,想坐起来呢,又动不了:“峥哥,写的啥啊,给我念念?”

梁峥神秘地笑了笑,不说话。吴晓军靠过去看了看,念到:“我爱刘瑜霞!”

程百万急了:“要爱也是我爱啊,怎么变成你爱了呢?”

几个女的都凑了过去,她们都想看看梁峥写的什么。刘瑜霞瞄了瞄梁峥写的字,对着程百万骂道:“你也不害臊!”

大家都笑了起来。接着,吴晓军拿过梁峥的笔在程百万的腿上写了个“酒后驾驶”,然后又划了一个大大的叉。邹惠见他们写得有趣,也来凑热闹,她拿过笔写道:百万の大腿。接着艾榴榴和谭晓娜也分别签名:早日康复;我们等着你来上班。

来的几个人都签完了名儿,也都秀了一下自己的书法。程百万一个一个的问都写了些什么,听完每一个都喜笑颜开,先前郁闷的情绪早就一扫而空。刘瑜霞一直把头歪在一边的,大家要求她也签个名,留个纪念。刘瑜霞一开始不肯,后面在大家的强烈要求下,她也就半推半就地拿起了笔,写了四个字:家需要你!

刘瑜霞写完就跑出了病室,艾榴榴和谭晓娜立即追了出去。程百万着急地问梁峥他们:“她都写了啥啊?”

吴晓军叹了口气:“家——需要你!”

程百万又别过了头,眼眶有点湿润。邹惠冲梁峥和吴晓军使了使眼色，几个人都会意地走出了病室。吴晓军感慨万分："浪子回头金不换啊！"

邹惠："发现你们这些人都挺逗的，一点儿正经没有。可是呢，又特别靠谱！"

梁峥笑："我们一点儿也不靠谱，但是都挺正经的……"

邹惠白了梁峥一眼，不说话了。她发现艾榴榴她们几个在走廊的尽头聊着什么，她也一蹦一跳地往那边走了过去。

吴晓军的手机突然响了，他拿出来看了看，是徐靖打来的，立即接了："喂？"

"你知不知道程志辉出车祸了？"

"刚知道没多久。"

"他——没事儿吧？"

"还好，就是腿出了点问题……我们正在医院看他呢！"

"代我向他说声对不起！我当时真的是吓傻了，打了急救电话就跑了。我怕他家里人责怪我，所以我也没好意思来看他。我想我还是过段时间再来吧……"

"你暂时还是别来了吧，话我会给你传到。你也冷静一段时间，好好想想你们这么耗一块儿合不合适，好吧？"

"嗯，我会的！"

刘瑜霞的情绪终于恢复了正常，大家又一起团结在了程百万周围。护士已经提出了抗议，说他们这么大帮人老杵在这儿不成，影响病人休息，也影响他们的正常工作。大家纷纷向程百万告别，说过段时间再来看他。程百万微笑着，和大家一一握手告别。

梁峥拍了拍程百万的肩膀："兄弟，好好休息吧！想吃什么，无论什么时候，哥哥都给你弄来。其他的我不讲了，回头脚好了自己看我的签名儿——字写得最好的那个！"

吴晓军紧紧地握住程百万的手,深情地说道:“我们都会想你的,安心治病。病好了,哥几个切台球去,谁输了谁请客,老规矩……”

程百万不住地点头,激动地说道:“哥们儿感觉又活了过来,整个人都沸腾了,有种膨胀的感觉。现在才发现原来你们这么在乎我,爱我……谢谢,谢谢,我也在乎你们,我也爱你们!有你们在,我觉得我的腿再也不疼了,人也清醒了,我不再是迷失的羔羊,我重生了,我还是原来那个程志辉,只是变得更好了……谢谢你们,哥们儿撞车那一刹那,想到再也不能和你们喝酒切台球了,再也不能聆听你们的教训了,我就觉得孤独,不自在。还好,天可怜见,老天爷嫌我长得太帅,不要我。以后的路还很长很长,我们一起好好走下去,成吗?我是认真的,你们别笑啊……”

“哈哈……”

刘瑜霞一直送他们到住院部的楼下,几个女人又絮絮叨叨了几句,才依依不舍地离去。邹惠住海淀,和梁峥他们几个不顺路,一个人先走了。剩下的几个人都进了地铁站,坐进了二号地铁。谭晓娜要回天通苑,梁峥他们几个回国美小区。一起坐了几站,谭晓娜就换乘了,吴晓军望着谭晓娜瘦弱的身躯消失在过道里,心里五味杂陈,就好像又分手了一次。原来,有些人是永远都无法忘记的。时间磨灭的只是淡淡的伤痛,而不是记忆。

回到国美小区后,梁峥提议他请客吃饭。没想到一向爱占小便宜的吴晓军却推脱了,说要回去写小说,他打了个招呼就先走了。梁峥望着艾榴榴,等她发话。艾榴榴笑了笑,说道:“想吃什么,今天我请你好了……”

“突然对我这么好,还真有点不习惯。能多坚持几天吗?让我也幸福幸福。”

“哟,还来劲了。你吃不吃呀,吃就赶紧跟上!”艾榴榴说完头也不回地往前走了,梁峥立即跟了上去。

因为要放假过年了，接下来的一段时间，大家都忙着工作。梁峥是最忙的，一边要处理客户的订单，一边要处理部门的事宜，而且公司的大会小会不断。处理客户的订单他已经驾轻就熟、游刃有余，但是部门的事情多而繁杂，加上梁峥刚开始搞管理，什么都想管，什么都想做到最好，轻易也不放权，导致他觉得整天有做不完的事情，又好像什么都没有做，做得好像也不够好。这是初级管理者最容易遇见的问题，主要原因在于心态不够成熟，还有就是管理技巧欠缺。

艾榴榴她们也忙得够呛，财务室热闹非凡，电话不断，来来往往的人络绎不绝。因为到年底了，财务室作为公司的财务部门，要整理各种财务报表，要结算对内对外的资金，而且要向公司上报年终奖。邹惠哪里经历过这种阵仗，每天都忙得腰酸背疼的，叫苦不迭。谭晓娜是最幸福的了，每天都有彭涛专车接送。只有朱祥玲是最辛苦的，财务室的大小事情都得她拍板、决断，工作和生活的双重压力，令她疲惫不堪，人明显憔悴了许多。

艾榴榴现在是朱祥玲的左膀右臂，她俨然已经成为财务室的二号人物，忙是必然的。但是，让她欣慰的是，晚上下班后，总有一个人等着她，这种感觉让她很踏实、很舒心。这个人就是梁峥，他经常买上水果什么的去艾榴榴那儿串门，两人还经常一起出去吃饭，即使不吃饭，他们也会在一起聊聊天。虽然，两人还是会掐架斗嘴，但是与以前的状况已经截然不同。以前类似于吵架，现在则有点打情骂俏的味道了。

钟晓慧回家玩了一周，来到北京后的第二天，她就拿到了出国护照。当天晚上，邱瑾约她见面，还是在上岛咖啡。他递给钟晓慧一个黑色的小袋子，钟晓慧则给了他一个信封。邱瑾把信封放进公文包里，然后喝了一口咖啡，表情肃穆地说道："咱们以后就不要联系了吧，免得节外生枝。"

钟晓慧点了点头："我知道，你们要规避风险嘛！"

"那倒不是，我们派过去的那个人可能手脚不干净，引起怀疑了。人事部的主管还专门把他喊过去问了一下从业经历，这些都在我们的预料之中，也提前做了准备。不过，也不能排除对方会发现什么……好了，我得走了。钟小姐，合作愉快！”

钟晓慧站起来握了握邱瑾的手：“谢谢你们！”

钟晓慧回到家里后，见艾榴榴没有在家。她从小袋子里拿出了一摞照片，还有一个U盘。她看了看照片后，把照片和U盘又放进了袋子里。钟晓慧在房间里转了转，一时不知道把袋子放在哪儿。钟晓慧在客厅走了几圈，看见沙发上的那几个小抱枕，突然有了主意。

此刻的艾榴榴和梁峥正坐在一家西餐厅的角落里，梁峥接过服务员的菜单，点了几个菜，还要了一瓶红酒。餐桌中间放着一朵红玫瑰，娇艳欲滴，梁峥用手指碰了碰：“咦，我还以为是假的呢！”

“今天怎么兴致这么高，还喝红酒，碰上什么好事儿了？”艾榴榴问梁峥。

“和你在一起的日子，那都是好日子。当然，今年的年终奖增加了不少也是原因之一。”

“难怪舍得请我喝这么贵的红酒！”

“好像我们第一次见面，我就挺大方的，某人还喝醉了，对吧？”

艾榴榴眼睛一横：“呸！不准再提那天的任何事情，否则我现在立刻就走。”

梁峥笑了笑：“你们什么时候放假？”

“快了。哎，一想到回家就头疼……”

“是因为回家要花很多钱，还是为要回家相亲而烦恼？”

“都烦！我前段时间给家里说过要带个男朋友回家过年的，可是……”

梁峥坐直了身子：“是姓林那小子吧？”

艾榴榴：“要你管！”

梁峥盯着艾榴榴,很认真地说道:“既然他已经出局了,我想考验我的时候到了,我愿意跟你回去!”

艾榴榴望了望梁峥,摇了摇头:“不,咱俩还没有发展到那一步!实在不行,我租一个男的得了。”

“这也不失为一个办法,虽然愚蠢了点。”

“那也比带着你回去要强!”

“也许吧……”

服务员端上了菜,两人也停止了谈话。接下来的时间,梁峥只顾着吃喝,不再说话。很显然,艾榴榴刚才说的话刺激到了梁峥脆弱的神经,他心情郁闷了。两人吃完饭后,往小区里面走,走到艾榴榴住的大楼前,梁峥停了下来:“早点休息吧,我也回了!”

艾榴榴知道梁峥生气了,故意问他:“钟晓慧已经回北京了,要不要上去看看她,顺便送送我?”

“改天吧,我头有点晕,估计是红酒喝多了……”梁峥说完就往前面走了。

艾榴榴追了上去:“你生气了?”

“没有,我有那么小气吗?”

“其实我不让你跟我回家是有道理的。”

“不妨说来听听……”

“我觉得你并不是真心地喜欢我,只是为了结婚而结婚。一开始你有人选,就对我不冷不热的,或者说是冷嘲热讽的。现在你孤家寡人一个了,你就又想到了我。所以你现在低三下四地讨好我,忍受我,只是为了找个人结婚而已。你对婚姻的这种态度我接受不了,你现在对我的这种态度我也不是很喜欢!我觉得我们还是保持一定的距离比较好,就像以前那样,吵吵闹闹的,谁也不把谁当回事儿,多好啊。咱俩还是做普通朋友吧,好吗?”

梁峥转过身,冷笑:“看来,你挺注重友情的。”

艾榴榴反问:“这有什么不对吗?”

“我承认我现在给不了你想要的那种所谓的 feel,我们现在就是平平淡淡的在一起,没有初恋那么纯洁和惊艳,也没有热恋那么疯狂和胶着。可是很真实,很温馨,也很甜蜜,一点儿也不飘,我觉得这样的感情才有生命力,也更能保证我们走进婚姻的殿堂,并长期地生活下去。我知道,在这样的一座浮华的城市里,我们每天都面临着各种诱惑和压力,我们每天都在抉择。而每次抉择,都可能会影响我们的一生,可是选择你,绝对没错。因为我无比清醒地认识到你就是我要找的那个人,你的优雅、善良,你的真实,你的孤独,你的所有都让我着迷。我不能错过你,也许我来到这个城市的目的就是为了寻找你,和你在一起。真的,我要我们在一起……”

“对不起,我不知道你一直这么在乎我。谢谢你对我这么好——让我好好想一想,行吗?”

“好吧!我也冷静一段时间,最近老是缠着你,也不合适。”梁峥转过身,招了招手,做了个再见的手势,然后就洒脱地往前面走了。

艾榴榴呆呆地站着,她凝视着梁峥,直到他的背影渐渐消失在夜幕中。艾榴榴叹了一口气,她竟然有种怅然若失的感觉。“我要我们在一起”,艾榴榴默念了两遍,然后走进了大楼里。

礼拜六,吴晓军和梁峥再次来到了积水潭医院。程百万好像长胖了,皮肤也红润了许多,但是人却显得更加憔悴了,他正拿着一个 PSP 在玩游戏。刘瑜霞也在,无精打采的,似乎没有休息好。程百万见梁峥他们来了,把 PSP 丢在了一边:“你们整天都在忙着拍拖啊,这么久了也不来看看我?”

吴晓军指了指梁峥:“他才是,这几天和艾榴榴打得火热。每次喊他来,他都说忙!”

梁峥:“我和艾榴榴也就是逢场作戏,彼此无聊的时候找个伴儿。我每次喊你来,你是怎么说的,你说你要闭关写小说。靠,现在居然怪起我来了!”

程百万望了望刘瑜霞:“什么叫逢场作戏啊,合适就结了吧,别折腾了。这段时间天天躺这儿,我想了很多,以前自己太‘二’了,还是踏踏实实过日子最重要。对不,我的乖老婆?”

刘瑜霞瞪了程百万一眼,转身走出了病房。几个男人都会心地笑了,吴晓军拿着床上的PSP看了看:“这不是新出来的PSP GO吗,你啥时候买的?”

程百万:“刘瑜霞前几天去中关村给我买的,说是看我躺在床上无聊,有了这个可以看看电影,听下歌啊,玩下游戏什么的,打发一下时间……”

梁峥大发感慨:“哥哥现在就特别羡慕你。得妻若此,夫复何求啊?现在找个女人简单,但是要找个好女人,难哦,比登天还难!”

程百万笑:“那是你‘妻命’不好,以前找个一般的女人吧,久了没感觉了,两人分手快乐。现在呢,好不容易碰见两个好女人吧,你又一个都搞不定。也不知道你是怎么搞营销的,咋就不会推销自己呢?”

吴晓军接过话茬儿:“他不是不会推销自己,而是营销过度了。整天装酷、玩幽默、抖机灵、耍嘴皮子,人家都烦了。女人都是希望嫁一个有责任感有事业心的男人,而绝不是一个玩世不恭的小丑。”

梁峥反驳:“小丑?总比你好吧,到手的女人被别人挖跑了,你会推销!”

吴晓军的脸一下变得惨白:“梁峥,你是不是存心挑事儿?”

梁峥:“就你能对别人指指点点,还不让别人对你说三道四了?”

吴晓军望着梁峥半晌说不出话来,眼神里充满了绝望,他扭过身子,默然地望着窗户外面。病房里的气氛顿时压抑起来,程百万只好从中调解："你们就别较劲了，要说小丑，还真就非我莫属。婚姻大事不能急，还是顺其自然吧，等我恢复了自由身，我再帮你们多介绍几个。诶，你们对北京妞感兴趣吗？"

吴晓军转过头："我养不起！"

梁峥也立即回应："我说不过她们！"

程百万笑："瞧你们这点出息，还就属北京妞好，不做作，够味儿！"

梁峥："你还是等瑜霞来了，再真情告白吧。"

吴晓军："真是萝卜青菜，各有所爱啊……"

从医院出来后，梁峥和吴晓军一路无话。在换乘地铁的时候，两人走进压抑的地下通道。地下通道弯弯曲曲的，明亮而干净，像走在时光隧道。梁峥追上走得很快的吴晓军，轻声说道："对不起，我刚才说话口无遮拦，过分了……"

吴晓军爽朗地笑了笑："这是事实嘛，只是你敢把它说出来而已。程百万突然变得靠谱了，还真有点不习惯。"

梁峥点了点头："是啊，也许人都要经历一些事情，才能看透生活的本质吧。"

"你看透了吗？"

"说实话，还没有，你呢？"

"看透了一半吧。曾经以为我看透了，但是当我看见父亲佝偻着背钻进火车的时候，我还是流下了眼泪。后面我又和谭晓娜分开了，你知道的，就是你觉得一下子什么都拥有了，你还没有来得及享受那种幸福的时候，突然，一下子又失去了全部……真的，有种想死的感觉，一了百了……所以，我觉得我只看透了一半！"

"唉，生活的本质到底是什么呢？"

"就是好好活着！"

“嗯,有道理……”

离别在即,钟晓慧开始收拾整理自己的东西,女人总是有很多的行李,这是她们人生中不可或缺的一部分。艾榴榴正坐在客厅里看电视,这几天她的心里空落落的。以前她觉得梁峥很烦,总是隔三差五地来骚扰她,影响了她的正常生活。现在耳根清净了,梁峥也不会再来打扰她,她却不习惯了。艾榴榴现在想想那些过往,梁峥其实并不讨厌,相反,还有点可爱。虽然和他在一起的日子摩擦不断,却很轻松、快乐。也许,正如梁峥自己说的,这样的日子不飘,很真实,也很温馨!

“你这几天是怎么了?”钟晓慧敷着面膜躺倒在沙发里。

艾榴榴这才回过神来,笑了笑:“没怎么啊,挺好的!”

“我看你一副心事重重的样子,就像刚和男朋友分开似的……”

“呵呵,我压根就没有男朋友,怎么会分开呢?”

钟晓慧盯着艾榴榴,意味深长地说道:“我看你和梁峥挺好的啊。”

“我俩就是哥们儿,还是属于那种老吵架的!”

“其实他人不错的,至少值得信赖……”

艾榴榴退掉了拖鞋,盘着腿坐到了沙发上,问道:“你们原来不是挺好的吗,怎么会分手呢?”

钟晓慧的眼神黯淡了下来,但是,从她那敷着面膜的脸,却看不出任何表情:“是我不够好,我欺骗了他……”

“这本来就是一个充满谎言与欺诈的世界,我觉得这不是问题。”

“两人在一起是需要信任的,如果彼此有了隔阂,还怎么生活?”

艾榴榴喝了一口水,点了点头,转移话题:“你准备哪天走?”

“快了吧,肯定是年前。这一走也不知道啥时候回来,所以想多待几天。”

“去了记得联系我,我们是朋友,对吧?”

“Of course!”

“饿了吗,我请你吃饭吧?”

“好呀,要不要喊上梁峥?”

“呵呵——不了,他最近好像忙得很……”

吃饭的时候,钟晓慧收到一条莫名其妙的短信:注意安全,别和陌生人说话。她顺着手机号码打过去,没有人接。再打,对方已经关机了。

星期一的下午,吴晓军向公司请了假,出版社要他过去签合同。一个漂亮而时髦的女孩将吴晓军领到了接待室里,然后给了他两份图书出版合同。接着,女孩自我介绍:“吴老师,你好!我叫胡姗姗,我们的主编出去办事儿了,您先看看合同,有什么不明白的,可以问我!”

吴晓军:“好的,谢谢!”

趁吴晓军翻看出版合同的时候,胡姗姗给他泡了一杯茶:“请喝茶!”

吴晓军站起来接过茶:“谢谢,别客气!”

胡姗姗:“对了,吴老师,能把你的身份证借给我吗?我要复印一下。”

“好的……”吴晓军从钱包里摸出身份证,递给了胡姗姗。

吴晓军仔细地看了看合同,版税 8%,首印 1 万册,要求他 3 月 25 号完成初稿。合同后面有社长的签名和出版社的印章,看来,合同早就拟好了,只等他过来签字。吴晓军向胡姗姗咨询了一下出书的时间和其他一些事宜,然后就拿笔签了合同。

胡姗姗拿着两份合同看了看,递了一份给吴晓军:“吴老师,这份合同由您保存。希望我们合作愉快!”

吴晓军把合同放进了公文包里,笑道:“合作愉快,以后咱们多多交流!没想到一直和我联系的竟然是位美女编辑,失敬失敬了!”

胡姗姗莞尔一笑:“吴老师,您过奖了。您的小说我看了一部分,非常精彩,希望我们可以长期合作。这本书的封面会由我来设计,到时候还需要您多提宝贵意见呢!”

“劳你们费心了,没有意见,我相信你。对了,我好像在哪儿见过你——”

胡珊珊淡淡地笑了笑,露出一排洁白的牙齿:“是吗?”

吴晓军挠了挠脑袋,想了半天:“对了,元旦那天,湖北老乡聚会!”

“哦——那天我是去过的。”

“你也是湖北人?”

胡姗姗一脸的幸福:“没有,我男朋友是湖北的,我跟着去蹭饭。老蒋,你认识吗?”

吴晓军摇了摇头,笑:“不认识,我是四川人,也是去蹭饭的……”

胡珊珊一直把吴晓军送到电梯门口,吴晓军邀请胡姗姗和她男朋友去国美小区玩。胡姗姗笑着答应了,她告诉吴晓军,说她有机会就向影视公司推荐他的作品,争取日后能拍成影视剧。两人又客套了一番,吴晓军才钻进电梯里。

吴晓军身轻如燕地走出了大厦,然后钻进了一辆出租车。今天,是值得纪念的一天,他要好好看看这座梦想之城。在这座让他又爱又恨的城市里,吴晓军终于找到了自己的人生坐标。

艾榴榴她们的公司年终聚会,先是一起吃饭,然后就是去“钱柜”唱歌。每个部门一个小包房,管理层则是一个大包房。大家都尽情娱乐,放松身心,排解压力。财务室的几个女人兴奋异常,都卯足了劲儿要吃好、喝好、唱好。以前谭晓娜是财务室的麦霸,去哪儿K歌都是她抓着话筒——卖力演出。现在,则被邹惠抢去了风头,邹惠不仅爱唱,偶尔兴致上来了,她还喜欢边唱边跳,桌子和沙发都是她的舞台。

朱祥玲看着邹惠在前面又唱又跳的,叹了口气:“每次看见这个小妮子,我就发现自己又老了……”

谭晓娜也感叹着:“是啊,岁月不饶人!”

朱祥玲:“去,给我点首黄小琥的《没那么简单》,我也该排排毒了!”

谭晓娜:“好,那就集体排毒吧,我来首林忆莲的《远走高飞》……”

艾榴榴一个人坐在角落里,回忆她和梁峥每次见面的情景。一切好像都发生在昨天,一切好像又过去了很久很久……

谭晓娜碰了碰朱祥玲,指着艾榴榴说道:“主任,你看她,最近好像魂不守舍的,现在又在那儿傻笑!”

朱祥玲斜了艾榴榴一眼:“唉——红颜薄命哦。你猜我上周在王府井,看见林总和谁在一起?”

谭晓娜:“艾榴榴?”

朱祥玲使劲摇了摇头:“不是!是伍倩倩,两人手拉着手儿逛商场呢……”

谭晓娜瞪大了眼睛:“他们怎么走到一起了?”

“谁知道呢?我估计榴榴受了点刺激。”

“她和林总早就分了啊,应该与这事儿无关吧!”

“这你就不懂了吧,现在的人谈恋爱喜欢虚虚实实,真真假假。哪像我们那会儿啊,爱憎分明,用情专一……”

回去的路上,彭涛坐在前面平稳地开着车,两个女人则靠在后座上聊天。谭晓娜问艾榴榴:“你最近和林总还联系吗?”

艾榴榴:“很少联系,咋了?”

谭晓娜感叹:“朱主任说看见他和伍倩倩走到一起了,我真的搞不懂也,他们怎么会……”

艾榴榴笑:“其实,他们早就应该在一起的……”

谭晓娜不解:“难道你早就知道他们相好?”

艾榴榴:“后面才知道。伍倩倩搬家和离职,都是因为她误会了我和林强的关系。她一直都喜欢林强吧!”

谭晓娜摇了摇头:“不明白,林总怎么会看上她呢?”

艾榴榴望了望前面开车的彭涛,又望了望谭晓娜,笑:“子非鱼,焉知鱼之乐?”

谭晓娜:“什么意思?”

“意思就是你又不是他,你怎么知道他的喜怒哀乐呢?”彭涛冷不丁地插了一句进来。

谭晓娜立即骂道:“那个谁,专心开你的车,不准偷听我们说话!”

彭涛扭过头望着谭晓娜笑了笑,然后继续开他的车。谭晓娜和艾榴榴相视一笑,一切尽在不言中。夜,旖旎而柔和,覆盖着整座城市。艾榴榴看着车窗外光怪陆离的世界,想着那些故事,那些过往,轻轻地闭上了眼睛。

春运即将到来,要回家过年的人都急着张罗车票。梁峥就是其中之一,他得先到宜昌,再从宜昌回自己的家乡,那是一个小县城。而北京到宜昌的火车一天只有一趟,而且还是慢车。尽管是慢车,仍然是一票难求。梁峥没有时间也没有耐心去排队购票,他准备从“黄牛”手里买张票得了,加点钱就加点钱,赚钱不就是花的吗?想要回家享受亲情和家的感觉,那就得付出。梁峥在网上联系了一个倒票的,说好了加200元的,对方第二天就反悔了,说要250元。梁峥没心情去骂他二百五,径直在QQ里把他给拉黑了。

梁峥来到客厅,见吴晓军正悠然地躺在沙发上看电视,心里有点不平衡。先是骂了倒票的人缺德,接着又把中国特有的人口大挪移——春运,给抨击了一番。吴晓军一开始还沉默,当梁峥说到春运的时候,他就接过了话茬儿:“春运现象,这是由中国的传统文化、历史原因和地理位置等综合因素决定的,存在即是合理,你也别骂街了。想回去就得破费,你要不想破费,就老实待在北京,谁也不会撵你出去!”

梁峥叹了口气："再苦再难，那也得回家看看啊。一年到头拼命挣钱，不就为了这么些事儿吗？"

"既然你知道还闹什么情绪啊？"

"我这也是让那黄牛给气的，居然要我多加 250 元。我还不如添点钱，飞回去啊。"

"他们也不容易，大家都是混口饭吃嘛……"

"我怎么发现你现在胸襟宽广了，以前不是挺愤世嫉俗的吗？"

"生活就是修行啊，我就不能参悟得道，有所进步？"

梁峥正想说什么，手机就响了，是条短信，艾榴榴发来的：速来我家，发现可疑人物！可疑，应该是可爱吧，居然开这种玩笑。难道这是艾榴榴故意骗自己过去？要是真的有人要流氓呢？梁峥想到这儿，决定还是去看看。

梁峥气喘吁吁地跑进了大楼，坐进了电梯。走出电梯后，他发现过道里并没有人。梁峥敲了好几下门，又站在门孔前露了几秒钟的脸，门这才打开。钟晓慧和艾榴榴两人战战兢兢地守在门口，手里拿着扫帚和酒瓶。梁峥刚走进来，门就被嘭的一声关上了。梁峥望了望这两个神经兮兮的女人，笑："咋了，房间里有老鼠还是蟑螂啊？"

艾榴榴指了指门口，紧张地说道："路上好像有人跟踪我们，我们一路小跑上来。谁知道又有人敲门，但是门洞里又看不见人……"

梁峥瞪了一眼艾榴榴，然后望向钟晓慧："撞鬼了吧——你也看见了？"

钟晓慧点了点头："纯属真实，绝无虚构！"

梁峥来到客厅，坐到了沙发上，拿过一个抱枕靠着："这么说你们碰见色狼了？两个大美女，整天在小区里招摇过市的，被人觊觎、盯梢，甚至跟踪骚扰，那都是合情合理的……"

艾榴榴柳眉倒竖，指着梁峥骂道："你这人怎么这样啊，我们刚才都吓坏了,你还在这里说风凉话?"

梁峥无奈地笑了笑:"看你们太紧张了,开个玩笑嘛。两位美女可以放下武器,就地休息了!"

艾榴榴把酒瓶放到了门后,倒了杯水,一边喝一边拍着胸脯。钟晓慧则丢了扫帚,去了洗手间。她望着镜子中憔悴的面孔,叹了一口气。难道是陈祥东怀疑自己了,派人来调查?钟晓慧拿出了手机,给邱瑾打了一个电话,但是对方已经关机。钟晓慧不想在出国前节外生枝,更不想伤害到身边的朋友。可是一想到陈祥东的所作所为,她又咽不下这口气。

客厅里,艾榴榴和梁峥表面上都盯着电视,其实心里都在想着事情。梁峥喝了一口艾榴榴给他泡的茶,苦得差点吐了出来:"怎么这么苦啊,你想谋财害命啊?"

艾榴榴得意地笑了:"故意给你泡的,让你晚上睡不着。"

梁峥:"试问这对你有什么好处呢?"

艾榴榴:"你就在客厅里待着,给我们站岗,天亮了你再下班!"

梁峥朝艾榴榴那边靠了靠,狡黠地笑了笑:"我觉得贴身保护比较好,其实我可以陪睡的,价钱好商量!"

艾榴榴站了起来:"你去问问钟晓慧吧,看她需不需要这个特殊服务……"

梁峥拿出手机,看了看那条短信:"还是舍不得我吧,一遇到险情首先想到的就是我。由此我可以断定,'2012'来了,你肯定是和我一起逃跑……"

艾榴榴冷哼了一声,有点不屑:"觉得你好使,而且上次你对付程百万还算有勇有谋,所以就召唤你了。我才不会让我的男朋友来冒险呢,还真是舍不得!"

梁峥哑口无言,艾榴榴趾高气扬、扭着小蛮腰,径直地回了自己的房间。当天晚上,梁峥在沙发上睡了一夜。由于沙发太软,睡着不舒服,梁峥辗转反侧总是睡不着。最后,梁峥干脆坐起来看电视,一个电视台正好在放周星驰的《仙履奇缘》,看得他更是毫无睡意。梁峥一直折腾到后半夜,才浑浑噩噩地睡去。

第二天,精神状态不佳的梁峥,刚给部门员工开完晨会,就接到了公司的通知。说是要给他们销售一部评选一位主管出来,整个大区的员工都可以参与竞聘。评选的标准包括员工打分、绩效考核、问题答辩三部分,看谁的分数最高。上午做好准备工作,下午就在会议室里公开竞聘。报名的人有 7 个,梁峥是其中之一。

梁峥没有把握一定能竞聘上,因为其他几个报名的都不弱,他们要么是资深的老员工,要么就是绩效突出的。梁峥唯一的优势就是会得到部门员工的支持,但是这并不能保证自己就能脱颖而出。但是,他觉得这是一次很好的锻炼机会,应该抱着良好的心态去试一试。

中午,梁峥很意外地接到了刘德才的电话。他让梁峥好好表现,轻松上阵,认真对待,争取把这个职位拿下。还说,即使这次进不了,下次还有机会。虽然只是几句客套话,但是梁峥还是很感动。同时他也明白了一点,作为管理者,多和下面的员工沟通是十分必要的。人与人沟通的过程,也就是情感拉近的一个过程,沟通是“人治”的一种体现。

下午两点,公司的会议室里。员工投票的环节,梁峥拿了满分,第一;绩效考核这个环节,梁峥排在第 3;最后一个环节,那就是问题答辩。说是问题答辩,其实就是一人发了一份试卷和一支笔,上面有五道题目,要求大家在 30 分钟内完成。梁峥看了看这五道题,分别是:1. 你这次应聘的真实目的是什么?2. 拟订不少于五条 2010 年可行的营销策略;3. 提出五条你认为对公司有用的建议;4. 写出你的优、缺点,各三条;5. 公司管理是仁制好还是法制好,抑或兼而有之,提出你的见解。

第二天早上，大家都议论纷纷，有的说是销售二部的老王竞聘上了，有的说是四部的小张竞聘上了。正在网上看新闻的梁峥，接到了刘德才的电话，他让梁峥去办公室一趟。梁峥刚坐下，刘德才就给了他一份竞聘主管的名单，名单后面还附着竞聘的成绩。第一名是销售二部的老王，第二名则是销售一部的梁峥。虽然，梁峥对这次竞聘没有抱太大的希望，但是他还是很失落，毕竟自己离成功仅仅一步之遥。

刘德才关上了办公室的门，望了望梁峥，笑着问他："是不是很失望？"

梁峥苦笑："本来是想试一试的，没有想到拿了个第二，不上不下的。"

"你心里肯定在想怎么不是第一吧？"

"老王来公司好几年了，业绩一直做得不错。他这次能竞聘上，也算是实至名归，我输得心服口服！"

"不过，笑到最后的是你呀！"

梁峥不明白刘德才的话是什么意思，笑了笑，就不再说话了。刘德才端着桌上的茶喝了一口，卖了卖关子，又才继续说道："老员工有惰性，缺乏创造力和闯劲儿不说，而且还喜欢倚老卖老。就像老黄吧，居然还自立门户，和公司争夺资源。所以，按照老板的意思呢，公司以后也得要大胆地启用新人，任人唯贤。我把这次的竞聘结果报到了总部，而且大力推荐了你。公司各方面考察了一下，认为你在代理管理部门这段时间里，工作积极，敢于决断，出色地完成了工作。所以，最后决定任命你为销售一部的主管，享受初级主管的待遇。总部正在拟定文件，下午就会宣布！"

梁峥有点不相信自己的耳朵，对这突如其来的惊喜，有点发懵："不会吧，这也行？"

刘德才："你也别沾沾自喜，部门每年的销售任务还是蛮重的，完不成就得下课，而且还没有年终奖。当然，只要稍微用心，还是不难完成的。我也多方面了解了一下，你做事很有魄力，有干劲，能吃苦。但是呢，缺点也不少。你啊，有点飘，不踏实；还有就是说话做事还不会拐弯儿，缺乏技巧。见过铜钱吗？智慧为圆而在外，刚正为方而在内，咱们做人做事啊，都得这样……”

下班回家的路上，梁峥接到了老黄的电话。老黄恭喜他升职成功，梁峥就问老黄是哪儿来的消息，他说是销售二部的老王说的。接着老黄就说了，他说老王很气愤，认为这次的竞聘结果被刘德才做了手脚，目的就是打压以前的老员工，培养他自己的亲信，方便他以后牟取私利。最后，老黄提醒梁峥不要成为公司管理层拉帮结派的牺牲品，好好工作，培养自身能力是关键，尤其不要骄傲自大，得罪小人。听得出来，老黄是真的关心自己。梁峥又和老黄闲聊了一会儿，问了问他在老家的情况。挂掉电话后，梁峥想起了刘德才的“铜钱说”。是啊，做人做事都得外圆内方。

与此同时，艾榴榴正和谭晓娜夫妇在国贸的一家饭店里吃饭。艾榴榴把昨天晚上发生的事情给他们讲了一遍，彭涛和梁峥的想法一样，认为她和钟晓慧被色狼给盯上了。谭晓娜则不同意，她认为她曾经在那里住了那么久，咋就没有遇见呢？言下之意就是她也是美女，咋就没有遭遇色狼。不过，他们都建议艾榴榴喊梁峥过去“看家护院”，一是出于安全考虑，二是两人可以培养感情。

艾榴榴笑了笑，不做评价。她问谭晓娜：“上次你好像在说，你们还要开一家服装店？”

谭晓娜：“嗯，有这个计划，不过差点钱。房租加上进货的资金，还有请人的钱，得三十万左右吧。”

艾榴榴问彭涛：“服装这行效益怎么样？”

彭涛：“还可以。在人流量大的地方租个门面儿，网上再开个网店，进货渠道好的话，基本上是稳赚不亏的！”

谭晓娜：“怎么，你想投资？”

艾榴榴笑：“是啊，手里有点闲钱，难得你老公又这么能干，我想沾沾光,不知道行不行呢?”

谭晓娜鼓掌:“好啊,好啊,咱姐妹俩好好干他一票!老公,你觉得呢?”

彭涛点了点头:“我觉得也很好啊,刚好女装我把握不准,有你们两位美女的加盟,那就是如虎添翼了……”

艾榴榴:“好吧,那我就投十万。”

谭晓娜:“行啊你榴榴,闲钱不少嘛。那你以前还哭穷?”

艾榴榴笑着不说话,彭涛给每人的茶杯里倒上了茶,然后举起茶杯:“来,以茶代酒,祝我们的新店生意兴隆!”

“嗯,大家都发财!”

“来,干杯!”

三个人吃完饭后,谭晓娜就给梁峥打了一个电话。她几乎是以命令的口吻要求梁峥今天晚上继续去“值班”,还说艾榴榴马上就回国美小区了,让他在门口候着。艾榴榴坐在车上有点儿不好意思,也有点忐忑不安,她怕要面子的梁峥不出现,那她可就颜面尽失了。车开到了国美小区,门口没有人。谭晓娜有点气愤:“这个梁峥死哪儿去了,真不靠谱!”

艾榴榴笑了笑:“他可能忙吧,我自己上去就是,干吗要人接呢?”

谭晓娜:“不行,我再给他电话,现在就这样,以后还得了啊!”

艾榴榴一把抢过了谭晓娜的手机:“我现在又不是他什么,犯不着。我先上去了哦,你们走好……”

谭晓娜:“彭涛,赶紧下车,我们送榴榴上去!”

三个人刚走到小区门口,就发现路边蹲着一人。定睛一看,不是别人,正是梁峥。梁峥冲他们几个招了招手,然后跑了过来:“害我等老半天,你们这是考验我吧!”

谭晓娜:“那当然,不然怎么会放心交给你呢……”

艾榴榴:“蹲这儿干吗,你不冷啊?”

艾榴榴刚说完,梁峥就打了一个喷嚏,他紧了紧羽绒服:“别说了,给我一假情报,不是说马上就回吗?害我在这儿苦苦地等了半小时,走吧,又怕色狼再次出现。不走吧,这冰天雪地的……”

艾榴榴:“你怎么不给我打个电话?”

梁峥:“手机没电了……”

谭晓娜摆了摆手:“好了好了,不就等了会儿吗,一点诚意都没有!彭涛,咱们也该撤了,免得破坏他们好事儿!”

艾榴榴有点尴尬:“又乱说……”

梁峥拿出一支烟递给彭涛,彭涛正准备接的,被谭晓娜一下就抢了过来:“他戒烟了。我们走了哦,拜拜!”

艾榴榴:“拜拜!”

梁峥:“See you later!”

梁峥昨天晚上睡沙发的时候着了凉,加上今天又站在外面被风吹了半小时,终于感冒了,不停地打喷嚏。两个女人几乎是同时走进了卧室,钟晓慧抱了一床毛毯出来,艾榴榴抱了一床被子出来。两人刚好在客厅碰头,都笑了。

艾榴榴:“算了,还是用你的吧!”

钟晓慧:“你的厚一些,还是盖你的吧……”

梁峥见状:“都拿来吧,难得两位美女这么热情!”

钟晓慧放下被子后,又给梁峥倒了一杯水:“感冒了得多喝点白开水!”

梁峥接过水:“谢谢,谢谢!”

艾榴榴跑进屋,拿出了一盒药,递给梁峥:“吃两片儿,好好睡一觉,明早就好了!”

梁峥苦笑:“别介呀,搞得我跟一病号似的。你们两个就好好休息吧,我是来当护花使者的嘛，哪能让你们伺候呢？”

钟晓慧：“把药吃了吧，本来让你过来就不好意思了，还把你给整感冒了。”

艾榴榴命令道：“别废话，把药吃了！”

梁峥笑：“好好好，我吃我吃，两位女侠赶紧回屋休息吧，小的祝你们晚安……”

梁峥吃了感冒药后觉得很困，铺好了被子，倒头就睡了。

半夜，艾榴榴迷迷糊糊地听见外面有声音。这几天，她老是睡得不好，心神不宁的。艾榴榴坐了起来，又听了一下，这声音好像是门口传来的，窸窸窣窣的，就像是有人在拿东西开锁似的。色狼！艾榴榴吓得全身直冒冷汗，赶紧用被子紧紧地蒙住了自己的头。几秒钟后，瑟瑟发抖的她才想起梁峥还睡在客厅的。艾榴榴壮着胆子打开了房门，蹑手蹑脚地朝沙发上的梁峥走去。

梁峥睡得很沉，艾榴榴捅了一下他，可是他根本就没有反应。外面的声音越来越大，艾榴榴急了，一只手捂住梁峥的嘴，另外一只手使劲掐他的大腿。梁峥就像突然溺水的人一样，两只手使劲乱抓。结果，艾榴榴整个人都被他抱在怀里，重重地压在了沙发上。艾榴榴气喘吁吁，她凑着梁峥的耳朵小声说道：“别说话，外面好像有人！”

梁峥清醒了一大半，他屏住呼吸，听了听。外面静悄悄的，什么声音都没有了。就着窗外清冷的光线，只见艾榴榴躺在下面正瞪大了眼睛望着他。梁峥低下头，亲了亲艾榴榴的额头，几乎是呓语着：“你真美！”艾榴榴不敢出声儿，急得直摇头，她使劲推梁峥，但是怎么也推不开。

突然，外面又传来钥匙开门的声音。梁峥也吓得一抖，他把艾榴榴拉了起来，然后慢慢走到门后，拿起了那个啤酒瓶。

“嘭”的一声，门被撞开了，冲进来一个蒙着面的人。梁峥不动声色，绕到那人的身后，朝着他的脑袋就是一酒瓶子。那人身体晃了晃，用手摸了摸头，站立不住，倒在了鞋柜上。接着，艾榴榴就尖叫起来，她用手指着外面。梁峥刚转过身，就被人迎头一拳，打得他鼻子发麻，头痛欲裂。梁峥不顾疼痛，用力地抱住对方，两人滚在地上厮打起来。艾榴榴急得直跺脚，六神无主的她跑进了厨房，抓了个平底锅出来。对着攻击梁峥的蒙面人，就是一阵的乱敲乱砸……

“救命啊，杀人了！”钟晓慧不知道什么时候也冲了出来，她手里还拿着一把水果刀，冲着门口大喊大叫。

两个蒙面人见势不对，连滚带爬地跑了。

钟晓慧：“开灯开灯！”

灯打开了，梁峥双手抱着头、蜷缩着身子，躺在地上一动不动。

艾榴榴冲了上去：“梁峥，你没事吧？”

梁峥轻轻地摆了摆手，示意艾榴榴不要靠近，有气无力地说着：“别过来，我先活动活动……”

梁峥先是慢慢地伸了伸腿，然后又活动了一下两只手，接着就平躺在地上，调整呼吸：“刚才是谁敲的我啊？”

还抓着平底锅的艾榴榴下意识地把锅收到了背后，不敢说话。

“是你吧，艾榴榴。唉，差点没要了我的命！”梁峥一边说着一边爬了起来，他用手摸了摸鼻子，手上全是血！

“哎呀——你流鼻血了，快仰着头……”钟晓慧丢掉了水果刀，拿着桌上的纸巾，跑了过来。

半小时后，吴晓军睡眼惺忪地赶了过来，后面还跟着两个小区保安。艾榴榴和钟晓慧坚持要送梁峥去医院检查一下，梁峥一开始不肯，后面拗不过他们，只好同意了。吴晓军和钟晓慧负责看家，两人坐在沙发上，无精打采的。其中一个年长的保安正拿着笔记录着，不时地问上钟晓慧几句。

另外一个保安护送梁峥和艾榴榴下了楼，然后又帮忙拦了一辆出租车。车朝民航医院疾驰而去，梁峥的鼻子里塞着纸巾，看上去十分滑稽可笑。他斜靠在艾榴榴的身上，一脸的幸福。此刻的艾榴榴，心里却充满了愧疚，眼泪止不住地流了下来，滴在了梁峥的手上。

梁峥问："傻瓜，怎么了？"

艾榴榴："我是不是很笨呀？"

梁峥："不笨，即使笨，那也笨得很可爱……"

艾榴榴破涕而笑："你都这样了，还要贫嘴！"

梁峥："我觉得挺好的，要是一辈子都这样就好了哦……"

艾榴榴捂住了梁峥的嘴："不准乱说。"

梁峥笑了笑，问她："我要是有个三长两短，你会不会为我守寡一年啊？"

艾榴榴给了梁峥一拳，打得他龇牙咧嘴的："别说话了，好好休息！"

"再打你可就真要守活寡了！看来你还是很在乎我的嘛，早就说了你口是心非的，一直暗恋我又不承认。说真的，我还挺感谢那两个蒙着面的哥们儿，出现得太及时了。等回头有空了，我得请他们喝两杯儿……"

艾榴榴扭过了头，偷偷地笑了。

梁峥在医院检查了一下，身体没有大碍，开了一点吃的药就回来了。几个人坐在客厅里，面面相觑，两个女的还惊魂未定。吴晓军最镇定，拿出了烟，自己咬了一支，又丢了一支给梁峥。梁峥正准备拿起火机点燃的，就被艾榴榴给抢了。梁峥笑了笑，也不在意。

"还是报警吧？"吴晓军吐了一口烟后，突然说道。

钟晓慧反对："我觉得没有必要吧，又没有损失什么。"

艾榴榴："我觉得也应该报警。这两个人太厉害了，怎么连防盗门都能打开，当时真的是吓坏我了！"

梁峥望了望外面虚掩着的门："这门是老式的，通过暴力开锁，能打开！”

“明天我去买个新的防盗门吧，报警很麻烦的，而且我觉得也查不出来什么……”钟晓慧说完后，又看了看大家，像在征求大家的意见。

梁峥望了一眼钟晓慧，想了想：“还是算了吧，换个门就是，小区的保安也会提高警惕的，他们也不希望报警，回头搞得整个小区都人心惶惶的。这事儿就告一段落，两位美女去睡觉吧，我和吴晓军说说话！”

钟晓慧和艾榴榴回了各自的房间后，梁峥冲吴晓军招了招手。吴晓军拿出烟，递了一支给他。吴晓军问梁峥：“这到底是怎么回事儿啊，搞得跟香港黑片儿似的？”

梁峥笑：“能有怎么回事儿。就俩小偷，估计想来顺点东西，好回家过年吧……”

“哦，你没事吧，听说你被艾榴榴敲了几锅儿？”

“没开灯，光线也不是很好，估计她也是慌了，见人就砸。”

“哈哈，还挺刺激的。要不我也搬过来住吧？”

“算了，俩小毛贼。要是再敢来，我非废了他们不可！”

“梁峥，你让我想到了堂吉珂德……”

第二天下午，两个工人装好了门，又试了试锁，然后把钥匙递给了钟晓慧。钟晓慧关好了门，虚弱地陷进了沙发里，一脸的沮丧。

晚上，三个人靠在沙发上发呆，都盯着那扇新换的门。艾榴榴叹了一口气，埋怨道：“看来这房子以后是没法住了，我得搬家。一想到小偷进来过，阴风飒飒的，我就腿发软，再也不敢睡觉了。”

梁峥拿起桌上的一本杂志：“没事儿，我天天晚上都过来睡，直到你回家过年……”

艾榴榴：“不好吧，你天天晚上睡沙发怎么吃得消？”

钟晓慧看了看这两个人，识趣地站了起来：“我去做饭了，今天买了鱼。”

梁峥见钟晓慧去了厨房，对着艾榴榴笑道：“总不能和你挤一张床吧，也不可能让你睡客厅啊，那样估计你就更加难以入眠了！即使你要搬，也是过完年了再说，你觉得呢？”

艾榴榴点了点头：“好吧，现在也只能这样了！”

“明智的选择。”

“你头还晕吗，昨天晚上……”

“敲得好，不然怎么知道你这么在乎我呢？这就叫帅哥挨敲，焉知非福！”

艾榴榴站了起来，白了梁峥一眼：“自恋狂！我去帮忙做饭了，你继续海阔天空吧……”

接下来的几天晚上，梁峥俨然成了全职保镖。偶尔他还会把吴晓军叫过来，几个人一起打牌、聊天，那晚上给众人造成的心理阴影，也渐渐地被稀释了。只有钟晓慧一副心事重重的样子，干什么都是心不在焉的。这一切都没有逃过梁峥锐利的眼睛，他想起了和钟晓慧第一次见面的情景。可是，现在的钟晓慧早就判若两人，真的应了那句物是人非事事休。梁峥几次都想和钟晓慧单独聊一聊，但是，一直都没有机会。

礼拜五的晚上，钟晓慧接到了陈祥东的电话。陈祥东说他已经到了国美小区门口，约她出去谈一谈。该面对的总得面对，钟晓慧和梁峥、艾榴榴打了个招呼，披上外套就出门了。一辆黑色的奔驰车停在国美小区门口，钟晓慧刚走到车前，门就打开了。里面暖气很足，烟味中混合着一股刺鼻的香精味儿，十分难闻。

陈祥东看了看钟晓慧，叹道：“知道你特别恨我……不过事情都过去了，我希望你能把心态放平和。”

钟晓慧点了一支烟，抽了一口：“这几天是你派人跟踪我，还半夜闯进我住的地方,对吧?"

陈祥东看了看手表,点了点头:"是的,这算给足你面子了。看过电影吗?有双面间谍的,你以为花点钱,随便找几个人就能搞垮我的公司?一开始我还以为是对手公司在搞鬼,没想到是你!好合好散,这句话你应该明白的。你们拿去的那些东西是没有用的,现在是法制社会,什么都讲究个证据。几张照片又能说明什么问题呢?亏你跟了我这么多年啊,怎么还这么幼稚?在京城里混,如履薄冰哦,我既然能有今天的地位,靠的绝不是运气!"

钟晓慧望着车窗外,愤然道:"你到底想怎样?"

"你该干吗干吗去,钱不够,我还可以给你。别耍小性子了,这回的事儿到此为止。你非要折腾,一不小心捅出个篓子来,那你的家人和你的那几个朋友,我都不会放过。你是假玩,我可是真干。你知道的,要让一两个人在这座几千万的城市里消失,并不难……"

"你威胁我?"

"嗯,希望这能让你清醒一点儿!我今天专门抽空来见你一面,是念着我们的旧情。当初我们在一起是两厢情愿,各取所需的。现在分道扬镳了,应该祝福彼此,对不对?"

"可是那天晚上你把我给卖了!"

陈祥东也点上了一支烟,叹了口气:"我没有选择,我也不希望这样,我不能让公司倒闭,它是我一生的心血……"

钟晓慧冷笑:"所以你就给了我一笔钱,当作一笔交易?"

"知道你不差钱。可是,只有这样我才会好过一点……"

"陈祥东,你会有报应的!"

钟晓慧推开车门,昂首挺胸地走了。罢了罢了,一切都罢了,这都是自己选择的路。选择了怎样的路,就得接受怎样的现实。钟晓慧找了一家烧烤店,然后要了一瓶半斤装的二锅头。不能永远地忘记那些过往,那就选择短暂性地失忆,也许这样,心情就会好一点吧。

一小时后,钟晓慧在外面使劲敲门。梁峥刚打开门,钟晓慧就扑进了他的怀里。满身酒气的她紧紧地抱着梁峥,哭了起来。梁峥不知所措,望了望沙发上坐着的艾榴榴。艾榴榴一脸的无奈,双手做了一个环抱的姿势。梁峥企图把钟晓慧往沙发上扶,可是,钟晓慧却纹丝不动,把头埋进了他的怀里。梁峥望着艾榴榴苦笑了一下,抱着钟晓慧,然后轻轻抚着她的背……

艾榴榴站起来去倒了一杯白开水,放在了桌子上,然后小声说道:"让她喝点水吧,我回屋休息了,你好好安慰安慰她。"

梁峥急了:"别走啊,我们还是送她进屋休息吧……"

突然,钟晓慧轻轻推开了梁峥,然后背对着他俩说道:"谢谢你们,我没事儿了!"

钟晓慧擦了擦眼泪,拢了拢散乱的头发,走进了自己的卧室,虚弱无力地关上了门,任由眼泪肆意地滑落……梁峥和艾榴榴目瞪口呆,傻站着不知道说什么。半晌,艾榴榴才回过神来,她冲梁峥笑了笑,然后猫着身子回了自己的房间。梁峥则摇了摇头,感慨万分:哎,这就是女人!

第二天中午,钟晓慧把藏在抱枕里的东西全部拿了出来,烧掉了。她在杂志里夹了一个信封,上面写着梁峥收。钟晓慧收拾好了所有东西,她知道现在是离开的时候了。门被关上的那一刹那,传来一声轻轻的叹息,悠远而荒凉,像坟墓里发出的呻吟!

艾榴榴下班回家,发现钟晓慧的房间门开着,进去一看,已经人去楼空了。她立即给梁峥打了一个电话,催他赶快回来。梁峥在钟晓慧住的房间里逛了两圈后,摸出手机,拨了一下钟晓慧的电话。他摇了摇头:"关机了,这就叫不辞而别。"

艾榴榴叹了口气:“不会是昨天晚上我说错了什么话吧?”

“她没有那么小气。再说了,你和别人说话一直都很得体,除了和我,气冲斗牛的。该走的总是要走的,迟早都得走,也许这样的离开是最好的方式吧……”

梁峥见艾榴榴惊讶地望着自己,撸了撸脸,不说话了。

一小时后,艾榴榴和梁峥吃过了饭,正坐在沙发上商量下一步该怎么办。

艾榴榴:“诶,真没劲,都走了!”

梁峥提议:“去我那儿住吧,我还是睡沙发。”

艾榴榴不解:“那和你在这儿睡沙发有什么区别呢?”

“当然不一样,这边是孤男寡女,那边有吴晓军,三角形,稳固!”

“什么三角形,神经病!”

“你别误会,我要是还住在这儿,怕你对我图谋不轨……”

艾榴榴捂着嘴笑了:“梁峥,我发现你臭美起来,真的是脸不红心不跳。这没有几十年的功力,还真不成。好吧,为了检验我会不会对你图谋不轨,我就不搬了。你就坚持几天吧,我马上就回家过年了,到时你再滚回你的狗窝去!对了,你买票没有?”

“我也不知道你哪天回,所以就没买。”

“终于要回家了哦……”

“还是我送你回去吧?”

“我去洗碗了……”

接下来的几天,艾榴榴和梁峥反倒生疏了,两人都好像有点不好意思。下班之后回来都是各忙各的,很少交流。艾榴榴比以前睡得早了,即使不困,她也把自己关在房间里。不知道为什么,这几天,她都睡得很安心。梁峥则早就把自己的被子抱了过来，住进了钟晓慧原来睡的那个房间。他很享受现在的这种生活状态，心里很温暖，也很踏实。总觉得艾榴榴就在他的身边，两人的心终于越靠越近了。

一天晚上，艾榴榴开始整理东西。梁峥好奇，问她："干吗，准备回去了？"

艾榴榴很是憧憬的样子："还有几天了，星期五。归心似箭啊，我得提前整理东西，到时候就好好享受回家的感觉。"

"男朋友租好了？"

"算了，不租了，我已经做好奔赴战场的准备。"

"其实我倒有个两全其美的办法……"

"嗯？"

梁峥给自己倒了一杯水，佯装分析着："不租个回去，过年过不好是肯定的；另外啊，明年你的耳根仍然别想清净。实话告诉你，我都准备租一个回去，不过是短租，回老家了，在同学里找一个，友情演出那种。就你现在这种情况，租我得了，我也不收费……"

艾榴榴斜了梁峥一眼："你倒给钱我还不让呢！"

"不着急，听我说完。我这既是友情演出，也是本色演出。咱俩都有那么点意思，回头要是真在一起了，咱不就少了一道程序吗，不需要再回去见岳父岳母了不是？"

"在一起了那也得回去啊！"

梁峥笑："回去回去，不然咱爸咱妈得多惦记啊……"

艾榴榴见梁峥笑得那么邪乎，这才回过神来："美的你，八字还没有一撇呢。看你最近的表现还可以，我考虑考虑吧……"

财务室又恢复了往日的景象，几个女的漫不经心地聊着天，吃着零食。大家聊得最多的就是过年的事情，都说这年现在越过越没有意思了，也就烟花爆竹、年夜饭和春节联欢晚会，还有那么点年味儿。可是烟花爆竹容易伤人、污染环境，吃年夜饭呢，又得经历春运的洗礼，折腾人。唯独春晚容易享受到吧，偏偏央视那帮人又不争气，一年比一年办得差劲儿。

艾榴榴叹了一口气："你们都还好哦，可以过一个安稳年。我给家里说了要带男朋友回去的，现在还是剩女一枚，总不能租一个回去吧？"

邹惠兴致一下就来了："现在流行这个，我觉得可行。不过你得找个品相好的，说不定能弄假成真。"

谭晓娜："找梁峥啊，你们现在不是已经住在一起了吗，关系突飞猛进。"

朱祥玲不屑："死丫头，都同居了，还说自己是一个人？"

艾榴榴急了，立即解释："前几天屋里进了小偷，我害怕，他去帮我壮胆儿的……"

朱祥玲笑："嘿嘿，结果你们就撞到一起了吧！"

邹惠："那就租他回去啊，我觉得他已经很好了。"

艾榴榴："那我介绍给你吧？"

邹惠："可以啊！我又不是没有见过他。人还挺帅的，又有男人味！"

谭晓娜："花痴了不是？别和你艾姐抢哦，你艾姐这人没啥怪毛病，就是在感情上吧，老是口是心非，喜欢捉迷藏。如果我没有猜错的话，肯定是梁峥想跟你回去，你拿不定主意，所以来征求我们的意见……"

朱祥玲和邹惠鼓掌，异口同声地说道："分析得透彻！"

艾榴榴脸红了，极力争辩："看把你给能耐的，好像你什么都知道似的。"

除了艾榴榴，大家都笑了起来。

朱祥玲站了起来："部门还有点经费，咱们现在就去腐败了吧。一边吃饭，一边探讨这位艾同志的终身大事！"

艾榴榴吃完饭回到家里，已经是晚上八点钟了，打开门，来到客厅后的她惊呆了，发现地上、桌子上，还有沙发上到处都是玫瑰花，一层一层的铺满了，更夸张的是连墙壁上都插着几朵。

梁峥则从门后悄悄地走了出来，绕到艾榴榴的面前，单膝跪地，手里举着两张火车票："这是北京到岳阳的火车票，恳请你带我回家。是租也好，是长期持有也好，你看着办吧！"

艾榴榴泯然一笑，接过了车票，然后指着满屋的玫瑰花，问："哪儿来的这么多花呀？"

梁峥牵着艾榴榴的手，让她坐到了椅子上，然后站在她的对面："首先我要说声对不起，我们的第一次见面，很不愉快，是我搞砸了。接下来的很长一段时间里，我对你进行了热嘲冷讽，不顾及场合，不顾及你的尊严，我是小人一个。但是，在后面和你接触的时间里，我发现自己沦陷了，你的美丽、善良，你的风情万种，你的一颦一笑，就连你的口是心非，都让我怦然心动，魂不守舍！在你的严厉斥责下，我也怀疑过自己，是不是因为婚姻，而把你当成了最后的一根稻草。可是，这段时间有幸和你住在了一起，我觉得很快乐，也很踏实，我来这个城市有五年了，从来没有这么快乐过。那晚上去医院的途中，我们彼此依偎在一起，我觉得比签了百万大单还满足，还兴奋。这些都肯定了一件事，那就是我是真的在乎你，想和你在一起，哪怕你就是跑到天涯海角，我也要追随你，不离不弃。今天我买了520朵玫瑰花，让她们代我说出那三个字……我知道，我平常花里胡哨、油嘴滑舌的，说话不靠谱。但是今天的每一句话都是真实的：艾榴榴，我爱你，我要我们在一起！"

梁峥再次单膝跪地，然后在地上拿起了一朵玫瑰花，递给了艾榴榴："请艾榴榴小姐正式接管梁峥小朋友吧！"

艾榴榴嘟着嘴："凭什么你成了小朋友，我有这么老吗？"

梁峥一本正经地说道："请艾榴榴小朋友正式接管梁峥同志吧！"

艾榴榴瞪了梁峥一眼,然后接过了他手里的玫瑰花。接着,两个人就紧紧地抱在了一起。艾榴榴望着手里娇艳欲滴的鲜花,流下了幸福的泪水……

腊月二十二,星期五,离开北京的头一天晚上,梁峥收到了钟晓慧发给他的短信:桌子上的杂志里有我写给你的信。梁峥抱出杂志,一本一本地翻,果然发现一个信封,上面写着他的名字。他撕开信封,发现里面有一张纸和一张银行卡。信的内容是这样的:

梁峥:展信好,原谅我的不辞而别。代我向艾榴榴问好,感谢她收留了我,呵呵。她是一个好女人,希望你们彼此珍惜。遇见你是一件既痛苦又快乐的事情,痛苦于你搅乱了我所有的生活,让我不得不重新审视自己;快乐于我终于告别了那个肮脏无知的昨天,即将开始新的生活。谢谢你,梁峥!你的真诚、宽容和激情,让我找回了自己。卡里有一笔钱,我希望你帮我捐给那些需要帮助的人,就不要留我的名字了。密码是我们见面的那天,那天是个节日,很好记,再加上你的手机后两位数字!你是一个注重细节的人,我相信你会记得那一天的。本来有很多事情想和你当面说清楚的,可是我勇气不够,最后还是决定以这种方式来告别吧。这次,也许是永别,也许还能再见……呵呵,无论天涯海角,我都会为你祈福!——爱你的慧。

在北京去岳阳的火车上,梁峥和艾榴榴依偎在一起。过道里全是人,整节车厢被塞得满满的,空气中散发着一股馊了的味道,很闷。梁峥对着艾榴榴的耳朵小声说道:“也不知道你爸爸妈妈会不会喜欢我,忐忑不安哦……”

艾榴榴笑了笑,骄傲地说道:“我喜欢的,他们都会喜欢!”

“那你喜欢我吗？”

“一点点儿吧！”

“那足够搞定你爸爸妈妈了……”

“臭美！”

“你是不是也抽空去我家一趟啊？”

“不去！”

“你都答应了老头子的，人不能言而无信吧。”

“那得看你的表现了！”

“走着瞧吧，到时候我不让你去，你都不依，你肯定要跟我急……”

艾榴榴给了梁峥一粉拳，柳眉倒竖：“首先要戒烟；其次，以后说话不准顶嘴，不准气我；第三，只疼我一人。这三条你能做到的话，我就跟你回去……”

梁峥拼命地点了点头：“小的明白了，咱走着瞧吧！”

腊月二十九，除夕的前一天，朝阳区某建筑工地。许多工人正聚集在一起闹事，有的还拉着“黑心老板拖欠农民工工资”的条幅。北京电视台的一位记者来到现场采访，办公室里的一个工作人员激动地对记者说道：“老板非法使用土地、暴力拆迁，被上面的人带走了，好像还查出他行贿银行的人。现在几个包工头和管事的都跑了，工人的工资也发不出来，我们都是在这儿打工的小职员，还等着拿了钱回家过年呢……你们记者来了，一定要给我们做主，曝下光！”

记者问道：“你们这家公司叫什么名字，老板是谁？”

“成东实业有限公司，老板叫陈祥东！”

6月份，后海的一家酒吧里，正在举行《剩男宅女》的新书发布会。台下的一个角落里，梁峥他们几个人坐在一起，正在喝酒聊天。

程百万笑:“他不是因为失恋才写的书吗,怎么就是城市膨化的张力激发了他的孤独,进而有了创作的欲望呢?”

刘瑜霞瞪了程百万一眼,又望了望谭晓娜夫妇,很是尴尬:“书是你写的,还是他写的啊?”

“老婆啊,回头让吴晓军给你肚子上也签个名儿吧,让咱的孩子以后也当一名作家?”

刘瑜霞揪了程百万一下:“就知道签名,我看你现在是签上瘾了!”

大家哄堂大笑。谭晓娜抚摸着自己的肚子:“霞姐,你肚子里的宝宝开始动了吗?”

刘瑜霞笑:“在动了,很好玩儿,小家伙好像在里面踢我似的……”

梁峥碰了碰旁边的艾榴榴:“诶,咱俩什么时候也要一个吧。”

艾榴榴红透了脸,瞪了梁峥一眼:“你说要就要啊?”

梁峥一脸的无辜:“这不是在和你商量吗?”

谭晓娜接过了话茬儿:“你们也该要一个了,现在流行先生孩子后结婚。再说了,服装店已经走上了正轨,你们也该一门心思造人咯!”

彭涛举起酒杯:“来,我们大家提前祝他们二位造人成功,干杯!”

几个男的站了起来,碰杯,一饮而尽。

“你们在聊什么啊,这么开心?”吴晓军满面春风地走了过来。

程百万:“造人计划!刚才那位小美女喊你去干吗呀?”

吴晓军:“哦,一家影视公司想买《剩男宅女》的影视改编权,约我礼拜一过去谈一谈……”

谭晓娜:“行啊你,大作家,待会儿是不是得请我们去搓一顿呢?”

吴晓军:“没问题,地方由你们选。”

刘瑜霞举手:“我要去吃前门的烤鸭!”

大家纷纷响应。梁峥点了点头,对着吴晓军伸出了大拇指:“这才是作家之风范嘛,大气!”

众人又是一阵大笑。

北京夏天的夜晚,温暖而性感,到处散发着迷人的气息。几辆小车缓缓行驶在长安大街上,奔着前门的方向而去……

图书在版编目（CIP）数据

剩男宅女/蒋瑾著. -上海：上海文艺出版社.2011.6
ISBN 978-7-5321-4145-6
Ⅰ.①剩… Ⅱ.①蒋… Ⅲ.①长篇小说-中国-当代
Ⅳ.①I247.5
中国版本图书馆 CIP 数据核字（2011）第 107322 号

出 品 人：陈 征
责任编辑：海力洪
特约编辑：代 文
封面设计：丁威静

剩男宅女
蒋 瑾 著
上海文艺出版社出版、发行
上海绍兴路 74 号
新华书店经销 上海交大印务有限公司印刷
开本 890×1240 1/32 印张 11.125 插页 2 字数 285,000
2011 年 6 月第 1 版 2011 年 6 月第 1 次印刷
ISBN 978-7-5321-4145-6/I·3195 定价：26.00 元

告读者 如发现本书有质量问题请与印刷厂质量科联系
T：021-54742977